大戏

津子围◎著

津子围小说珍藏版

Jinziwei-Novel Collection

大连出版社
DALIAN PUBLISHING HOUSE

图书在版编目(CIP)数据

大戏:津子围小说珍藏版/津子围著.—大连:大连出版社,2010.8
ISBN 978-7-80684-980-4

Ⅰ.①大… Ⅱ.①津… Ⅲ.①中篇小说—作品集—中国—当代
②短篇小说—作品集—中国—当代 Ⅳ.①I247.7

中国版本图书馆 CIP 数据核字(2010)第 154871 号

出 版 人:刘明辉
策划编辑:卢 锋
责任编辑:卢 锋
责任校对:金 琦 于孝锋
插 图:韩雪艳
封面设计:张 金
版式设计:晓 明
责任印制:阎 骋

出版发行者:大连出版社
地址:大连市西岗区长白街 10 号
邮编:116011
电话:(0411)83620442/83620941
传真:(0411)83610391/83620941
网址:http://www.dl-press.com
电子信箱:wdj@dlmpm.com
印 刷 者:大连天骄彩色印刷有限公司
经 销 者:各地新华书店

幅面尺寸:170mm×240mm
印 张:19.5
字 数:250 千字

出版时间:2010 年 8 月第 1 版
印刷时间:2010 年 8 月第 1 次印刷
书 号:ISBN 978-7-80684-980-4
定 价:35.00 元

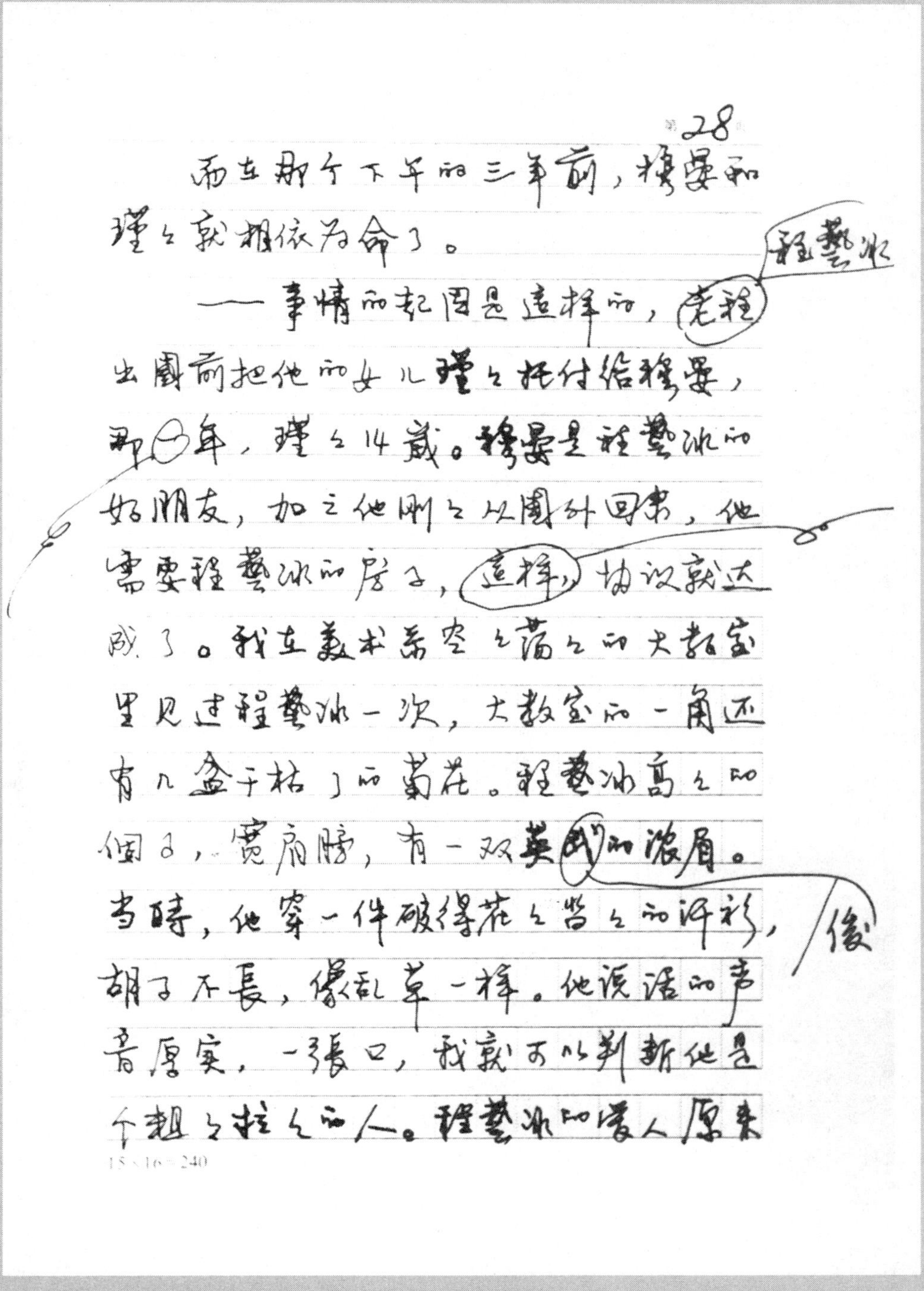
第28页

而在那个下午的三年前，穆晏和瑾瑾就相依为命了。

——事情的起因是这样的，老程（程艺冰）出国前把他的女儿瑾瑾托付给穆晏，那一年，瑾瑾14岁。穆晏是程艺冰的好朋友，加之他刚刚从国外回来，他需要程艺冰的房子，这样，协议就达成了。我在美术系空荡荡的大教室里见过程艺冰一次，大教室的一角还有几盆干枯了的菊花。程艺冰高高的个子，宽肩膀，有一双英武的浓眉。当时，他穿一件破得花花当当的衬衫，（像）胡子不长，像乱草一样。他说话的声音厚实，一张口，我就可以判断他是个粗粗拉拉的人。程艺冰的爱人原来

15×16=240

作者手迹

目 录 | Contents

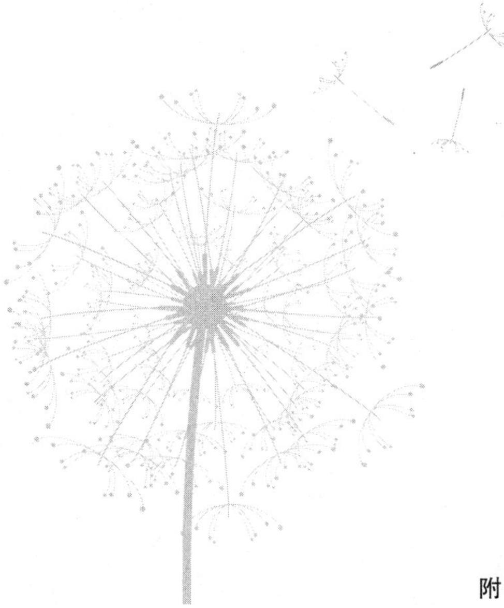

三个故事和一把枪

……我们是在天空晴朗的一个晚上来叙述的。我很小的时候，爷爷告诉我在森林里可以靠以下办法来判断北极星：首先，找到勺子星（北斗七星），再找到王屋星，将两星的延伸线交叉起来，点上那颗星就是。我爷爷已经过世多年，我也由于读书和成长对天体物理学有了理性的认识，但仍然对天空充满想象。我们叙述的这个晚上是中国农历的七月初七，我小的时候还端了一盆水，拿一块儿小镜子，蹲在黄瓜架子下听母亲说的天上牛郎和织女相会的声音……所以，当我体会先人的创造时，才明白文学的力量有的时候是科学所无法替代的，也才觉察出国人的精神性和生存意义所在。

顺便说一下，讲牛郎织女故事的我母亲现在正是我爷爷当年的年龄……

摘自《津子围对话录——为什么讲故事》

第一个故事，名叫《南山街西岸的雨》或者《等待敲门》

在离我挺远的地方有座叫长春的城市，那座城市有一家出版社叫时代文艺出版社，出版社里有位副主编，有一天，我们通电话探讨出版我长篇小说的事。他提出来“旷世之恋”这个词，他是从编辑的角度来考虑的，我说现代有旷世之恋吗？ 当然，我说的仅仅是我对现代的理解。

理解总是局限的。我是说那之后我被启发了，我在我所熟悉的人身上找到了一个我所理解的旷世之恋，遗憾的是，我无论如何也没办法把它写成长篇。

我说的这个人叫穆晏，今年三十八岁，属牛，是B型血。他以前主要是小时候的经历对我来说多为破碎的概念，就不提了。我相对能搞清的是上大学以后的事，在大学里，我们是同班同学，当然，尽管是同学，我所知道的也是破碎的概念，不过，我前面提到，相对比较总是多一些。穆晏毕业后留校从事行政工作，后来不知怎么又到科研所做学问，再后来是去美国做访问学者，他去美国之后没有人相信他能回来，事实上，他在两年半之后回来了。穆晏从美国回来后基本上从他原来的社交圈子里消失了，相反，他与我有了过密的往来。说起来，在大学时我们两人就有点犯克，彼此有让对方感觉到瞧不起对方。而更重要的是，我们是争夺一个女人的情敌，从而，使得我们的关系更加复杂化。

我写长篇小说《残局》的一天下午，穆晏坐在写字台对面的藤椅上了，阳光正照在他的脸上，因为窗帘是半开的百叶窗帘，所以穆晏的脸上也一条一条的。

“南山街的雨天是特别的。”他说。

我瞅了他一眼。

他继续面无表情地说：“那街对岸的雨总是朦朦胧胧的，潜藏着绿意……”

我放下笔，拿起一支烟。他伸手也要一支。

穆晏并不总是讲话的，有的时候，他在我的房间里坐一个小时，除了吸烟就是静坐。

“我说，你能不能活泛一点儿，我受不了你的闷劲儿。”我忍无可忍地抗议。

他看了看我，像没听到我的话似的，继续发闷。

“嘁！”我扭过头去，毫无办法。

然而时间一长，我就适应了他的方式。他静坐在那儿吸烟，我在案子上写字，一点都不受影响。反而，如果他不来，我还觉得心里空空落落。

“文章是案头之山水，山水是地上之文章。”他一本正经地默吟了一句。

我心里想笑，他居然也有诗兴。

他说：“什么是遣笔四绝……花底填词、香边制曲、醉后作草、狂来放歌……还有，绝塞谈兵、空江泛月……还有，月下舞剑，亦为一绝也。”

我一时目瞪口呆，被他给唬住了。

“何人解系天边日，占取春风，免使繁红，一片西飞一片东……这意境怎么样？”

我说：“你什么时候背了这样的句子？”

他说没什么，不过是潜伏在记忆底层的经验罢了。在一些特定的场合，比如你的窗前树影婆娑的样子，我想起在大学时，一觉醒来，在和煦的春风中背诗的情形。“就这样！”他进一步肯定。

……这是两年以前的事了。那是穆晏高兴的一个下午，那个下午对他来说有特别的意义。因为，在那个下午他发现瑾瑾已经长大了。

而在那个下午的三年前，穆晏就开始与瑾瑾相依为命了。

——事情的起因是这样的。程艺冰出国前把他的女儿瑾瑾托付给穆晏，那年，瑾瑾十四岁。穆晏是程艺冰的好朋友，加之他刚刚从国外回来，需要程艺冰的房子，协议就达成了。我在美术系空空荡荡的大教室里见过程艺冰一次，大教室的一角还有几盆干枯了的菊花。程艺冰高高的个子，宽肩膀，有一双英俊的浓眉。当时，他穿一件破得花花沓沓的汗衫，胡子不长，但像乱草根一样。他说话的声音厚实，一张口，我就可以判断他是个粗粗拉拉的人。程艺冰的爱人原来也是美术系的教师，上海人，后来只身去了南方，离婚后的程艺冰就自己带着女儿。

程艺冰出国时，讲好托付给穆晏的时间是一年，不想，程艺冰到美国后，没出一年的时间就找了一个台湾籍小姐，据说还是博士，一年后，程艺冰有了孩子。无奈，穆晏只好被瑾瑾“叔”下去了。

穆晏与瑾瑾在一起生活的日子我只能靠想象了，至少我可以想象他多么不容易。我知道穆晏不是一个会搞钱的人。大概为了瑾瑾，他买了钢琴，买了组合音响，还经常出入贩卖盗版光盘的胡同，鬼鬼祟祟，也像贩光盘的人。

我记得初冬落着梧桐叶子的疙疙瘩瘩的南山街，我走在学院旧楼之间，一种久违了的复杂感觉在心里涌动着。那时的天色有点暗了，当我看到黑沉沉的楼口的灯光和穆晏、瑾瑾的身影时，我的心少有地活跃着。

那天是瑾瑾的生日，我是唯一的特约嘉宾。

在他家暖烘烘的客厅里，穆晏端上他的拿手西菜：华尔道夫色拉、汉堡牛排、巴塔否鸡……在瑾瑾的帮助下，他还调了两种鸡尾酒，“红粉佳人”和“四重奏”。

在《最后的晚餐》挂毯的背景下，瑾瑾为我们演奏了德沃夏克的钢琴曲。

从那一天开始，我被穆晏的状态搞得心绪很乱，对于穆晏来说，他或许集合父亲、朋友、男人多重的角色，他的生活是丰富的，也正因为如此，他也一定会艰涩的。

那年冬天，瑾瑾住进了医院。在医院的走廊里，穆晏说："瑾瑾这孩子懂事，她是为了给我烧姜汤才把自己烫伤的。"

我说烫伤没关系，仅仅受一点皮肉之苦。

"可是瑾瑾，瑾瑾是一个女孩子，落下了疤痕，影响她的一生呀！"说一说，他的眼圈发红，他喃喃着，说他没照顾好瑾瑾。

我怕他的眼泪掉下来，就拉了他一把。这一拉不要紧，他的眼泪真的掉下来了。他推了我一下："你别管，我想这样！"

炽光灯下，穆晏的脸色青白，皮肤好像薄薄的一层，里面的血管清晰可见。一瞬间，我的内心涌起一股怜悯之情。如果穆晏有自己的家庭，他的孩子大概也十来岁了吧？"我……我说，有一件事我一直内疚，就是小雯的事……如果不是我介入，你不会到今天还这么……"

"这不怨你，你有你的权利……况且，我们在一起也不一定是好事。"

事实是，小雯毕业后自愿去了西藏，她微笑着对我挥手辞去。我的结局与穆晏的结局一样……

接着说穆晏兴奋的那个下午，他说他在门口突然发现瑾瑾的仪态像一个纯粹的女人，瑾瑾含蓄地抿着嘴微笑以及含义深奥的目光……他这些年朦朦胧胧的念头也清晰了。"是爱！"他说。

"什么？"我愣住了。

"当然，我也不好把握，一方面我十分激动，另一方面我又十分自责，甚至怀疑自己的品质……"

我当时沉默起来。我记得十分清楚，我当时是沉默的。

"我是她的监护人，可她也是女人，尽管她十七岁……我是说，在她身上我找到了真正的爱。年轻的时候不是，那是青春的冲动的爱，是流淌在情绪里的。那不是我说的爱。现在是成熟的爱，是流淌在血液中的。这才是！"

"可是，你想到结果吗？"

"我不知道。"

那之后，穆晏常来我家，他讲一些关于瑾瑾的事。尽管每一次都很生动，但更多的是穆晏自己想象并丰富起来的感受，大概他们正面的接触在我的印象中只有一次。

……有一次瑾瑾早晨出门，穆晏站在门口，漫不经心地对瑾瑾说："来一个告别吻。"大概已经很久没有这种仪式了，瑾瑾动作迟缓地来吻穆晏。就在瑾瑾吻他的一瞬间，穆晏把瑾瑾拥在怀里，当时，瑾瑾脸色鸵红。从此，穆晏再也没有靠近过瑾瑾……

那年夏天，我经不住外面世界的诱惑，参加了两次作家采风活动，几乎游遍了大半个中国。我回到家时已经临了初秋。回到家，我才收了心，而最先想到的仍是穆晏。

在穆晏家，他一边喝我送他的好茶，一边说："没什么进展。我并不是一定要得到什么，每天能看到她，感受她的气息就满足了。"

我说你真行，能升华到这份儿上。

他说爱是重要的。

他还说让他担心的是他发现瑾瑾有早恋的倾向，"瑾瑾比较单纯，容易受坏男孩的骗。"

我说这不奇怪。第一，瑾瑾迟早要出去恋爱的。第二……还是要恋爱的。——瑾瑾知道你的想法吗？

"我不敢让她知道……也没办法张口……"

我说这样吧，我找一个机会同瑾瑾谈一谈。

穆晏苦着脸说："那你就害了我了。"不过，我还是从他口气中体会到他让我试一试的含义。

春节时我同穆晏、瑾瑾一同去凭海临风的星海广场看礼花。我同瑾瑾有了交流的机会。我对瑾瑾说："瑾瑾，你十八岁了吧？"

瑾瑾眨了眨灯光下的眼睛，点了点头。

我说十八岁就什么都懂了。

她又点了点头。

"有男朋友了吗？"

她抿着嘴笑了笑。

"就告诉我有没有？"

无奈，瑾瑾小声说："还没确定。"

“我是说，你怎么看你叔叔。”

“怎么啦？”瑾瑾瞪大了眼睛。

“没什么。”一下子我也拗口了，“你是十八岁了吧？”

“你问过了。”

“是啊，十八岁什么都懂了。”

这我也问过……

春节过后我就去夏家河子写长篇小说《残缘》，回市内见了穆晏一面。我对他说，爱是绝对没有平等的，你也不可能期望平等。他说我没期望平等。

“那就好。”我说，“你要知道，你的爱的分量太重了，瑾瑾单薄的臂膀是担不起来的，在爱这方面她还是稚嫩的。她正处于对世界充满想象的年龄，她是经不住外面世界的诱惑的……也许，等她明白过来，你的状态也改变了。”

“我明白，”穆晏说，“只是……你不一定讲出来。”

那之后的春天和夏天我再没见到穆晏。我写小说写得心情沉重，偶尔想起穆晏，穆晏的心情大概也是沉重的吧。

夏末的一个大雨天，穆晏突然出现在我躲藏的农舍的院子里。伞下，他的衣襟和裤脚都湿透了。

“瑾瑾考上了上海戏剧学院！”

他瘦削的面孔放射着异彩……后来许多年，一想起穆晏，我的眼前就出现他放射异彩的面容，那大概是我见到的穆晏最有灵魂、最生动的面容了。

……我的这个故事该结束了。穆晏送走瑾瑾之后就再也没有来过我家。我曾在穆晏说的有潜藏绿意的雨天去过南山街，我的确看到了大片大片的暗绿。并且，有一次，我恍惚看到迷蒙雨雾里，有一个身影是穆晏的……有几次走在学院的家属区，我抬头望了望穆晏家的窗子，窗子是紧闭着的，没有一点生息。我也曾动意去敲他的房门，同时，我又想象他坐在餐桌前等待的不是我，而是瑾瑾。我还曾为穆晏与瑾瑾构思了一个美丽无比的结局，但那仅仅是构思而已……

第二个故事：《导演》

我的同学发财的不多。

朱筌除外。

朱筌的发达让我对应了一句老话：大富由命，小富由俭。

所以这样说，在大学时，谁也不敢相信朱筌会发财。他头脑灵活而不踏实，并时不时要一些小聪明。比如他抱着辞典抠英文版的《圣经》，英文考试却不及格。他忽而决定编辑一部华域的古代神话大全，忽而又要搞一部异邦的现代派集成。在生活中他的小聪明则处处可见。有一个时期他开始嗜金石，钻研篆刻，进而得以应用，于是，我们寝室的人都有公交车的“通勤月票”，还有学校礼堂的“门票”，二号食堂的“饭票”及浴池的“澡票”。到后期，朱筌已经能制作“记者证”了。好在他能悬崖勒马，没误了他后来的前程。朱筌的另一个突出特点是花钱如流水，颇有大少爷风范。“这叫气度，不是学来的。三年可以培养一个暴发户，三代才可以培养一个贵族。”他如是说。

不过，我们寝室的人都是他借钱的受害者。(十多年后，我在一本杂志上看到这样的文字：如果想让别人记住你，最好的办法是向他借钱。)至今，他仍欠我们的钱，欠我的是第四套人民币十二元五角。

毕业离校时，朱筌踪影皆无。他欠的钱太多了。

可在我讲这个故事的三年前，朱筌却暴富起来。

毕业后，我与朱筌全无来往，从同学的谈话中知道他一些零零碎碎的事，他在毕业后的七八年间换了五六个工作，比如公关部经理、广告策划、电视节目制作、产权事务所策划等等。据说走到哪儿都给你留一个破网或者大窟窿。但是，朱筌富了，这是没办法的事。

关于朱筌暴富有不同的五种说法，我更觉得“他继承了海外的一大笔遗产，并且，他是海外富商的唯一合法继承人”这一说法更可信些。

不管怎么回事，总之朱筌是富了。

我见到朱筌时，他已经在斯大林路星级宾馆的八层楼里办公，那一层都是他的“朱氏产业有限公司”。他的办公室有二百多平方米，豪华程度大概比得上美国总统的办公室。

我一坐下，就有秘书什么的小姐走来，问我喝茶还是咖啡。

我说茶吧。

小姐就递来一个印刷精美的单子，上面有十余种茶的品名。我还第一次遇到这样的待遇，有一点点手足无措，如果在饭店里点菜还会自然些。

我的样子颇嫌麻烦，就说，“那就换咖啡吧。”

小姐抿着嘴笑一笑，另一只胳膊从身后又拿出一个单子，还是印刷精美的单子，上面的品名更多，不下二十种。

无奈，我只好在一排排使我发蒙的品名中找一个不太蒙的。“就‘蓝山咖啡’吧。”

小姐微笑着去取咖啡了。而我也被朱筌的气势搞蒙了。

“你小子搞什么名堂。”我有意拉平我与朱筌的距离，显得我虽不是视金钱如粪土，也对富贵不在意。谁知，恰恰相形见绌。

朱筌哈哈一笑，倒也表现出了大度。

“天天这样活也挺累的。你说怪不怪，我现在挺怀念上学时的生活。潜下心来看看书，多好。从某种意义说，我倒十分羡慕你。”

我说你是不是让钱烧的，所谓“围城”吧，少什么想什么。

“可能。”朱筌承认。

这时，小姐将“蓝山咖啡”端来，我用那只银勺搅了搅，在我看来，不过是咖啡上面覆了一层奶油之类的东西，而口味与别的咖啡没有太大的区别。

朱筌在我对面的一个沙发坐了下来。“你说怪不怪，我现在想干什么事差不多都能干，可有的时候又觉得少了什么。简单地说吧，我突然想找老同学在一起聊一聊。”

“恐怕更多的是没有时间，我们得为生计奔波。”我酸溜溜地说。

朱筌似乎不在意我的状态，他只管按他的思路继续说。“我现在可不是说大话，我打一个电话让市里××领导陪你吃晚饭，他准到。”

“我信。”我说，我也听说，朱筌这两年弄了不少证，什么委员、代表的。在大学时，他有一些证，不过那些是他自己制作的，而现在的大概是别人制作发给他的。

电话响了起来，朱筌拿起了无绳的奶白色电话。“是我，你是什么单位？怪不怪？你怎么知道我的电话号码……好了，你快点讲……这事你找企划部，OK？”

放下电话，朱筌说：“我真是让这些人给毁了，一天不下十个电话，这个要捐款，那个拉赞助。更烦的是那些广告人员，推不开门呀？尽是些黄毛丫头，张口还港声港气的，维（喂）！”

我说这很自然，你有钱嘛。怎么没有丫头来找我，黄毛的也没关系。

朱筌笑了，“我可烦着呐。说真的，我要是想找‘爱情’，一天可以赴十次约会，一个晚上可以睡三个小姐。”

我说如果不是你在说，我准会以为是故事里的想象。

“操，”朱筌说，“这算什么，大明星×××你知道吧，一个晚上三万块，还有正红的××，歌唱得不错，还跟我说是为了感情。第二天早晨，我扔给她两万块，她对别人说我小×心眼儿。”

朱筌学的儿音有点京剧演员道白的味道。

“我烦这些。大概我更属于学者吧，我现在越来越觉得平静好。”

我像书上用的词“欲言又止”，低下头来喝叫蓝山的咖啡。

“所以最近，我准备把小说捡一捡。”

我差一点就笑了，连忙放下手里的杯子。他说“捡”，朱筌在大学时的确写过小说，不过，我看到的以至我所知道的也就是他给我看的那篇没写完的小说。说起来，每个人在读书的时候大概都有过写两笔的念头，严格意义上讲，他还算不上是写小说的……他说捡一捡！

我说这个想法挺新颖。

“是吧，”朱筌眼睛一亮，“所以，我找你来，想我们共同创作一部作品。别的你不用考虑，我在海边的度假村给你包一个别墅，条件成熟我还可以投资搞一个创作用的作家村。当然，稿费我可得要，那是劳动成果……”他大度而爽朗地笑了。

“你先等一下，”我说，“你说的合作是指什么？”

“小说呗。”

“这我知道，我是说合作小说的什么？”

“我反倒让你搞糊涂了。你说能合作小说什么？”

“我的意思是，是不是我来写，把你的名也署上……是这样吧？”

“不对，如果那样，我可以雇一个人来写，还署我一个人的名呢。我们的合作是，我们在一起研究，就像外地一些搞影视的，在一起侃。当然，我太忙，你来执笔。这不算……”

“明白了。”我说。

“出版你就不用担心了。”他补充说。

“出版我不担心。”

“那么，协议达成了。”

我说：“出版我不担心。”

那件事之后，我有两个月没有与朱筌联系，那两个月是最热的，天热得我什么都写不下去。突然想到凉爽的空调，就想起了朱筌。为什么不能灵活一些呢？

我翻了半天，翻出了朱筌的名片，并带着试一试的口气给朱筌打了电话。

“你还好吗？”朱筌在电话里说。

我说：“合作小说的事……”

“你看我都忘了……不过这事怪你。现在我换了一种方式，像巴尔扎克那种方式，我出思想，花钱请人写，千字五百元。”

我说这样好。

“我最近有一个新的、绝对精彩的想法。我准备只身去江湖走一遭，像中东大富豪一样，装成穷人，到社会最低层体验一下。说不准还能找到单纯的爱情……”

“单纯这个词用得很好。”我说。

“什么？”

“我说很好！”

……我在夏家河子写长篇小说《残缘》时，大概也就是离我同朱筌电话联系的一年左右，我收到朱筌公司秘书寄给我的长篇小说，题目叫《体验罪恶》，署名是朱筌。那天，我送走了我的另一个叫穆晏的同学，就连夜读完了令我触目惊心的署名朱筌的《体验罪恶》。

这里，我大概将小说的梗概叙述一下。

有一位年轻的富翁对已有的生活厌倦了。于是，他与一个好友搞了一个极端刺激的计划。他的那位好友是警局里的刑侦队长，部队转业的高干子弟。年轻的富翁从自己的公司“失踪”，他将外出旅行三个月。小说的开头就从年轻的富翁失踪开始。其实，年轻的富翁根本不是外出旅行，他去了另外一个离他所在的城市较远的地区，成了化名“白衣大侠”的暴徒。他在乡间路上抢劫，在一个小县的舞厅“砸场子”，在一个沿海城市里公然强奸妇女。小说还写了他“看好谁就可以弄”的强暴心理以及在一个市的政府大楼里用极不熟练的手法连撬了12间办公室没被发现的快感。后来他在城郊的一个农业银行抢劫时，被公安人员抓获，在押送他的途中，他的好友出现了(其实，他的好友一直在跟着他)，证明他是他（他的好友）一直追踪的特大罪犯，经过两个警局的联系与证实，他的好友将他解押回来。然而在拘押的途中，他逃掉了。

“白衣大侠”是他设计的，是不存在的，所以，必定成了死案。而他的好友因与逃犯搏斗还“受了点伤”，被记了功。他则刮掉胡子，梳洗一番，坐上富丽堂皇的名车，高高兴兴地“销假”回来上班了。

读完了小说，我的心怦怦直跳，窗外的风摇响电线和树枝，更增加了我的恐惧。我走到门口，检查门的确插严。转过身之后，我又踅了回去，找了一个木棒子将门顶住。

回到城里，我就给朱筌打了一个电话。电话是朱筌接的。

“小说看了没有？”

“看了。”我说。

“怎么样？”

“出人意料。”

朱筌在电话里哈哈大笑，笑够了说：“津子围呀，津子围，你永远都写不出这样的小说。你信不信？”

第三个故事：《沉默》

我在大学时比较喜欢的一个人是肖宏，他性格内向，心地善良。

那时，他与朱筌住上下铺，朱筌喜欢熬夜，把作息规律的肖宏搞得疲惫不堪，尽管如此，肖宏还是借钱给朱筌最多的人。

毕业后，肖宏分在市文化局人事处，不到半年，他主动到图书馆去工作。这样，一晃十余年就过去了，肖宏也熬上图书馆的副馆长。

不久前，肖宏突然来找我，他说：“老围，我通过大量的并且极其科学的推理，我知道地球将在离现在不到三年的时间里毁灭。而麻烦的是，我无论如何也推导不出一个反证。”他还说他现在研究的是地球上武器空间技术的水平和三年时间可能发展的水平，以及当前武器分布状况和最佳分布方案。

我说你的意思是将来会有外星人进攻或另一个空间的星球高速飞向地球，然后撞击在地球上，像我看的资料上说的会产生几亿什么什么的能量，比如比通古斯大百倍千倍的能量……而使城市变成废墟，大部分人死亡，尔后，大气层全是化学的什么什么成分和黑色的粉尘笼罩着，幸存的人也不能幸免……

“你的第二种说法有点接近。”他严肃地点了点头。

“那么，你要研究的是在那个外空间的星球没有接近地球之前，想办法用武器把它击碎在大气层之外。”

“这一说法有点接近。”他仍严肃地点点头。

我笑起来：“算了吧，这个问题我早就在一本杂志上看到过，那不过是过时的推测而已。”

“问题是，我不是推测。”

“你有根据？”

“当然。”

“那么，根据是什么？”

“是一套系统的理论和精密的、科学的推理……说明白需要很多时间。”

我认真地瞅了瞅肖宏，我在他的眼睛里看到一种毫不犹豫的坚定的目光。我一向对肖宏是信赖的。所以，我的目光一定柔软起来。

“如果是那样……”我说，“我们应该做什么？”

“方案呀，方案是最重要的！地球人联合起来，一致对外的方案。”

“怎么搞方案？”

肖宏莫名其妙地笑了。笑够了，他说没问题。

我也莫名其妙，我不知道他说的没问题是指什么。

“那么，”我说，“我可以做什么？”

“给我提供刘明雨的电话和地址。”

刘明雨是我们大学的同学，毕业后就去了美国，博士毕业就定居了。据说现在在美国一个国防方面的研究机构工作。

“你要他的地址干什么？”

肖宏说：“我的方案必须占有详尽的、准确的资料。尤其是几个具有空间武器技术的国家的武器分布现状的资料。”

我不知肖宏是故意还是糊涂了，我更加莫名其妙。我说：“你连起码的常识都不懂吗？那是国家机密，不要说刺探外国的机密，在国内也是不容许的，这你不会不懂吧？”

“真理和正义在不同的观念下是变化的……为了真理和正义，什么样的代价都值。”

我觉得又可气又可笑。“即使你有献身的豪情，可你能办得到吗？凭你？……包括凭我？”

“我坚信，只要认识上改变了，什么困难都可以克服。”

谈到这里，我才觉得肖宏特别了。在这之前，我一点都不知道肖宏的变化。

同肖宏谈话的当天下午，我给小秋挂了一个电话。

“肖宏去你那儿啦？”小秋带着试探的口气。

“肖宏怎么了……他的精神压力好像挺大。”我说。

“我也正为这事愁呢，说来也没什么突然的刺激，他整天就是埋在书堆子里，有时候自己发笑……我也没太注意。这一阵子变了，他说不准哪天夜里把我和孩子叫醒，提一些古怪的问题，说一些谁也听不懂的话。”

“没去医院看看吗？”

小秋说倒是找了一个医生，医生说是忧郁症，目前也没什么好办法，只能慢慢调剂，如果住精神病院，就更麻烦了。“你知道，”小秋有点哭腔了，“熬了这么些年，今年，肖宏总算有了分房的希望……评副高职称的年限也够了……”

“可他这样上班，你放心吗？”我问。

“没事，他是一阵子一阵子的。再说，他只是胡思乱想，温和，不惹是生非。反正在家里和单位一样，都是埋头看书。”

……从新疆回来，我就去了图书馆。

在图书馆，我先看到了老方。老方正在画水墨兰花。

我走过去凑热闹，说：“这个，我也会。”

老方说不知道你也会画。

“这不难。”我挽了挽胳膊，重铺宣纸，一会儿浓墨一会儿淡墨地画开了。

画完了，老方端详了一番，慢条斯理地说：“露怯了，小说我不懂，兰花我可是内行。”

我说艺术同宗嘛。

“你看这儿，叶子虽然浪，但没有生气……要膛肚、鼠尾、翻页、折页结合……还有，兰根要紧抱，叶子不能编篱，还有这儿，忌‘井’字……”

我抱抱拳，表示服他。

“少来那套！”老方一只手打我的后背，一只手在我身前示意一下。我就像客人那样坐在沙发上。

坐下之后，老方说：“你的老同学可让我磕了，本来他是我的助手，现在我成了他的保姆。我看见他独自发笑，有的时候，觉得他眼神挺恐怖的……光笑还好，上次文化局的领导来检查工作，当着局长的面，他突然对我说：‘方馆长，你要注意纠正你的秽行，吃鸽子肉还过得去，大不了是破坏生态平衡，无法容忍的是，你居然还吃人肉！”

“你吃人肉了吗？”我问。

老方苦笑着说：“什么人肉？赵局长看我身体不好，对我说吃胎盘好……”

“他说得不错呀。”我说。

“少来那套。”老方又在刚才的位置打了我一下。

“是怎么造成的？有特别的、比如突然的外界刺激？”

老方摇了摇头，说绝对没有，都和平常一样……他整天就是看书，也许是书？看书也能迷人……老方又摇了摇头，喃喃着：“好在肖宏是个好人，大家都同情他、宽容他，只是，不知道这样的状态能维持多久？”

我来到楼下的阅览室，肖宏正在书柜的后面埋头读着。我悄悄走到他身后，不想，他还没回头，就说：“老围，你来了？”

我反倒吓了一跳。“你这家伙，脑袋后长眼睛了？”

肖宏没言语，继续看着什么。我过去看了看，像明代的法制史什么的。

我只好坐在肖宏的对面，我仔细端详着肖宏，他瘦了很多，眼角也添了不少皱纹。

“……”我张了张嘴，又将冒到嘴边的话咽了下去。

肖宏又开始哑笑起来。“笑什么？”我问。

“想起一个乐子。”肖宏大声说。

“他们讲的……有一位领导到偏远山区视察，那里的农民业余文化生活十分匮乏，领导问：‘你们晚上都干什么？’一个农民答道：‘日！’(山东口音)……”

我四下看了看，由于肖宏的声音太大，阅览室的人、包括两位女馆员都将目光投向肖宏和我。我用脚踢了肖宏一下，轻声说：“小点声！”

不想，肖宏的声音反而更大，他继续说：“……那位领导一听，尴尬了一下，不得不继续问：‘还干些什么？’农民回答：‘歇歇，再日！’……”

顿时，阅览室里哄堂大笑。

至此，我断定，肖宏的确很麻烦了……

那之后的一段日子里，我一想起肖宏，心里就像堵了什么似的，我说不出是什么滋味。我去欧洲回来时，小秋就来电话，说她每天都打电话，找我都找疯了。“肖宏出什么事了吗？”我问。

“倒没你说的那么严重，只是这一段他疑神疑鬼的，总以为安全局的人在监控他，上公共汽车说有人跟踪他，吃饭担心有人放解谎药，每天回家都在床下、壁灯后翻弄，找什么窃听器……闹死了。你能不能开导开导他？”

我说当然可以试一试，不过，我可不敢保证。

小秋说那也得试一试，肖宏对你是比较信任的。

于是，我与肖宏有了一次比较正式的谈话。那是在一家日本风味的餐馆，吃烤肉、寿司什么的，喝清酒。肖宏的确如小秋说的，他像受了惊的兔子，不断地东张西望，埋头吃东西时也仄着警觉的耳朵。

“肖宏……”我刚要说话。“嘘！”他将食指横在嘴边，同时指了指餐馆的墙壁。我抬头看了看，那面墙上有一幅日本的传统挂画……再有就是几束干稻穗和蓝色带白花的布，有点像中国蜡染……

我摊了摊手。

肖宏继续指了指。

我又看了看，再没有什么……噢，还有一个釉陶。我指了指釉陶。

肖宏摇了摇头，继续指。

我明白了，肖宏是担心有人在那面墙上安窃听或录像装置。

我一定是笑了笑，有点忍不住。我说：“肖宏啊肖宏，你认为你那么重要，安全局的人监控你？监控也是要很多成本的。想一想，就因为你胡思乱想？”

肖宏眼睛发直地盯着我看，看了好一会儿，说：“你不要套我的话题。”

我说我套你的话题有什么意义。

“我怎么就知道你身上没有窃听器？”

我说你可以翻一翻，说的时候，我在自己的身上拍了一番。

“可是，我怎么知道你不是安全局派来的？”

“我们是老同学，又是多年的老朋友……”

“什么都可以变，而且，问题常常出在关系近的人身上……”

我拍了拍他的手，稳定一下情绪，说：“好，咱们现在先不谈这些，吃饭。”

肖宏眨了眨眼睛，开始低头并仔细地吃了起来，只是吃肉的时候，他不蘸调料。

“蘸调料吃更有滋味。”我对他说。

谁想，他突然将筷子扔在桌子上，大声说：“你这人怎么这样，我们讲好了不再提那件事了！”

我说我根本没提那件事，我只是让你蘸调料。

“你怎么还提？”

“我没提什么。”

“老方，你如果再提那件事，我可要跟你断交啦！”

我成了老方了？

……一晃又两个月过去了，听说肖宏的状态有了明显的回转，而且，休了两个月他又上班了，下雨那天下午，我给图书馆打了一个电话，碰巧是肖宏接的。我说肖宏，你现在怎么样？他说没问题。我说身体还好吧？他说没问题。我说我找时间去看看你？他说没问题……

不过小秋告诉我，她说肖宏什么都正常了，就是常常沉默，无论你问他什么他都说没问题。

最后，关于枪

津子围是最不喜欢枪的，他毕业那会儿，阴差阳错分到了地区公安局。那是公元1983年，还时兴政审，大概就是因为这个缘故把本来该分到公安局的那个人换成了毫无心理准备的他。到公安局的一个月左右，上级就发给他一把手枪，是老干警换下来的“狗”牌，那支枪至少有五十岁了，已经磨得不成样子。据说，常常会打不出响来。

后来津子围调去做秘书工作，才换了一把新的六四手枪——不过，不管新枪还是旧枪，津子围一次都没有用过。没用过归没用过，每天都提心吊胆的，怕有一点闪失，走火了、丢了都是不得了的事。

要说的主要是1985年，在一个星期天的晚上，津子围意外地出了一场车祸。当时，他已经昏迷了。而重要的是他的身上还有一把新的手枪。他是在去医院的路上清醒的。他后来回忆说，好像从清清亮亮的世界中回来的。他清醒后的第一件事是问："枪在吗？"

"谢天谢地，枪没出事。"他后来说。

一年后，津子围调到另一个部门工作，从此也与枪断了缘。

问题是在以后的日子里，津子围常常在梦中梦到关于枪的内容。醒来之后，他回忆一番，枪是交了，自己不可能不交，不交也是不可能的。

不过，关于枪的梦还是不断出现。渐渐的，津子围也有些犯糊涂了。治安处的内勤"曹姨"是个马大哈，账簿常常丢在办公桌上。津子围还记得她喜欢睡觉，趴在办公桌上就能睡。抬起头时，流出了口水。那么一个糊涂的人，会不会忘了收枪，或者，自己忘了放在什么地方？

那年冬天，就是下一尺多深的雪的冬天，单位先来的同志倒出一间老房子，津子围就搬到铁道桥北，那一带比较杂乱，社会治安不太好。恰恰有一个邻居是上身布满青色花纹的人，他常常无故与津子围搭话，眼睛向津子围的房间里探望。津子围看他像一个可能偷钱的人，就找了一个机会与身上有花纹的人谈自己干过公安，越谈越玄，就将梦里的幻觉讲得跟真的似的。"你有枪？"那人问。

津子围似乎点了点头，又说："我可没说。"

从此，身上有花纹的人见了津子围毕恭毕敬，一见面就递烟。

在铁道桥北的几年，津子围的日子还算平静，关于枪的梦当然还有。而在津子围的记忆当中不断重复他有枪的概念，以致他自己真的糊涂了，"或许是有的。"

一天，当桥北派出所的马所长来找他，说黑子(身上有花纹的人)进去了，为了立功，举报你藏一支手枪。津子围向马所长讲了事情的经过。马所长大笑了起来，他说就是嘛，这怎么可能呢。当然不可能。津子围说。当然不可能。马所长也说。

那件事过去一年多，马所长在一个饭店里见到津子围，他说大作家不认识我啦？津子围说那哪能。马所长说你应该请我一顿的。津子围问他理由，他笑而不答。过了一会儿，小声说："咱们干过同行，说句实在话，有把枪好，有枪可以保护自己。"

津子围莫名其妙，他反复想，自己真的有枪吗？如果真的，在哪儿呢？

随着年龄的增长，他年轻那会儿的梦大多不做了，但关于枪的梦却从未断过，不过那个梦总跟恐惧有些联系……津子围说，他也没办法！

老 铁 道

我结实成强壮的男人时，第一次在梦中流出眼泪是关于童年的老铁道，那两条锃亮的、整齐地深(而非伸)向大山的铁轨，在夜里，当火车从路基上碾过，我的枕头也跟着颠动，在我将耳朵贴在铁轨上听车轮组成的音乐时，一个飞翔的梦就幻化而成……后来，我在中学教科书上知道了那条“丁”字形的中东铁路，然而，理性知识的积累使得我离它越来越远了。我常想：我的关于老铁道的故事是进入不了历史的，连地方志也没有他们的记载，可如果没有这些鲜活的生命，老铁道也就剩下概念和冰冷的金属了。于是，我的生命里流淌出下面的文字……

大 麦

大麦是在南岗子的闹市区度过童年的，那里离海湾(后来叫阿木尔湾)不远。冬天，他和几个流浪儿窝在教堂的阁楼里，那个阁楼有一面墙临着烟囱，尽管外面的大雪封住了所有的生气，他们还是熬过了可以冻掉人耳朵的严冬。

大麦还是喜欢夏天，在夏天辽阔的海滩上，有大片大片卷着雪白花朵的海浪，海鸟成群成群的，飞在你的眼前，你眼前眼花缭乱。

大麦喜欢自己所在的城市，大家都叫它海参崴（现俄境符拉迪沃斯托克），那是一个各色人种混居的地方，大麦不知道自己的祖籍，他觉得既像河北伙计，也像山东老哥。

十六岁，大麦就会汉语、俄语和朝鲜语。他还被一位姓杜的老板看好，成了杜老板的跟班，杜老板是经营化妆品和西药的，有的时候也掇弄一些大烟和军火。杜老板离开海参崴时，大麦认识了白俄老维太太，在维太太的庇护下，大麦成了赛马场的马童，这样，大麦天天与打着响鼻的大洋马牵在了一起。

维太太喜欢赌马，她没有经济收入，变卖家当和酗酒是她做得最多的两件事。大麦去看望维太太，十有八九，维太太都是酒气熏天的。“亲爱的契斯卡”（维太太对大麦的昵称），她用比大麦大两圈的滚圆的身子围住浑身马臊味儿的大麦，还叽叽地亲着，呼吸急促地喃喃着。大麦瞅着维太太灰蓝的瞳孔，那瞳孔里似有一片草场，尽管辽阔却蕴涵一种死寂。

大麦已经习惯了。

大麦不用担心洋马一样高大的维太太，维太太除了拥抱和亲吻外，再没有别的。维太太毕竟老了。

然而那年秋天，维太太酒后让大麦和她新来的女佣娜塔莎睡觉，娜塔莎有外蒙血统，圆而平板的脸，梳一条棕麻似的粗辫子，脸颊上有血丝。娜塔莎解开布拉吉，全身赤裸地躺在地毯上。大麦的脸被血胀热了，他第一次看女人的身体……那是大麦第一次经历女人，而且是在另一个老女人的面前干他认为人生最神圣的事。

按着后来的说法，那样的闹剧曾反复过十几次。

然而，大麦经过那个多雪的冬天之后情形就变了。

那时，杜老板盗运一批军火过境，俄方的“卡伦”（边境哨所）已对杜大头（杜老板）警觉了。杜老板知道大麦认识常去赌马场那位一脸雀斑的少尉，就托大麦去混“卡伦”。

大麦第一次过境到三岔口（今黑龙江边境东宁县），金钱的诱惑和回本土的热望使大麦生出许多幻想。大麦是农历十二月初八到三岔口的，旧街已经开始挂过大年的红灯笼。

办完了“买卖”上的事，大麦牵着赛马场退役下来的“将军”马，从老街上威风凛凛地走过。在老街，大麦怀里虽然有钱，但他不赌不嫖不抽，径直来找跑崴子的山东老李头儿，老李头儿开了一个烧锅，街面是一个水酒店。他有两个伙计，生意平平淡淡，大麦来，让老李头儿的眼睛发亮，他一面大声吆喝伙计为大麦卸马鞍，一面乐呵呵地接下大麦的褡裢。

老李头儿重交情、讲义气，有一年他和几个淘金的弟兄困在海参崴，是大麦给了他们回家路上的干粮。“喝酒！”老李头儿大嗓门劝大麦。油灯下，火苗的光在他黑红且粗糙的脸上蹿动，一明一暗的。

那晚，大麦喝得头晕目眩，全身发软。

老李头儿喝到极兴处，冲着屋外喊：“银玲子，银玲子！”

掀门进来一位穿红色夹袄的姑娘，姑娘水灵灵的，大麦从没见过这么水灵的姑娘。

“这是俺闺女，银玲子。快，快给麦爷敬酒。”

大麦眼睛发直，盯得银玲子手足无措。

“一会儿侍候麦爷歇下……”

老李头儿先喝倒下了。大麦摇摇晃晃去东屋睡觉，银玲子给他打好了洗脚水，递来擦脚巾和洋胰子。

银玲子倚在门框上轻声说：“麦爷歇息吧。”

大麦浑身似火，他直盯盯地瞅着银玲子，说：“过来！”

银玲子以为铜盆里的水热，就走过来，蹲在铜盆跟前……突然，大麦拉过银玲子的胳膊，力大无比地将银玲子抱住，银玲子无声地反抗着。快把银玲子压到炕沿时，大麦自己被地上的炭火盆绊了个跟头。

大麦爬起来，又力大无比地冲了上去，把银玲子按在炕上。他的手从银玲子的袄罩下伸进去，摸到了鼓鼓的部位……银玲子一口唾沫吐到大麦的眼睛上，同时，他的腮上也火辣辣的。……银玲子跑掉了。

第二天，大麦脸上被银玲子抓出的血痕开始明显了。他愧见老李头儿，就悄悄搬了出去。大麦只在三岔口住了两天，他走的那天早晨，街上除了卖豆腐车之外再无别人，出了老街，大麦心里不是滋味儿，不知是想着银玲子，还是愧疚……

在出城的路口儿，大麦发现了银玲子，她站在路口的松林边，正向大麦这边张望着。

大麦催马跑了过去，他不知该向银玲子讲些什么，只是默默地看着银玲子。

沉默了许久，银玲子讷讷着：“你……是真心的吗？”

大麦释然了，也激动起来，他从马上跳了下来，指着天对银玲子说：“不真心，天打五雷轰！”

银玲子信了。于是，大麦怎样激动地揉搓银玲子，银玲子都保持着微笑。

在那片松树林里，大麦热烘烘地拱进银玲子的怀里，他好像觉得银玲子与这片白茫茫的原野有着某种联系，无论怎样蹂躏都袒露着深厚的慈爱……

时间不长，大麦就出透了汗，摘下皮帽子，像揭开蒸馒头的锅盖，头顶上热气腾腾。银玲子还是微笑着，尽心尽力地微笑着。

“看看你，你骑在大马上多威风呀！”银玲子只说这么一句。

大麦说：“我很快就回来娶你。”

大麦说：“我也能学会种地，做个正儿八经的人，不再五马六混了。”

大麦还说：“我们要生六个儿子……”

第二年春天，大麦穿一身西装出现在三站的筑路工地上，他成了俄远东铁路公司第八筑路工段的翻译。

由于大麦是在俄境长大的，黑毛子(来自阿塞拜疆的俄国人)沃尼法季经理和白俄工程师加夫留哈把他当成了自己人，大麦可以随便吃马林鱼和沙丁鱼子罐头，并常和他们在一起喝沃特加，伴着时紧时松的传统曲子《雪球花》的旋律，一边跳一边唱，闹到深夜。有一天没有月色，大麦来到帐篷外小解，望着四周漆黑的森林和闪闪烁烁的星空，他想起了银玲子，他知道他是为银玲子回来的，可真的回来了，他似乎又把银玲子忘记了。大麦喃喃着银玲子的名字，踉踉跄跄地向淹没在森林之中的草甸子走去。直到他听到狼群的嚎叫……

在大麦回来的那年初冬，据说大麦去三岔口找过银玲子，老李头儿已经把水酒店和烧锅盘给了一个朝鲜人，大麦得到一些零零散散的信息，他听说银玲子在秋天生了一个男孩，他还听说银玲子被报号“占山好”的胡子绑过票……大麦失魂落魄地回到了三站。

那之后不久，大麦也不知去向，有人说他和黑毛子沃尼法季、白俄工程师加夫留哈一起贪污筑路款，被流放到库页岛(俄境萨哈林岛)；也有的说大麦一直在找银玲子，几乎找遍关外。说的人一本正经，说光复后在哈尔滨还见到了他，他穿一件破棉袄，像一个要饭花子。也有另一种更加近似肯定的说法，大麦在那次酒后，在满天繁星的夜里就已经被狼群吞没了……

然而有一件事是确定的，中东铁路通车后，在五站(今中俄边境绥芬河市)东面边境那一带，有一个马架子房，房前开垦了大片庄稼地，打猎的人说，常可以看到一个女人领着一个虎头虎脑的小男孩向边境外张望，特别是在大雁南飞的时候，那个场面一定出现。

据那个猎户讲，那个站在边境上遥望的女人一直望到她的头发花白……

白蝴蝶

雨下得腻味，对老伯袋（方言，指修铁路出苦力的劳工）来说，已经由头两天的暗喜变为心烦了。天亮时，刘金贵睡眼惺忪地望工棚外的雨。雨珠像传说中透明的宝石帘子，时断时续地使刘金贵糊着眼屎的眼睛产生幻觉。

（领）老伯袋哟！

（合）修火道哟！

嘿哟咳哟嘿哟咳哟！

（领）老毛子哟！

（合）挎洋刀哟！

嘿哟咳哟嘿哟咳哟！

（领）大清朝哟

（合）一窝糟哟！

嘿哟咳哟嘿哟咳哟！

早晨，刘金贵的烧刚刚退了一些，昏昏沉沉之中，耳边总响那个号子，没完没了的……“大哥！”

刘金贵循声向阴暗的工棚里瞅了瞅，由于从亮的一面转向暗的一面，他的眼睛有些模糊。工棚里乱得像马圈一样，三十几条汉子的汗珠儿和其他生理气味沉积和发酵在铺盖上，再同雨天的潮湿混合起来，令人窒息。

“大哥，”仁甲趟着泥水走到刘金贵的铺位旁，哈下腰来小声对他说话，“你猜，谁又回来了？”

刘金贵瞅了仁甲一眼，仁甲正站在一处漏雨的地方，雨滴噗哒噗哒落在他的肩上。“白蝴蝶。”

刘金贵翻身从铺位上坐了起来，沉静了一下，从被窝里掏出一个黑布烟口袋，摸出了烟丝，卷在生纸上，卷的是那种被称之为“蛤蟆头”的旱烟，末了在唇边舔了一圈，就插在嘴上。仁甲从刘金贵的枕头下摸出干爽的洋火，哧的一下为刘金贵点上。

“金大牙来没？”

“今儿个没见到他。”

金大牙是二把头，手极黑，工棚里的老伯袋都怕他。当然，除了金大牙之外，就数刘金贵了。这其中至少有这么几个原因：刘金贵在这群老伯袋当中资格最老，铁道还没通车就开始修铁道，他是死里逃生的，在穆棱河修大铁桥时，工棚里一百多老伯袋都得了老毛子那边传过来的病，浑身红斑，上吐下泻，眼见着一个一个死去，只剩下他和仁甲……而这些老伯袋也多是他的山东老乡，投奔他而来的。更重要的是，刘金贵豪勇而义气，会一些拳脚功夫，还有一双令人生畏的眼睛，他的话不多，眼睛一横，就让你心里发慌。就连金大牙也让他三分。

……白蝴蝶在列达(俄语夏天)度假村出现是一年前，那时它刚建好，橘红色的尖顶房子，白色的木栅栏，在山洼那一波一波的红松木间随天上的浮云隐隐伏伏。山坡上还有一个木制的教堂，地板是竖着铺的，绝对结实。日落时，教堂的钟声从一个山坡拐向另一个山坡，很快就传到老伯袋的工棚里来。……由于白蝴蝶是那个俄国铁路工程师度假村少见的中国人，她一出现就引起了老伯袋的注意，他们背地里叫她白蝴蝶。白蝴蝶长得十分白净，戴一顶俄国女人常戴的那种有花边的帽子。刘金贵对仁甲说：哈尔滨的洋学生就是这样的打扮。他们说这些话是在闷热的工棚里，燥热使得他们身体上的某一部位坚挺不退，无法入睡。刘金贵深吸了一口纸烟，然后，用一口重痰将烟头淹灭，转身对仁甲说：“有朝一日俺非日那个骚娘们儿不可，死也值了。”

仁甲两只眼珠在眼眶里晃荡着，说：“不假！”

而在此之前，他们只是觉得有气，他们觉得中国的女人不该让老毛子祸害，渐渐地把这种恨转化到白蝴蝶身上，“俺看让咱们丢人的是那个骚娘们儿！”刘金贵说。

“不假！”仁甲说，“老毛子的眼珠儿不是焦黄就是灰溜溜的，瞎烘烘的，浑身毛烘烘的。白蝴蝶看好他们什么？”

沙河隧道完工后，刘金贵和仁甲就被调到下也河(今黑龙江省牡丹江市郊)修火车站，直到老毛子和小鼻子(日本人)在旅顺开战了，才集中了他们，在铁岭河那一带修兵营的铁道复线。这样很快就过了两个夏天和一个冬天，白蝴蝶只是成了他们旧有的一个记忆，一个记忆里的火种。

……仁甲见刘金贵沉默着，自己也一声不响地站着。

“你在哪儿见着的？”刘金贵抬起头来，目光中游动一丝寒气。

“在西山头的河边，她打个洋伞，像在画洋画 。”

刘金贵又沉默了一会儿，叫了声仁甲兄弟。仁甲顺从地应了一声。

“如果老哥干，你干不干？”

“干、干什么？”

“白蝴蝶那骚娘们儿。”仁甲紧了紧还有些细软的眉头，说：“大哥干什么俺干什么。”

“那好，”刘金贵声音洪亮地说：“俺琢磨着，修完兵营这条道，咱倒霉的日子也到了，还不如现在就拼了，拼就拼出个赚头，拼就拼个痛快……一会儿，咱先把金大牙那狗娘养的弄死，再抢那个骚娘们儿……”

“完了咋办？”仁甲的声音像抻一根面，越往后越软。

“咋办不行，林子这么大，还养不活你。再说，俺听别人说五站开了烟禁，种大烟也行。”

刘金贵讲话没背着大伙，眨眼的工夫就有六七个人响应，都嘟嘟哝哝说受够了，跟大哥走。有罪就遭罪，有福就享福。刘金贵受了感动，他说抓到金大牙弄些银子，平均分配。抓到白蝴蝶也平均分配。伙计们说银子可以平均分配，白蝴蝶就归大哥。刘金贵说俺堂堂的汉子一条，怎么能见色忘义……“让你们都开开洋荤，也没白活一回。”

行动开始了，雨也渐渐小了。刘金贵领四个人去砖房子找金大牙，金大牙不在，大概回水稻田那边的高丽屯了。刘金贵他们就撬开房门，在金大牙的屋里等仁甲他们。仁甲带两个人去山坡下抓白蝴蝶。

白蝴蝶被抓来了。她真的像折了翅的蝴蝶，满身泥水地瘫软在屋子的一角，瘦弱的肩头不停地战栗着。

“大哥，咋办？”仁甲在脸上抹了一把，抹出一些泥道子。

正喝酒的刘金贵说：“把她的盖头扯下来！”仁甲伸手要掀白蝴蝶头上的布袋子，刘金贵又连忙说别动。他把瓶里的洋白酒咕咚咕咚喝净，走下地，把拼命挣扎的白蝴蝶抱到土炕上。

那是个昏暗的阴天，六个汉子整整糟蹋了白蝴蝶一天，天快黑时，白俄路警才开始巡查，而这时，刘金贵他们已经踉踉跄跄地消失在望不到边际的大山里……

那件事之后，中东铁路公司在哈尔滨的机关报《远东报》报了一个消息，大意是：《远东报》的记者胡素茵被一伙流民强暴，俄铁警正在全力侦缉云云。

一晃多年过去了，老黑山一带出现了一支报号“得胜”的胡子，开始七八个人，每清剿一次就增加一些人。到1932年已经号称二百人了。“得胜”的大当家的就是刘金贵，日本关东军进下也河(今黑龙江省牡丹江市)时，刘金贵成了抗日军的一个支队司令，他们在爱河大桥东岸和关东军整整打了一夜。有的说刘金贵带打散的部下跑到苏联去了，有的说刘金贵在那场战斗中战死了。不管怎样，刘金贵的名字的的确确是消失了。

二当家的仁甲在爱河那场大战之前，他受命去吉林拿工商户的捐款，在老街，他看见一个像白蝴蝶的人，一打听，知道那个女人在一个下等妓院接客。他还知道那个女人有一个“野种”孩子。仁甲认定那个女人就是白蝴蝶，他的两条腿开始发抖，他不知道那个孩子是他们六个人当中哪一个的种儿，见了那个“野种”之后，仁甲确定那绝不是老毛子的。

仁甲在二道街的酒馆大醉了一场，大哭了一场。而后，他把自己的头发剪了下来，留下一半银圆，交给跟他来的伙计，让他转交给刘金贵，自己则摇摇晃晃找白蝴蝶去了。

那之后，老街上再也见不到那个带着孩子接客的妓女。

也有人在横道河子见过仁甲和白蝴蝶，仁甲拖着一条残腿与白蝴蝶慢慢地过着日子。他们有一个女儿，在镇上读公学。不过后来他们又离开了横道河子，再没消息了。

长在黑发里的野花

那是一个平庸的夏季，马粪的气味一直在老街徘徊着，天黑下来，除了缓缓流动的大沙河有一带亮色，老街则一片死寂。

深夜里常有轰轰隆隆的火车碾过的声音，凤子的梦也被撞得支离破碎，像洋胰子沫滴落到水里，快速向四周消失。凤子的梦多半是童年的往事，天色偏暖，有灿灿的葵花和精蓝的蜻蜓。二宝骑着枣红色的高头大马向她走来，她觉得心要飞起来……这时，火车轰轰隆隆开过来了。

火车的声音渐渐小了。凤子听到了炕头父亲的声音，有痨疾的父亲的嗓子像透了气的风匣子，呼呼啦啦的声音中还有嗞嗞生了锈的金属声。“你爹八岁就上地，累的。”母亲在她小时候的某一天说。凤子记住了，记得如昨天那般清晰。

凤子醒了就睡不着了，自并屯以来，她常常被后院路基上驶过的火车撞醒。醒来之后眼睛晶亮，没半点睡意了。睡不着，凤子就不停地重复她的幻想，幻想几乎都是与牛心山老家有关。月光下，马架子房前的坡地白花花一片，弯弯曲曲的大沙河凝固在遥远的地方。凤子觉得那是远不可企及的地方，如月亮里朦胧的山水一样。

然而入冬时，日本人在高丽屯破案，抓了五个朝鲜共产党，其中领头的姓金，他是在凤子家后山的树林里被抓的，那天，姓金的共产党被日本狼狗咬死了，脖子被咬烂了，肠子也被拽了出来。那一段日子，凤子的胆子小极了，整天昏昏沉沉的，窗外一有动静她就把被捂在头上，等母亲叫她出来时，她已经满头大汗。她趴在与地一平的小窗向外望了望，外面一片荒凉。

并屯时，凤子走过那座有回音的大铁桥，桥下是盘着漩涡的大沙河，凤子不敢往桥下瞅，她第一次走上金属大桥，却没有什么完整的记忆。她只是知道，过了大桥，她就失去了家园，失去了山坡那片给他们提供口粮的土地。

……凤子还在炕上躺着，想令她兴奋不安而又羞于深入的事——二宝骑着枣红色的高头大马向她走来。她所要完成的想象就是二宝从马上跳下来，强烈地把她抱住，放在马上，然后快速地在有银蕙草拦腿和覆着车前子的小路上奔跑，跑到一个新盖的土坯草房前，那草房还有鲜草和泥浆的气味儿。直到二宝把她抱到炕上……凤子在后来的许多次，并没有突破她的想象，她只是反复重复这些想象罢了，所不同的是，开始的想象是心惊肉跳的，后来，渐渐地在夜的黑暗之中得以安稳，只剩下身发热了。

二宝是父亲给她定的娃娃亲，定亲时她一定没有记忆的，后来母亲反复告诫她，她必定是二宝家的人，她也就坚信是二宝家的人了。凤子对于二宝的记忆多半来自她七岁的时候，那时，二宝托养在她家，二宝也知道他是凤子的掌柜的（丈夫），常与她扮夫妻的角色，生火造饭，抚育小孩什么的。那时，二宝常欺负她，比如玩天大地大，二宝先拉一泡屎，然后用松土埋上，在中间插一根草棍儿，凤子不知其中的欺诈，她伸手一搂，搂得稀稀的一手……秋天，二宝给凤子送一包红“姑娘”（草本果实，可食用，东北农村的小孩将它放在嘴里咬响声），凤子拿来一咬，牙差点被硌掉了，二宝在里面放了石粒儿。冬天，在辘轳把井外的冰坡上，二宝带凤子划爬犁，说好他带着她，可爬犁一动，二宝就不见了，吓得凤子大声尖叫，泪水流在冻红的两腮上……

后来二宝走了，跟他叔去哈尔滨贩皮货，一晃，凤子就长到十四岁。那年正月，二宝回来了，他穿一件青色的衣服，戴一顶灰礼帽，个头虽然没有凤子高，却变得稳重多了，说话的声音也有点粗了。母亲让凤子和二宝多在一起唠唠，二宝有些不好意思，憋了半天也没说话，只是从衣襟里摸出一个塑料的洋化妆盒和一包五彩线。“等将来，我骑一匹大马来接你！”二宝说。

这些都是往事，凤子常常在幻想时回忆往事，回忆和幻想可以忘掉恐惧，有的时候，她真希望永远都没有天亮的时刻。

就如同凤子觉察不到自己成长一样，春天悄悄来临，那是大人们对恐惧暂时淡忘的一个忙碌的春季，无论怎样他们还要去种地。大雁一排排鸣叫着北归时，凤子同父亲一起下地了，大地还残留着冰碴儿，凤子却产生了牛心山老家春天的幻觉。歇工时，凤子向牛心山的方向望着，老家那儿还埋着二宝送她的礼物，也埋着她生命鲜活的那一部分。

凤子与牛心山老家隔着宽宽的大沙河，她过不了河。

凤子就在遥望中送走了整个春天，苞米蹿出红缨时，凤子终于在那天早晨走上了大铁桥，大铁桥的桥头有一个水泥结构的碉堡，灰白色，四周是黑洞洞的枪眼。碉堡有日本兵站岗，那天站岗的是一个有连鬓胡子的矮个子，他用枪指着凤子，说着凤子听不懂的话。凤子看那个人不像讲“日满亲善，亲如一家”的日本人那么和善，双目露出凶光。这时，一条狼狗扑了过来，当时就把凤子吓昏了。

凤子是由于体内的剧痛而睁开眼睛的，她发现自己的衣服被解开了，她的身上还有一个穿背心的男人。她大叫一声，拼命挣扎起来，可她的两只胳膊被另一个光着身子的日本兵死死钳住，凤子挣扎得筋疲力尽，她满脸泪水，苦苦哀求着。那两个日本兵不理睬她的哀求，一边嬉笑着互相鼓励，一边摧残着凤子……

中午，一个日本军官带一名士兵巡查，正撞见了这一幕。日本军官打了那两名士兵的嘴巴，把凤子带到了镇上。最后，以凤子风化日本皇军的罪名将凤子拘押了二十天。

凤子失魂落魄地回到家，一进门就被父亲踢了出来。“你怎么不死！”父亲号啕大哭，破口大骂，“老祖宗的脸都让你丢尽了。”

当天，凤子就消失在黑沉沉的夜里。

家里人开始找凤子，不久，凤子疯疯癫癫地出现在老街上，家里人也不再找了。每一天凤子都在老街上快乐地唱着，她踪影不定，一会儿出现在饭馆的门口，一会儿出现在有烟火的坟头。凤子就住在铁桥下的苇丛里，她的头上插着各种各样的野花，不过总是新鲜的。她常常在桥头一带出没，日子久了，桥头的狼狗都不在意她了。

据说那两个日本兵受到了处罚，又换了一个戴眼镜的，和一个长着娃娃脸的士兵。似乎新换来的两个日本兵也知道碉堡里发生过的事，他们对一个疯子表现出了极大的宽容和克制。

大雁又开始南飞了，秋天一过，寒风一阵紧似一阵。人们力争在封江前忙碌完过冬的烧材，人们很少注意到疯子的身影，她渐渐被人们淡忘了。

那年冬天的雪格外厚，大雪一过，大地上原有的分明层次不见了，全被白色一笔勾销。雪停之后，又吹起了北风，铁道线上被风吹起了一个又一个雪丘。由于雪的覆盖，使得铁路交通中断。风停的第二天，镇上强令村民出工，清理积雪过多的铁道。凤子爹也被勒令出工，他戴着狗皮帽子，在保长的吆喝声中到了站西叫笔自头的一段铁道线上。那儿正好可以望到大铁桥头，望到桥头的碉堡，凤子爹的老眼就含上泪水。保长见凤子爹的模样挺怪，问他咋了。

凤子爹用袖口揩了一下鼻涕，沉默了一会儿，说：“冻的。”

“还是你妈×闲的，”保长踢了凤子爹屁股一脚，“出出汗！”

就在凤子他爹清理铁道上的积雪时，一队日本宪兵和警察骑着马来了，叽里呱啦地搜查起来。那些挎着日本刀和刺竹剑，穿通红的长靴，臂戴红白相间袖章的宪兵在凤子爹的眼前晃动着，他的眼前开始模糊……

那天夜里，一列通向苏联边境的拉军火火车在大沙河桥头颠覆了。桥头执岗的娃娃脸日本兵被碾得身首分离……

据事后调查，桥头的路基被人掏空了。令宪兵队和警察署不解的是，那么大的洞竟是用木棍和手来完成的，完成那个工程起码也得半年的时间，竟没人发现……

那之后再没有人见到凤子。

据后来查证，那件事发生在1945年2月7日，离苏联红军进入东北仅隔六个月的时间。

绿玉石嘴的烟袋

大东北的里头，有两个地方产的黄烟比较有名，一个是穆棱产的穆棱烟，一个是亚布洛尼产的亚布力烟，其实林口产的黄烟也是很有劲儿的，只是没有前面说的有名。

二兰子从小就会抽烟，那时候爷爷还活着，爷爷让二兰子到灶坑点烟，一来二去，二兰子就会抽烟了。二兰子六岁就带弟弟妹妹，原本还有大兰子的，不过二兰子没有印象，母亲说大兰子六岁时抽风死了，死的时候二兰子才两岁。

这样，二兰子就成了“长女”，她身上的方格背带里背着四妹，手里牵着三妹，在大沙河默默流淌的日子和一些童谣里一点一点长大。“小丫蛋儿，扎俩辫，扭搭扭搭上河沿儿。抠俩坑，下俩蛋儿……”

二兰子十二岁那年，黑子从三姓（现黑龙江依兰县）搬来，他十六岁，矮墩墩的。黑子来了之后，二兰子家的后院子就遭殃了。黑子常来溜达一趟，他溜达一趟，二兰子家的小黄瓜纽儿、没红的洋柿子都不能幸免。所以，二兰子看见了黑子，隔大老远的，就和妹妹们一起喊：“挑水的哥哥听我说，南河沿儿有你的窝，晴天晒盖子，阴天把脖儿缩。”

黑子就哈下腰来，做捡石头状和投掷状。二兰子像老母鸡一样，张开两只胳膊，护卫着妹妹们向家里撤退。

黑子顽皮却出奇的勇敢，冬天下雪时，他一口气能套三个狍子，有一回，他还用一个木锅盖捉了那条常拦路的活狼。后来大家传开了，二兰子才知道他的方法，方法是这样的：黑子先把锅盖掏了一个小孩拳头大的洞，自己扛着锅盖，抱一个小猪崽儿，到乱坟岗子拦路狼常出没的地方，那里事先挖了坑，黑子就抱着猪崽儿潜伏在坑里，上面盖了锅盖。等狼的时候需要耐心，他就不停地捅小猪崽子，小猪崽发出的声音终于把狼引来了。那条狼撬了几次锅盖也没有撬开，就冒险将前爪从锅盖留下的洞口伸进去。这时，黑子把狼的腿紧紧拽住了，就这样把那个拦路的狼给扛了回来……

打那以后，二兰子见到黑子就有了一种敬佩的目光。

第二年，黑子就扛上了猎枪，成了名副其实的“炮手”。他耐力好，不言不语的，枪打得就跟长眼睛似的，很快，黑子就出了名。

转眼二兰子就到了十五岁，在满是陈年柞木橡子的林子里，她和妹妹抬着后来做了大干部的老疙瘩（最小的弟弟），一边颠着一边念叨着：“呼哇汤，呼哇汤，娶个媳妇尿裤裆。”“大瓷缸里装金鱼儿，红嘴巴儿绿嘴唇儿，大尾巴儿、胖身子儿，你说逗人不逗人……”

“二兰子！”

二兰子一回头，她看见黑子在林子里探出一个圆滚滚的头。二兰子故意一撅嘴，没理他。

“你过来！”黑子喊。

“过来就过来。”二兰子大步流星地来到黑子面前。二兰子真的来了，黑子反而木讷起来。见他不说话，二兰子说：“你的枪咋打那么好？”

“练呗，”黑子憨声憨气地说，“俺大爷说炮手要眼观六路耳听八方……”

说完，又沉默了。二兰子性急，问他找她什么事儿，黑子憋了一会儿，“给！”黑子往二兰子怀里塞了一个东西，转身就跑，消失在林子里。二兰子一看，是一个绿玉石嘴的长杆烟袋。那年黑子十九岁，二兰子知道。

就是那一年发生了大事情，“满洲国”垮台了，小鼻子（日本人）投降了。那一阵子苏联红军的坦克把母猪河的铁桥炸断了，不少小鼻子被隔在母猪河以东。夜里天空红了一半，枪炮声连绵不断。

二兰子的二叔和老叔也是那时候发的财，他们趁小鼻子逃跑的时候拣了四大挂车的洋捞儿，有衣服、毛毯，还有大米、白糖和叶绿素什么的。

黑子则和他大爷专杀小鼻子逃兵，每天他们都潜伏在路基边的苞米地里，那时，小鼻子都沿着铁道逃往高岭子、亚布洛尼（今亚布力）一带，五道林是必经之路。如果有三五成群的小鼻子散兵摇摇晃晃经过，基本上都丧命在他们爷俩手里。黑子最恨小鼻子，有一年，他爹在五道林车站卖菜，看到货车上的柳条筐破了，有一些洋梨掉下来，他好心地报告给一个细皮嫩肉的日本兵，那个小兵听不懂汉语，不由分说，就把黑子爹抓到车站警察队，把他装进麻袋里，在水泥地上摔……把黑子爹抬回家的第二天，他就咽了气。

初冬时，黑子和他大爷已经弄到三十多条快枪，地方维持会成立时，他们一下子就捐出三十条枪，黑子也当了五道林保安队的队长。

不久，八路老三团就进来了，一位姓刘的指导员了解了黑子的情况，就找黑子谈，要黑子加入他们的队伍。黑子一时拿不定主意，他对二兰子说："他们让我拉队伍入伙，让我当排长。我琢磨着他们是外地人……"二兰子说："他们说是为穷人打仗。"黑子说："我见过的兵多了，都那么说……再说，他们穿得破破烂烂的，不像个正规军，没好枪不说，武装袋看着鼓溜溜的，其实里边不是枪子儿，是柳条棍儿……"

老三团没住到下雪的时候就向锅盔山一带去了，老三团一走，李司令的"中央军"就进屯了。李胖子在丁超起兵时参加过抗联，后来当了胡子，在这一带有些影响。李胖子骑着一匹东洋高头大马，耀武扬威地在老街上走了几个来回。

李胖子请黑子喝酒，他告诉黑子他是"政府"委任的正规军，还当即决定任命黑子为上尉营长。黑子说只要打小鼻子他就去，打完了小鼻子他还回五道林，在山上打猎。

像拉锯一样，民主联军（八路军）来了，李司令的队伍又撤了。那年冬天开始土改，二兰子被选为妇女委员，她的觉悟提高很快，一冬天，领着"翻了身"的妇女和孩子唱歌、扭秧歌，喜气洋洋地过了一个阴历年。

开春的时候，李胖子的中央军被民主联军的剿匪部队打垮了，李胖子和几个土匪头子被押到县城，五花大绑地处决了。二兰子想，黑子可能在打仗的时候，被乱枪打死了。

转眼三年过去了，二兰子当上了二道河子的干部，管了二十几个自然屯，有一次回五道林给爹上坟，走到黄泥窝棚的林子里，她看到一个隐藏在蒿草中的地窨子，她警惕地来到地窨子跟前，见一个人影猫着腰，在谁也不注意的满是乱草的壕沟里跑着，跑的时候看不见人，只有草在瑟瑟地动着。逃跑的人跑出二十几米，才露出了身子，他像烧煳了的木桩子一样，黑乎乎地望着二兰子。二兰子知道那是黑子，他的身材她太熟悉了……

黑子大概早就认出了她，凭黑子的机警和枪法，二兰子根本无法靠近那个地窨子的。

黑子望了一会儿，返身消失在林子里。

二兰子回到五道林，她想了一夜，最后还是向组织上报告了黑子的行踪，第二天，清剿小分队就上了山。

从此，再无黑子的消息。

1995年，二兰子已经六十六岁，她躺在医院白色的病床上，看着窗外飞动的小鸟，她吃力地从枕头底下拿出一个玉石嘴的长杆儿铜烟袋，她的目光迷离起来，慢慢地念一首童年的歌谣：“小鸡咯哒，要吃黄瓜……黄瓜有籽，要吃牛腿……牛腿有毛，要吃仙桃……仙桃有尖，要吃牛肝……牛肝有血，要吃蝴蝶……蝴蝶上天，小鸡傻眼……”

……

生锈的红缨枪

五道林在沙河与老铁道之间，一条穿糖葫芦街，街的两边是草坯房，沿铁道一趟，沿河一趟。到“文化大革命”的时候，那里的居民还盖老式的房子，所以说老式的房子，最突出的特点是房子的窗户低，窗台低得与外面的沙土道差不多高。那些窗还是木方格上裱黄纸，人们不习惯玻璃，用透明塑料布的也很少。

翔子家是典型的五道林户，格局是这样的，临街的一面是房子的背面，进门得绕过去，他家的门前是架着豆角和黄瓜架的菜园子，隔一个简易的茅房就可以望到铁道的路基，路基处于高处，躺在土炕上，可以看到早晨的太阳从路基上升起，白天的云彩也撕破一般片片飘来……

运动开始那一阵子，大家都从各自的草坯房里出来，集合到大院里的队部，队部的电线杆子上有一个灯，灯的周围舞着大大小小的飞蛾，灯的下面则围着屯里的大人和孩子，大家热热闹闹的，像过年一样。

翔子是大队会计，开会的时候点名，给开会的人记工分。他有一双刀削似的小白脸，眼睛眨巴眨巴的，只要他负责点名，就没有人敢浑水摸鱼，应答“有！”了。

运动一点点深入了，挖出的坏人也越来越多，大家的心情由开始的喜悦变得沉郁了。谁都担心自己会成为下一个被挖出的坏人。翔子也不再认真地点名了，他经常跑肚拉稀，两只眼睛都拉眍瞜了。

那年夏天，民兵连长二愣子上了台，他家住在屯东头的杨家豆腐坊，离翔子家有三里路，不过二愣子几乎天天都来翔子家坐坐，给翔子讲革命形势。

翔子的老婆叫陈玉兰，土改前，她家开了皮货店和铁匠铺子，在五道林挺有名的。翔子算是陈家的穷亲戚，陈家倒霉的时候，翔子捡了五道林最漂亮的女人。结婚后的玉兰也总把自己关在家里，人们很少见到她，都传说她的皮肤精白，后来就越传越神了。

在翔子看来，二愣子的目的是动员他揭发玉兰，比如是苏修特务，或者是反革命什么的也行。翔子蹲在炕沿上抽烟，无论二愣子怎样动员他都一言不发。

那之后，翔子被派到地里干活儿，本来他就是个秧子，干什么都落在大家的后面。他自己也由原来受人尊敬的“文化人”变成了落后分子。

小秋时，大家在地前垄后议论开了，说二愣子占了玉兰。大伙儿见翔子带死不活的样子，话里话外都透出了同情。翔子整天哭丧着脸，其实别人不说他也明白，他在家里唯一的一条棉被上闻到了臭脚丫子的味道，他自己没有那种臭咸鱼味儿的。

二愣子早晨敲上工钟(其实是一段断铁轨)，分派了活之后，二愣子就背着“三八大盖”步枪，到街上逛去了。逛到翔子家，二愣子就脱掉衣服，光着黑糊糊的身子钻到玉兰的被窝里。

这时，翔子咳着回来了，他刚一掀开屋里的门帘儿，站在炕上的二愣子就端着步枪，用枪筒抵住翔子的脑袋。翔子不敢抬头，眼前只有二愣子下身那黑糊糊的东西。玉兰趴在地上不停地磕响头，直磕出血来，二愣子才骂骂咧咧地穿上衣服走了。

传达最高指示那天深夜，二愣子站在清冷的灯下，他穿着令人羡慕的褪了色的军装，胳膊上系着红袖标。他的胳膊一举，下面的人群就一举。他喊一声，下面的人群就喊一声。仪式结束，他正准备喊散会，突然，一把红缨枪从乱哄哄的人群里刺了过来，正刺中二愣子的前胸。二愣子用力一挣扎，那个枪头就将自己的身子穿透了。那时候，五道林几乎家家都有红缨枪的，但后来据人讲，刺二愣子的人正是弱不禁风的翔子，他用的是把生了锈的红缨枪。

第二天上午，人们在火车道上发现了翔子，在南铺子的山洞前，翔子被火车碾得身首分离，他穿着土改上学时的学生套装，已经加了厚厚的补丁。

日复一日，火车在五道林的铁道线上仍旧轰轰隆隆碾过，从不间断。而屯里人却落下了长久的恐惧。以至多年以后，五道林的孩子提起南铺子都呼吸受阻，老一辈子的人说，那地方(翔子死的地方)缠人，翔子的孤魂就在那里游荡，哪一天，他抓到替死鬼后，他才有可能托生哪！

……

最后的老叔

老叔大名叫林记忠，1952年参加工作，一直在铁路上当养路工。

老叔退休的第二年，老婶就走了，老婶在老街出了名的厉害，嘴快、手快、性子急，她骂骂咧咧管了老叔一辈子，本来活蹦乱跳的，说死一下子就死了。

给老婶送行那天，儿女们一个比一个地号哭，老叔则没掉一滴眼泪。老婶虽然对老叔多有管束，却也真心疼他，就在供应粮紧张的时候，家里仅有的一点细粮也给老叔吃。老叔不哭并不是对老婶没有感情，他没有眼泪。

老婶走了，老叔还住原来的房子，那是一间老房子，是日本人在的时候建的，砖瓦结构，外墙涂土黄颜料。过去，外墙由铁路上统一粉刷，三五年一次，而里面几十年如一日，已经破败得不成样子。老叔家的习惯不烧煤，烧沉淀大量灶灰的玉米秆儿，整天屋里弥漫着浮尘。那间房子在铁道的路基边儿，出了门就可以闻到铁道上金属以及火车滴落的机油味儿……老婶一走，房子里空空落落的，老叔常常拿着小板凳在朝阳的墙边坐着，他戴着狗皮帽子，抄着袖子。下雪之后，一大群麻雀落在他眼前的空地上，蹦蹦跳跳的。老叔的眼睛里就有了无边无际的岁月。

老叔上面有六个哥哥，他们都比老叔聪明，都比老叔能干，可他们谁也没活过老叔，他们没看见过电视，没看见过动画片，没看见过球赛……当然，也没吃过冰激凌、喝过可乐、穿过鸭绒棉衣等等。

大哥是老街有名的“炮手”，他打猎的时候基本靠感觉，根据风速和听觉，枪响了眼睛才望过去，百发百中。那时候大哥和俄国人做生意，虎皮，豹皮，红狐、白狐、蓝狐皮……大哥提供的都是上等的皮货。后来，大哥染上了大烟瘾，把兴起的家业败了。有一年冬天，他在二道岗子打猎，被一个子熊舔了……传说他在遇到子熊的时候犯了大烟瘾，不然，那个子熊是斗不过大哥的。大哥死的时候，老叔还没出生，他只是在别人的讲述中了解有关大哥的情况，在脑子里想象大哥的模样，大哥没有照片留下来。

二哥毕业于国民高等学校，伪满洲国时，他在牡丹江当铁路警察，他喜欢演戏，回家的时候，他就套上戏装，演起了昆角。他的嗓子好，据说是为数不多的使用鼻音入唱腔的人。后来，伪满洲国倒台了，二哥就回家了，他在老街组织了剧社，开始巡回演出。土改时，二哥作为“伪警、宪、特”被揪了出来，本来他没有什么血债，人缘也不错，陪陪斗也就算了。谁知，运动越来越轰轰烈烈，二哥被吓破了胆。那次开斗争大会，他让剧社的人把他藏到菜窖里。斗争大会过去了，第二天打开菜窖，二哥已经被憋死了。

接下来是三哥，民主联军到老街招兵时，那个大胡子指导员叼着烟袋，耐心地做三哥的思想政治工作，三哥在火炕上坐着，浑身像着了火一样。大胡子指导员也不强迫你参军，让你自己表态。你不表态就不能从火炕上下来，三哥实在忍不住了，就答应了……三哥跟着部队走了，他人有文化，作战又勇敢，到解放四平时，他已经是副营长了。然而，就在解放四平那场战役中，他牺牲了。

四哥跟三哥的命运差不多，在朝鲜战场上，他也牺牲了，所不同的是，他是主动要求参军的，而且，他还没接触到敌人，刚一入朝，就被炮弹炸死了，尸体都没留下……

五哥则是在“文化大革命”武斗的时候死的。五哥是“革联”的二把手，在老火车站西修工事，为了“捍卫”，他们真刀真枪地同“人联”干。那一天，他挂着领袖像章的左胸口，洇出大片大片的鲜血……老婶做出如下解释：他五大爷(五哥)打死过猫头鹰，必招报应的。

老叔对六哥的死更是记忆犹新。那时候粮食不够吃，六哥的孩子还多，他只好在车站捡破麻袋落下的黄豆和玉米。后来，六哥渐渐发展到扒火车上的粮食，一扒就是两年。后来出事了，铁路“保卫组”的人带着枪去抓六哥，押到火车上，火车开了，六哥跳了出去……六哥跳车的地方就在他的家门口儿，路基的石子上染了紫黑的血。老街的人都跑去看热闹，那天天热，槐蝉沙沙响成一片……六哥死了，他扔下了六个孤儿，最小的才五岁。

这样想来，老叔觉得自己还是最幸运的，虽然这辈子没什么作为，却也平平安安，他从不争什么，不斗什么，不多说话，不生闲气。人活着不就是为了吃得饱穿得暖吗，不管你怎么花言巧语，到头来还是那两个字。老叔想。

下雪那天，小儿子回来了，他接老叔的班，也在铁路上工作。小儿子愁眉苦脸的，说近两年效益不好，五道林小站可能得撤，他面临着下岗。

老叔什么也没说，他知道说了也没用。就在小儿子为工作发愁的时候，老叔还去看了人，他准备续一个老伴。

老叔相亲回来，他的心情很好，他将小儿子的孩子抱了起来，乐呵呵地逗着孙女儿：“说反话，大扁头，俺家有个草吃牛；东西街，南北走，南北街上人咬狗；拿起狗来打石头，反叫石头咬着狗的手……”

老叔说，他一定要活到八十三岁……

“神医”老胡

我是位医生。我决定做医生是五年前那个夜里。今天夜里刚好是五周年纪念日。下午三点就收拾了桌子上医生用的东西，准备用一种特殊的方式庆祝一下，我觉得我有理由这么做。关于庆祝问题，我曾设计过若干方案，下午还给津子围挂了电话。津子围在电话里说：“老胡啊，你很少给我打电话的。”“是，是。”我当时是这样说的，“总算挤出点时间了。”

“你有好消息急于告诉我，对不对？”津子围说。

我想来想去，突然不想邀请津子围了，于是就寒暄了一番。放下津子围的电话，我还是给艾军挂了一个电话。艾军糊涂了半天才明白我的意思，我觉得奇怪，我是医生就不可以在高兴的时候请人家吃一顿？“没什么，今天是我行医的纪念日，啊，五周年纪念日，想来想去还是想请你和我纪念纪念。”

艾军笑了起来，她说可以。

“那你就选地方吧。”我大声说。

“白宫怎么样？”

“白宫？”

“不是真的白宫，去棒棰岛的路边的欧式房子，新装修的欧式酒店，据说点蜡烛，还有钢琴师演奏……”

“就按你说的办吧！几点？”

艾军让我决定，我就定在晚上六点。

艾军还是笑盈盈的声音：“就请我一个人吗？”

“当然是一个人。”我十分肯定地说。

放下电话我开始去打皮箱上的密码，皮箱里放着存折、股票、证件和现金，我拿了七千元现金，想一想，又拿了美元，是能抖出响来的新票子。（拿起美元，我想起韩国的李先生，他告诉我去韩国一个月可以赚三万美元，结果我去了一个半月，只拿回来五千美元。李先生说我可以去美国发展，洛杉矶或者旧金山，那里的华侨相信气功和中医，联系来联系去一直没结果，没结果不等于结果不好，没结果却留有希望。）也许用不上美元，不过我想还是带上吧，只要不随便弄脏了就行。

关键是同艾军一起吃晚饭，一想这个后腰就发热，心直往上提。

认识艾军也是通过津子围，津子围说他与艾军谈过朋友。“绝对出色！”津子围赞叹着。开始一个时期我没敢对艾军有想法，她曾经是津子围的女朋友，对她的非分之想总是有些障碍的。后来艾军介绍贫血的乔小姐。乔小姐是在美国长大的台湾人，说话挺好听，像四十年代老片子《八千里路云和月》《一江春水向东流》里演员的声音，只是她总把 “渠道”说成“管道”，把“咖啡伴侣”说成“奶精”，听起来就不习惯了。我给乔小姐开了几个疗程的药，要了她五百美元。艾军对我挤了挤眼睛，小声附在我耳边说：“老板说挺便宜的。”我的神经脆起来，我几乎从未闻过那么好闻的气味，而这气味正是艾军身上传递过来的。从那时开始，我就发现艾军不仅有特殊的气味，而且，那张脸也美得惊人。就这样，她走入我的幻想之中，我常在难耐的长夜里想象如何像古典小说写的那样“云雨”她。

艾军出生在知识分子家庭，身上的浪漫气十足，她与津子围是同一届的毕业生，津子围毕业了，艾军却读研究生，读英语。“你猜怎么样？毕业的时候把我分配在体改委工作，我最讨厌在机关里混日子，混了两年，就考到外国商社里了。”

津子围说：“如果艾军不出来，现在起码也熬上了副外长。”

我说：“外长挺不错的，就是钱太少。”

“关键不是钱。”艾军说。

接下来艾军给我介绍了接替乔小姐的李先生（李先生是韩国釜山人，最早做汽车零配生意）。我问艾军：“你的公司不是欧洲的大公司吗？不是说瑞典吗？”

艾军说没错。“E K K公司是国际性的，不过，中国的办事处用的首席多是亚裔人，李先生在日本和台湾都工作过。”

“你们老板厉害吗？”

“开始是，不久就与我们合作得很好，我们是用我们的大染缸来染资本主义的老板。”

果然李先生是中国通，他会以中国的方式喝酒，还会以“玩感情”的方式泡中国小姐。“妈的，那个高丽鬼子最下贱，什么样的都行，来者不拒，你可以想象吗？他竟然在市场的小理发店让综合治理的抓过。”“综合治理的当然抓，大老板谁去那种地方？”津子围持另一种看法，眼睛发亮地说，有些正义凛然之感，颇为我们的同胞姐妹受侮不平。

“李先生有慢性肾炎，看你的本事啦，他可是条大鱼。”艾军对我挤了挤眼睛。

我能理解，公平一点儿说，我的职业敏感性是卓越的。我也有信心去治这种病，我有我的秘方，我的祖上是清朝宫廷的御医嘛，这一点我深信不疑。开始的时候，我说父亲是医生都紧张。不过我真的想不起来父亲是不是中医。后来大家都认为我是祖传的中医，往上传就传到了宫廷。津子围为我找的记者大版地发文章时，明确地写上我是御医的第四代子嗣，我吓得夜里直冒汗，去图书馆查晚清宫廷资料，只找到一个姓胡的太监，而那个太监同中医无缘，不过是为皇妃子端便盆的小使……我为此紧张了一个月，而这一个月，我的命运有了令我惊喜不及的转机。那些有权的部门的领导，他们都对身体特别一些，本来挺正常的，我说他们有潜在的什么什么病时，他们的目光立即掺杂了恐怖，像小学生那样听话……还有他们的老父老母，岳父岳母，叔辈兄弟，远房侄子等等，一个传一个，都称我为神医。有一位局长来到之前，竟有三个人争相为他介绍，为他跑前跑后，有位司机称我为叔，说叔，弄好了局长一高兴，秋天能分到两室的房子……渐渐地我也相信自己真的是神医了。

……说起来还得感谢津子围。

在津子围之前，得感谢方。

在那个大火车站穷途末路时，我认识了方，方说他是作家（后来证明他的确是作家）。方问我，我也搞不清自己以前是干什么的，我只是朦朦胧胧地觉得自己一生都在拥挤的火车上，为了逃票，我趴在坐席下边，身边有蛋青色的痰和烟头、水果核以及卫生纸……在那个热热闹闹的火车站，我的头脑早晨那般清醒，只是以前的事一点影像都没有，“失去记忆”。我的心如坠入幽黑的深井中，浑身发凉。我找遍衣服口袋，只发现一张表，那表是一张普通的登记表，像旅馆用的。表上的名字为：胡仁林，职业：医生，出生年月：1950年4月4日，血型：B。下边还有几个字：三号房四床……我十几次分析这张表，我判断我一定是从精神病院逃出来的，不过现在大脑清醒了，这就足够万幸了……从那天开始，我就找胡仁林，找他所在的城市，所在的单位，所在的家，一无所获。我又是跑报社，跑公安局，还是一无所获……我这才知道，原来你自己不知道你是谁的时候，是没有办法找到你的……在我囊中羞涩时，我遇到了方。

方说他心肠好，邻居老王得了亚急性肝坏死，就剩下百分之五的希望，但单位的领导说：不惜一切代价，也要救老王。那个单位是搞住宅开发的国营企业，财大气粗，领导也很讲义气。“老王的老婆求我，她知道我认识一个治肝病的名医，不巧，这位名医也得了肝病住院了……医生是治病不治命呀！”方说。

我当时眼睛一亮，我就是医生嘛，走投无路的时候，没准能有转机。我对方说我就是医生，祖传的，我爸爸的爸爸就专治肝病。方问我，这种情况你也敢治吗？我说没问题。“你找我是找对啦！”（其实，方忽视了一些细节和最基本的常识，或许是求医心切的原因，他的目光明确地告诉我，他十分敬佩我，不是神医是不敢夸这样的海口的。津子围呐？他也犯了同样的错误，在我编故事一样编造我的历史的时候，他刚刚吸过烟，又伸手说：再抽一颗！）“我来之前还推了卦，说我马到成功！”方笑眯眯地说。

同方去医院见老王时，老王已经处于抢救之中，方问我还能救吗？我说没问题，但是得把病人接出来，在医院不行。于是方对老王家人说：“胡大夫说了可以治好，但得把老王接出来。胡大夫可是神医，我了解的，他救了几十条（我说十几条）人命的……”

于是，老王家的人去找主治医生，医生不同意，他们就吵起来，吵到火候，老王的老婆骂开了，让医生把喝的酒吐出来，把拿的钱返回来……正吵着，老王咽气了。

老王咽气不怨我，这一点大家都清楚，相反，我没去试一试让大家都落下遗憾。有遗憾就使得我的身价暗暗增高。“老王命该如此呀！”老王的老婆哭着说，好像我真的是手持还魂草的救命观音。

……就这样，我开始在这座城市行医。

在这座城市，我认识了津子围。

津子围在阳光柔黄的下午来拜访我，“我叫津子围，方介绍我来的。”津子围是背着阳光说的，开始，我只感觉到他瘦高的身影。由于读书和写作，津子围有些神经失眠。我本能地感觉到这个人的利用价值，给他准备了一些药，象征性地收了点钱。

几天后，津子围和方一同来拜访我，称我为神医。

再后来，津子围帮我介绍了记者，记者坐下来，从他的目光中我寻到一种奇妙的东西，我判断我的机会来了。“是这样，”记者的语气虽然硬实，却掩饰不了有求于人的那种歉意。“我正在搞一本报告文学集，书名叫《都市之星》，反映全市各行业的中坚和出类拔萃的典型人物，准备在医疗战线选一个。津子围说你挺厉害的。”

我说我不够典型。

记者说典型不是劳模那一类的，主要看真本事。

我当然不能否认我的真本事。我就说：“你需要什么就问我什么，我配合，但最后行不行还由你定。”

记者的态度平和了，他说：“还有一个事儿得先说，现在出版界不景气，出书要有一定的补贴，综合测算了一下，每位被采访对象得资助五千元，书出版后，给每位被采访对象一百本书……”

记者说完，直盯着我。

我说没问题，什么时候取钱都行，就是不写，我资助五千元也是应该的。

记者被感动了，他立即打开笔记本，我说一句他记一句。我开始发挥了无穷无尽的想象力，比如我在“文化大革命”受家庭牵连，在艰苦的环境下刻苦学习，在乡下为贫下中农服务，比如接生，治大肚子病，治肝病，治脑炎……后来进修西南中医学院中医本科（我也不知道有没有西南中医学院），毕业后，结合祖传的秘方研究了一套胡氏的内科病特效药，河南、辽宁、黑龙江大兴安岭的叫什么名的都来治过病等等。（记者问我的职业）毕业后是有正式工作的，在哈尔滨的中医院，因为选院长的事，一气之下我就自己不干了，我不愿意在医院里做官僚，整天琢磨没完没了的人际关系，就决心把祖传的宝贵财富整理好，发扬光大等等……那天晚上我请记者喝酒，并对他说："咱哥们一见如故，以后我做你的保健医吧！"

记者喝得满眼血丝，笑呵呵地说："大哥真义气，资助费减到四千吧，另外，我还在报上为你发几篇通讯，好好宣传宣传，其实你够的……"

那天我同记者唠到半夜……第二天就有人上门来说找记者的保健医看病，真好用，几乎有点身份的人我都说为他做保健医，听的人心里舒服。保健医，一种身份和地位的象征，一种对生活追求的时尚方式。第三天，我就上报了……短短一个月，我从租用的居民房搬到了中山区的门市房，朋友帮助起了行医执照（真怪，不认识手续全不好办，认识了，什么不要也办了）。我的墙上挂满了镜子和锦旗。求医者挤在门口儿，后来都得列计划，一列就是一个半月……我太累了，开始规定上午看病，下午休息。

想起刚认识津子围，津子围让我看他有什么病，我假装去摸脉，摸了一会儿说："你的胃不太好，脑神经弱，脖子发硬，后腰有时发酸，再有，你的左腿部气血不畅……"津子围先是惊讶，继而佩服得不行。其实这再简单不过了，写文字的人一般都脑神经不好，长期坐姿一定使脖子肌肉发死，进而影响到腰。生活不规律必定影响到胃，至于腿，见到他时，我就发现他的左腿走路发板。"对，我出过车祸，伤过左腿。"津子围为我一一解释他的病。有了这一套观察加唬人的办法，我的"脉"诊准确率在百分之八十以上。

高峰时，我日收入可达两万元。

钱多了，就想找点事儿干。开始有些找我治性病的女人，给了药，她说："大哥，实在没钱，就让我报答你一下吧。"心里想别沾这等下贱女人，可又不知不觉去做了。还有农村来的，挺好唬，三唬两唬就行了，怎么摆弄怎么是。有一天，一位领导的太太来了，我从她的表情中就看出了八分。一问，果然是情绪不好，长久积下心病。"有病不避医"，这理儿谁都懂。我说她是性生活不和谐的缘故，她含着眼泪说丈夫得过性病，因为治得不及时，后来就不行了。我就百般安慰她，哄她，从那以后，隔三差五她就到我的门诊来，还介绍不少身份不一般的病人。不过，她的肚皮太厚了，那地方也热，实在没什么意思。

还是艾军，我一直惦念着艾军，惦着她大概是碰不到她的原因，还有一个原因，我倒真的想成个家，有一个优秀的儿子来发扬我的事业，把我的秘方传下来

（我敢说我的秘方是绝对天下无二的，这是我发明的专利，我靠着这个专利在短短的几年就挣了几百万元。这秘方只有我一个人知道，对谁都不会讲的，其实我最清楚它的简单，往往越简单越深刻。我只不过利用人们对待中医的态度，人们相信中医是慢功夫，一旦有点效果就会以为神了。其实我的秘方就是用无作用的中药碎末加上西药店里的外国进口或合资生产的西药，两者一和，就成了，当然有效果，我当然是名医，谁能想到？不过，我是决不会讲的，这个创造发明是我从社会和经济生活现实里得到的启发）。艾军同意和我在“白宫”见面，我觉得一幕新剧该上演了。

……我刚要出门，见到记者正站在我诊所的门口。

“大哥”，记者说，“我告诉你一个好消息，报社给我分房子了，二室一厅。我准备装修一下。”

我明白记者的意思，就大大方方地说：“有困难跟大哥说一声。”

这一说，记者反而不好说了。

我正琢磨着怎么摆脱记者，负责我们这一片检查的小岳来了，他把我拉到一边，小声说：“大哥，给我弄好了吗？”

我知道小岳要的是什么，他磨了我好久，他正在追天津街百货商场服装柜台一个小女老板，怎么也不成，他就想让我弄点药，趁小老板不注意的时候喝下去，生米煮熟……这不行，我不会做的，况且，我现在越来越有地位和身份了。我灵机一动，对小岳说：“你先帮我办一件事，请我的弟弟，报社的记者喝酒，钱我出。”

“这事儿简单！”小岳乐呵呵地说。

我去白宫已经六点过去十分了，艾军站在白宫的门口儿。她穿一件浅灰色加黑牙子的连体裙，空气中没有风，不过看艾军就有微风轻拂的感觉。

我像小伙子那样，健壮地跑过人行道。

艾军说：“真遗憾，里边满了。”

“满了？”

“满了，要么我们去潮州大酒店吧？”

“听你的。”我的心情很好。

这样，我们就上了一辆出租车，上车时，我故意不小心地扰了艾军的肩一下，她笑盈盈的没一丝反感，我心里直乐。

车走到白云隧道时，我刚想趁黑摸她一下，突然觉得眼前一黑……

我醒来是在急诊室的移动病床上，真怪了，一点伤都没有，就是觉得胸口有点隐痛。我怎么会在这里？我应该在劳改队的医院里，或阳河镇的医院里。我问护士，护士说我同一位小姐被送进来。“这是什么地方？”

“医科大学附属二院。”

我更加糊涂。我怎么会到这座城市的第二医院？千里之遥，而且，我怎么会和一位小姐一同进来？我明明是押着犯人胡仁林去万家农场给犯人看病的，对了，路上我们翻车了。对，我敢肯定是翻车了……我的头开始生疼，对，后来我好像进到一个全是白色的房子里，所有的东西都是白色的，有两个女护士拿着绳子……不行，我得马上回劳改大队，本来政委就对我有些想法，搞不好就被抓了小辫子，给个记过是轻的，最关键别影响今年年底提第二监区的区长，为了这个职务我整整熬了五年……

津子围是第三天去医院的，他去找胡仁林，医生说没有这个人，只有一个叫孙勇的人，他说他是劳改队的管教，昨天早晨就走了，偷着走的。

这怎么可能？津子围一遍一遍问叫孙勇的人的特征，医生说的都是老胡的特征。这绝不可能。津子围说。

“这有他的签字！”医生说。

津子围一看，果然是孙勇两个少功力但有力量的字，他十分奇怪那个日期，1992年6月5日。津子围想：无论是真的老胡还是孙勇，怎么也不会糊涂到把日期提前了五年啊……

马凯的钥匙

马凯回家时发现自己的钥匙不见了，在漆黑的防盗门前，马凯紧张了一阵子，不过，等妻子开门之后，马凯的紧张感又减轻了不少。

马凯的钥匙一般是不离身的，一个发条弹簧链将一大串钥匙紧紧地拴在裤腰带上。那串钥匙除自家房门的外，还有单位房门的钥匙、金柜的钥匙以及装重要文件和公章的防盗文件柜的钥匙，这样的钥匙丢了当然令他紧张。进了屋之后，马凯找了一会儿没找到，他想，也许是自己一时疏忽落在单位里了。

晚间的电视没有他希望看到的球赛，他也觉得挺疲劳，所以，过了十点钟，马凯就躺在床上。

躺在床上睡不着，他又想起了钥匙。

马凯仔细回忆着一天的经历。上午，处室开欢迎会迎接新处长老彭，其实老彭也不是新面孔，老处长到点儿（退休）了，他是从别的处调来接替老处长的。中午饭之后，他本来应该与处室的同事们打扑克，大家喝了点酒，嗓门儿都挺高，玩扑克也会十分热闹。只是，昨天他已经同妹妹讲定了，今天下午和她一起去跑手续，这件事已经拖了半个月了，提起来，妹妹有不少怨气。

妹妹天性活跃，不像他那么死板。不过，妹妹对新事物过于敏感也导致她工作上的不安定，几年间，妹妹换了好几个单位。年初，她找到一个保健品推销的活儿，可干了不到三个月，那个代理商嫌效益不好，就撤了摊儿，转移到另外一个城市去了，这样，妹妹又面临着选择。那天晚上，妹妹一家人到他家串门，妹妹说她想了很久，决定自己找点事儿干，不然，折腾来折腾去就老了，趁现在年轻还可以干点事儿。他们讨论了半天，决定在自己家的楼下搞一个粮油商店，投资不大，他们凑凑钱还可以应付。粮油商店的手续可能比一般的食品店的手续复杂一些，不过，他们认为马凯在机关工作，找人总方便一些。

那天下午，马凯就和妹妹一起跑粮油商店的手续，他们先后跑了四个部门，该找的人没找到，找到的人又推托改日再来，比他们想得还麻烦。办手续的事先不说它，现在马凯主要是想钥匙，下午他走的地方挺多，他到这些地方都没动过钥匙，也就是说，没动钥匙就不会丢钥匙，虽然没动钥匙，但钥匙它的确不见了，这说明每个地方都有可能丢钥匙……这样说来，他最后使用钥匙是昨天晚上，昨天他在外面应酬，喝了不少酒，但回家开门时用了钥匙，钥匙失踪时间主要还是今天白天。马凯翻来覆去地想，睡觉前他想，最大的可能还是落在单位了，比如自己忘在办公桌上了，或者钥匙插在文件柜上。即便没在办公室也没关系，还有一套备用的钥匙呢。这样一想，马凯觉得自己应该赶快入睡，似乎早入睡就可以早一点亮天了。

第二天一早，马凯第一个到了单位，如果那串钥匙真的挂在文件柜上，同事们看见了不好，新来的处长看见了更不好。到了单位门口儿，马凯才知道问题出在自己身上，一急了就没了脑子：没有了钥匙，来的再早也没用，进不去门。按此方式推断下来，马凯的心缩紧了，他的备用钥匙恐怕也存在一样的问题，也就是说，如果找不到钥匙就打不开文件柜或者金柜的门，而打不开这两个柜的门，就拿不到备用钥匙。马凯是这样放备用钥匙的：金柜的备用钥匙放在文件柜里，而文件柜的备用钥匙放在金柜里。这样放已经两年多了，如果不是钥匙串儿不见了，他根本就没有意识到这样放备用钥匙的问题。

马凯在办公室的门口徘徊着，他在心里默默地祷告着。如果这串钥匙真的丢了，自己遇到的麻烦可就大了。

马凯到单位提前了四十多分钟，那段时间里他觉得自己像在密不透风的闷罐子里捱着时间，并且时间越到后来越慢，他开始冒汗了，额头上的不说，衬衣都贴到后背上。

到了上班时间，打字员小吴来了，他们相互点了一下头，小吴刚掏出房门的钥匙，马凯就迎了过去，接过小吴手里的钥匙，先开门了。小吴似乎觉得马凯的行为有些古怪，她愣愣地看着动作急促的马凯，以前，马凯从不向自己献殷勤的。

马凯进到办公室之后，他在很短的时间内对金柜、文件柜和自己的办公桌进行了“扫描”，没有看到钥匙。马凯的心提了上来，他走到办公桌前，上上下下找开了，找了一遍不放心，又找了一遍，找过了三遍，还是没看到那串本来十分显眼的钥匙。

马凯傻了，呆呆地坐在椅子上。

上午九点，就有人来机关办事，办事中很重要的一个环节就是盖公章。公章是一种标志，尽管审批不在他这个环节，他盖公章必须看到相关的签字，他不过是履行形式，也就是说，权力不在掌管公章的人手里，但对于整个社会来说，公章才被正式承认，才有效力。

尽管审批权力不在马凯手里，推托一下马凯还是可以做到的，比如他说他正要出去开会，当然，这个会议得比盖公章重要。“你明天再来吧。”就推过去了。一开始，马凯不想推托，他觉得自己的一时疏忽可能产生连锁反应，比如，对方是从老远的地方来的，跑一趟不容易，如果由于他的推托真的误了人家的事，这种不良影响就有可能传导下去。

马凯想起自己大学毕业时，恭恭敬敬地站在管毕业生分配的干部的办公桌前，那个干部正在讲电话，讲得有滋有味。马凯还算通事理，他并没有打扰那个干部讲电话，他只是静静地等候在那里。管分配的干部发现马凯一声不响地站在那儿，一只手捂住话筒，抬头问：“有事吗？”

马凯脸有些红，说我是来报到的。

“你先等一会儿。”那人说完，又继续讲电话。“简直烦死了，连喘气的功夫都有人来……”

管毕业生分配的干部打完电话，脸色难看地接过了马凯的报到证，又翻了翻单位的名册，用蘸水笔在分配介绍信上刷刷写了一行字。马凯的心脏都快停止跳动了，他被分配到废品回收公司。

那个时候，机关的权力很大，把你分配到什么地方就是一念之差，笔一落就决定你的命运。就是那个极其简单的动作，让马凯在冬天透风、夏天生虫子的砖房里写了六年的材料，因此，他对那个管毕业生分配的人恨之入骨。他们班的同学分到这个城市的仅六个人，他的学习成绩最好，而另外五个人进了大机关，只有他到了办公在郊区、整天和一些破烂王打交道的企业里。事后，马凯反复想过，他与那个管分配的干部无仇无怨的，那人未必是成心整他，也许，那天正赶上那个干部的心情不好，也许他去的不是时候，打电话之前心情还好，打过电话心情就不好了。也许真的有自己的原因，他不该站在他的面前妨碍他打电话。然而，木已成舟，后悔也没用了，那几分钟的决定让他付出了六年的代价。

经过六年的奋斗，马凯从废品回收公司熬到了总公司，经过四年他又从总公司熬到现在这个真正的机关。马凯从下往上熬的时候，他的几个同学有的已经当了处长，或者下派当了总公司那一级的领导。

到了机关之后，马凯在第一年还是挺有责任心的，后来也疲沓了，动作迟缓办事拖拉，管了处里的公章之后，马凯也在心情不好的时候，或者有意无意之间推托起来。令马凯感到奇怪的是，老处长不仅没有对他的做法指责，反而认为他比较“稳”，处里的小金库也交给他管了……

马凯发现钥匙丢了的第二天上午，所有来盖章的人都白跑了一趟，心里不愿意也只能陪着说小话，谁也不敢质问马凯。多年来，人们已经形成了在权利面前低头的习惯，实在不满意了，也就在背后发发牢骚，或者偷偷摸摸越级告状。像马凯这样，你告状都没法儿告，他又没说不给你盖章，他说他今天统计报表，急着要，让你明天来，你有什么好告的。

马凯反复说他在统计报表，事实上他只是把报表平铺在办公桌上，一个字也没填，外来办事的人都来去匆匆，当然不知道怎么回事儿。打字员小吴心里明白，小吴看马凯心神不定的样子，趁没人的时候，问他：“是不是又让嫂子欺负啦？”

马凯的眼睛圆溜溜的，连忙站起来说：“她可不敢欺负我，都是我欺负她。”

“吹牛吧？”

“真的，不信你去问你嫂子……”

说到这儿，马凯止住了话题，他觉得小吴的表情十分怪异。

马凯又坐到椅子上，他知道小吴对他的反常行为有所观察，一时也无法解释。马凯之所以往明天推托，他又把找钥匙的希望寄托到家里，昨天晚上，他在家里也找过钥匙，不过找得浮皮潦草的。之所以找得不够细心，主要是因为，他觉得钥匙在单位的可能性更大一些。现在，可以肯定单位里没有钥匙了，家里有钥匙的可能性就增大了。

午饭之后，单位的同事相约打扑克，马凯照样去了，他还提议谁输了谁请晚饭。同事说，“饭局就饭局，谁怕谁？”办公室的人知道马凯的博技水平不高，况且，他们的输赢不过是次数统计上的增加和减少，如果认真清查一下，马凯起码欠了十次饭局没请。

马凯刚摸了一把牌，小吴就过来喊他。马凯叼着烟说：“现在是休息时间。”小吴说：“彭处长找你……反正我传达到了，去不去就是你的事儿了！”

马凯一愣，想了想还是让小吴替他打牌，自己站了起来，说：“输了算我的，赢了算你的，过一会儿我就回来。”

马凯去了处长的办公室，在走廊里，他想，大概是盖章的事，有人反映到老彭那里。尽管他心里不太痛快，可还是有些小心地敲了处长办公室的门，他对老彭毕竟缺乏了解。

见马凯进来，处长老彭笑眯眯地说：“坐吧！”

马凯坐在老彭的办公桌对面，等待着老彭的询问。老彭不说话，马凯也不先开口，眼睛直盯盯地瞅着老彭。

“知道我找你来干什么吗？”老彭终于发问。

马凯猜想是盖章的事，不过他不能说，他摇了摇头。

“是这样，”老彭说，“咱处的小金库在你那儿吧？”

马凯明白了，不是盖章的事，他多少有点紧张的心松弛了一些。“在我这儿。”马凯恭敬地回答。老彭刚来就问小金库，马凯觉得他能理解，小金库是处里的活钱儿，谁当处长都得重视。

“还有多少钱？”

“大概、大概一万来块吧。”

老彭似乎犹豫了一下，接着问：“有账吧？”

“有。”

“可以给我看看吗？”

“当然。我这就拿给你。”说着，马凯就站了起来，可走到门口儿，又折回了身子。他想起了钥匙，没有钥匙他就打不开金库，而那些“账”全在金库里。“真不巧，我的钥匙忘家里了！”

老彭认真地观察着马凯的表情，这样一观察，马凯的脸有点发热，不自然起来。

“那，就明天吧！”

老彭拉着长音儿。马凯也注意到老彭的表情，那个表情显得意味深长。

出了老彭的办公室，马凯觉得老彭不相信他的话，怎么平时不忘钥匙，偏偏新处长上班的第一天就忘了带钥匙呢？况且，他自己的表情也不好，暴露出破绽给人家，人家当然不相信了。其实，老处长退休的时候，他和老处长已经对小金库的账目进行了处理，他们不会等到新处长上任了再处理的，这是一般的常识。问题是，钥匙在这个节骨眼儿上不见了，好像他马凯在搞鬼似的。

马凯垂头丧气地回到办公室，同事们还在吵吵嚷嚷地玩扑克。小吴说马凯呀，眼看着就输了你快来吧。另一个同事说这个时候你让他上，他才不上呢，你也不是不知道他的秉性。这明摆着是激将法，要放在平时马凯早就过去了，今天不同，马凯咧嘴笑了笑，甘拜下风。

快下班时，妹妹给马凯来了电话，催促他把她的事放在心上，最好明天上午再跑一跑。“明天不行。”马凯肯定地说。

“后天呢？”

“后天也不行。”

“……怎么答应得好好的说变就变了呢？”妹妹不高兴了。

马凯也急头白脸的，大声说：“你愿意怎么想就怎么想。”说着就把电话放下了。

晚上，本来有个饭局需要他应酬，可是他找钥匙心切，没到下班时间就回了家。到家之后，马凯把可能掉钥匙的地方全翻了个遍，一会儿趴在地上，用拖把把儿勾床底，一会儿搬桌子，没多久就忙了一头汗，还是一无所获。

一夜，马凯似睡非睡，他做了很多梦，在梦中他梦见自己一会儿在办公室里找到了钥匙，一会儿在家里找到了钥匙，无论在办公室里还是在家里，那串钥匙都十分显眼，马凯对自己十分恼火，钥匙本来就没丢，干吗还费那么大的心思呢？后来，马凯做的梦就不是找钥匙的事了，他梦见自己在一个岩石裸露的雪山上跋涉着，他觉得自己非常吃力，就在他艰难地跋涉到山顶的时候，突然有几个人围上了他，不由分说，就把他五花大绑，在绑结处锁了一把锁，然后，将钥匙扔进了万丈深渊，那个钥匙向下落的时候还带着呼啸的声音……马凯从梦中惊醒，他在床上坐了起来，打开房灯，是凌晨三点。马凯觉得自己的汗已经洇湿了

COMICAL TIMES

褥子，他的心怦怦直跳，仿佛有人在一个空房子外用锤子砸墙一样。

早晨，也就是马凯丢钥匙的第三天，马凯心事重重地走在机关大楼的台阶上，他低头走在上班的人流之中，他在想如何对处长老彭解释，同时，他也抱着这样的希望，也许钥匙还在单位里，不小心在什么地方就出现了。

马凯一进办公室，就有一些人等在那里，他们都是要盖章的。马凯去找老彭，小吴告诉他，老彭去宾馆开会，大概要一个上午的时间。马凯知道上午恐怕不能为他们盖章了，见不到老彭，他不能做任何决定，奇怪的是马凯现在倒有了些许轻松的感觉，他几乎觉得自己又争取了一个上午的时间。

马凯以“钥匙忘带了”作为借口，推托所有来办事的人，那些人中有的昨天就来过，他们说昨天你报表，今天忘带钥匙，我们还得跑几趟呢？马凯的脸色不太好看，不过他还是解释说：“本来今天是不想忘带钥匙的，不想，越是怕忘带了结果也出麻烦，还真忘带了。”马凯觉得自己的解释挺有特点，也容易让人家相信。那一拨人陆续走了，反正满不满意都得走。人走了之后马凯想，自己的解释可以给他找钥匙提供了一个新的思考方法，自己真该平静地想一想而不是匆匆忙忙地寻找，也许越是想找到钥匙反而越是找不到钥匙，或者换句话说，钥匙并没有丢，就在一个明显的地方，出问题的是自己，自己觉得它丢了，并往复杂的地方去想去找，结果，这样想得越复杂找得越复杂离钥匙所在的位置越远。

想到这儿，马凯开始宏观地找开了，他在办公室里转来转去，小吴的眼睛也随着他转来转去，后来，小吴还是忍不住问他：“你有什么心事吗？”

马凯想了想，说：“有点，但是不大。”

上午九点左右，楼下办公室常和马凯下围棋的小刘来电话，说：听说你现在挺难说话的，我家邻居孙婶找你两次了，什么程序都走了就差你盖章了。“看在我的面子上，给通融一下。”马凯解释说他不是故意难为她，他只是忘带了钥匙。小刘笑了笑，笑得十分诡秘，“我知道我知道，你就给盖了吧，别的以后再说。”放下电话，马凯的心情十分复杂。

放下电话不久，老婆也来了电话，老婆说他们单位的领导让她找马凯说情。说领导爱人的弟弟已经找过马凯了，就差盖马凯那个公章了，而且人家急得不得了。“你就给盖了呗！”马凯老婆说。

“他怎么这么快就找到你？”马凯问。

“你在机关这么多年你还不知道，现在别的效率不一定高，找关系是最快的。”

“我没盖自然有我没盖的原因。”马凯不太高兴地说。

“算了吧，从来也没听说你有什么权，就盖一个破章呗。……再说，我们头儿还给你捎了一条烟，是‘红塔山’。”

“你净跟着乱！”马凯气呼呼地放下了电话。

十点多钟，马凯的同学大方也来找他了，大方在另一个局当处长，办公离马凯不远，马凯在五楼，大方在七楼。他们并不是总见面的，所以见面之后难免寒暄了几句闲话。寒暄之后，马凯问大方：“说句老话，无事不登三宝殿，说吧，什么事儿？”

大方笑了笑，说：“马凯啊，想不到你也俗起来了。”

“怎么啦？”

“没什么，俗不一定不好。不过，俗也有俗的原则。”

“什么原则？”

“马凯，你记得老刘吧？……原来是人事局的。”

马凯茫然地点了点头。

“他死了！”

“死啦？”

“心肌梗塞，昨天死的。”

马凯的目光有些黯淡。大方说的老刘在十几天以前还找过他，当时马凯一见到老刘，他的心突突地直跳。他认出了老刘，老刘却没有认出他来。老刘就是当年负责毕业生分配的人，他的笔刷刷一挥，马凯就受了那么多年的罪。现在他找马凯盖章来了，马凯当然不能放过他，马凯不能放过他也不是别的什么，无非是态度上生硬了一些，找各种理由推托他。令马凯觉得意外的是，原来趾高气扬的老刘居然在他的“房檐”下也低头，他说了不少好听的话。他不说这些话还好，他这样一说，马凯就更加气愤，他用一种敌视的目光瞅着老刘，一定把老刘瞅得一身寒战。

“我前几天看了一个材料，”大方说，“很多人过不了退休这一关，有百分之三十七的人在退休第一年就出了问题，老刘就是这样。……你大概不知道，老刘在死之前还有一个心思，就是他女儿，他没退之前把女儿安排在热点岗位上，不想，热点转换得比人们想象得还快，女儿被竞争下来，他女儿又没有多少文化，所以，他想在自己家一楼临街的位置上新开个门，给女儿做点小买卖。……据说申报材料在你手里，你不给盖章。”

马凯沉默着，他脸色很不好看，呼吸也不均匀。

“我相信你不一定是故意难为老刘的，肯定有客观的原因。老同学嘛，谁不了解谁！……说到这儿就不说了，怎么样，我的面子总还有吧？”说着，大方拿出一个审批表。

马凯明白了，他连忙对大方说：“我可不是故意刁难你，今天真盖不成了……”马凯小声对大方说：“我的钥匙丢了。”

大方愣了一下，他的表情传递给马凯这样的信息，平白无故地怎么可能把钥匙丢了呢，他显然是不相信的。大方在确信马凯的不“诚实”之后，他有些恼怒了，论职务、论在机关的资历马凯都没资格同他比，所以，大方足以理直气壮地对马凯表示他的不满。“凯子（马凯在大学时的外号），我承认我这几年变了不少，也有‘黑’的时候，可我觉得，怎么黑也不能黑到死人头上……”

“你误会了！”马凯眼睛圆溜溜地说。

大方冷笑一声，把没盖章的材料甩在马凯的桌子上，声音清楚地说：“想要多少开个价，别拿钥匙丢了当借口！”

大方扔下材料的同时也扔下了话，他转身就走了，马凯呆呆地坐在椅子上，他觉得天旋地转。马凯沉默了好半天，回味着大方的话，也回忆着自己的当年，回忆老刘来找他的情形，他不清楚这里面为什么出了那么多的岔头儿。

现在，即使马凯想立即给老刘的那个审批表盖章，恐怕也挽不回大方对他的看法，况且他现在是有心盖也盖不成了。

马凯又在办公室里转开了，他知道他无法把两个锁打开，倒不是它们坚固得如何不得了，关键是他不能不经容许就破坏那两个锁。他知道必须经过相应的审批程序，并且请有关部门负责开锁的人来开锁，而且，只能是这样的程序。

中午，马凯一直在机关大楼外转悠着，熟人同他打招呼，他就说散散步。马凯内心里有一个期望，他期望处长这时候回来，他将如实向他坦白。小吴说彭处长只开一个上午的会。

到了上班时间，马凯才慢腾腾地回到了办公室。小吴对他说：“老彭来过电话了，他本来找你，你不在，他让我转告你，一会儿有个姓黄的人来找你盖公章，那人上午大概来过一趟了。……老彭说是那人向他告你的状！”

马凯说："现在，天王老子找我，我也没办法了。"

小吴发愣地瞅了瞅马凯，马凯无奈地摇了摇头。

马凯决定立即和老彭联系，他要把丢钥匙的实情告诉老彭。丢钥匙也是有责任的，他并不希望把这样的结果告诉老彭，哪怕有一点找到钥匙的希望，他都不会告诉新来的处长，眼下就不同了，眼下还有比丢钥匙更令他难堪和棘手的事，况且，按着目前的情况看，找到钥匙的希望已经越来越小了。

马凯给老彭挂了传呼，他等了一个多小时，老彭才回了电话。"你怎么才回电话？"马凯问。问了之后马凯才意识到自己的口气不对，他怎么能这样问新来的处长呢？即便是自己急了点儿，也不该用这种方式，使用这种口气的应该是人家而不是自己。

不想，老彭似乎不在意马凯的口气。说："我正在开会，会场不方便回电话。……没什么急事吧？"

"急事倒没什么……只是，我的钥匙，丢了。"

"我当是什么事呢？钥匙丢了再配呗。"

"……是金柜和文件柜的钥匙。"

"是吗？"老彭在电话的另一端沉默了。

"……该找的地方我全找遍了，看来只能撬文件柜了。"

"也只好如此了，你先写个报告吧，等明天我上班再处理。"说完，老彭就把电话扣上了。

放下电话，马凯愣了一会儿，不过，他还是觉得自己轻松了不少。那天下午，马凯也提前离开了单位，他似乎觉得自己把丢钥匙的事告诉了领导，丢钥匙这个压在他头上的负担就卸了下去，他就可以解脱了。这样，他就像没有任何责任一样，又哼着含糊不清的曲子，收拾东西准备回家，临出门他还问小吴，昨天中午（玩扑克）谁输了。小吴说你不是知道了吗？马凯笑了笑，说："哪天我请你饭局，只请你自己，你出来吗？"

小吴立刻笑了笑，说："可以，但必须是大酒店。"

马凯回家坐22路有轨电车，在咣咣当当的摇晃的车厢里，马凯又想起了钥匙。按照物质不灭的原理，那串钥匙是不会丢的，最多是从他的手里转移到另外一个地方，比如在一个谁也不注意的角落里，比如让另一个毫不相关的人拣去了，而关键是，这串钥匙只有在有关的人手里才有用，才可以发挥它的"权力"

作用，别人拣去了一点用都没有，不过是一串废钥匙。并且，他们也不会发现，在他们看来威严而高高在上的权力其实很普通、很平凡的，就在这串普通的钥匙背后，只是，这串钥匙对他们并没有什么价值……

马凯回家之后，妹妹就来了，马凯对妹妹和颜悦色，他说："你的事你不用着急，会有人主动给办的。"妹妹问为什么，马凯神秘地笑了笑，他说现在我找到途径了，我们单位管公建房商用改造的审批，最后由我盖章。工商局管营业执照的审批，你想一想，有的人同时需要我们这两个部门，这样，他们就会主动来协调了。

妹妹想了想，她似乎明白了，可她还是说："关键是我不能等太久了。"

马凯说："以我的经验来说，心急吃不到热馒头。"

有求于他的妹妹眨眨眼睛，没再说什么。

第二天上班，马凯请来了撬锁的专业人员，在处室里指定人员的见证下，不消几分钟，那个防盗文件柜的门就被打开，里面一串备用钥匙哗地掉了出来，几把黄铜钥匙正好落到马凯的脚上。马凯眼睛一亮，突然想起钥匙，痛心疾首地拍了一下大腿——

原来，钥匙失踪的头一天晚上，马凯喝了酒，回家后洗了澡，洗澡时他把钥匙从腰带上解下来，用钥匙上的指甲刀剪了脚指甲，用后随手放在了卫生间的浴具盒里。

搞点研究

在一个光线较好的下午，想一想，我自己噗地笑了。

我无论如何也想不到我会发财，真的没想到，在我为事业什么的人生目标痛苦而艰辛地奋斗时，我几乎永远也摆脱不掉算计花钱的日子，而在无意之间，我却成了引人瞩目的人物，说起来，不免有些惭愧。

有了钱之后，我开始干一些与挣钱无关的事，比如昨天，我浪费了一上午的时间与记者漫谈，我说我本质上喜欢读一点什么，或搞一点研究什么的。坐在我对面的倾听者是努力使自己婀娜一些的雯，听到我的话她的眼神漂移了一下，我敏感到那一定是不舒服的反映，她一定认为我十分造作。我当然不是，我的的确确是这样想的，至少当时是。

当然，在没钱的时候，我也想过一些类似苦恼的问题，比如有了钱不会为生存所累，可以潜心搞一些我曾豪言壮语、曾暗下决心、曾苦苦思考、曾为此付出过代价的研究事业。然而真的有钱了，我反而觉得当初的想法真可笑，可笑到跟我怎么会有钱一样。

“可不可以，”雯的面色飘逸一层云霞，“……问一个私人化的问题？”

我做了一个大大咧咧的手势。

“你到底有多少钱？”

我被她的神情撩拨，爆出笑来，我这一笑，我们双方都很尴尬。

“当然，”她补充说，“你可以拒绝回答。”

“如你所说，隐私问题可以不回答，不算不礼貌吧？”

“不算。”她笑了。

“不过，我可以换一种方式来回答你。……这样说吧，我的财产按目前的物价水平比较，可以够我活一千二百一十三次。”

雯有些被困惑。

“只能告诉你这些。”我说。

雯的眼睛快速眨了眨，接着点了一下头，说：“好的，我们接下来进行另一个问题，你说过的，你的本质是想搞研究，特别是在有了钱之后……”

“我没说特别。”我纠正说。

雯笑一笑，继续说：“好，换一种问法，你有了钱之后采取了哪些实际行动？”

“你指的行动是什么？”

“当然是，你说的研究。”

我认真地想了想，我是说过想从事研究工作，但严格意义上讲，我并没有采取什么具体的行动。“我可以拒绝回答吗？”

雯又笑了，带着一副善解人意的表情说：“我知道，我这种提问方式过于郑重了，是不是？”

我说当然，我们只是随便聊聊，我一向不喜欢同记者，特别是女记者……当然，你除外。

“你的话没说完，你刚才说同记者什么？”雯仰着脸问。

“打交道。我不接受记者采访你是知道的。我刚才说了，同你打交道除外，但采访不行。”

雯笑起来，说：“你的语气让我怀疑你会对另一位记者——女记者说过同样的话……”

我说如果你用结论的方式，我没办法回答你的问题了。然后我们就转了话题，谈了一些关于气候变化、大气环境、环境污染、社会公害、最新传闻，最后到个人血型和星座的话题。你也许还记得我们开始的谈话方式，如果你记得你就不难想象，我们的谈话实际上毫无意义。或者换一句话说，我甚至对雯一点别的想法都没有，你说我是不是挺有意思的？

中午到了，雯还在兴致勃勃地同我谈那些没有实际意义的话。我觉得我该请雯吃饭，尽管我们的谈话是双方行为，我还是单方面认为雯陪我谈话挺辛苦的。事物往往就在于一个转化的过程，比如有的人唱歌赚钱，有的人唱歌得花钱；有的人劳动锻炼了身体但主要是为了赚钱，而有的人必须花比锻炼身体赚钱还要多的钱去锻炼。问题的结点就在于转化，转化是一个妙不可言的东西。我觉得我有能力实现某一些转化，比如，我有能力认为雯是陪我谈话，而不是我们双方谈话，并且，她乐于接受前者而绝不是后者。我说走吧，请你吃点便饭。雯表情自然，觉得一切都在情理之中。

吃饭时，惠博士给我打来电话，她说一定要在下午一点见到我。我问她是不是又要追加研究经费。她说不是，而且不希望给我留下这样一个印象，她说的印象是指光知道要钱的那种。当时，我觉得与雯的谈话已经进入到吃的问题上，变得没有滋味了，就兴高采烈地答应了惠博士。我的兴高采烈大概使电话两端的女人都感到意外。雯的眼睛眨了眨，表情有点意味深长……

我是下午一点准时到海幻花园的，那里是一片高级住宅区。其实你是知道的，过于高级的商品房是很难卖出去的。那些住宅的建筑单价好像每平方米两万元。房子卖不出去就有想见也见不到的领导来主动找我，说在企业间搭一个桥梁，以促进地方经济发展什么的。我没怎么犹豫，就决定给他点面子，一张口就答应买三栋小别墅。领导兴奋异常的目光让我不太自然。他紧凑地问我是不是什么什么的委员，我连忙说千万别因为我买了房子就什么什么了，我挺愿意为政府做一点事儿的。其实这事本来十分简单，我早就想搞点社会慈善的事业，只是想来想去，还没有使自己满意的创意。后来干脆想，谁第一个来找我我就帮谁。就在这个时候，长得不赖的领导来了。……买别墅算不算向社会献爱心不深入讨论了，不过我必须阐明的是，我此举并不是惧怕那位领导，也不是想讨好他。我想，反正有钱的人都要为上面做一点什么，我也是有钱人嘛，这样说你就理解了吧。

有了海幻花园之后，我反而苦恼了。那些别墅闲置了三个月，我还是不知应该怎么用它们，本来我可以把它们人工遗忘的，只是我那潜藏的寒酸气又在哲学里说的特定的环境和条件下溜了出来，显得不太正常。比如，我为一位十三年没见面且毫无联系意义的同学在五星级酒店摆下豪门大宴，却因停车场多收了我一元钱而勃然大怒。……就在我被海幻花园别墅困扰的时候，惠博士出现了。

惠博士属于形象平庸的那类女人，甚至还有点邋遢和慵懒。不过惠博士的表达方式却很特别。她对我说花钱和赚钱同样重要。

——而且，有了钱之后花钱比赚钱还重要。

我觉得惠博士的看法比较新鲜。（我的属下调查过，惠博士的确是博士，而且还是天具禀赋的科研人才。）我说：“你的出现是为了帮我花钱？”

“一点没错。”她说。

“那么好吧，谈一谈你打算怎样帮我花钱。”

惠博士开始喋喋不休地讲了起来，她一定是努力使自己的表达通俗一些，无论怎样努力，我与她之间还是有专业上的障碍。“没关系，”我说，“有些东西是没有办法通俗的，你完全可以按你的专业讲。”

“谢谢。”惠博士点一下头，继续喋喋不休地讲。

接下来是一些英文缩写符号，一些诸如内啡肽、反密码子、反向转录酶以及第二信使说、遗传漂变等等。……惠博士整整讲了一个小时。我实在坚持不下去了。我问还有吗？

“只是一部分。”她说。

惠博士你饶了我吧。我说：“我帮你总结一下，你的意思是想让我给你提供科研经费，你来从事研究。”

“表面上是，但你只说了一部分，应该是我们共同。”

“你所从事的研究，是把一部分精神怪异的人集中起来研究，有点像精神病院……”

“表面上是，但你只说了一部分，我，我们从事的是生物工程方面的研究，而不是精神病理方面的。”

“那么意义呢？”

惠博士又喋喋不休……

“可否请你简单概括一下。”我毫无耐心地打断他。

惠博士一时有些手足无措。我笑着说：“总之，这个研究对社会进步、人类发展有极其重要的作用。”

“对对！”惠博士频频点头。

那次谈话之后我就决定与惠博士合作，同时，海幻花园带给我的苦恼终于可以解脱了。那天晚上我的心情十分好，驾车在滨海路上转了两圈，从星海广场到付家庄，再从付家庄到星海广场，并五音不全地唱我听过许多次却从未唱过的流行歌曲：你总是心太软，心太软……那种心情，就像我终于将海幻花园别墅包袱转嫁给了惠博士，挺不容易的，而我占了很大的便宜。

我是一点准时到海幻花园的，守时应该是个良好的习惯，这个良好习惯不是因为我有了钱，而在我没有钱的时候就有了。惠博士见我很守时，她也挺高兴的样子，尽管她表情平淡，我还是知道她挺高兴的。她说你让我感到很意外。

我知道她指的是什么，没加理会。

惠博士同我并排走着，她说你为什么不问我为什么？

我说你想告诉我当然不需要我问，我即便不想听，你也会想办法表达清楚。最后我又补充一句：第一次见到你，我就知道你语言的覆盖能力。

惠博士不笑，仍板着脸说："你为我投入这么大，难道你不关心我是怎样花的钱吗？"

见我缺乏反应，她说："比如你应该来督促检查工作，至少应该像大领导一样来视察一下。"

从表情可以看出她同我一样缺乏实际大领导视察的经验，而最令我觉得奇怪的是，像惠博士这样比较典型的研究人员怎么也有此类想法。我说我没想那么多。

"可是，"惠博士表现出天真的困惑："我这个人没好得不得了，怎么可能博得你那么大的好感和信任？"

我说我没想那么多。

这时，我想起上午同雯的谈话，我怎么就忘了呢，我对惠博士的投入本身就是雯所说的实际行动，关于研究方面的实际行动。我向我和雯吃饭的方向望去，感到没正确地回答雯的问题实在是太遗憾了。

接下来，在惠博士的陪同下，我开始"视察"惠博士的研究室。很显然，惠博士请了专业人士帮她装修了我的三栋别墅，而且还在房子的四周安装了银白色的铁丝网，有两米高，正好把外面的绿树隔开了。那些树是绿化方面的优良品种，全挡在外面有点可惜。不过这里惠博士说了算，我也就心安理得了。丝网的里面是草坪，但绿色远不如外面，有些泛光。大门是金属的，有最新的电动设备，门柱上的铜牌是：25S，是腐蚀的欧洲古体字。我问这个门牌是什么意思。惠博士让我猜一猜。我猜想的时候，就走过了院子，到了编号为101的小楼。

门口有保安人员，服饰与大门口的那位一样。保安对我点了点头，目光极度冷峻。

我和惠博士走进房门，那个铁门就咔的一声锁上了。我回头看了看，走廊里阴森森的。

我问门锁死了吗？

当然。惠博士说。

我问我自己能出去吗？

当然不能。惠博士说："这里使用的保安系统是最新的技术，电脑控制。比如刚才的大门，采用虹膜感应门锁，它只感应应该进这个房子的人的眼睛虹膜。"

我有点紧张，我说，如果你想控制我，比如绑架什么的，不是轻而易举吗？

当然。惠博士说：这个花了不少的经费。你是知道的，在硬件方面，我投入的最大。当然，你是知道的，软件方面就不用了，因为我本身就是资本……

惠博士在她的办公室向我汇报了25S研究室的情况。我初步有了如下概念：

现在研究室已经开始工作。共有助理研究员两名，生活料理员两名，医生一名，护士两名，保安四名，拿薪水的共十二名。收治被研究对象六名，是工作人员的二分之一。而且，同医院不同的是，六名被研究对象也是需要付费的。他们之间有协议，有公证，在保证吃住用等生存条件良好的前提下，还要在履行协议后付给每位研究对象两千元至一万二千元的经济补偿。协议时间一至六个月。"这部分的投入是大了点，但可以保证真正的研究对象受到有效地研究，并且，可以达到理想的研究效果。"惠博士解释说。

我说当然，"这个，是可以理解的。"

在编号102的小楼，我见到被实验对象陈先生，他房间的摆设有些气派，一看就知道陈先生是见过世面的人。见陈先生不在房间，惠博士就去敲卫生间的门。这时，陈先生从床底下爬了出来。

站起来的陈先生有一张干净的脸，戴一副无边的树脂眼镜。他温文尔雅，彬彬有礼地同我握手。

在走廊里，惠博士对我说："你看不出吧，他是个吃纸癖。"

"吃纸癖？"我十分不解。

"是的"，惠博士说，"你看到他身上穿的衣服了吧，那衣服是特制的，含有二十多个无线测试终端，研究他超常行为时的血流情况、结构分子变化、生物变异等等。……过一会你会在录像里看到，他经常不断地吃纸，那些纸上还被他画了额度，十元、一百元什么的，还有的画了现代的高楼大厦、美丽的街景……不管什么统统吃掉。”

“你研究的就是这个行为的过程？”

“自然。”惠博士有点自豪地说。

二楼是研究对象老王的住处。我见到了老王，他身材微胖，五十余岁，笑起来慈眉善目的。老王刚说了几句话，就把我拉到一边小声说：“一看就知道你是新来的，这地方太过瘾了，想怎么放松就怎么放松。”

我对他点了点头，表示理解。

出来时惠博士告诉我，你别看他现在的样子，他专门给你制造麻烦，过一会儿，他就会给我写一个报告，是关于你的。

他与我有什么关系？我问。

“他告诉你放松，你一旦放松了，他就有机会抓住你的把柄，而后把它形成报告。”

“可是我没干什么。”

“那并不重要。”惠博士说。

“他是什么癖？”

“放屁癖。”

别开玩笑。我说。惠博士说不是开玩笑，老王平均每天要放五六十个屁，但他不会承认的，他只是认为是别人放的屁，他认为放屁是一种不道德和不文明的行为，对此他深恶痛绝。

在二楼的另一个房间是李小姐。李小姐是位比惠博士漂亮一百倍的女士，她身材的曲线使窗前的光线也有了活力。她冷漠地看了我一眼，对我这个“签约”的同伴不屑一顾。惠博士检查一下她的嘴，说了些十分平常的话。

临出门，我还留恋地看了李小姐一眼，说心里话，我真不希望这样漂亮的女士出现在惠博士的研究室里。

“你不会想到，她是个窥视癖和咬舌头癖。”

我说我可以理解窥视，但不理解咬舌头。惠博士说李小姐的长处正在于此，每次她在暗处窥视后都要咬舌头，每天都得让胡大夫给她止血、上药……

我深吸一口凉气，缺乏幽默感地对惠博士笑了笑。

我们又去了103楼，见到了挖耳朵和薅头发癖张三，眨眼睛、伸舌头癖李四以及整天不停说话和唱歌的王二麻子。回来的路上我对惠博士说："挺了不起！"

"说我还是研究对象？"惠博士扭过头看我。

"都有。"我说。

回到惠博士的办公室，果然有老王送来的报告，惠博士将报告送给我，我看到令我吃惊的文字。报告的大意是，我在人（他们）不注意的时候放了一个不响的屁，那个屁属于甲级第二号，危害性极大，具体说一、二、三……结论：建议对我偷偷放屁的行为进行侦察，并予以严惩云云。

我大笑起来。惠博士静静地看着我。等我笑完，说："这回相信了吧！"

接着我又看了监视器里的陈先生，陈先生正在工工整整地画着什么，惠博士调整了显示屏，切到陈先生画的画面上，那上面的人竟是我。我十分感叹陈先生的绘画才能，就在我感慨的时候，陈先生显得烦躁地在地上走动起来，走了两圈之后，回到桌子面前，拿起画着我的纸，恶狠狠地"那个"了。惠博士又说对了。

李小姐在镜子前化妆，一遍不满意又来了一遍，第二遍不满意又来了第三遍……我说李小姐应该是化装癖。惠博士说你再坚持一下。果然，话音刚落，李小姐就对着窗外咬起了舌头，特写镜头里，李小姐的口角流出血来。

以后的情况一样，惠博士的话一一得到证实。我说这真是很奇特的研究，看来我的钱没有白花。

惠博士说当然。接着惠博士说，你参观后不能只说这么简单的一句。

我说好吧，"如果我也来这里做研究对象，那该是什么样的？"

惠博士说那可不一定，不过，你一定也十分特别。

我说你用什么方法可以使我特别起来。惠博士说，特别的原因是你自己，而不是我附加的，我只是提供了一个可以使你的本原充分暴露的环境。比如说，根据每个人的生物方面和心理方面的情况，有计划有规律地提供"放松"的特别环境，来研究在特别环境下他们的理性、感情方式以及行为方式……我又不够通俗了，换言之，考察这些，我会知道人类社会灾难性事件会在什么时候发生，这么说就好明白了吧。

"这个研究挺新鲜的。"我说。

"可是，"惠博士说："你不能光说奇特、新鲜什么的，总应该给一些评价或者提一点要求建议吧。"

我认真地想了想，我是应该提一点什么，让惠博士总对我深藏歉意，那对她是不公平的。我说这样吧，你每个星期把研究对象的观察记录抄一份给我，不要专业性太强，通俗一点，最好像小说似的，读那些我想我会很开心的。

惠博士说："这倒可以，不过我还得聘用一个文字水平高的人才行。"

我说钱的问题你不用担心。

惠博士说我不担心。我问她为什么，她说因为我们对方都是不寻常的人，所以，合作的困难绝对不在钱上。

我明知道惠博士是有原因地恭维我，我还是挺高兴的。我心情不错地开车回来，一路上哼哼唧唧的，到单位时，已经错过了计划中的会客时间……

惠博士给我送观察报告时，研究已经进入到第二阶段，也就是被研究对象可以每天过一个小时的集体生活。一旦他们见了面，有了交往，就产生了对话、友谊、感情什么的，也产生了嫉妒、隔阂、仇视、倾轧、打击什么的。他们把自己的"癖"隐藏起来，但内在的推动，使得他们的交往以及私下生活都丰富多彩，我常常看着观察报告就放声大笑，笑得走廊里的工作人员都莫名其妙。

我决定把我的快乐分享给雯一些，同时也证明我的确从事了研究。

雯看了那些报告，雯说这根本不是研究。

我说是研究。

雯说绝对不是。我问她研究该是什么样的？她说了几类。我说你未知的领域才有研究的意义，当然也包括未知的研究方法。

雯说不管怎样，这些资料不过是精神分裂者的梦呓而已。

为了证实我的话，我带雯去了25S。当然，没有同惠博士打招呼。

惠博士很不高兴我带雯去她的研究室，她不顾我的权威般的提醒，只是让我们在实验室看了监视器。监视器里，103楼的眨眼睛、伸舌头的王二麻子正光着身子做倒立，而102楼的窥视癖李小姐用单筒望远镜望着，渐渐脱掉衣服，扭动着屁股……

走出25S，我还意犹未尽地笑着。雯大声说："这没什么好笑的。"

"这很可笑。"我说。

"绝对不可笑。"雯坚定地说。

我说那不过是你的看法。

……这样说来几个月就过去了。一天，我在一本杂志上看到这样的题目：《冲出疯人院》。署名是宇文。我知道是雯写的小说，她的笔名是宇文，把雯拆成雨文，又把雨的谐音宇联上。就这么回事，我一向喜欢猜谜，而且具有这方面的天赋。

不过我不喜欢这篇小说，小说的大意是一个拥有巨资的单位领导（反正钱不是自己的），忽然心血来潮，资助一个心理异常的研究医生搞一项实验。他们建了一所精神病院，即便是心理正常的人在变态的研究医生的控制下，也濒临精神崩溃。文章把精神病院写得十分恐怖，那里成了暴行、淫乱、变异、罪恶的黑暗之地。有一位勇敢的青年被迫害，进入精神病院，他历经千辛万苦，终于以人性和正义的力量战胜了非人道和丑恶的力量，冲出了精神病院……

读了这小说，我挺不舒服的，我知道小说可以虚构，雯的小说一定是受了我和惠博士25S研究室的启发写出来的。当然，这不是最重要的。雯的小说写得含沙射影，把出资人和研究医生写得过于丑陋了。这也不是最重要的。我觉得雯最让我不能接受的是，她过于轻薄而浅薄地写了这样的小说，而且，还以为自己挺有正义感的。

我去看惠博士。这时已经是秋天了，铁丝网外的黄树叶飘到院子里来，没有人清理，就铺在过道上，产生了荒凉的感觉。

到了101门前，门是开的，没有人，保安也都不见了。我小心翼翼地走进门去，身后的门像我第一次来的时候那样，咔地关上了。

我被前所未有的恐惧所笼罩，声音有些颤抖地问："惠博士，你在吗？"

没有惠博士的声音，我走到惠博士办公室的门前，推了推，门紧锁着。我呼吸急促地去推另一个房间的门，门开了。房间里的设备几乎都是白色的，在白色的日光灯下，屋子里的亮光显得耀眼。这是一个基本的经验，人类在黑暗中也具有趋光性的。不过我必须小心，我已经被大门锁在了里面，惠博士那个大门是用虹膜来开启的……

后来我联想到小时候用竹皮网捕鸟，将网用带绳子的木棍支起来，里面放了足以诱惑鸟的东西，然后我躲在鸟看不见的地方。不一会儿，鸟来了，它先是在四周小心地观察着，接着又小心地试探着，进去又飞出来，飞出来再飞进去，这样反复多次，等鸟真的确信没有危险了，竹皮网结结实实地把它扣在了里面。……我当时的经历和鸟的经历没什么两样，等房间的门将我毫无保留地咔在里面时，房间的灯全黑了。这时传来惠博士的声音，那声音像在我的头顶，也像在我的四周，也像在我的脚下。"我知道你要来的。"惠博士说。

"……你的幽默方式却出乎我的预料。"我努力沉静地说。

这时有一束光线快速闪现，惠博士出现在屏幕上。屏幕上的惠博士头发蓬乱，衣服也有很多皱纹。我正了正身子，以保持应有的风度。只是，腿有些颤抖。

"全散了。"惠博士说。

我还在看着她。

"他们违约在先，我本来是善良的。……他们只是受了谣言的蛊惑，而制造谣言的正是他们自己呀！"

我知道惠博士是指被研究对象，也就是陈先生老王李小姐他们。我明知故问，"他们都跑了？"

"都跑了。"惠博士说。

"那么，"我想了想，说："没关系，还可以把他们找回来的。"

惠博士苦笑一下，说："他们不过是芸芸众生的一员罢了，一旦回到社会，他们就消失了，无法判断并寻找他们……"

"那就算了吧，"我说，"我不在乎损失的。"我是想安慰惠博士，反正经费是我出的。

我明白你的意思，惠博士说："可是我有损失。"

我不再讲话，继续看惠博士。惠博士也不讲话了，她仔细看着我，看得我心里发慌。我敢肯定是我率先打破尴尬的，我说换个方式想一想，我们自己是不是也有问题。（惠博士更加注目地看我。）我说："比如我们也有什么什么癖……"

说完我看了看惠博士，看她的反应。想一想你被关在一个你自己无法控制的房间里，除了本能地主动出击，你还能有什么更好的办法？

这时，房间又黑暗起来，屏幕被关闭了。屏幕关闭了，声音却没有关闭，我听到惠博士抽泣的声音……我在黑暗中曲卷着身体，静静地等待未来的命运……

我上面讲的那件事发生后的第三天，我和惠博士、雯一同吃自助餐。惠博士提议要 A A 制结算，雯则坚持由她结算，她说她有了一笔外财，理应由她请客的。我分别瞅了瞅她们，没有说话。

惠博士仰脸看了看我，突然问这样一个问题："我说（她是指我说），在我们两个人之中，你会选择谁做妻子呢？"

雯笑起来，她半掩着嘴说："他应该需要我们两个。"

我抬头看了看，觉得一点都不可笑，我敢保证当时我纹丝儿没笑……

一顿温柔

马凯是整个机关里最关心薪水的人了，现在的人对工资都记一个大数，没有多少人能确切地记得自己的工资零几元零几角零几分。马凯就不一样了，他不但能准确到分上，而且，如果财会人员推迟了他的加班补贴或者其他的津贴，比如换季费、秋菜补贴什么的晚发了一个月，马凯肯定会去财会室问个清楚不可。所以，单位里的人见了马凯就会半开玩笑地问他：老马，哪天开工资？马凯不以为这是揶揄他，他会认真地告诉你，还有三天，今天才九号。

今天就是发薪的日子，马凯把这个月的工资清点了两遍，小心翼翼地装在口袋里。作为男人的马凯，这样算计好像挺没出息的，其实，马凯不等着钱买米下锅，他的生活负担并不重，马凯只是要及时准确地把工资交到老婆手里。马凯的老婆的确挺厉害的，但也不见得把工资管到角管到分，马凯准时交工资似乎是一种习惯，到交工资的时候他就交了，你要不收他反而觉得不自在，不习惯了。

工资放在口袋里，马凯的心就安稳了，他在椅子上斜歪着，悠闲地想这想那。这时，处长在里间的门口伸出头来：“马凯，来一下。”马凯一愣神儿，磨蹭磨蹭，慢腾腾地进了处长的办公室。处长问他手里有急活儿吗，马凯说也没什么急活儿。处长说那你就去设计院跑一趟，送一个材料。

马凯去办公室请车，办公室的人看是马凯，想都没想，说没车。马凯又向处长汇报，说办公室（的人）说没车。处长说那你就打车去吧。马凯没吱声儿，不吱声儿就是应承了，马凯这样习惯了。

马凯并没叫出租车，他直接去了离机关大楼三百米的一个公共汽车站。那个汽车站只有三个线路的停车点，而三个线路的车都不直达设计院，马凯要想去设计院，按最合理的路线，起码也要倒一路车。马凯倒不在乎这些，时间对他来说并不重要，重要的是他坐了公共汽车而不是出租车，这样，他就可以随便找一个出租车的票根儿，报销二十元钱。

马凯到公共汽车站时，一辆车刚刚开了过去，马凯只好等下一辆了。马凯等车的站点叫“解放广场”，叫广场并不一定有广场，就像现在一些商品房小区叫什么花园一样，其实跟花园一点边儿都靠不上。好在那条街上有浓密的树荫，树荫匝地，很是清凉。树是梧桐树，上了年头就枝繁叶茂，树冠在宽阔的柏油路的上空连接，剩下一线天空。这些年来，马凯对环境已经缺乏感受了，感受往往都是留给外地游客的，而生活在这个城市里的人反而没有新鲜感了，一如自己书柜里的书，有很多书从买回来放到书架上开始，就再也没动过，而借的书就不同了，总想办法在计划的时间内把它看完。

马凯胡思乱想着，等车对于心里没事儿的人来说是一种特别的感觉，十分放松，还可以随便看看，随便想想。就在马凯东张西望时，一辆车从马凯的眼前驶了过去，马凯觉得眼熟，看到车尾的号码，他才肯定那辆车是单位的。也许车上的人看到了马凯，可不管是谁看到了马凯，马凯都觉得对自己不利，毕竟自己应该打车去送材料，而不是在这个站点等公共汽车。

一辆从马凯眼前驶过去的轿车，令马凯的心情发生了变化，也许那辆车上除了司机没有别人，退一步讲，即便那辆车上有人也不见得是单位里的人，再退一步，即便车上有单位的人，人家也不一定能看到他。好，再退一步，即便是单位的人在车里，也看到了在站点上等车的就是马凯，人家凭什么就关心你为什么在站点等车呢？你马凯算什么了不起的人物也行，你让人家上心人家还嫌麻烦呢。

可马凯却不这么想，马凯也不是一定要想出一个答案来，就是心里不舒服，觉得不错的心情已经发生了变化。说起来，马凯在单位里挺窝囊的，他甚至觉得自己越来越吃不开了。马凯心里明白，还不是因为自己没提起来。人就是这样，一轮一轮提拔过去了，就是没有你马凯，让那些还对你抱有希望的人失望了。况且，马凯还故意表现出无所谓的样子，姥姥不亲舅舅不爱的，再加上他小气，大家当然疏远你。马凯不是个笨人，他心里明白，可有的时候是，明白归明白，做起来就是另一回事儿了。马凯想，不要说别人瞅你窝囊，就是他自己也觉得窝囊。就像马凯刚到站点时，那辆公共汽车刚好关上门，开走了。这些年，马凯的经历就是这般情景，总是差了那么一点儿，落了一班车就会落第二班车，一步赶不上步步赶不上。

事情怪就怪在“一点儿”上，如果不是差一点儿而是很大一块儿，马凯也许早就离开那个单位，运气也许早就转折了。问题是，马凯被一班车落下了，下一班车他排在头儿，又最有希望，他能放弃吗？然而，下一班车来了，情况也发生了变化，他又被落了下来，而后再希望再落下，就这样下来，一步差一点儿，一晃，马凯就三十七岁了，而他也在这个机关里整整待了二十一年。刚到机关时，马凯的胡子软塌塌的，连胡楂儿都刮不出来，现在，身上的肉懈怠了，鬓角也染了杂色。岁月把一个水灵灵的马凯揉蔫巴了，他也变得疲沓了，也油滑了，可他的疲沓和油滑也在范围之内，不算出大格，这说明什么？说明马凯还希望着，嘴上他说早想开了，实际上，他内心里的提拔情结更加严重。

公平地讲，马凯算得上是机关里的老“干部”，1979年，马凯出现在这个机关里，他是最年轻的一位。当时，机关里大多是工农出身的干部，领导还多是平反后落实政策的。马凯虽是中专毕业，也属于小知识分子，他还得接受一段时间的“改造”。马凯的改造是从拖地板开始的，每天他第一个到单位，把自己所在的房间的地板拖了，还把整个走廊的地板也拖了。地板一拖就拖了三年，大家对马凯的耐力是认同的，可在研究干部时，有人说他年轻，也有的说，这个人“积极”得有些显眼，比如整天拖地板，是不是有什么所图？单位那么大的地方，话是隔不住的，没出两天就传到马凯的耳朵里。马凯很生气，打那儿以后就三天打鱼两天晒网的，后来，比他毕业晚的同志来了，他也渐渐地把“表现”的机会让了出去。马凯不拖地板了，说马凯有所图的人更觉得自己的眼光锐利，说：我看人就是眼毒，怎么样？应了吧。其实，那个人和马凯的关系还不错，他倒不是想整马凯，他就那种观念，就那么想，他大概认为那是一种应该应分的责任。

马凯拖地板也不完全有所图，自己是单位最年轻的，拖地板这样的事总不能让上了年岁的老王、老孙、曹姨他们干吧，况且，年轻人积极上进一些也是正道。后来别人把提拔他的事和拖地板联系起来，他才觉得这里面的事挺复杂的。

平心而论，刚到机关时马凯挺知足的，他出身于工人家庭，父亲是机械厂的工人，母亲没有固定工作，在家属队里干过几年临时工。这样的家庭里出来个政府机关干部，好比一步登天，街坊邻居都刮目相看，原来不怎么来往的邻居也来介绍对象，马凯就是在那种知足的状态中，每天乐呵呵地第一个去单位拖地板的。

马凯的不满足是六年之后的事了，一批老领导退了下去，而他所在科室的老孙提了起来。多年来，老孙一直是单位里的“落后分子”，眼睛转来转去，一眨眼就一个歪心眼儿，掂对来掂对去就是想占单位点小便宜。不想有一天，老孙突然积极起来，也说些冠冕堂皇的话，他平时发惯了牢骚，一说冠冕堂皇的话，显得尤其滑稽。更让人觉得意外的是，老孙“积极”不出一个月，文件下来了，老孙成了马凯的科长。马凯的眼睛长了老半天。

人就是这样，进机关之前马凯大概认为，如果自己能进机关，干一辈子办事员也行啊，可真的进了机关，自己稳定了，什么都熟悉了，衡量一下自己还比一些在他上头的人强，心就活泛了，野心也有了。现在回想一下，马凯觉得自己“机关化”大概就在老孙提拔之后，他觉得自己必须努力，尽快提拔起来，提拔是一种价值的体现，在别人的眼里风光，自己也捞得相应的待遇和实惠。那几年，马凯的确是努力的，工作投入了很大的精力，在领导面前跑前跑后。领导上是认可的，同事也赞同他，可当时，干部遗留问题太多，提拔干部不注重学历，论资排辈，而单位里四十左右该提拔的堆了一堆，一时半会儿还轮不到马凯头上。不过，马凯觉得自己的希望最大，时间是前行的，前行的车轮总会压到他们这一拨的。机会是留给有准备的人的，一旦轮到他们了，他肯定是最先“进步”的。

那些年，地区和市里合并，科改处什么的，发生了很多的变化，一转眼，马凯的孩子就八岁了，老的也一茬儿一茬儿退了，终于提拔年轻人了。马凯胸有成竹地等待着，不想，比他小的一提就提了一批，唯独把他落下了。事后马凯才知道，单位的领导也觉得他到了“该用”的时候，可上头有硬杠杠卡着，这一轮提拔必须有大专以上学历，而马凯的学历是中专，只好忍痛割爱了。那天，马凯在家门口的小店喝得大醉，过去自己错过提拔机会，理由是小知识分子得考验，这次大张旗鼓地提拔知识分子了，他还被划在线之外，沾的都不是好光，怎么偏偏自己这么倒霉呢？委屈的泪流了不少。

马凯三十二岁了开始学电大，晚上看书看到半夜。一边要干好工作，一边要干好家务，一边还要应付考试，每天倒是挺充实的，可那些日子也让马凯掉了不少头发。三年过去了，马凯熬了个电大文凭。不久，又一轮提拔开始，马凯觉得照顾也该照顾到自己头上了吧。不想，提拔的标准又变了，要求是本科学历，马凯又没赶上“班车”。——马凯真的失望了。

问题是，马凯的失望只表现在形式上，其实他的内心更加渴望了。人是经不住水下去的，一水了，在单位就没地位，在外头没地位在家里更没地位，况且，马凯的老婆还是一个持有“善心不得好报”观点的人，你想一想，老婆有这样固执的观念，马凯的日子能好过就怪了。在家里受老婆的气，到单位能有好气吗？那一阵子，机关里整顿作风，解决“三难”问题，也就是门难进，脸难看，事难办。机关党委书记试着拨机关的电话，不巧就拨通了马凯办公桌上的电话。那天早晨老婆窝囊他没出息，说了很多刺伤马凯的话，马凯的肚子里灌满了含氮高的气体，连早饭都没吃。所以，在单位接电话的时候他就十分不耐烦。打电话的书记说你这样的态度是不对的。马凯说不对又怎么样啦？书记说总有部门管吧？马凯说你爱上哪儿告就去哪儿告！把电话给摔了。……其实，马凯绝对不是被整顿的对象，比较起来，他的态度还算好的。可谁让马凯那天赶上和老婆生气，光生气也没什么，书记不打那个电话也没事儿了，即便书记打了电话，马凯知道是书记的电话也就罢了，他偏偏联想到头几天，一个精神不太正常的人没完没了地向他“咨询”政策，种种巧合凑到一起，就发生了和书记抽查时的冲突。你想，这还有马凯的好吗，整个儿一顶风上，活活撞到了枪口上。马凯成了“典型”，被文件通报了，被大会小会点名了。那一段时间，马凯的知名度很高，去机关食堂吃饭，都有人想认识一下他。

不久，那件事就被遗忘了，渐渐地马凯自己也遗忘了。谁想，两年之后讨论干部，有人又把这笔旧账翻了起来，马凯又一次被甩在一班车下……

马凯正在胡思乱想着，等的那线公共汽车开了过来。车还没停稳，就有一些乘客围在了车门前。马凯决心不让这趟车把自己落下了，无论如何也要挤上去。

车门开了，上车的人流把马凯夹在中间，来自不同方向的力量相互作用着，左拥一下，右拥一下，在这种力量被耗散的过程中，马凯突然意识到，巧劲儿太重要了。或者这样说，不会使巧劲儿，你就是总去健身房也没用也使不上劲儿，相反，如果你会使巧劲儿甚至可以逸待劳，顺水推舟就上去了。这种经验在很多人身上都应验过，比如，在等车的人群中，常常是规规矩矩排队的人吃亏，而挤在边上的人占了便宜，你排了半天，可边上的人虽然刚来，却能在你之前上车。

这种不符合公众价值判断的行为却符合物理方面的规律，很多事都是这样，说明白比较困难。

马凯终于一只脚踏在车门上，他感觉到了希望。然而，就在一瞬间，马凯前面突然挤进来一个女人，那个女人显得很有力量，顺着人流的推动，一下子堵在马凯的面前。已经夹在马凯前面的女人正好站在上一个台阶上，她圆滚滚的臀部正对着马凯的脸。这时，马凯身后的人又拥了一波，马凯为避免自己的脸贴到女人的那个部位上，先前已经腾出来的一只手就本能地挡了一下，这一挡不要紧，他张开的手掌正好适应女人部位上的弧度，并在反作用力下，显得有一定的力量。前面的女人一定有了奇特的感受，她显然有些恼怒，紧接着就向后顶了一下，作为她不满的回应。这一顶不要紧，那个部位作为武器时一定不同于平时，马凯立刻觉得自己的眼镜和鼻子被一块生面拍来，拍得他头昏眼花。与此同时，女人还高嗓门喊：“拱什么啊？拱！”

马凯也火了，他说：“谁拱谁？拱了人你还火啦？”

“我火怎么啦？你的动作不太卫生？”

“呔……什么叫不太卫生！你说话怎么这么不干净？”

“我说话不干净，总比动作不干净好！挺大个男人……”

两个人吵嘴的同时，他们已经被拥到了汽车里。马凯的表达能力不强，吵架多半吃亏，不过马凯的火气却大，所以在吵架过程中，他是不能“循序渐进”的，嘴上笨笨嗑嗑的他，找到什么赶劲儿的话就冒出去了，所以，他与人吵嘴，不但不能使吵架趋于缓和，反而会激化矛盾。

两人在车里站踏实了，脸也对应上了。马凯的脸憋得通红，他气咻咻地说：“看你的样儿，自己觉得不错。”

这话从何说起呢？他对面的女人一时没反应过来，愣了一下，才骂道：“臭不要脸，我的样儿关你什么事，又不当你妈。”

“你怎么骂人？”

女人的嘴很快，马凯的话音刚落，她的话就出来了：“没骂好人！”

马凯气得呼吸都困难了，眼看着就要发生什么意外，被逼到这份儿上，马凯完全有可能做出缺乏理智的举动。马凯停住了，他停住并不是想终止他们之间的冲突，而是一时没找到更有利的办法。同时，他对面的女人看着马凯，她刚张嘴要骂什么，也停住了。

女人低了一下头，接着又抬头端详一下马凯，突然，女人噗地笑了。马凯怔怔地瞅着女人，他越发莫名其妙。女人说话了，她带着试探的口气问：“是马凯吧？真是的！”

马凯傻了。

经过回忆，马凯还是想不出他对面的女人是谁，她的年龄和自己差不多，衣着算不上得体，多少还有修饰过重的感觉。还有，令马凯不舒服的一定是她身上的廉价香水味儿，酒精含量太高。“你是……那谁吧？”

“我是高丽英啊。”

高丽英，高丽英！马凯想起来了，高丽英是自己小时候的同学，曾经同桌三年。

高丽英大笑起来，笑得咯咯的，她说真不巧啊马凯，你说咱们前世是不是一对冤家对头，小时候你就和我别扭，因为书桌也吵架，没想到二十年没见，一见面就打……话没说完，高丽英又忍不住咯咯地笑。

马凯不好意思了，他说真是没想到，真是没想到。

马凯与高丽英奇特的邂逅，对于他们两人来说是重要的人生体验，而对车上的其他乘客来说，却司空见惯，吵架是常有的事，并不觉得怎么有意思。但就马凯本人来说，他并没有多少类似的经验，虽然敌对的陌生女人变成了二十年没见面的老同学高丽英，可他一时半会儿还没从吵架的状态中恢复过来。

相反，高丽英已经风平浪静了，她甚至显得十分兴奋，将整个身子面向马凯：“你要去哪儿？”

马凯说去设计院，送材料。高丽英笑了，说：“你这样的大领导，送材料还用坐公共汽车？”马凯的脸又涨了一下，他没说什么。

高丽英没十分在意马凯的表情，她开始喋喋不休地同马凯说话，那股热乎劲儿像朋友一样，马凯在生活中好久没碰到了。高丽英说她早就知道马凯在政府机关工作，有几次，还想过去找他，可总觉得他已经不是当年的马凯了，“当了大干部，怕你不稀得搭理我们。”高丽英还说，马凯，咱班就你最出息，真正进政府机关的就你一个人。马凯说这有什么，也算不上出息。高丽英抢着话说：“出息就是出息，有啥好谦虚的呐。”马凯不言语了，他心里自有苦涩。社会就这样，你高估了自己不行，低估了也不对。在外界看来，马凯是机关干部，并不是谁都可以成为机关干部的。他是在机关里工作，可自己出息吗？了不起吗？比谁了不起？也许同这个拥挤的车厢里的人相比，他马凯才是个不快乐的小人物。按单位的个别人的说法：“那小子啥也不是。”自己真啥也不是吗？显然不对。显然，也不是高丽英想象的那样，自己成了班级里最出息的人。

高丽英继续说，她说她前一段儿还看见了同学大敏，大敏说她求你办过事儿。听到这儿，马凯又不自然了。大敏的确去找过自己，托他办一件事，那事正好归他们处管，具体办理手续的是刚毕业没出两年的小陈。小陈学生干部出身，眼神好用，知道谁轻谁重，所以，马凯向他讲人情时，小陈态度还好，只说他十分为难。马凯碰了一个软钉子，心里很不痛快，不过，他对大敏解释时还不能说自己不行，同事没给他面子，只能说政策挺死的，实在办不了。大敏说：不行咱花点钱。马凯一听还不高兴了，他说你们不要这样理解问题，好像花钱什么事都可以办似的，事实上，有的事可以办，有的事花钱也没用。大敏见马凯使了态度，就把要说的话憋了回去，悻悻地走了。谁想，第二天下午，大敏给马凯打来电话，在电话里，大敏说：“马凯，那事儿你别牵挂了，今天上午办了，其实很简单，就朋友一句话。”说完，大敏就把电话挂断了。马凯手里拿着电话，半天没缓过神儿来。放下电话，马凯用仇视的眼光看着小陈，小陈没向他这方向瞅，所以，根本不知道马凯在用那种眼神瞅他，或者这样说，马凯瞅也白瞅。马凯瞅累了，就收回自己的目光，怨谁呢？总不能各个树敌吧，要怨还是怨自己吧，谁让自己没出息呢。“大敏没说我好话吧？”马凯问高丽英。高丽英笑了笑，说没说什么。不过，有的同学可认为你难求，可我看你挺平易近人的，并不高傲啊。马凯苦笑一下。

车在下一个站点停了下来，刹车的晃动，使得高丽英整个身子向马凯倾斜过来，柔软的胸部正好碰到了马凯的前胸。一瞬间的接触，马凯感觉到高丽英的脸微红了一下，不过，很快又恢复了中年妇女所常有的“随意”，大大咧咧地一笑。在马凯的记忆里，高丽英是文静和内敛的，说话慢声细语，小的时候，高丽英的皮肤那么白，那么细嫩，看着你就可以想象，只要你用手一掐就可以掐出水来。马凯注视了高丽英一下，现在，高丽英变多了，岁月的风霜无情地蹂躏了她，她也在抗击风霜的过程中使自己长得结实、强壮了许多。好在高丽英的底子好，皮肤还算白皙，成熟女人的妩媚还在。

高丽英大概知道马凯在注意她，她习惯性地捋了一下头发，对马凯含蓄一笑。这样，不自然又交给了马凯。马凯清了清嗓子，问高丽英在什么地方上班，高丽英说原来在高压阀门厂，厂子早黄了。厂子黄了之后做过一些小买卖，也不怎么挣钱，现在是腌咸菜掉到菜缸里——大闲（咸）人。听到这话，马凯本能地表现出虚伪的同情的表情，“那，你爱人的收入还行吧？”“他收入多少和我没关系，我们早分手了。”“孩子呢，你带着？”马凯的用意是，你没了收入，带一个孩子就更不容易。高丽英淡淡地说：“没孩子。”

谈这些挺沉闷的，马凯想转一个话题。他说今天的天气不错，昨天天气预报说有雨，看这样儿，不像能下下来。就是啊，高丽英说。

很快就到了兴工街车站，马凯应该在这个站点下车，然后再倒一线车去设计院。车到站了，马凯对高丽英说，我该下车了，你去哪儿？高丽英说，原来是准备去超市逛逛的，早过站了，反正我现在也没什么事，要不，我陪你去设计院吧，也好聊一聊。

马凯没说什么，他们就一起在兴工街下了车。

兴工街算是一个大站，所说的大站并不是说那条街怎么繁华，主要是它所处的地理位置特殊，在这个地貌不算规则的沿海城市里，兴工街成为几条不同方向联系的无奈选择。现在，兴工街的两侧多是忙忙碌碌的建筑工地，扬尘暴土的，噪音肯定会超过检测的标准。既是一个中转的大站，就会有很多周转的流动客人，下了车之后，马凯才意识到，自己和高丽英亲密地站在一起，是他预先所没有想到的。

高丽英当然不会在意马凯所想到的问题，她站在马凯的右肩旁，大声说：“去设计院应该换16路。”

马凯似乎不想和高丽英长时间并肩站着等车，当然，也许还有别的原因，他看了看表，时间已接近中午十一点。马凯说：“不去设计院了。”“不去啦？”高丽英用征询的口气抬头看着马凯，阳光正面对着她，她有些睁不开眼睛。

马凯下意识地碰了自己的口袋一下，他突然冒出一个念头，他想和高丽英一起吃饭。老同学嘛，又多年没见，况且现在又到了中午。还有，自己刚发了工资，口袋里有足够的资金，而高丽英恰恰没工作，没有钱，等等，有足够的理由促使他和高丽英去找一个饭店，并由他请客。只是，他马凯已经有很多年没请过客了，即便是节假日亲朋好友聚会，张罗的也是妻子而不是他。

但是当时，马凯更多想到的是应该请客的理由，而对请客带来的后果却没怎么想，所以，他向高丽英提出请她去饭店时，马凯的表现还是挺敞快的。高丽英没什么说的，表情上还是掩盖不住的高兴。

马凯和高丽英选择了路边一个还算大一些的饭店，饭店的店名叫“光彩酒楼”。叫是叫楼，实际上是居民楼下的裙子房，只有一层。“这个饭店的价格还行。”高丽英说。马凯问高丽英：“你以前来过吗？”高丽英说来过几次，这一带没有太像样的饭店，这个就不错了。这几年，马凯虽然不自己请客，可他对饭店却不陌生，参加会议也好，参加单位组织的宴请也好，人们对饭店的环境要求越来越高了。进到光彩酒楼之后，马凯觉得档次确实是低了点，不过，自己掏腰包请客，就不能挑剔什么了。

马凯和高丽英很快就点了四个菜，不是什么贵重的菜。他让高丽英点菜，高丽英当然不会点贵重的菜，而马凯自己，本想点好一点的，可真点的时候，他想又不讲究排场，还是实惠一些的好。高丽英对菜似乎不太挑，只是到了点酒的时候，她坚持要亲自去吧台选择。“今天一定喝点白酒。”高丽英说。马凯说我很多年没喝白酒了，你喝白的，我陪你来点啤的吧。高丽英说：你一个大男人，怎么好意思。二十年没见了，你今天就破点例……马凯实在不好说什么，只能说，那你就选低度的吧。以往每次单位聚会，马凯都在酒上藏心眼儿。有一次处长对他说，没听说吗，能喝半斤喝八两，这样的干部能培养；能喝八两喝一斤，这样的干部领导放心；能喝白酒喝啤酒，这样的干部早晚走；能喝啤酒喝饮料，这样的干部不能要。当然，处长说的多半是玩笑，可马凯心里还是不太舒服。马凯所以不肯过量喝酒，主要是他喝醉酒时失过态，得罪过老领导，影响了他的进步。可话说回来，很多年来，马凯已经不敢喝酒了，他也没进步起来。

好在他和高丽英喝酒，完全是私人性的聚会。

高丽英拎着一瓶白酒坐在马凯的对面，她张罗着，好像请客的不是马凯而是她。马凯的目光也一直随着高丽英转着。这时，他突然想起小时候，扎着羊角辫的高丽英从他家的门前走过去。每次看到高丽英走过去，他就知道，自己也该挎上书包上学了。那个时候，高丽英的母亲跟他开玩笑说，将来，等你长大了，把丽英送到你家，给你当媳妇。小学四年级上半学期，马凯还真觉得高丽英是他未来的媳妇，只是，那个学期结束，他就跟随父亲下放到了农村，他娶高丽英的梦才破碎了。

“想什么哪？”高丽英问。

马凯说没什么，来，喝酒，怎么喝？高丽英说按规矩来，先干三杯。马凯没有犹豫，和处于兴奋状态中的高丽英一连气儿干了三盅。三盅过后，马凯觉得晕乎乎的，他说：“好久没这么喝了，酒也有点认生。”高丽英笑了起来，她说酒这东西说好还真好，说不好也要命。她讲起工厂时的一个工友，特别好酒，一沾酒就控制不了自己。平时，那个工友特别小气，一分钱都掰两半儿花，但是，只要喝一盅白酒，他就变了个人似的。所以，到了中午，大伙儿想让他请客时，就用酒瓶盖儿给他喝一平盖，他推托一番还是喝了，这一喝不要紧，他的眼睛锃亮，把饭盒一放，说：这样的饭哪能下酒，走，去像点样儿的饭店。大伙儿笑着闹着跟在他的身后，心满意足地蹭了一顿。“他自己不知道是你们圈拢他吗？”马凯问。“怎么不知道，”高丽英眼睛有神地说，“酒醒过来，他肠子都悔青，可下一次让他喝酒他又忘了。”“就是，”马凯说，“喝酒的人没记性。”

“你还记得大撇了吧，就走路外八字、住你家西街头的孙强。”高丽英手里拿着半根黄瓜，一边嚼一边问。马凯想起来了，小时候他不愿同那小子玩，在他的印象中，外号大撇了的同学一肚子坏心眼儿。“啊，怎么啦？”“喝酒喝死了，最后喝得倾家荡产的。坏心眼儿的人是不得好报的。”

马凯不由得感叹了一下，时光流淌得太快了，大撇了小时候的模样就在眼前晃动着，仿佛昨天一样。问题是，坏心眼的人都不得好报吗？黄平不就这样，马凯和他在一起工作十年，那小子似乎天性就坏，遗传基因里有问题，可他比马凯活得滋润多了。黄平刚来机关时，对马凯那个恭敬啊，一口一个领导，一起出差，黄平还给他打过洗脚水。后来就不一样了，在黄平提拔副处长之前，黄平专门整马凯，马凯是他的竞争对手，所以，他专门对马凯下绊子。马凯并不怎么把黄平放在眼里，他知道，司机出身的黄平，论人品论工作能力，论什么都不是他的对手，况且，大家的心里也有个衡器，能量出他们不同的分量的。社会上说：会干的不如会说的，会说的不如会拍的，会拍的不如会送的。黄平属于什么？会送的？他送不送谁也不知道。在机关里，人际关系就像八卦中的阴阳鱼，此消彼长，变化极其微妙。后来，单位里的人暗传黄平和局长的关系好，大家的态度也发生了微妙的变化。当着马凯的面，大家说黄平什么也不是，就会喝酒打麻将。可同黄平说话，也一样表现出了新的热情。尽管如此，马凯还信心十足，他觉得黄平怎么折腾也不是他的对手。黄平的表现谁都清楚，他私心太重，言行粗鄙，一点都不像一个机关干部，领导起用他，在场面上不丢脸才怪呢，所以，不易过领导关。再有，在群众中，他马凯再差也比黄平有人缘，就他们处来说，大家都知道黄平是个小人，提拔干部是要经过民主测评的，测评是无记名的，这样说来，群众这一关也够他过的。然而，出乎马凯所料，半年前，黄平一下子被提拔为副处长，马凯彻底傻了。黄平提拔为副处长之后，马凯依然和他对立，只是，他发现自己越来越力不从心了。按理，凭借自己的智慧和顽强的意志，对付黄平绰绰有余，可黄平提拔后就不一样了，他们之间的力量对比发生变化。马凯琢磨来琢磨去，他才悟出其中的道理，过去，他所面对的对立面只是一个人，现在，处室里的人有不少转了风头，而靠向了黄平一边，他面对就不是一个人的力量了。马凯突然间恍然大悟，原来奥秘就在这里。不管怎么说，他马凯总不能人人树敌，不服气又能怎么样，还是打掉门牙往自己肚子里咽吧。如果说马凯把机关里的位子看得太重了，不处于马凯的环境，是体会不出位子的威力的。

马凯胡思乱想着，高丽英以为他喝酒有了反应，她说你实在不能喝就别勉强。马凯说这点酒还没关系，在我喝酒的记录中，最多是九两，还是高度的。高丽英说哎呀呀，那我可不是你的对手啊。

接下来，他们都分别讲了分别这二十年的一些经历，高丽英讲得有滋有味，轮到马凯，马凯只说上学、工作、娶老婆、生孩子，干干巴巴的。事实上，马凯的确谈不出什么，回头想一想，在机关这二十年，整天忙忙碌碌的，可回忆起来却没什么好回忆的，也没什么好总结的。看着高丽英亮盈盈的眼睛和红润起来的面孔，马凯多少有些感慨地说："看起来，你活的比我活的有意思。"高丽英愣了一下，她慢慢地说："其实，每个人有每个人的难处，关键在自己调节，你怨天怨地有什么用，骂这儿骂那儿也没用，现在我明白了，人的最大敌人是生活，我们一直在斗争的不是别的，是生活。"马凯安静地瞅着高丽英，他突然发现，高丽英的眼睛里溢满了泪水。高丽英似乎意识到这一点，她一抬胳膊，快速一抹，转过头来笑着对马凯说："来，喝酒！"

就这样，高丽英要的第一瓶喝光了，又要了一瓶。喝酒就是这样，开始望着一杯白酒都眼晕，可喝到一定程度，什么都不在乎了，甚至觉得酒越多越好。

下午三点左右，马凯去了一趟卫生间，把卫生间的房门关上，他才觉得自己头晕，尿尿时站不住，只好一只胳膊拄着墙，以求得平衡。即便如此，马凯还是把尿滴在了裤子上，连裤腿上都是。从卫生间回来，他见高丽英笑微微地迎着他，一瞬间，他似乎看到高丽英小时候的影子。马凯兴奋地回到自己的座位上，他乐呵呵地说："来，喝，就是个喝！"

这时，光彩酒楼隔壁响起了咚咚的乐曲声，“怎么这么吵？”马凯嘟哝一句。高丽英说是旁边的舞厅，下午场刚刚开始。马凯问高丽英怎么知道，高丽英说她去过那个舞厅几次，闲得难受了就约几个工友一起去散散心。“你们当然不稀得去这种档次的舞厅了！”

马凯问什么样的档次。高丽英说就是人们说的“穷鬼大乐园”，一块钱一张门票，几个退休的老头儿组成的乐队伴奏。不过，大舞厅有大舞厅的好处，可以跳花样儿。“要不，一会咱们去看一看，就算你体验体验生活。”马凯说体验什么生活，我连舞都不会跳。高丽英说唬谁呢，你们当干部的还不会跳舞，那些高档娱乐场所不都是给你们准备的吗！马凯说，说你也不信，我真很少进娱乐场所，真、真不会跳舞。高丽英说那好办，我一会儿就能教会你。马凯又喝了一盅，这时，他看着剩了半瓶的酒瓶子，自言自语地说：“真是邪了，喝这么多的酒还不醉。”高丽英笑了，说了一句词不达意的套话：酒逢知己千杯少嘛！“就是，”马凯说，“同学见同学就是喝大酒嘛。”高丽英立刻纠正他，说你说的不对，人家说老乡见老乡，两眼泪汪汪，战友见战友就是喝大酒，同学见同学就是搞破鞋。话音一落，她似乎觉得自己失言了，她捂着嘴不好意思地看了马凯一眼。马凯也有些不自然，忙着把话题岔开了。

马凯和高丽英从酒楼出来，又晃晃悠悠进了酒楼旁边的一个舞厅。马凯一边走一边用牙签剔着牙，反正是一块钱一张门票，他的胸脯挺得老高。一进舞厅，就像进了一个山洞，四周漆黑一片。也许舞厅营业刚刚开始，里面的客人稀稀落落。马凯跟在高丽英的身后，选择了一个角落就坐了下来。在进入舞厅的过程中，高丽英的肩在他的胸前若即若离地摩擦了几下，这令马凯的神经紧张，也勾起了潜藏的兴奋。所以，落座之后，马凯大声喊服务员，“上四瓶啤酒，要贵一点的。”高丽英说：“喝混酒容易醉。”马凯说：“我不怕醉，我是难得一醉啊。”

舞厅里的人陆续多了起来，头两个曲子跳的人少，到第三首曲子时，跳的人就多了起来。高丽英邀请马凯跳舞，马凯说等一会儿，先喝酒吧。到了第四首曲子，高丽英还请不动马凯，无奈，她就来拉马凯，把他拉到了场内。马凯笨笨喀喀，与高丽英支着黄瓜架子，眼睛一直盯着自己的脚。“把头抬起来，没人注意你的。”高丽英小声对他说。马凯抬起了头，没抬一分钟，头又滑了下来。他们在舞厅的一角转了没多久，马凯说什么也要下来。“坚持一下，一会儿你就适应了。”高丽英耐心劝说他。马凯说我知道，下一曲再跳，走，回去喝酒。没办法，高丽英只好回去陪马凯喝酒。

马凯和高丽英坐在那儿，马凯闲着行，女的就不一样了，不一会的工夫，就有人请高丽英跳舞。每遇到这种情况，高丽英都瞅马凯一眼，马凯也不能说什么。接下来，马凯真的就只剩喝酒的份儿，他孤独地坐在那里，而高丽英则消失在黑暗的人头之中。马凯叹着气，高丽英跳一曲，他就喝一瓶啤酒。跳到大约七八首曲子时，一个上点年纪的人来请高丽英跳舞，他似乎和高丽英挺熟悉的，两个人一边跳一边说着什么，显得很亲密的样子。这些，马凯都看在眼里。他又把一瓶啤酒干了下去。

中场休息是放舞曲录音，这个时候，马凯不再谦让了，他监视着上点年岁的人，那个人刚要起身，马凯就把高丽英邀请下了场，他扶着高丽英，跌跌撞撞的，一下子平衡不好，身子的重心倾向了高丽英，本能的反应，他把高丽英给抱住了。高丽英扶了扶他，他还是紧紧攥住高丽英的手。高丽英问他："你没事吧？"马凯说："没事。"高丽英的呼吸渐渐急促，她用手在马凯的后背明显地勾了一下，这一勾，令马凯的神经突蹦了一下，他深吸了一口气，接着，把高丽英紧紧地拥在了怀里。他们就那样晃着，一直把那个曲子晃完了。灯亮时，高丽英小声对马凯说："你真有劲儿。"

做为一个转折点，那曲舞下来，他们两人就亲密起来。在接下来的舞曲中，他们两人的动作就更大了，相互拥抱着，抚摸着。兴奋之中，高丽英对马凯说："一会上我妈家待一会儿……我有自己的房间。"马凯什么都明白了，明白了，他的神经也快绷断了。

高丽英的母亲还住在马凯小时候的老房子，他们到那里时，天已经黑了。马凯一直处于半醉状态，不过，他的脑子还算明白，进高丽英家之前，他还给高母买了一个大西瓜。高丽英的母亲十分苍老，已经变成了纯粹的老太太。进了门，高丽英向她介绍："这就是前栋房的'豆包'（马凯小时候的外号叫豆包）。""查电表？"老太太听不太清。她大声向老太太喊："不是，他是我的同学，你忘了，他还打过咱家的玻璃。""啊，知道了。"马凯上前向老太太问好，把西瓜递了过去。老太太抿了抿没牙的嘴，含混不清地说，这么客气干什么！高丽英对马凯使了一个快乐的眼神，把自己的房间示意给马凯，意思是让马凯先进去，她又大声对老太太说："我和同学谈点事儿，你别来打扰我们。"老太太问："洗脚？洗什么脚？"高丽英比划着说，不是，你别进我的房间。老太太点了点头。

高丽英把房门关上，就跳到了床上，一下子把坐在床上发愣的马凯扑倒了。马凯和高丽英是成熟的、近乎中年的人，他们以他们特有的方式快速脱自己的衣服，快速钻到被窝里，快速拥抱到了一起……他们进行得也比较顺利，只是高丽英的声音大了一些。马凯气喘着对高丽英说："你别那么大声。"高丽英也气喘着说："没事儿，我妈听不到。""不是怕你妈，我太紧张了，怕忍不住了……"这时，老太太在门外敲门，他们立刻静止住，屏住了呼吸，高丽英大声问："什么事？"老太太在门外说："吃饭了没有？""你别管，吃过了。"此时，马凯已全军溃退。

事毕，高丽英出去给马凯冲茶水，马凯蜷着腿坐在床头的一个沙发椅子上，他的两只脚交叉在一起，像一个曲卷在秋风中的小男孩。这时，经过激烈运动的马凯，酒已经醒了八分。马凯怅然若失地打量着高丽英的房间，房门上方搭了一个吊铺，当年，高丽英就住在那个吊铺上，现在，那个吊铺上放了两个老箱子，漆红色，铜柜锁生就了绿锈。在吊铺上泛黄的墙角，还有一张旧了几十年的纸画，是当年的样板戏宣传画……这些属于他小时候的记忆仍然存在，令马凯的心里袭来一股一股的阵痛。

马凯回家已经是晚上九点多了，他几乎完全醒酒了。爬楼梯时，他才觉得问题严重了。从上午九点半开始，他就失踪了，除了高丽英，对所有熟悉他的人来说，都可以说是失踪了。老婆会不会给单位打电话？老婆一旦问起来，他怎么编理由？还有，老婆知道他今天发工资，一旦要工资怎么办？中午和高丽英吃饭，加上在舞厅里的消费，加上给高母买西瓜，大概得花掉四五百元，他还没来得及细数，反正对不上账。家里的人情往来和生活开销都是老婆安排，马凯从未花过这么多的钱，他能说清楚吗？还有，结婚二十年来，他马凯从未有过越轨行为，在敏感细腻的老婆面前，他能保证自己伪装得天衣无缝，不露马脚？还有，老婆的例假就在前两天结束，按他们的生活规律，也该在一起了，如果老婆今晚对他有所暗示或要求该怎么办，自己还有充沛的体力吗？马凯的头开始隐隐作痛。

马凯进得家来，老婆正在看电视连续剧，她用眼角扫了马凯一眼，说："在外头吃饭也不打个招呼，谁知道带不带你份儿。"马凯十分柔和地说："别提了，碰到一个老同学，我们哥俩儿从中午就喝酒，一直喝到现在，哪想能喝到晚上啊？对不起了，以后不这样。”马凯的话似乎轻描淡写，实际上，他是动了一番脑筋的。这句话平平淡淡，却透露出这样几个信息，一是自己没在单位，和朋友一直喝酒，如果老婆往单位打了电话，也不至于错不开牙；二是与自己喝酒的人是个男同学。老婆不问便罢，如果问是哪个同学，他随便说一个名字就行，反正老婆也不认识他的同学。

接下来，马凯最担心是老婆问起工资，他可以说落在单位里了，可这样说就容易出纰漏，老婆太了解他了，有的时候比他自己都了解他，他不可能在工资问题上出现“落单位”这样明显的错误的。当然，马凯也不能说请同学吃饭了，如果是请同学吃饭，老婆可能要他出示发票，他的确开了一个发票，但舞厅的钱、买西瓜的钱又对不上了。一时，马凯还没想出一个更好的办法，老婆如果真的问将下来，他只能冒着风险说落单位里了。

谁想，老婆并没有提工资的事，只说让他早点睡，明天早晨欢欢（他女儿）学校组织郊游，你得送她去学校。马凯担心的也就是老婆让他早睡，他自言自语，又有些愤慨地说，我们处长太不像话了，出力不讨好的活儿总交给我，这不，让我写一个材料，说明天早晨交稿。说的时候，马凯还抖了抖公文包。老婆斜了他一眼，什么也没说。马凯走到卫生间里，仔细洗着脸，在高丽英家临出门，他洗过脸，他怕高丽英的口红留在他的脸上。可能是心虚吧，回到家，他还是觉得有可能没洗干净，一旦在高丽英家没洗干净，让老婆发现哪怕一点，他就要倒霉了。

老婆似乎没太注意他，那个电视剧结束，老婆就去刷牙、洗脚，准备睡觉了。马凯觉得他又逃过了一关，他必须靠时间，把老婆彻底靠睡了才行。可是，时间也不是好靠的，没有材料装做写材料比真的写材料还难受。难受也没办法，马凯只好把公文包里的一个讲话稿拿了出来，在稿纸上把那个讲话稿抄一遍，而且，还不能抄得太工整，还得有改动，有加句子，有删句子，那样才像，明天早晨，老婆起来看到桌子上的稿子，才算混过关了。事实上，老婆看稿子的可能性几近于零，问题是，一旦她意识到什么，真的看了呢？还是准备充分点好。

不到十一点，马凯就把那篇七千来字的长稿子抄完了，这个时间，老婆也该进入熟睡状态了，而他马凯也可以上床睡觉了。可马凯不敢，他还在想他和高丽英的事，从他们意外邂逅、到光彩酒楼吃饭、到舞厅跳舞、到她妈家……他一个细节一个细节地回忆，时而清晰时而模糊，有时高丽英的气息在身边浮云般缠绕着，有时又觉得他们之间发生的事如一场飘忽不定的梦……马凯不敢去睡觉，他觉得自己现在上了床，也无法入睡的，肯定会心事重重，浮想联翩，翻过来掉过去的，老婆肯定会起疑心，索性就再熬一段，熬到自己的眼皮发黏，实在困得不行了的时候再上床。然而，坐在那儿想也行，越想越害怕，甚至觉得老婆已经发现了他的蛛丝马迹。不行，马凯想，得马上洗一个澡，他身上可能还残存高丽英的气味，在这方面，女人是敏感的，如果不洗掉，老婆一定会有所察觉，还有，高丽英是长头发，说不准他的身上或者衣服上就沾了一根长头发，让老婆发现了，那可是证据啊。十二点左右，马凯在卫生间里哗哗地冲起了淋浴，就在马凯洗来洗去的时候，老婆起夜了，她在卫生间的门口咚咚地敲。马凯身上的香皂沫还没冲净，就披着浴巾跑了出来。马凯所以这么匆忙，他是担心老婆等时间长了就惺惺了，最好老婆半闭着眼睛进去，再半闭着眼睛出来。还有，他所以跑出来，是不想自己全裸的身子给老婆看，老婆看到他的那些，说不准会有所兴奋，他可怕老婆兴奋。

马凯艰难地熬过了难眠之夜，第二天到了单位，他的压力仍然没有减轻，甚至有加重的趋势。首先，马凯昨天没把材料送到设计院，并且整个一天都见不到影儿，一旦处长问起来，他怎么回答。而关键的是，如果高丽英来了电话，大大咧咧地问他，马凯，昨天还好吗，他怎么回答。况且，单位里的电话还是串联的，说不准被黄平，或者被小陈听去了，不用一天，除了他马凯，全局都有可能知道高丽英给他打电话，很快就会传出他的绯闻。当然，也许是他考虑的太多了，现在，人们对这些事已经不那么感兴趣了。问题还不在绯闻上，几个月后就要机构改革了，机构改革就得调整干部调整人员，这个当口上出了漏子，亏可就吃大了。马凯进步的心还没凉透，灰烬中还有残火儿，还等待着熊熊燃烧起来。

在单位里，马凯是在热锅里煎熬着，当然，煎熬的是他的内心，大家该干什么干什么，谁也没太注意他。好在那天处长并没问他送材料的事，马凯下班的时候提前走了一会儿，果真打了一辆出租车，把材料送了去。那之后处长也没问起过材料，他或许是忘了，或许，对于处长来说，他既然把送材料的事安排了，他的任务就完成了，送不送到是另一回事了。第二天晚上，马凯才把工资交到了老婆手上，他东挪西凑，总算添平了那个窟窿。事情按说到此也摆平了，事实上，马凯的日子却仍然难过。

每天上班，马凯都担心电话铃声，一有电话，他就抢着接，他怕是高丽英的电话。如果高丽英再次邀请他，或吃饭，或跳舞，或去她家，他该怎么办？如果他回绝了高丽英，高丽英不高兴了，哪天来到他的单位找他，往他办公桌前一坐，他该怎么办？还有，他与高丽英已经分别了二十多年了，他对现在的高丽英一点都不了解，现在的高丽英变化究竟有多大，她是怎么想的？她对他有所图吗？尽管他马凯是个实在不值得提的小人物，可在高丽英的眼里，他是机关里的大干部，以后动不动就求他办事，他能办得了吗？况且，从高丽英目前的境况、她起了毛边的衣着、简陋的家庭环境看，高丽英的经济状况很不好，如果高丽英让资助，他上哪儿弄钱去？越想马凯越恐惧，他觉得自己现在已经没资格同黄平他们斗了，对机构改革这个调整的机会也不抱什么希望了，因为自己有一个严重的问题潜伏着，现在他已经没有资格了。别说什么进步，不出问题就万幸了。与此同时，马凯对那天发生的事十分懊悔，还时不时地在内心里责骂自己，暗自抽了自己好几次耳光子。

日子一天天过去，自马凯和高丽英分别后，一点高丽英的消息也没有，没有高丽英的消息，并不等于不会有她的消息了，马凯觉得，高丽英就像挂在他身上的定时炸弹，时间越长，离爆炸的时间越来越近，危险性越来越大。而这期间，马凯也在无奈之中完全放开了，也就是说，他对自己提拔的事彻底不抱希望了。总结自己这二十年的机关生涯，马凯想，说复杂真复杂，可说简单也真简单，机关是什么？不过是一些人凑到了一起，在一个人为的规范里或圈子里活动而已，以前，领导说要防止公共权力部门化，部门权力个人化，说得挺好的，但只能是说得挺好的。不过，也别小瞧这个圈子，这里也有一个规则，就是必须得和大家一样，你太出格了不行，太有本事了更不行，像社会上的其他一些圈子一样，圈子总会内外有别的。想一想，自己在机关二十来年，提不提拔不说，没被这个圈子挤出已经说明了一个问题，说明他马凯有毅力，是个了不起的人。

一天，马凯蹲在厕所里，就像小时候挨父亲打之后那样蹲着，心里觉得委屈，眼睛里也噙满了泪水，他觉得，自己为什么这么没出息呢？事实上，这段时间里什么事也没发生，没有高丽英的消息，没有老婆和处长的责问和怀疑，没有大家特别的目光……自己的恐惧全是自己造成的，是自己吓唬自己，是自己把自己打败了。可自己为什么要自己吓唬自己，自己要打败自己呢？说起来，他和高丽英都不是生活中的强者，都是在生活中受憋屈、受委屈的人，甚至活得有些窝窝囊囊的，这样的生活在底层的两个小人物在一起温暖一下有什么错？想到这儿，马凯擦了一下眼泪，站了起来，放粗了嗓门喊了一声。

马凯推开厕所的门，见局长正在小便池尿尿。局长瞅了马凯一眼，要是以前，马凯的脸早就得惨白了，这次，马凯也瞅了局长一眼。

就在马凯什么都不在乎的时候，机遇却来找他了，那年机构改革，马凯被破格提拔为局属最大的一个事业单位的头儿，从正科一跃为正处。马凯手下管了六七十号人，黄平被分流出来，成了他手下的一个副处级调研员。马凯有了车，有手提电话，人缘也好了，业务也忙了。他踌躇满志，工作干得有声有色。

一晃一年就过去了，一天，坐在办公室里的马凯突然心情沉重起来，他想起了高丽英，他在自己的电脑记事本上翻着，他明明知道没有高丽英的电话，却也翻着。他和高丽英在舞厅那天，高丽英用舞厅的酒水单子给马凯写了一个传呼号码，不过，在马凯回家的途中，就被他撕得粉碎并抛到车窗外。

马凯想来想去，他给大敏挂了一个电话，寒暄了一番之后，马凯说他想请老同学们聚一聚，顺便还管大敏要高丽英的联络号码。大敏说你别找高丽英了。马凯问怎么啦。大敏说高丽英春天就走了。“走了，去了哪里？”

“她能去哪儿，阴曹地府呗。”

马凯的心立刻凝固了。大敏说你怎么不知道，我听丽英说她还见过你，你们见面的时候，丽英肚子里癌细胞就扩散了。马凯放下电话，两天都没怎么说话。

后来马凯去当年的老房子找过高母，他去时，那片房子已经扒了，高丽英母亲家动迁到了城郊，马凯费了很多周折才找到，他给老太太带去很多好吃的东西。那之后，马凯每逢节日都去看望高母，老太太已经彻底认出他就是高丽英小时候的同学，老实巴交的“豆包”，老太太也想起了当年开的玩笑，就是等他们长大了，把高丽英给马凯当媳妇。不过，老太太显得很认真，若有所思地说：“现在像你这样的好孩子太少了……如果当初，我家丽英嫁你就好了。”

从高母家出来，马凯心里十分难过，他想，如果高丽英还健在的话，他会大大方方地去找她吗？会这么频繁地来探望高母吗？还有，如果高母知道这其中的一切，并知道他内心所想，老太太也许就不会说那样的话了。

天堂的桥

去年秋天，我的邻居宋文凯该是三十二岁了吧。在我看来，这一年，文凯的心情由沉郁而变得沉重了。我还猜想，他不再通过长时间地注视大海和久久地仰望星空来排遣心中的郁闷，而事实是，他的目光开始凝滞，毫无色彩。同我说话时，大多三言两语，缺少热情，并且十分简捷。我觉得奇怪，宋文凯的变化似乎是一个早晨发生的，我发现一向用豁达、乐观来掩饰心情的宋文凯麻木了。

那天，我同他在楼梯口见面，我说有日子没见到你了，他说最近挺忙的，可能要到县里去工作。我问是下派吗？他说是下派，不过是他自己要求的。

我们住邻居已经六年了，以上的谈话并不足以写成文章，要不是后来发生的事使我感动，我想，很多生活细节都会被淹没了，就像日常生活中大量被淹没的很多生动事实一样。

根据我的了解，多年来，宋文凯在机关干的并不怎么开心。他1991年毕业于辽宁师范大学，毕业后就分配到机关工作，算一算已有八个年头了。这些年来，宋文凯眼看着同事们一个一个提上去，比他毕业晚三四年的也提拔了。论人品和能力，宋文凯怎么也算得上是上乘的，宋文凯还有人缘儿，他为人谦和，甚至还谨小慎微，哪怕做一件小事也小心翼翼的，我还知道，在多年的年终考核中，文凯都是“优秀”。我想，没提拔文凯大概还是因为他那个缺陷，谁心里都明白，但谁也不能当他的面提起他的缺陷。

宋文凯出生在朝阳的一个农村，一出生就是豁嘴儿，老家人管那叫“兔唇儿”，虽然小时候做过缝合手术，但那个时候的医疗水平毕竟有限，于是，就有了那块难看的疤痕，还泛着紫红色油亮的光泽。领导是面对众人的，提拔起来的领导怎么说形象也得差不多，况且，他的缺陷是个要命的地方，当领导就得讲话，讲话的时候大家就必定注意你的嘴，所以，为什么没提拔他，大家都心照不宣。

宋文凯在单位里的困惑在他的生活中一样存在，就是他的婚姻大事迟迟没有着落。毕业这些年来，宋文凯看的对象也有一个满编制的步兵排了，可总是高不成低不就的。谈了几个也都停留在“阅读和欣赏”上。一般情况来说，谈对象时的男女，接触就必然进入到接吻阶段，接吻是一个重要的标志。不幸的是，与宋文凯相处的女性大多出现在那个阶段之前，恐怕接近那个阶段时，她们就退却了。大概在完成那个象征意义的仪式的一刹那，女方人为地放大了想象，想一想，一辈子和这张不同寻常的嘴接触，有了恐怖感也没有什么奇怪的。

所以，承受几重压力的宋文凯更加自卑，整天赔着小心，出了家门就夹着尾巴做人，宋文凯知道自己是小人物，小人物总想把自己的苦恼给淡化和消解了。所以，这些年可把我们文凯兄弟苦坏了！

宋文凯谈的对象中，与他实现了真正意义上接吻的是在幼儿园里工作的老师小马，小马幼儿师专毕业，人长得单薄消瘦，加之家境贫寒性格孤僻，也进入了大龄单身女子阶段，经人介绍，宋文凯和她见了几面。宋文凯大概怕失去这次机会，就像很多恋爱中的男主人公一样主动对小马发起了进攻。他们两人见面，小马说话很少，宋文凯则不停地讲啊讲的。宋文凯讲他的工作能力如何强，很多棘手的问题都是他处理的，单位如何重视他，很早就提拔了他等等。他还说自己这些年偷着炒股票，已经有了可观的储蓄，并承诺给小马买这买那，给小马多病的父母买这买那，给小马下乡没有回城、仍在农村已经有了三个孩子的四姨提供这样那样的帮助等等。这样，在月光不够明亮的夜晚，他们或在树阴里，或在楼道口有过可以数得过来的几次接吻。——这件事就发生在去年秋天。

宋文凯和小马认识一个月后，宋文凯在单位接到了小马打来的电话。小马用严肃甚至严厉的声音说：“我调查清楚了，你根本不是副处长！你觉得骗一个诚实的女孩子有意思吗？”宋文凯知道出麻烦了，他连忙半捂着电话，小声说：

"你别误会，我不是诚心那样的……"小马说："我没想到，你心灵也那么丑陋？"宋文凯被噎住了，小马说"也"，也就是说，那句话前面的省略词就是你外形丑陋。宋文凯觉得自己的自尊受到了伤害，可他还是忍住了，他说："你先别急，我见到你再解释……""解释个屁，"小马说，"咱们的关系就此拉倒！"电话就扣下了。

其实，宋文凯所以在小马面前夸张了一些，或者说吹嘘一些，一方面是缘于他过重的自卑心理，另一方面他真的怕失去小马，不想，事与愿违，反而把事情搞砸了。

这件事的发生，使宋文凯以往生活运行的轨道发生了重大变化。

按说，使宋文凯发生重大变化的原因也不完全是小马给他的刺激，但小马的刺激的确是一个导火索，他内心积蓄已久的压抑终于露出个头来。

第二天出现在单位的宋文凯就成了另一幅面孔，单位里的人自然不知道宋文凯是因为什么发生的变化，尤其是宋文凯的处长。那天早晨，宋文凯迟到了，迟到了也没解释，看表情，他连解释的意思都没有。到办公室不久，宋文凯去了处长所在的里间办公室，轻描淡写地问处长："养殖场那个位子还在吗？"

处长愣了一下，目光专注地看看宋文凯。在处长看来，宋文凯的举动毫无疑问是异常的。宋文凯说的养殖场那个位子是指机关想往养殖场派一个主持工作的副场长，原来的场长退休了，领导们决定从机关派一个场长。表面上看，这又是一个提拔的机会，可机关里的人似乎都不感兴趣。那个养殖场虽然直属宋文凯所在的机关，可在离市内一百多公里的长兴岛，生活状况同当地的农村差不了多少，加上这些年效益差，人际关系复杂，给个正处级也没多少吸引力。机关里够条件的人大多结婚了，谁愿意下去吃苦受累？光吃苦受累有前途也行，问题是从那个养殖场往上提干部的可能性微乎其微。

公平地讲，最初领导还真考虑过宋文凯，觉得宋文凯早到使用的时候了，同时也觉得让宋文凯去，多少有点委屈他，所以，只是让宋文凯的处长征求了一下他的意见，没有强行动员的意思。征求意见的时候，处长是当着全处所有人的面说的，他说有这么个挑战性的工作，谁想去试一试？当时，凡沾点边儿的人都直躲，宋文凯也一样，只是，处长说话的时候瞅了瞅宋文凯。宋文凯立刻不自然，他对处长说：哎，瞅谁你也别瞅我啊！……后来这事儿就放下了。

所以，宋文凯问处长时，处长发愣就没什么奇怪的了，停顿了几秒钟，处长才说："是啊，你有想法吗？"

"我想去！"宋文凯果断地说。

处长对宋文凯的问话产生了不真实感，想了半天，问宋文凯："想好啦？"

宋文凯点了点头。处长走了过来，离宋文凯很近，可以更仔细地看宋文凯的面部表情。"是什么使你下的决心？"

"没什么！"宋文凯就离开了处长的办公室。

宋文凯同处长的谈话半个小时之后，处长那头有了反应。处长又把宋文凯找到办公室，他关紧房门，小声问宋文凯："这事儿可是严肃的，你真想好了吗？"

宋文凯笑着反问："我什么时候不严肃啦？"

处长就瞪着眼睛看宋文凯，处长那个疑惑的眼神持续了整个上午。

宋文凯的任命在一个星期内就有了结果，任命文也随之下达了。那几天，机关里的气氛十分活跃，由于宋文凯的决定，使大家在短时间内经历了惊讶、感叹、唏嘘到终于觉得理解的过程。宋文凯十分平静，他欣然地接收同事们一顿接一顿的送行酒，在迷迷糊糊的状态中体会主角的良好感觉。

到了宋文凯报到的日子，单位里的人以为宋文凯已经去养殖场上任了，而养殖场以为宋文凯还在机关里喝送行酒呢，事实上，宋文凯并没有离开城市，整天毫无目的闲逛着。

茫然地在大街小巷漫步，宋文凯突然意识到，自己生活和工作了八年的城市原本是陌生的，不要说有很多大街小巷他从来就没有去过，即便是他最初租房子住的地方，也平地拔起了几座高大的建筑。什么变化都太快了。

宋文凯在城市里"漂流"的第三天，他来到滨海路，走到吊桥南侧的山坡上，他看到有人架着摄像机，围观的人不少，还有几个人在二十几米处用纸盒箱搭起墙一样的屏障。宋文凯以为是拍电影的，就凑了过去。

宋文凯正在看热闹的时候，电视台的主持人走过来同他搭话。主持人介绍了自己的身份，又介绍他们的节目叫"挑战极限"。说他们正在挑选一个自愿者，自愿者的任务是戴防护面具，穿着防护衣从那个点燃的纸箱墙穿过去。最后，主持人用调侃的语气对宋文凯说，"这个时候，你神态刚毅地走了过来。怎么样？要不要试一试？"

宋文凯几乎没加思索，就说："无所谓。"

“那就是同意了。”主持人有些喜悦，他用手在宋文凯的肩上显得过于亲昵地拍了一下。

原来，电视台那个节目是有自愿应征者的，被确定的两个应征者到了拍摄现场就因恐惧而改变了主意，怎么动员也不行。无奈，编导人员就只好就地取材，在围观的人群中临时找勇敢的挑战者了。

按那个“挑战”节目的规则要求，挑战者必须是一对情侣同骑一辆双人的自行车，两人步调一致，同心协力闯过火墙。事先，编导们已经找到一个女挑战者，找男挑战者时，宋文凯就适时地出现了。

主持人把宋文凯介绍给女挑战者，女挑战者叫方馨，年龄大概二十三四岁。一见到方馨，宋文凯的心波动了几下。尽管对方戴了一副墨镜，还是可以判断出来的，那是一张十分白皙而雅致的面孔，神态极端安详和宁静。宋文凯不自然起来，他甚至后悔答应这件事了，与自己差距太大的女孩子假扮情侣的这个挑战远比闯火墙还要艰难。不过到了这个地步，宋文凯也不能退缩了。

编导让宋文凯和方馨先演练一番，宋文凯问方馨，你会骑自行车吗？方馨点了点头。

宋文凯说问题不大，我骑过十五年自行车，只要你能配合我就行了。于是，宋文凯和方馨骑上自行车，先是方馨坐上去，宋文凯后跨上去，自行车启动之后，宋文凯的嘴里还叨念着一二、一二，协调他们蹬车的频率。他们配合得十分成功。

接下来，在编导的指导下，宋文凯和方馨穿上淋了水的帆布衣服，戴上了风镜和头盔。他们准备妥当之后，导演开始下令往纸箱上浇汽油，随着导演的出发口令，对面的纸箱也腾地燃烧起火焰。

宋文凯双眼发直地盯着前方，大声地喊着口令：“一二，一二……”自行车的速度越来越快，直接奔燃烧的火墙而去。

——宋文凯他们成功了。

冲过了火墙，宋文凯和方馨都摔倒在地上，摔得不重，而且，他们身下还有一些可以缓解冲撞力的塑料泡沫。宋文凯爬起来，他兴奋地对方馨说：“咱们成功了！”

方馨也爬起来，她激动得身子有些颤抖，嘤嘤地哭了起来。

宋文凯连忙问：“摔疼了吗？”

方馨说："不是，我没想到会这么成功！"

宋文凯和方馨就是这样认识的，那不是一个有细雨或者其他浪漫的天气，那只是宋文凯经历过的很普通的天气。闯火墙那天，宋文凯还请方馨去了一家咖啡馆，他们谈了彼此的身世和苦恼，有很多共同的话题和比较一致的看法想法。那天，他们谈了四个多小时，宋文凯送方馨回家的时候，已经是晚上十点多了。

宋文凯和方馨短暂的接触却彼此像老朋友一样交谈，也许是共同的命运使然。方馨原来在一所部委所属的大学读书，大三的时候，她患了严重的眼疾，双眼的视力急速下降，不到两个月的时间，她就不能坚持上课了。后来，方馨休学去治眼睛，一治就治了两年多，也没有明显的效果，今年年初她的眼睛几乎失明了。这个打击对于年轻并且有很多瑰丽的梦的女孩子来说，打击当然不小。整整一个夏天，方馨都把自己关在家里，只有音乐陪伴着她。

那天，方馨的心情极其低下，就自己出了门，来到滨海路上，她没想到遇上电视台的挑战节目，也没想到遇到同样心情郁闷的宋文凯。

在方馨面前，宋文凯觉得自己的苦恼就算不了什么啦，他劝慰着方馨，讲了他看过的一篇叫《红鞋子》的小说。说一个女孩从小就听姥姥说，她长大后穿着红鞋子在码头等待，会有一个王子驾五彩船来迎娶她的。那个女孩长大后就穿着红鞋子在码头等待着。很多人都嘲笑她，她"愚蠢"的举动也传了出去。有一天，果然有一个英俊的小伙子驾着五彩船来了……

事实是，那个小伙子被她的行为感动了。宋文凯给方馨讲这个故事的意思是让她别灰心，你自己都不相信世界上存在奇迹，那么就不会有希望的。宋文凯说是说，他自己就失去了信心，可方馨却被感动了，感动得直流眼泪。

宋文凯问方馨喜欢什么，方馨说她喜爱色彩丰富的画。宋文凯心里很不是滋味，他说他可以为她画，他说到了养殖场之后，每天都给方馨寄一幅画来。

临别，方馨还对宋文凯说："去县里之后，别忘了你答应我的事。"

宋文凯说不会忘记的。

告别方馨的第二天，宋文凯就去养殖场报到了。

宋文凯到了养殖场之后，他实际上并没有把精力投放到工作上。一方面他对水产养殖并不在行，况且，海产品养殖基本都承包下去了，不像早年那样，生产啊、销售什么的都让场长操心。另一方面，名义上他是养殖场的一把手，实际上，养殖场原来的领导各有各的体系，他基本被"架空"着，听听情况，主持个会议什么的之外，平时就东游西逛的。可一到了晚上，宋文凯就来了精神，他开始给方馨画画，构思好了就给方馨挂电话。

方馨接到宋文凯的电话总兴奋异常，每天接宋文凯的电话成了她生活中的重要内容。

宋文凯给她讲养殖场半岛上日出的情景，养虾池里粼光片片，金箔闪耀。傍晚日落时，海面比天空的颜色要亮，像凝固的水银一样。养殖场处在渤海湾的一个小半岛上，南面是泥滩，北面是沙滩，岛上有东北电管局一排排的风力发电机，白色的风车高低起伏。傍晚走在那里，有如走入童话般的世界……宋文凯几乎每日都有的电话，已经把方馨浸泡在美好的色彩里。方馨没去过宋文凯所在的养殖场，可她对那个地方已经非常熟悉并神往起来，她的心情也发生质的转变。一个月后，宋文凯回城里开会，他去方家，方馨激动地拥抱了他。方馨对他说：我不知道怎么感谢你，是你给了我活下去的勇气，是你让我觉得人世间多美好多么值得留恋，是你让我觉得情感多么重要。我没有更多的奢求，只希望和你永久地保持联系。那天他们还情不自禁地接了吻。从宋文凯这面来说，他也被方馨深深地吸引，方馨不仅美得惊人，内心也是善良、热情和乐观的。那一刻，宋文凯想，如果方馨愿意，即使她终身失明他也不会抛弃她……

回到养殖场之后，宋文凯的心情又发生了转变。其实，宋文凯是不会画画的，他寄给方馨的画只是一些大失水准的草图，那些草图一点都不美。他给方馨讲的那些虽然是他的切身感受，可画出来的就是另外一回事了。更主要的是，一开始，宋文凯对方馨讲那些不过是解闷儿，既是讲给方馨的也是讲给自己的，其中有一些还被他做了加工，加上了浓重的个人主观色彩。令宋文凯意外的是，虚幻的东西却反而令方馨大为感动！

宋文凯的心里有了结痂，他觉得有些对不起方馨，他不该蒙骗她。与此同时，宋文凯又从方馨的回应里受到鼓励，他觉得自己还年轻，不能虚度了光阴，即便是养殖场，他也要努力干出点事来。

回到养殖场，宋文凯开始抓工作，起早贪黑的。当然，在每一天的忙碌中，宋文凯不会忘记给方馨挂电话，话题也不单纯是自然景物的描述了，宋文凯讲起了他工作中遇到的问题和解决的方法。他常对方馨说，想起你，我就觉得有一股神奇的力量。

方馨很感动。

去年年底，方馨突然告诉宋文凯她要到日本去做手术，她说她要把完美的自己交给宋文凯。宋文凯当然高兴，他希望方馨能恢复健康，像方馨那么好的女孩子，让她生活在黑暗当中，上帝就太不公平了。

方馨出国了，宋文凯去周水子国际机场送方馨，方馨对宋文凯说："我想我会好的，我回来的时候，希望你捧着鲜花站在这里。"

宋文凯痛快地答应了，他知道方馨的眼睛是不容易治愈的，起码不会很快就治愈的。就像他的养殖场一样，并没有由于他积极努力和勤奋工作，马上就改变亏损局面一样。

元旦时，宋文凯没有回到市内，春节他回老家了。

方馨是三月末回来的，就像宋文凯第一次见方馨时讲的"红鞋子"的故事一样，奇迹真的出现了，方馨可以看见东西了，她的视力恢复到0.1和0.2。方馨回国前给宋文凯挂了电话，让宋文凯去机场接她。

宋文凯犹豫了，方馨眼睛没治好他肯定会去接她，方馨的眼睛好了，他反而没有勇气见方馨了，他觉得这个时候情况变了，现在是自己配不上方馨了，方馨那么漂亮那么年轻，而自己就不同了。他知道自己的缺陷，他不想让方馨失望。他一直在给方馨美好的印象，尽管那个印象不是完整的自己，可他还是想把好印象这部分保持永远。

最后，宋文凯还是去了飞机场，方馨根本就不知道他长什么样儿，他只要不说话方馨就不认识他。宋文凯这样打算，他想最后看方馨一眼，看看方馨恢复视力后的模样，然后他就默默地消失，再寄给方馨一封信，编造一个他已经有了女朋友的故事，了结这段特殊的情感经历。

在飞机场，宋文凯从人群中一下子就发现了打扮入时的方馨，他心跳得格外厉害。方馨被一大群亲友包围着，她的样子快乐极了，她热情地同大家说话，同时，还不住地四处张望着。宋文凯站在七八米外默默地看着，他觉得鼻子发酸，直想流眼泪。

突然，方馨大步向宋文凯走来，宋文凯刚要转头，方馨说话了，说话的同时伸出手来："可以认识一下吗？我叫方馨！"

宋文凯支吾着，他不知该说什么好。

"你没发现我穿'红鞋子'吗？"

宋文凯还是不言语。

“别装了宋先生，我会认出你的。”

“为什么？”

“你有重要的特征。……但是，我喜欢！”

宋文凯扭过头去，泪水还是流了出来。

方馨能在人群中辨别出宋文凯大概是由于他们接过吻，女人是敏感、细腻的。不过，对于宋文凯的画，方馨的确不敢恭维。后来他们在一起的时候，宋文凯问方馨，如果我们是别人介绍的，你会和我相处下去吗？方馨看了看他，说，可以肯定，我不会和你处下去，可同你接触多了就不同了，我觉得你那么熟悉和亲切，我看你也不觉得惊讶了。还好，我失明了，不然，真的会失去了一个好人。

现在，宋文凯还在养殖场，他已经由“主持”变成正式的场长了，在他持续的努力下，他相信养殖场总有一天会翻身的。方馨没继续读书，她在一家医药公司找了个推销员的工作，他们不常见面，但每个月的电话费都不少，差不多相当于工资吧。

同宋文凯见面时讲起这些事，我说这事儿都是小事情，可是挺感人的。宋文凯说几千年来世人都在寻找天堂，可他觉得，天堂其实就在人的心灵深处，关键是得把钥匙找到，找到钥匙，每个人都可以进入天堂的。宋文凯还说他准备2001年把婚事办了，地点选在养殖场，这回他不担心方馨会对那个半岛失望了，因为方馨已经去过三次了。

上 班

张小兰每天早晨最重要的事情就是上班，梳头洗脸涂口红之后，时间够就站在窄小的厨房门前吃几口，时间不够了就喝半杯水，然后，匆匆忙忙下了楼。

有很多时候都是这样，张小兰刚走到大道上，距离汽车站点还有一百多米的距离，公共汽车就从她的面前开了过去，要等下一辆就得十分钟以后。而十分钟以后上车，到单位就迟到了。张小兰的单位是闹市区的一个国营杂货商店，原属供销社系统，是商业行业改制后为数不多的还挂着国有牌子的商店，商店的效益不好，管理却很严，一次迟到扣五十元，张小兰一个月可以拿到五百元左右的工资，也就是说，迟到十次她一个月的工资就没了。光扣工资还算不上太严厉，商店还有一条规定：累积迟到六次以上就下岗。为什么规定六次而不是七次八次，依据是什么？谁也说不清，但这条的确厉害。

单位里的人知道张小兰在外头另有一份兼工，大家心里也清楚，自己挣那几百元真是让人心里没安全感，除非一点本事也没有，有点本事都应该另外想点办法。有的时候，张小兰和徐大姐说起为赶时间打出租的事，徐大姐说，何苦呢，干脆把商店的工作辞了算了，搭功夫不说还搭钱。张小兰说这个我也想过，问题是我一参加工作就在这个商店，辛苦了二十多年，就这么把班扔了，挺不甘心的。况且，在外头给人家打工，钱多一些心里也没底儿，有个病怎么办？退休以后怎么办？我琢磨着，再坚持几年，怎么也得熬个退休啊。徐大姐说还想那么远呀，十年前你能想到今天的情况吗？谁知道五年以后会咋样？这个商店能不能坚持到那个时候咱都不知道。张小兰想了想，点头说：“那倒是。将来怎么样，谁也说不清楚，所以，咱只能按现在的理解向前活着。”

张小兰兼工的地方叫“大红门”洗浴中心，她是总台的收银员。洗浴中心的老板是她一个远方舅舅的女儿，有了这层关系，张小兰才谋得这份来之不易的差事。张小兰每天晚上六点接班，凌晨一点下班，所以，第二天早晨起床就很困难。

张小兰一个人做两个工，多半是无奈的选择。赵峰老早就失业在家，没有收入不说，她还得给他钱花，让他跟楼下的闲人打点小麻将，以免憋闷大了，给她惹出点是非就更难收拾。承担着一家三口的生活费用，张小兰想不干也不行。

张小兰在“大红门”干了一年多，比起商店，那真是大开了眼界，张小兰觉得，同以前的经历比起来，自己迅速成熟起来了。那个地方是社会的另一个窗口，平时在大街上看不到的人和事，在店里灯火闪烁的夜晚都出现了。在这样的环境里，张小兰才明白，生活并不像人们想象的那样，生活是非常复杂的，你怎么复杂地想都没生活本身复杂。以前，别人对她说她是理解不了的，只有自己亲身经历了感受到了才行，当然，张小兰再对别人说也没用，因为他们是没能力理解的。

一天晚上，张小兰正准备换衣服时，一个影子罩在她的身前，张小兰抬头一看，是一张胖乎乎的中年男人的脸。那个刚从桑拿休息大厅出来、头上打着油亮的摩丝的男人正仔细观察着她。张小兰笑了笑，说：要帮忙吗？

中年男人连忙把过于集中的目光移开。不过很快，男人又把目光移了回来。“你是……张小兰吗？”

张小兰愣了一下，的确，她看眼前这个男人也有点面熟。“你是……”

男人笑了：“真是张小兰啊，我是……你想不起来了？”

张小兰不太好意思，笑了笑。“一下子，是有点想不起来……”

“往小的时候想，小学。”男人慢慢地提示着。

“哎呀，是温志强吧。”

“是啊，有二十年没见了吧？”

“可不是吗！真是太巧了。”

“你在这儿上班？”男人问。

张小兰不太自然地一抿嘴：“啊，朋友开的，来帮帮忙……我在供销社系统上班。”

“是这样，这地方条件不错。”

“你以前来过吗？我好像没见过你。”

男人身边一个正在结账的小伙子说：“我们局长来过三次了，他说这地方不错。”

“你是局长啊？”张小兰有些惊讶地问。

男人本能地表示谦虚，说什么局长不局长的，就是来洗个澡，真巧，碰到了你。

显然，那里不是叙旧的地方，杂人进进出出。结了账，男人就和张小兰告别了。他说，哪天我请你吃饭，好好聊聊。张小兰说可以呀，并把他送到大门外，说“要常来呀”。男人说那当然了，不知道你在这儿都来，知道了不就更应该来了吗。

送走了男人，张小兰对小冯燕说：这回又碰到一个小学同学，真有意思。不过看样子，是个大客户。

小冯燕撇了一下嘴，显得有经验的说：“那可不一定，你在这儿，说不准他还不来了呢。”

“为什么？”

“你在这干了这么久，你还不知道？”

小冯燕说的话她一时还真没反应过来。过了一会儿，张小兰想了想，走到小冯燕的身边，小声说：把他的账单给我看看，他们不光是洗浴吧？小冯燕坏笑着，挤了挤眼睛：还用看吗！

张小兰把偶然遇见温志强的事讲给赵峰听，赵峰正在喝啤酒，听张小兰一说当时就把嘴里的啤酒喷了出来：臭鞋垫儿呀！他还那个熊样儿吗？

张小兰看赵峰的样子就来了气，说：“你不是熊样儿？别瞧不起这个瞧不起那个，人家样儿不好可是局长，你样儿倒好，怎么整天……”话说到这儿，张小兰停住了，赵峰最怕有人刺激他，尤其是张小兰的刺激，如果把他刺激大了，说不准他会用啤酒瓶子砸自己的脑袋。

赵峰说的“臭鞋垫”是温志强小时候的外号。小时候，赵峰是班里最淘气的，而温志强是班里最窝囊的。赵峰十天半个月就欺负温志强一番，弄得温志强哭鼻子流眼泪的。赵峰瞧不起温志强主要是嫌他骨头软，他是男生中最容易下跪的。其实小的时候，张小兰也看不上温志强，温志强窝囊不说，还蔫坏，他曾在张小兰等女生的书桌里抹过屎，还故意写了一封向她表达爱情的信，署名是赵峰，并把它丢在老师的讲台下。赵峰不在乎这些，老师批评也好，勒令他检讨也好，他都没怎么当回事儿，相反觉得挺高兴的。张小兰却觉得羞愧，学习成绩受到了影响，一路滑了下来。应该说，在那之前，赵峰的确对她表示过好感，表示也是以玩笑的方式进行的，没怎么捅破，“求爱信”事件发生之后，客观上起了推波助澜的作用，把张小兰推到赵峰一边，那年下半学期，张小兰和赵峰就半公开地一起去溜冰、去饭店喝酒了。从另一个方面来说，温志强也许并不希望张小兰跟赵峰好，他不过是想用这种方法整赵峰，没想到事情败露后，自己被打得鼻青脸肿不说，还把张小兰推到赵峰的怀里……当然，这些都是小时候的事，人过三十岁以后，小时候的事就被原谅了。老同学见面很亲，无论小时候他们之间发生什么龌龊都是可以被消解的，毕竟自己有了儿女，毕竟经历了岁月。

今天，赵峰对张小兰的话不算敏感，也许是他打麻将赢了二十来块钱，也许喝酒正喝到恰当处，他笑呵呵的，说你别迷信当官的，官不是衡量人的标准，当了官，不一定就有水平了就不坏了。张小兰不愿意听他说话，说你有水平你心好，我都快幸福死了。

赵峰眯缝着小眼睛，颤悠悠地说：“你没幸福的时候？有几个男人有我这样的‘硬’功夫。”

张小兰本能地望了女儿的床一下，她知道女儿没放学，可还是望了望，然后，打了赵峰一拳：“别不要脸！”

……小冯燕说的话还真应验了，自从那次见面以后，温志强再也没来光顾大红门洗浴中心。

一晃两三个月过去了，一天，张小兰正在卖煤气炉具，徐大姐告诉她有电话找她。张小兰过来接电话，是一个陌生的男性的声音。

——我是张小兰，你是？……

——这么快就把老同学忘了？

——噢，张小兰想起来了，是温……是温局长吧？

——是啊，今天中午有时间吗？你忘了，我答应请你吃饭的。

张小兰犹豫了一下，今天她带的盒饭里有里脊烤肠和鸡大腿，比往日的好多了，原本她想好好吃一顿的。

——时间太紧了，我们中午只休息一个小时。

——没关系，咱就随便吃点儿，你收拾一下就出门吧，我十分钟就到你那儿接你。

温局长的语气很肯定，不需要征求张小兰的意见已经把事情定下来了，张小兰还是显得勉强地说：好吧。

十分钟后，重新涂了口红的张小兰出现在商店的门口，果然，温局长在一辆出租车里向她招手。

张小兰坐在车里，温局长解释说：我的车出去了，不过，出租车更方便。

张小兰迎合着说，就是呀。那天天黑，也没看清你的车，是进口的吧。

温局长：“不算啥好车，奥迪王，坐着还行，就是费油。”

温局长领张小兰去的地方离张小兰的单位不远，平时，张小兰坐车常从那个高耸云天的大酒店门前走过，那是一个五星级涉外大酒店，这个城市的很多市民都知道它，但没几个人真正进过里面。

温局长显然对那里不陌生，他带着张小兰走过大厅，上了电梯，在侍者礼貌的问候声中拐到一个日式小包间里。那里有席子铺的“榻榻米”，说不上是温馨还是什么，反正很容易拉近人与人之间的距离。进房间脱外衣时，张小兰的心扑通扑通直跳。她嘴上却说，这儿的名气很大，其实也没什么了不起的。

温局长对这个日式包间的陈设很熟悉，他大大方方地点菜。那气派和举止在张小兰眼里显得格外有魅力。“喝红酒吧？加柠檬，加冰块！”温局长问。张小兰微笑着点了点头。

侍者出去了，张小兰问温局长：哎，你们劳动局是管工作的吧？张小兰好像记得，那次见面，结账那个司机告诉她，温局长是区劳动局的局长。

“是啊，劳动就业劳动保险什么的……乱糟糟！”

“是吗？一定挺忙的。”

“忙死了，总有人找，这个安排工作，那个调换位置……没完没了。”

温局长的回答印证了张小兰的设想，在来的路上，张小兰突然有了个念头，想让这个当局长的老同学帮帮忙，给赵峰安排一个工作。张小兰显得紧张地吸了一口气，好像自己有了这个想法就已经张口求人了似的。

赵峰是张小兰的心病。说起来，张小兰和赵峰都没参加高考，混完了高中，社会上招工时他们就去了。赵峰去的单位是市第二公交公司，开大客车。刚开始那几年还行，尽管赵峰的脾气火暴，可毕竟还没有捅出大娄子。等到女儿出生之后，赵峰因酒后驾车一年内连续出了三次车祸，被公司罚款、留职查看。背着处分，赵峰还是恶习不改，直到把公司的大客车给撞报废，他本人也被公司除了名，这才算平静了。后来，赵峰在社会上混了两年，这期间，做过小买卖，也给出租车打过替班。按说，他人不坏，心眼儿直、讲义气，就是脾气不好，属于见火就着的主儿，开出租车没两个月，他帮人打仗，把人家打进了医院，开出租挣的钱还不够给人家包医药费。张小兰一气之下，就不让他出去了。“宁愿我养着你，只要你别给我惹事儿就行。”赵峰也觉得挺对不住张小兰，软了一些，整天东游西逛，听之任之。

此时望着温局长，张小兰的心情很复杂，她想，人真是怪，按说，小时候赵峰是孩子王，可大了一点都不出息，而臭鞋垫儿是最窝囊的，大了却变成了温局长。结婚前，张小兰觉得赵峰有男子汉气概，为了她，他的拳头不管三七二十一，的确令张小兰有一种心理上的满足，只是，赵峰用惯了拳头，面对张小兰的时候，也就是说，只剩他们两个人的时候，张小兰才觉得那个拳头是多么的令人厌恶。

侍者把温局长点的东西陆续送上来，有清蒸鲍鱼、椒盐皇帝蟹、生吃鸦片鱼、西芹炒夏威夷果。张小兰看着菜一个个上来，她努力控制着自己的不平静。点菜的时候，她扫了一眼菜单，光清蒸鲍鱼就680元，这一个菜花的钱比她一个月的工资还多。

“先吃着，不够再点。”温局长说。

张小兰连忙说够了够了，就咱们两个人，吃不了多少。

很快，酒也上来了，温局长开始张罗着倒酒，那样子显得既自信又优雅。尽管张小兰在看温局长的时候，就会本能地想到洗浴中心，想到温局长每次来“大红门”洗浴之后与按摩小姐在一起的样子。张小兰和商店的姐妹闲聊来洗浴按摩的男人，她总用恶心这个词来一语概括。而奇怪的是，眼前的温局长一点也没给她恶心的感觉，甚至，她还有另外的感觉，好像男女之间特别“正式”的那层隔膜已经破了，反而容易接近。张小兰觉得这个很奇怪。张小兰和温局长一边喝着酒，一边讲着“这些年”的经历，主要是温局长讲，讲他如何考大学，毕业后又如何努力，一步步当到局长这个位置。留给张小兰的印象是，温局长小时候的窝囊是装出来的，属于卧薪尝胆一类的，现在，他可厉害了，脸一拉长，单位里就有人晚上睡不好觉。温局长的口才很好，声音洪亮而层次分明，语言之间是用“首先”“其次”“再次”“总之”什么的。张小兰听得目瞪口呆，心想，你看人家，到底是领导，讲话多有水平！温局长越说张小兰越钦佩，两只发红发亮的眼睛随着温局长生动的表情转来转去。

讲话过程中，温局长似乎无意地碰了张小兰的手一下，张小兰也没表示紧张或者反感。温局长大概从张小兰那里得到了鼓励，他一把把张小兰的手拉在怀里，这时，张小兰的脸才红了。

温局长呼吸急促地说小兰（一下子叫上了小兰）你不知道，咱班我对你的印象最好，一直非常好。

“是吗？”张小兰声音纤细，还有了点浪气。

“就是就是，我上大学的时候还想找你……”

“那你为什么不找？”

“有很多原因，唉，一下子也说不清楚。”

接着，温局长开始讲他对张小兰的印象，听得张小兰飘飘忽忽，似真似幻，就在她努力理解温局长的话时，温局长已经把他热烘烘的身子凑近了，像钳子一样，把身子单薄的张小兰钳在怀里。张小兰本能地抵御了一下，自己就放弃了，任温局长那张满是酒气的嘴在她的脖子上嘬着。

张小兰觉得温局长的劲儿松了一些，就扶正了他的身子：“别闹了！”张小兰温和地说。

“谢谢，谢谢。”脸色红润的温局长激动地喃喃着。

这时，张小兰突然觉得时机到了，她主动拉住温局长的手：“老同学，有个事要求你。”

温局长正了正身子：“既然是老同学，就不要提‘求’。”

“是这样，”张小兰低着头，把自己这些年如何不容易，赵峰在家待业的事说给温局长听，当然，她没提赵峰被除名的事，只说赵峰单位效益不好，上头没人的都给撵下岗了。张小兰还说她把见到温局长的事讲给赵峰听了，赵峰说小时候淘气，不懂事。有些事，像温局长这样的大人物才不计较呢。“说了你可能不信，我和赵峰说的时候，我们都说小时候就看你将来有出息。”

温局长再笨也懂了，他说我明白了，你是让我帮赵峰找工作吧？

张小兰点了点头，眼睛直盯盯地看着温局长那个染上了她的口红、怪模怪样的嘴。

温局长响亮地笑了，他说这个好办，老同学不帮忙谁帮忙。小时候赵峰是混了点，不过那小子挺直性的，我喜欢直性的人。

张小兰长出了一口气，她由于高兴而亲昵地拍了温局长一下："赵峰没别的本事，就会开个车，有个效益可以、稳定一些的单位就行。"

温局长说那还说啥，肯定找个好点的单位，给领导开小车，不累，平时还跟领导沾光。

张小兰更高兴了，给领导开小车，是她原来所不敢想的。她几乎想上去拥抱那个胖乎乎的男人了。

那天下午，张小兰和温局长喝得很尽兴，两个人喝了四瓶干红。后两瓶是在温局长的一再要求下喝的。最后，喝得张小兰浑身发软，昏昏沉沉，连向单位请假的事都忘了。不知道什么时候，温局长在宾馆里开了房间，扶着张小兰上了楼……等张小兰从宾馆里出来，已经是挂满街灯的晚上了。

把张小兰送到大红门洗浴中心，温局长的酒也醒了不少，回家的路上，他还回忆着下午的事，他和张小兰先是喝酒，后来在酒店的房间里那个，张小兰半推半就的样子，而自己却不怎么争气，没两分钟就全军溃退了，胶水般的物质弄到宾馆洁白的床单上。是紧张吗？是酒喝多了？还是恐惧？说起来，从童年开始，一见到张小兰他的心就跳得厉害，一直持续到他青春期结束，也可以这样说，他的整个青春发育期是伴随着对张小兰的幻想完成的，那个时候，他多么恨赵峰啊，甚至在做梦的时候都梦见把赵峰杀死，而张小兰投入到自己的怀抱里。大学毕业后，他不再沉湎在对张小兰的幻想之中，当然，他也得到过消息，张小兰已经嫁给了赵峰。三十岁以前，他还动意见见张小兰，可恐惧心理一直作怪，几次动意几次打消了念头。没想到，自己苦苦暗恋了十几年、几乎是梦中不可触摸的散发着魔鬼般魅力的张小兰竟这么容易被他上手，这一切来得这样快，令他自己都觉得失去了真实感。

想到后来，温局长甚至有了后悔的意思，觉得没意思，如果不是由于对青春那个梦幻的补偿，他是不会找四十岁的女人的。尽管张小兰不同于别的女人，她依然有风韵，仍然漂亮，可毕竟岁月不饶人，远处看她光滑的皮肤，就像尚新的小羊皮夹克面，近处一按就有了细密的皱儿。实事求是地说，他和张小兰那个时，他除了激动而外并不快乐。为了这个算不上快乐的结果，他还大大方方地挥霍了一次，这些钱找两三个小姐也用不了。还有，张小兰提出了赵峰的工作问题，是附加条件吗？当然不能这么简单地推断，而且，温局长还这样想，即便张小兰不与她在房间里发生那件事，他也可能帮助他们的，以他现在的身份，他不该计较小时候的事。如果说，他内心里还潜藏着向赵峰复仇的意识，那么机会来了，现在高高在上的不是赵峰而是他，他可以怜悯他，可以照顾他，以后还可以看到赵峰讨好地感激他，而做这些对他这个位置上的人来说并不是一件很难的事。

张小兰和温局长约会之后，她起码有十多天平静不下来，各种复杂的心理反复折腾着她，尽管在表面看来，她几乎是一个爱美的浪女人，可这些年来，除了赵峰与她有身体特殊部位的接触之外，她还真没让别的男人接触过。是什么鬼使神差地让她做了那件事？是温局长设定的氛围？是从臭鞋垫儿到温局长转变的过程打动了她的心？是由于她有求于他用这种方式巴结他？当然，张小兰不承认这些，尤其是后一点，她觉得自己不会贱到那种地步。那是什么，是爱情？显然也不对。那，是自己内心里的确有一块感情的空白地带，那个地带还从没填补过？也许根本的是好几种因素的综合，一种说不清又道不明的原因。

好在张小兰不是背包袱的人，发生了就发生了。

那些天，张小兰甚至还盼着温局长的电话，她也通过114查过区劳动局局长的电话，可她一直没打。她这样想，如果自己打电话找温局长，温局长一定会认为她是询问赵峰工作的事，求人嘛，总催是不太好的。就这样，两个月过去了，温局长也没来电话。

这两个月，温局长有好几次想给张小兰打电话，想的时候正好身边有人，而身边没人的时候他又把打电话的事给忘了，一晃一个多月过去了，温局长也不想打电话了。他这样想，该打电话的时候没打，现在打电话，反而不知道该怎么说了。也许，他给赵峰找到了合适的工作，那时候再打更好一些。这期间，温局长是有机会给赵峰安排工作的，有几次机会甚至是主动撞上门来的。其中有房地产公司的陶老板，他跟温局长称兄道弟，非让温局长给他找一个司机，而陶老板要求的条件，诸如四十岁左右的男性，有十年以上驾驶经验，必要时还可以为我冲锋陷阵等等，都与赵峰的条件接近。当时，温局长也想到过赵峰，可话要出口，他又改变了主意。他这样想，把赵峰放到他的朋友圈子里是很危险的，如果哪一天他知道他与他的老婆有染，那个头脑容易发热的家伙能饶了他才怪呢。所以，温局长说，“别说，我还真不认识司机。”除了陶老板外，还有两三个找司机的，温局长也是先有推荐的意思，可到了后来又改变了主意，核心还是他和张小兰有过关系，如果没有宾馆那次，结果或许真的就不一样了。

一天，张小兰还是给温局长打了电话。温局长声音平和地说：是小兰啊，我正在开会，过一会我给你挂电话。张小兰只好单方面地等温局长的电话，一直到了第二天，温局长才挂来电话。温局长说：真对不起，我这一段非常忙，外出开会好几次。你别担心，赵峰的工作我一直放在心上。张小兰说，我打电话不是问赵峰的事，我……想见见你。

“啊，那中午，我去接你吧。”温局长说。

那天，温局长带张小兰去了一家小饭店，点了几个家常小菜，要了两瓶简装的啤酒。温局长的解释是，他下午还有会，所以只能简单对付对付。“你知道，现在找工作说容易也容易，说难也难，随便找一个工作容易，想找一个差不多的就难了。赵峰的工作你别着急。”

温局长这样说，张小兰觉得挺委屈，她的眼泪快下来了，她说我见你并不是为赵峰工作的事，这个，我已经在电话里跟你说了。温局长说我理解我理解。这样吧，等我忙过这一阵子，我好好请请你。

张小兰心里更加难过，她觉得不好再说什么。

那次见面分手，几个月又过去了，温局长来过一次礼节性的电话，再无其他消息。慢慢地，张小兰不再想见温局长的事，也不想听他解释什么，相反，她希望得到温局长消息的唯一目的是关于赵峰工作的事。同样，她觉得不好给温局长打电话催问，如果温局长办了赵峰的事，自然会给她打电话，如果没办，她就是打了电话也没用。

那年年底，大红门洗浴中心被查封了，张小兰失去了一份增加收入的兼工，她真有些急了，想一想，托温局长给赵峰找工作已经十个多月了，行不行总该给个话儿，不能老是不声不响地拖着啊。张小兰下了决心，给温局长的办公室打了电话。

不想，接电话的是另一个声音。

“我想找温局长。”张小兰说。

对方语气生硬地说，温局长下去了。

“下哪儿？下乡啦？”

“下什么乡？回家了。”

“回家，他没到退休年龄啊……因为啥呀？”

“你问他自己去吧！”说着，对方不客气地把电话给扣死了。

张小兰拿着电话，傻呆呆地站了好半天。

转过年，“大红门”又恢复营业，张小兰又过上了一个人两份工的忙碌生活，温局长也在她的记忆中抹掉了。偶尔想起来，张小兰想，温局长没给赵峰安排工作也许是遇到了困难，他自己遇到了麻烦，还能顾及到赵峰吗？这原本是可以理解的。生活就是不容易，每个人都不容易，表面看，人是在和命运斗、在和人斗，其实，我们真正要斗的是艰难的生活。张小兰以为，她从此以后再也见不到温志强了，不想，那年春天，张小兰在商店旁边的菜市场竟然遇到了温志强。张小兰正吃了一半的煎饼包果子，她大声喊：温局长！

温志强似乎一哆嗦，他弓着身子，谦恭地回头等着。

张小兰觉得温志强的变化太大了。以前，她见到的温志强像刚出锅的馒头，饱满、光泽油亮，而今天的温志强，像馒头出锅的时间长了，疲沓了，面色灰突突的。

“把我忘了吧？”张小兰大大咧咧地说。

“哪能呢？我可不能把老同学忘了。”

“你怎么亲自买菜呀？”

“是啊。啊对了，”温志强小声说，“你别管我叫温局长了，不瞒你说，我下来了。”

“我早知道了，去年我给你单位打过电话，接电话那人不怎么样，说话太冲了！”

温志强四下瞅了瞅，压低了声音说：“你说对了，那小子才坏呢，要不是他，我也不会有今天……”

“算了吧，”张小兰说，“都过去的事儿了。”

温志强似乎想起什么，他低着头对张小兰说，小兰，说句实在话，这些年在官场上混，我干了些好事也干了不少昧良心的事，可最让我难过的是……是赵峰的事，实际上，本来赵峰有很多次机会的，是我没办。也许咱们压根儿不认识就好了，问题就在咱们……认识身上……

张小兰听明白了，她突然眼圈儿一红，眼泪儿在眼窝里打了个滚儿，就流了出来。温志强抬起头，张小兰转身就把眼泪擦了。她慢慢地说："算了，过去的事就过去了。"

温志强像小时候那样搓着手，小心翼翼地问张小兰："你会原谅我吧？"

张小兰仰起头，说，不存在原谅不原谅的问题，你又没欠我什么，没做错什么，别多想了。……温志强，我看你的脸色不好，你要注意身体呀，官当不当的，咱首先得活呀。

温志强不停地点着头。

张小兰对温志强说了一些开导的话，一边说一边心想，自己这毛病是改不了了，明知道不太好，可就是改不了，有什么办法呢，从小她就心软……

拔掉的门牙

在车上，我们都不由自主地摇晃着身子。阳光透过车窗栏杆，在每个人的脸上跳跃着。就在这个时候，我想起二十年前听过的一个笑话，禁不住笑了起来。我这样笑，令我身边的人十分紧张，有的甚至恐惧地看着我，站在我身边的一位比我高大魁梧的男人立刻离开了我，走到另外拥挤的地方去了。我莫名其妙。

我想到的笑话是这样的，一个姓杨的人长了很长的门牙，外号杨大牙。由于牙太长了，以至难以合拢嘴唇。一天，一个电影导演见到了他，说要选他当演员。杨大牙强忍着喜悦一路小跑回家，向家人以及街坊邻居宣布，让大家共同分享他的快乐。大家说当演员了，好是好，就是你的牙太难看。杨大牙一想也对，就在老婆的陪同下，去医院把牙拔了。后来，见到那个导演，导演说：完了，我们看好的就是你的门牙！——这个笑话陪伴了我多年，每次想起，我都忍不住要笑。可奇怪的是，有几次我讲了这个笑话，在座的人都不够笑，起码没我想像的那样大笑，我仔细分析其中的原因，我想，大概他们没我那样的经历，也就是说，没在特定的环境里听过这个笑话，所以，他们不会产生共鸣。

在后来的很多年里，我也想过这样的问题，杨大牙的门牙没了，还有人叫他的外号杨大牙，后来的人没见过杨大牙的门牙，他们一定会产生误解，为什么叫他“杨大牙”呢？生活中，是不是常有这样的事。

生活中还有些事在人们的心里，成为私密，当然，我所说的私密也是分级别和时效的，可以划分为秘密、机密和绝密。秘密就是藏在心里，但会和自认为“可靠”的朋友说，范围不会太大。机密在心里的位置比秘密深一层，常在无可奈何的时候暴露出来，或者说过了几十年，“机密”已经解密了，于是当新鲜事儿讲了出来。绝密就不同了，绝密在心里的最底层，永不外宣。有的人一生都不会讲的，甚至会带离这个世界。当然，这个私密级别也随着时间和条件的变化而相互转化的，我相信，每个人都有私密的，只是私密的程度不同。在我的经历中，这几种不同级别的私密都有，现在，我要告诉大家的就是我发誓永久封存的绝密。

星期二一大早，我就去了公安分局刑警大队。

值班的警察问我什么事。我说要找大队长。“要报案吗？”我说不是报案，是自首。那个警察反复打量我，然后问：“自首什么？”我说自首二十年前的一个案子。他瞪了瞪我，懒散地说：“什么案子？”我说我要亲自对大队长说。警察又瞪了瞪我，说：“那你就等吧。”

就这样，我坐在门厅的长条凳子上，八点钟过后，陆续有人进进出出，没人在意我。我觉得奇怪，他们匆匆忙忙的，可一个杀人的（现在叫犯罪嫌疑人）犯罪嫌疑人坐在门厅里，他们却视而不见。一直到上午十点半，还没人理我。我只好走进走廊里，在“大队长办公室”门口敲门。敲了半天没敲开。这时，一个面孔严肃的中年人走了过来。“谁让你进来的？”这时，早晨接待我的警察出现在走廊里，他对中年人说：这个人早晨就来了，说是要找队长自首。我说就是这么回事。“自首什么？”“二十年前的一个案子。您是队长吗？”那个人说，我不是队长，等队长你到门口去等。说完，那个人也走了。

等到中午，我觉得饿了，就出来吃饭。我走出刑警队，也没人理我，我想，这样看来，我一定要见大队长了。不然，他们不会认真对待我的自首的。况且，我觉得我这个案子不是一般的小案件，理应由大队长这样级别的警察来处理。

吃过饭（那是一顿特别丰盛的大餐，我这样想，自首之后，恐怕就难以吃到这样的大餐了），我给在政法委的熟人打了电话，说我有事要找分局刑警队的队长。熟人立即给刑警队挂了电话，他说申队长现在在办公室，你去吧。就这样，我顺利地进到申队长的办公室。

我想，当我和申队长见面时，我们都十分尴尬。申队长就是我上午见到的中年人，而此刻，申队长也一定认出了我。

申队长首先打破了尴尬，他说你上午说找队长，我们这儿有七八个队长，有三个中队，还有一些副队长，你没说找大队长。

我说我要找的就是大队长。

还有，申队长笑了："要找大队长也不用说自首啊。亏你想得出来。"

"不是，我真的是来自首。"

"你说什么？……你真来自首……托关系来自首，我当了二十多年的警察，还第一次遇到……"

我说你别笑了，我真的是来——自、首！

申队长收敛了笑容，他说自首，自首什么？

"杀人案。"

"杀……人。是你？"

"是我。"

申队长瞅了我半天，问我，你是怎么认识老鹏的？老鹏就是我找的熟人，政法委干部处处长。"他是我的学生。""你的学生？"

"没错，不信你打电话问他。"

"可是，你怎么……"

我明白申队长的意思，我的学生都成了他的上司，我怎么可能是杀人犯。我知道他这样想，我说老鹏是我的学生，并不能说明我就不是杀人犯，我没开玩笑。

申队长想了想，迟疑地说，那你说说看，你是怎么成为杀人犯的。于是，我就把犯罪的经过对申队长讲了。

事情是这样的。二十年前，我在宁城的一个青年农场里做知青，由于我的年龄小——虚岁十八，所以干一些打杂的活儿。那年是恢复高考后第二年，我一边复习一边在锅炉房烧锅炉。同时和我烧锅炉的有张衫、李寺和王码字。那年冬天的一个夜里，突然有一个女孩出现在锅炉房里，她围着花格方巾，红润润的脸上有一双大眼睛忽闪忽闪的。我问她找谁。她说我是张衫的妹妹，我哥在吗？那天，张衫和李寺去蓝旗营子看电影去了，我告诉张衫的妹妹。她说这样吧，我在这儿等我哥。我就把锅炉房里仅有的一个凳子给她坐，自己回到木板搭的简易床上看书。过了一会儿，一股好闻的气息传了过来，我一回头，张衫妹妹的脸离我的脸只有咫尺之遥，我的脸一下子涨红了，心怦怦直跳。张衫的妹妹笑着说：你真用功啊，要考大学吗？我说是啊，你呢？她说她正读高中，明年考大学。她还说，去年她试验了一下，考上一所中专学校，她不去，她一定要考医科大学，她喜欢医生这个职业。那个时候，我正是青春期涨潮的时候，我还从未和一个女孩子这么近地接触过，我浑身灼热，几乎要燃烧起来了。张衫的妹妹大概从我的呼吸、不停地咽吐沫以及怪异的眼神中看出了什么，她说你一定有了资产阶级思想。她这样说，并没离开我，我鼓足了勇气，伸手摸了她的脸一下。她一下子跳了起来，大喊：你要流氓！我说我不是想要流氓的，我只是控制不了自己。她说你还是思想意识有问题，不然，你不会做出流氓的动作。任凭我怎么解释，她还是坚定地认为我要流氓，而且要告诉她哥哥，告诉他哥哥倒没关系，了不起张衫会棒揍我一顿，可后来，她说明天要去青年点告我，我吓坏了。也许就是那句话，让我起了杀人的念头，使我滑入了万劫不复的深渊之中。现在说起来，没人会相信的，可当时，流氓这个词比杀人还丢人，还令人瞧不起，如果张衫的妹妹到青年点告我，我的一生就毁了，我永远没脸见人，不能上大学，也不会有朋友，我会被排挤到那些被人瞧不起的“流氓”阵营里。

那天晚上，我陷入了痛苦的火海里，无法摆脱。就在我痛苦得要命时，张衫的妹妹喊我：有没有吃的？我饿了。我把我的晚饭给了她，我对她说，你要不告发，我的饭就给你吃。她没说什么，夺过铝饭盒，打开就把我的晚饭给吃了。吃过饭，她笑着对我说：我的立场很坚定，不能因为吃了你的饭，就不告发你。我说你的意思还是要告我。对呀，我就要告你。这时，我随手拎起一个铁钎子，说：如果你告我，我就要你的命。她用蔑视的眼神对我说：你敢？我就是要告你，明天就告你……我浑身发抖，一闭眼睛，铁钎子抡了出去。同时，我听到一声惨叫。我睁开眼睛，眼前的女孩子已经血肉模糊了。

我吓坏了，龟缩在锅炉房的一角，等待着张衫和李寺回来，等待着被抓、被关监狱、被审判和被枪毙。可是，一直到后半夜，张衫和李寺都没回来，我也变得清醒了一些。我想起知青中流传的一些故事，就决定在天亮以前把张衫妹妹的尸体处理了，据说，没了尸体也就没了证据。这样，我闭着眼睛，使出了全身的力气，把张衫妹妹的尸体投入到燃烧的锅炉里，而血迹也被我用炉灰给清理了。

之后的几天，我如坐针毡，怕光怕声音，怕见到人。后来听说，张衫在找他的妹妹，但所有人都怀疑他妹妹从城里出来，在往青年点的路上被坏人害了，那个年月，发生这样的事不算奇怪。一晃一个月过去了，什么也没发生，没人知道我杀人的事，没人找我，我也借口有病，回到了城里。

那一年我发奋读书，终于考上了国家重点大学，从本科读到研究生，毕业后来到离宁城一千公里外的海滨城市。这二十年来，我控制着自己不去想当年犯罪的事，只要那个念头一出现，我立刻想别的事，把那个心惊的记忆压抑下去。也许，从另一个角度来说，我犯罪的事已经成为了历史，被发现的危险性越来越小了，可是，随着年龄的增长，痛苦却越来越重。人有的时候就是这样，真正承受不了的不是外在的痛苦而是内心的痛苦。

……申队长说，我明白了，你是因为承受不了继续隐瞒的痛苦才这样做的，是不是？

我说不是，我说了一句冠冕堂皇的话，我说经过二十年的人生之后，我终于醒悟了，我应该受到审判和惩罚。

其实，还有一个更重要的原因，我已经受不了折磨了，生不如死。这两年，我几乎每天夜里都梦见张衫的妹妹，她成了一个凶恶的女鬼，她不厌其烦地对我说：你是杀人犯，你是杀人犯！

申队长立即打电话，他叫来了两位刑警，准备给我做笔录。申队长说：你把刚才对我说过的话，如实地重复一遍。我说太好了，你终于相信了，我会很好地配合你们的。

那天晚上，我被关在刑警队里，我很放松，很久没这么放松了。那天夜里，我没做梦，没梦见张衫的妹妹，睡得很香。我甚至还这样设想过，如果当年发生的事不是那样，而张衫的妹妹不说告我，说不准，我们还开始了爱情生涯，大学毕业后我们来到海滨城市里生活，她在医院当医生，我在大学当教授，休息日我们带着儿子（或者女儿）去人民广场散步、喂鸽子、放风筝……这时，我发现我的脸上有冰冷的泪水。

第二天中午，关押我的房门打开了。出现在我面前的是老鹏，后面还有申队长和一些我陌生的面孔。

老鹏说贾老师，你这是怎么啦？出来再说吧。

我说我现在是犯人，你不要叫我贾老师。

老鹏想说什么没说出来，他们把我带到了申队长的办公室。

我问这是要提审我吗？

申队长说提审什么呀，贾教授，你应该去医院而不是我们这儿。老鹏在一旁说，真想不到，您会得这样的病。

我愣住了，我得什么病了？是的，我的私人病历上有如下几种病：陈旧性痔疮、胆管结石、神经衰弱以及血脂略微高出指标。这些都算不上大病，可老鹏是怎么知道的？即便他知道，也不用那么大惊小怪的。

申队长说对不起贾老师，让你在我们这儿委屈了一夜，不过，说到这儿，他忍不住笑了，他说这也是你自己要求的。

老鹏说贾老师我认识你这么多年，没发现你喜欢开玩笑，只是，这样的玩笑是开不得的，如果换了别人会给你个行政拘留的。

我说我没开玩笑。我很严肃，我是来自首的。

你自首什么？

我昨天已经坦白了，你们也做了记录。

“可是，”申队长说，“我们已经把情况发给了宁城公安局，经查证，他们根本就没有这个案子的记录。”

可能，张衫家没报案。我说。

“问题是，张衫根本就没有妹妹。”老鹏在一旁说。

“不可能，”我说。我努力回忆着，我说绝对不可能。“你说不可能也没用，已经做了查证，要知道，这样会浪费我们的人力、物力和财力的。”申队长在一旁说。

“会不会这样？那个姑娘是张衫的表妹，或者自称是张衫妹妹的人……”

申队长说：我们不会跟你继续玩下去的，要查你自己去查吧。

老鹏似乎也不站在我这边，他说别闹了贾老师，你这样，我都不好意思了。

就这样，刑警队不要我，我又出来了。

我出来以后，学校和家里都认为我精神出了问题。我有口难辩，我的精神绝对没出问题，我只是说出了事实真相，可奇怪的是，为什么没有人相信？

从刑警队出来的第二天，一个叫王玮的精神科医生就开始纠缠我，她大概要为我做心理治疗。她问我一些愚蠢的问题，比如国家领导人是谁？一斤铁和棉花哪个重？我很生气，我是教授，不是三岁的孩子。就故意说错了。她获得了证据一般，兴奋地做着记录，我知道她急于给我下结论，比如神经性障碍或者神经官能症。我觉得这样真是太荒唐了。我只是一个想伏法的犯罪嫌疑人，我想我应该有自首的权利，既然你们没把案子破了，我自首为什么不行？只有经你们手破获的案件才是案件，而没经你们手破获的案件就不是案件了吗？如此待遇，我觉得太不公平。更不可理解的是，他们竟然简单地把我推到精神病的行列里，草率行事，一推了之。

我决定用事实来说服他们，证明我没有说谎，我就是杀人真凶。如果说一开始，我只是接受不了内心的折磨而决定自首，那么现在，我还担负着一个寻求事实真相的道德责任。那天晚上，我给学校留了一封长信，拿着我所有的积蓄，乘二十一点的火车去了宁城。

我像要侦破一个杀人积案一样，必须查证所有能够证明有罪的证据，所不同的是，我要证明的犯罪嫌疑人是我自己。

我有很多年没回宁城了。宁城也发生了很多的变化，宁城的变化和很多城市的变化差不多，我就不细说了。在宁城，我最先见到的是王码字。王码字在自行车管理所管理自行车档案，见到我之后，他坚持要请我，说多年没见了，还真是挺想的。我说是啊，我有病从青年点回城再就没见到你。他说不对吧，你考大学之前我还去你家看过你，还给你买了一个钢笔，请人在钢笔上刻字，写的是“无限风光在险峰”。那字体很漂亮，像毛泽东的字似的。我努力回忆着，的确，是有那么一支钢笔。王码字请我吃饭的地方叫“大馅饺子”，不用说，我们当然吃大馅饺子了。王码字不停地讲大馅饺子是宁城的特色，会让我有回家的感觉。我知道大馅饺子是宁城的特色，同时我也知道，还有很多比大馅饺子名贵的东西也是宁城的饮食特色，不过我不在意这些，如果有点不舒服，不是大馅饺子不够昂贵而是王码字太会讲话、过于强调了的缘故。相互问了一些情况（二十年的情况也可以概括的），我们的谈话就进入到了正题。我对王码字说，人这辈子可真快呀，一眨眼都四十多岁了。他说可不是吗，二十年前发生的事，就跟在眼前似的。他说可不是吗。我说那时候多好，你，张衫、李寺，咱们在一起烧锅炉。王码字想了想，说你烧过锅炉吗？我说你忘记了，我推炉灰的时候，还把你的手套给弄没了。王码字说是啊，不过，我记得你没烧过锅炉。我说你仔细想想。王码字想了想，说，你帮推炉灰没错，可推了十几天你就病了，你没烧过锅炉，你长得单薄，干不了。我说你记错了。看我十分认真，王码字说就算你烧过锅炉，这重要吗？“当然重要了。”我认真地说。王码字说想不明白，烧锅炉也不是什么光彩的事，你要证明什么呢？我说对我来说很重要。接下来，我继续问王码字张衫的事，王码字说你都知道了，张衫回城后分在苗圃工作，前年已经死了。我知道张衫已经死了，我所关心的不是张衫死的问题。我问王码字：你还记得不？我有病回城那些日子里，张衫的妹妹不是失踪了吗？王码字想了半天，说，我怎么不记得了。不是说张衫的妹妹从城里来知青点找他，结果失踪了吗？“没听说，在我的印象里，张衫没有妹妹。”我说你仔细想想，是不是你记错了。王码字仔细想了想，说应该是没错的。我说如果张衫没有亲妹妹，他总会有表妹或者管他叫哥哥的对象吧。王码字说表妹就不清楚了，不过，张衫的确有一个对象。……你问这个干什么？我说，非常重要。

王码字诡秘地笑了，他说那个时候就张衫有心眼儿，青年点的时候就联系了对象，只是，他鬼也没鬼过李寺，张衫还没怎么样，李寺就从中间插了一脚，先把那个姑娘给干了。你好像见过，青年点后山蓝旗营子的，脸红扑扑的，大眼睛忽闪忽闪的。我的心怦怦直跳。我说那个姑娘是不是死了。王码字说是死了，你应该听说的。

“是被人害死的吧？”

“我听说是得病死的。”

“什么病？”

“不知道。”

吃饭过程中，我们谈论了很多。最后，我对王码字说：我这次回来是想托你帮我打个证明，把我在青年点的经历写出来，重点是写我在锅炉房烧锅炉。王码字说可以倒是可以，只是我不明白，你要这个证明干啥，找工龄还是想提前退休。我说你别管，只要证明就行。可是，王码字笑了，他说我写你烧锅炉可是违背事实呀。我说我的确烧过锅炉。“的确烧过的确烧过。”王码字不停地点头。

第二天，也就是我找李寺的那天，王码字把我要求他写的证明写来了，他的身边还跟了一个姑娘。叫贾叔叔。女孩子轻轻地叫了一声贾叔叔。王码字不见外地说：你侄女，明年考大学，她听说你是海大的教授特别兴奋，她做梦都想考海大，录取的时候，可全靠你了。我不知道说什么，我知道我帮不了王码字，明年，我可能已经伏法了，即便还在大学里，也不一定能帮上忙。

见李寺费了一些周折。李寺回城后在机车车辆厂当钳工，后来企业效益不好，就提前退休了。王码字和李寺也多年没来往，所以，找了好几个人才找到李寺的家。李寺家在东安区的一间平房里。从环境上看，我知道李寺的生活很困难。李寺已经没了当年的英俊，成了一个名副其实的干巴老头儿。我的出现令李寺感到很意外。当年，李寺依仗着自己人高马大，经常欺负我，现在，他脸色蜡黄，皮包瘦骨，身子孱弱，这些也许都不重要，重要的是，李寺一副猥琐的样子，对我点头哈腰的。很显然，他知道我找他并不是算当年他欺负我的账，二十多年过去了，再没心胸的人也不会记年轻时候的旧账。

我说要请李寺吃饭，李寺搓着手说，这怎么好这怎么好。

我领李寺到了一家饭店，李寺总像学生见老师一般，十分规矩。我已经习惯了这样与人打交道，所以就自作主张地点了菜，还给李寺点了酒。

席间，我问李寺一些往事，李寺的记忆力显然没有王码字好，他显得语无伦次，总是对我的话加以肯定，不断地重复“可能是吧”。最后，我问他张衫对象的事，这个时候，李寺已经喝了一些酒，他的眼睛亮了起来，说话的嗓门也大了。他说啊，你说五丫啊，为这事儿，张衫还跟我打了一仗。说的时候，李寺把脖子伸给我，那上面有一道油亮的暗红色的长疤。“张衫给砍的。”我点了点头，说：“后来，那个……五丫是不是死了？”

“是啊。”

“没找到尸体吧？”

“我不知道。”

“对了。就是那个五丫。”我兴奋地说。

正在低头大嚼的李寺抬起头来，他疑惑地看着我，问：“五丫怎么啦？”

“五丫死了。”

“是死了。可跟我没关系。”李寺说。

我说当然跟你没关系了。睡觉跟你有关系，可死跟你没关系。

我让李寺把我在青年点烧锅炉和五丫的死写下来。李寺伸出手来，他的手有些发抖，他说你看我这样儿，能写字吗？你要这些干什么？

我说有用。

李寺说你到我家都看见了，我老婆在床上躺着，没钱治病。你能不能借我……点钱？

我想，李寺在趁机敲我。不过，这个时候我需要他，我问他多少，李寺的眼珠子转了转，他大概使了大劲儿，试探着问：二百行不行？

我笑了，我说这样吧，我给你五百元，不用还了。

李寺激动得快哭了，拉着我的手说，你想怎么写就怎么写，我签名就是了。

后来，我给王码字打电话，告诉他李寺向我借钱的事，王码字说，你怎么能听他的，钱到了他手里，他就喝酒了。

张衫已经死了，他是得肺结核死的。按理说，张衫没生活在上个世纪前半叶，那时肺结核是不治之症。张衫得肺结核时，肺结核已经算不上什么了不起的病了。但由于张衫生活困难，没钱医治，所以治疗不及时，拖来拖去，病情加重了……张衫死后，他妻子也另嫁他人，无法联系。我去探望了张衫的母亲，老太太家里还保存着张衫年轻时的黑白照片。看到张衫我想起了很多往事。我问张衫的母亲，张衫是不是有一个妹妹，老太太说有一个。他的妹妹是不是死了。老太太说对。我想，我终于找到证据了。我问老太太有没有他妹妹的照片，老太太说，孩子三岁就死了，没留下照片。

到这儿，按公安的说法，线索又断了。

只剩下唯一的一个线索——五丫。

在蓝旗营子，我找到了五丫的亲戚。亲戚说，五丫是让知青点的知青给害了。听了这话，我特别兴奋，我想我给五丫亲戚买的食品总算没白买。

“是不是没找到五丫的尸体？”

“尸体？什么尸体？”

我说：“其实是这样，五丫被人杀了，然后扔到锅炉里烧了。”

五丫的亲戚说，不对呀，五丫是生孩子难产死的。

我大失所望，我问他们，蓝旗营子有人失踪过吗？

他们都说不知道。

以上就是我回宁城的收获。回家后，我把收集的资料进行了整理，可无论用哪一种逻辑推理，我都推理不出当年我杀了人。问题是，我的确杀了人。令我感到不解的是，为什么我杀了人而我自己都证明不了它？

回来之后，学校和医院组织专家对我进行了会诊，会诊的结论是，我根本没有精神病。这样，就出现了两个不同的结论。专家证明我没有精神病，也就是说，我的记忆没出问题，我的确杀过人；可公安部门以及我自己的调查证明，我没杀过人。

我“生不如死”的状况还将持续下去，我被这个世界搁置在另一边，我连认罪的权利都没有，我真的是太可怜了。

不瞒各位说，从那以后我的主要精力都放在对宁城和那起积案的关注上，我像一个考古工作者，细心地寻找所能寻找到的一切线索和物证，也像一个史学研究者，不厌其烦地收集所能收集到的资料。工夫不负有心人，那年秋天，我终于在一个叫《江城女报》的报纸上发现了令我激动的线索，看到宁城以及那个年代青年点的文字，我觉得浑身都在晕眩，我知道那是激动以后产生的生理反应。那篇令我晕眩的文章的题目是：《二十年前的一起积案——“凶手”寻找被害人亲属》。文章报道的是宁城一个女医生患了不治之症，她知道自己不久于人世，所以，她公布了一个隐藏了多年的秘密——二十年前的一个杀人案。……只是，看到后来我才大失所望，在她的讲述里，被杀的人不是她，居然是我。莫名其妙！据女医生讲，她在考大学之前，曾去青年点给烧锅炉的哥哥张衫送罐头瓶子装的咸菜，刚巧哥哥不在，她认识了一个姓胡的知青，那个知青也在复习准备参加高考。由于哥哥不在，那个姓胡的知青就对自己很不“礼貌”。这时哥哥回来，她就把姓胡的知青对自己“耍流氓”的事告诉了哥哥，哥哥勃然大怒，拎起锅炉房的一个铁钎子就砸了那个知青，显然，哥哥是由于愤怒而失了手，姓胡那个知青当时就死了。她和哥哥都很恐惧，他们都傻了，一句话也不说，一动不动地坐在冰凉的地上。一直到后半夜，哥哥才站了起来，把姓胡的知青抱了起来。她用双手捂着眼睛，不敢看。后来她才知道，哥哥把姓胡的知青投到锅炉里烧掉了。事后，没人调查他们，大家都传说姓胡的知青早就好高骛远，不安心在青年点劳动，一定是自己当了逃兵，跑了，跑到苏联那边都不好说。这件事过去了，她如愿地考上了医学院，毕业后当了医生。而哥哥在事发后的第三年也回了城，分在苗圃工作，事情过去很多年了，他们兄妹俩都在苟且偷生。前年，哥哥得肺结核死了。现在，她也将离开人世，她想把自己的一点积蓄留给姓胡那位被害人的亲属，她说这是她所能做的最后的事情了。因为她觉得，自己的生命已经不足以、也没资格偿还那个陈年旧债了……看过报道之后，我立即给《江城女报》打电话，找到了发稿的编辑，那个编辑很热情，他答应帮我联系作者。然而，十多天过去了，那个编辑还没消息。无奈我又多次给报社打电话，电话里的人答复我，那个编辑是临时聘用人员，三天前已经离开，无法联系。

就这样，我再次去了宁城，按文章提供的线索找“口述”的女医生，我几乎找遍了宁城的所有医院，也没找到那个“女医生”。

我糊涂了，女医生真的存在吗？如果她存在，那我就不可能存在。问题是，我是存在的。如果她不存在，她为什么会知道那件事，那是我内心的私密啊，没第二个人知道，她怎么会知道的那么清楚？如果她存在，讲述的也是事实的话，那我是怎么回事？我为什么还活着？也许，在我们惯常所熟悉的事物之外还有一个巨大的空间？就是说，有一个故事发生的世界。当然，这样想有点太个性化了，也许另一种解释大家比较容易接受，那就是巧合，因为这块古老土地上的人太多了，芸芸众生，世界这么大，有一些东西巧合了并不应该大惊小怪，对不对？

在我的老家宁城，流传过这样一个故事，听这个故事时我才十二岁。宁城刚解放的时候，有一对自由恋爱的青年到城里照订婚照，路上，女青年去小解，她发现草丛中有一朵漂亮的花，就把花摘了下来。到了照相馆，女青年拿着花和男青年一起照相。这时，照相的师傅发现镜头里出现了三个人，一个男的两个女的。师傅抬头一看，是两个人，可再看镜头还是三个人。照相的师傅很慌张，连忙把手里的气囊捏了。他告诉这对男女，让他们等一会儿，他立即把照片冲洗出来。冲洗出来的照片的确是三个人，男青年一看傻了，多出的女人是他以前的“娃娃亲”，已经死了一年，她的坟就在他们来的路边，他现在的对象小解的地方……这个故事现在没人愿意相信，但当时在宁城，绝大多数人都确信无疑。就像我前妻同我讲过的——她现在在欧洲的一个领事馆当外交官——她把国内一些事讲给老外听，有很多老外都不相信是真的。我的事也没人相信，但我敢保证绝对是真实的。

现在，我再讲杨大牙的笑话，别人会说“老掉牙了”。可是，社会的节奏太快了，故事也旧得太快了，有很多事实真相我们并没有搞清楚！

持伪币者

认识李清之后，我得出这样在别人看来十分荒谬的结论——美女多集中在影视明星和陪酒小姐这两个群体之中。

我是在斯大林路边的世纪街认识李清的。世纪街起码有一百多年的历史了，是这个城市发展初期最早的商业街之一。我听说它曾经叫过偌高林大街，一听就知道是俄国人名字，我在报纸上看过关于街名来历的介绍。只是，一次说偌高林是将军，一次说偌高林是铁路工程师。我想一般人不会注意到这点，我注意了，不过同时我也想，至于偌高林是什么身份并不重要。历史走过了很久，人们不会在意过去的事情，即使现在大街叫什么名字，也不会特别在意的。后来那条街又叫过“大和街”，叫过建设路和红旗南街，除了史志办和地名办的人外，大街上永远都只是走过来走过去的人群，我相信没有人会关心这些。

我说这些的意思是，在这条有时间长度的街上，我是个后来者。到目前为止，我在这条街上才当了三年的巡警。三年的时间很短，可我已经厌烦了。每天守候在这条街上，我错误地把自己理解成这条街上的“主人”，其实，我不是主人，充其量也就是个“看街的侍卫”。看到街上每天出现的气宇轩昂的帅哥和不可一世的靓女，我觉得自卑又有些嫉妒，我甚至希望他们摊上事儿，这样，我们之间的角色就发生了转换，主动权掌握在我的手里，气宇轩昂的是我而不是他们了。

我也曾这样想过，哪天一个美女被抢了或者被窃了，我及时地出现在她的身旁，帮她找回了钱包、项链或者装着高档化妆品、手机等物品的漂亮女包。我成了她心目中的英雄，成了被人尊敬的好警察，而接下来，以我英俊的外表来说，我们不可能不发生一段浪漫的爱情故事。——事实上，那些来报案的焦急、甚至哭哭啼啼的女人大多是中老年妇女，偶尔有年轻的，但绝对不敢恭维她们是美女。

李清除外。可惜，李清是个“鸡”。

认识李清的过程是这样的，那天早晨，我正在警车上听广播电台的主持人带有诱惑性的娱乐节目时，110指挥中心来了通知，说世纪街297号商亭报案。我和大刘立刻驱车赶到，大概没超过一分钟。297号商亭的老板姓朱，他一脸正义的神色，说他抓到一个持假币的人。

这个时候，我看到一张美丽的面孔，美得惊人，美得令人心悸。

经过询问，我们才了解了事情的经过。李清是“蓝色港湾”的“服务员”，她去297号商亭买烟，她用的是一百元面值的人民币。商亭的朱老板发现夹层中“领袖头”的边缘模糊，用验钞器幽蓝的光一照，知道是假币。我们去时，朱老板还大嗓门地嚷着，以前，他就收过假币，他怀疑都是这个“小妖精”干的。

这样，我们就把李清带到了派出所调查。

到了派出所之后，李清一脸的委屈，眼泪儿在眼圈里直转。她说这是客人给的小费，她也不知道是假的。她还说，朱老板所以报复她是因为他向她调情，被她拒绝了。显然，李清不是假币的制造者也不是贩卖者，所以，大刘对假币的事不感兴趣，他不停地深挖李清是不是“出台”小姐、都干了什么、嫖娼的人中有没有大老板等等。折腾了两个多小时，李清什么都不承认，她说她只陪客人喝酒，别的事什么都没干过。那天下午，“蓝色港湾”的老板出面把李清接走了，临走，李清还用幽怨的眼神看了我一眼。

大刘说：这次让她逃脱了，哪天让我抓到证据，我非弄残了她不可。

我觉得大刘有点小题大做，同时我也想到，大刘也是男人，他大概和我一样，在如此漂亮的李清面前也发生了类似的生理反应。所不同的是，大刘采取了摧残的办法，而我没有，我只是在心里想，我应该找机会联系她，但是，不能娶她做老婆。

在警车上，我对大刘说，如果李清不是“小姐”，那该多好！大刘把抽完的“大重九”烟盒展开，临时盛烟灰，他弹了弹烟灰，对我诡秘地笑了笑：你是不是想上她？我摇了摇头，不承认。大刘说，兄弟我跟你说，跟小姐玩玩行，可别动感情，干我们这行的犯大忌。

那天晚上下雨，我们的警车就停在“蓝色港湾”对面的一个街角上，我注意到车玻璃窗外随雨水扭动的人影，那些人在“蓝色港湾”出出进进，不知道李清又会陪哪个男人。当时，我的心情很不好，如果李清不是陪酒小姐而是另一个职业，大家可以认可的职业，比如银行的职员、医院的护士，我们之间就会成为另一种关系了，我会大胆地追求她，开启我的爱情生活，并进一步走入布满鲜花的婚礼殿堂。

再见到李清是一个月以后，“蓝色港湾”里有人殴斗，我是和值勤的另一位巡警去的，我们进去时，斗殴已经结束，参与斗殴的双方都打车去了医院。我们照例巡视一番，训诫酒吧的保安一番，就准备收工了。刚要出门，有人喊我，我一回头，发现了站在门口拐角处的李清。李清站在一株假松树（一定是去年圣诞节留下的，上面还挂着白色的粉末、铃铛，但没了假礼物包）的后面，尽管那里的灯光很暗，却仍然可以看出李清亭亭玉立的身姿。写到这里，一定有正义感强烈的人指责我，你身为人民警察，怎么会这样形容一个陪酒小姐。是的，我也这样想过，可是，我没有瞪着眼睛说瞎话。

我慢慢地走了过去。

李清说，明天我准备回老家。

“怎么，不干了？”

“是啊。”李清显得轻松的样子。

我沉默着，不知道该说什么。

“明天早晨走。”

“啊，找我有事吗？”

“我想对你说，你是这条街上的好警察。”

我的脸有些涨热。得到一个陪酒小姐的肯定与得到领导的肯定、街道老大妈的肯定是不同的。得到陪酒小姐的肯定，会不会有“凡是敌人拥护的我们就反对”的嫌疑呢？不过话说回来，李清未必把自己当成我的敌人，也未必当成社会的敌人，也许，她也用社会公众的价值标准来判断是非呢。

“谢谢你这样说。”我说。

“那个刘警长是个杂碎！”李清说。

我笑着说，你不怕我告诉他？那样，你明天就走不成啦。

李清也笑了，她说你不会。

我不笑了，我知道，这期间，大刘一定把李清给那个了，而且还不给钱。

“还有，”李清说，“上次那张假币，我知道是假的，就想给朱老板，谁知道这个一肚子坏水的家伙比狐狸还狡猾。”

我爷爷也在这条街上当过警察，那时候叫“大和街”。我考警校时，爸爸对我说，好在现在不唯出身论，否则，你根本当不了警察。我上警校时，爷爷这个伪满警察已经瘫痪在“老年关怀医院”里，他时而清醒时而糊涂。有一次我穿着警服去看望他，他浑浊的眼睛里突然有了历史深度，他说：机关长，昨天没去你家，没去你家。爷爷脸上长满了老人斑，浑身瘦小枯干，皮包骨头，据说原来他一米八的个子，身材高大，面孔英俊。我知道爷爷说的话是什么意思，他住院后我看过他的日记，他在“大和街”当治安警的时候，好色的爷爷有过无数次的风流韵事。那时的“大和街”，东街是满洲铁路株式会社员工的高级住宅，而西街的西町是关东军军官的住宅。爷爷每天在这条街上巡视着，他和那些日本太太们相处得很好，日子久了，就和日本军官的太太们偷情。我根据日记的记述统计，起码有七个女人，有名字的就有四个。那时候爷爷一定身强体壮，最忙碌的一天是他从东街的一个科长家偷情出来，才想起和西町的光子有约，又去了光子家，忙完了光子，又碰到了少佐年轻的太太麻子。一天之内干了三个日本娘们。最惊险的一天是，爷爷在一位野战情报部军官家与他太太偷情，军官突然回来，军官太太就把他藏到了做江米饭团的缸里，爷爷在那里待了一夜，总算捡了一条命。

后来，爷爷和日本太太的事还是败露了，但查无实据，他就被发配到海岛去当警察，一直到1945年日本投降，他才回到了城里。第二年春天，也就是1946年，开始大批遣返日侨，爷爷在码头看见了麻子，麻子怀里用布套裹着一个两三岁的孩子(不知道是男是女)，麻子的丈夫在华北得过病，已经没有了生育能力，爷爷知道，那个孩子应该是他的，可是，迫于当时的政治环境，爷爷是不敢上去跟麻子说话的，也不敢去认孩子。爷爷在日记上写，麻子走在通往滚装船的栈桥时，还向码头上东张西望。我的脑海里出现了一个活生生的画面，我想，如果爷爷真有一个在日本的儿子（或者女儿），他们的年龄比父亲还大，他们会有一天来找我们吗？我希望还是不希望他们来找我们？转念一想，又觉得不可能，他们没有身份，就像伪币一样，不可以在市面流通的，这样说来，身份太重要了。

爷爷在“文化大革命”后的一篇日记上这样写：现在想起来，我那时就有了爱国的思想，我在操日本人的妈！我只能用这种方式表达对日本鬼子的恨。看到这儿，我才觉得爷爷真虚伪、真无耻。

爷爷死都不会相信，我也会在原来那条大和街现在的世纪街上当警察。所不同的是，那些日本房子大多被推掉了，世纪街的两侧耸起一座座高楼，高楼把天空都割成了一条方肉。爷爷时代宽阔的马路变成了窄窄的街，街还在，但一切都变了模样。

事情就是这样，在当警察之前，我羡慕当警察的（不然我也不会报考警校了），而当了警察之后，尤其是当了三年的巡警，我开始觉得乏味了。我的同学大江分配在刑警队，聚会时，他常常提起破案的事，讲话时，总是不知不觉贬低了我们巡警的身份。同样是警察，也分三六九等的。

所以，有很多时候，我都梦想街上发生一件惊天动地的大案，而我正好将这个案子破了。这样，我也会做出了惊天动地的大事。

那年冬天，我们街上真的发生了大事，朱老板被人杀了。

负责朱老板被杀案的是大江，大江已经当了中队长。三年前，我和大江还是同学，人家现在成了领导。大江提升有他工作努力的成分，但更主要的还是运气。去年，一个以杀人为职业的犯罪分子被大江抓获了，从而破获了六起积压的案件，大江立了特等功。事后，大江感慨地说，这事给我的启发是，人是不能感情用事的。那个杀手虽然没有电影里的杀手那么职业，可他在被抓前基本是个冷血动物，他行踪不定、嗅觉灵敏、心狠手辣。公安部门抓了他五年都没抓到，后来，那个杀手栽在一个女模特手里。……两年前，杀手偶然见到了在桑拿里表演的模特，就花五千元包了那个模特一夜，不想，那个模特怀孕了，并且把孩子生了下来，生下了孩子，模特就开始了她漫长的寻找之路。奇怪的是，公安机关怎么找也找不到杀手，而模特却找到了他。那个杀手本想杀了模特灭口然后逃离，可看到了自己的孩子，他犹豫了，最后他改变了主意，和模特住在一起。那个模特就住在大江家楼里，大江就有了抓杀手的机遇。大江说，如果没有模特和她的孩子，不知道什么时候才能抓到他。

朱老板被杀案应该说案情是清楚的，属于谋财害命那种。可案子迟迟未破，一拖就拖了一年多，大江领着人在这儿忙活了一个月，后来接了别的案子，这个案子就放下了。在这期间，我也对案子进行了很多思考，也联想过李清，李清和朱老板还是有个人恩怨的。可想来想去，总理不出一个头绪来。

下雨那天晚上，我去朱老板原来的商亭买烟，商亭已经兑了出去，新老板是个笑眯眯的胖女人。

我递一百元钱给她，她看了看，然后神秘地笑了。给我找钱时，我才发现了问题，我的手里是六百元。我说你应该找我六十元而不是六百元。她笑着推我的手："以后还请多关照。"我立刻正色道："关照是关照，但这样不行。"胖老板有些不好意思，她说你看我的脑子，经常犯糊涂，把一百当了十元。她这样一说，我们都有了台阶，我笑了一下，没再说话。

一年后，我突然在世纪街上见到了李清。令我吃惊的是，李清用儿童车推了一个婴儿。我的表情一定很不自然，我问："你的孩子吗？"

李清也不自然，她点了点头。

这时，我恍然大悟，李清回老家，一定是生孩子去了。可是，李清是怎么有的孩子？有了孩子为什么不在家乡养大而又回到了世纪街？

"我在后街租了房子。"

"和丈夫在一起吗？"

"没有，就我们娘俩，有空去坐坐。"

"那我去可不好。"我含糊其辞。

李清笑一笑，说："没关系。"

我想了想，继续问："你自己带着孩子，靠什么生活呀？"

"我原来有积蓄。"

"可毕竟坐吃山空，孩子的爸爸不供养你们？"

"……没有。"

我心里抖动了一下，突然想到了杀手和女模特，李清在做陪酒小姐时是不是也遇到过杀手？所不同的是，她正在寻找那个人——孩子的爸爸，还没找到而已。

她，或者她孩子的爸爸与朱老板的死有关吗？

日子一天天地过去，李清的孩子也一天天长大。有一天，我看见李清从超市出来，她一手推着婴儿车，一手拎着装满各式各样食品的大口袋。我走到她的身后，把她的大口袋接到手里。李清回过头来，她说我以为是谁呢，吓了我一大跳！

李清家住在世纪街后面的老房子里，那些房子已经上了市政府的公告，估计年底前怎么也拆迁了。那些老房子就是我前面说过的日本人留下的小洋楼，外表看挺漂亮，里面已经十分破败了。李清就住在那个小楼的二楼，是一个单间。李清的家并不像我想象的那么整洁，而显得凌乱不堪。奇怪的是，这种凌乱和凌乱中散发的婴儿和女人的气息，无论从视觉上还是嗅觉上都能刺激男人的某种暧昧的神经。

李清说进来坐吧。

我四下看了看，没找到一个可以坐的地方。李清过去把床上的衣物一划拉，“坐床上吧。”我觉得脸有些热，立刻产生了别的联想。李清似乎没在意这些，她还忙着收拾孩子，忙完了，李清就坐在我对面的地板上。她问我：是不是你一直认为我是出台小姐？我迟疑着，不知道该怎样回答。“我不是，”李清说，“我说了你可能不相信，我只陪酒，从不出台。”我支吾着，说：这个，我没想过。

李清笑了，尽管没以前那么清丽了，可笑容还是挺迷人的。

我觉得自己心跳得十分厉害，嗓子发干，血直往上涌。我抬起头来，看着墙皮有些脱落的天花板，此时，我想起了爷爷，爷爷会不会正是在这个房间里与某个日本太太偷过情？想到这儿，我觉得心口发堵。

“我想我得走了。”我这样对李清说。

李清愣愣地看着我，她似乎觉得话题刚刚开始，她并不知道我的想法，现在，如果我不走，接下来，我不知道我能不能控制住自己，我不敢保证我不会有超出理智的举动。

“真的走吗？”

“是的，我不能脱岗太久。”

说的时候，我已经起身了，我走到门口，突然在李清的临时饭桌上看到了“二锅头”酒瓶和装着烟灰的“大重九”牌香烟的纸盒。顿时，我觉得眼前发黑。

我和李清见面后的第三天，李清就被人杀死在房间里，一同被杀的还有她未满六个月的女婴。杀人者已经对犯罪现场进行了破坏。负责破案的大江说，这又是个挠头的案子，看来，你们这个世纪街是我走霉运的地方。

我说这个案子我可以破。大江说真的吗？那你立功的机会来了。我说也许立功不是最重要的。

“那什么是最重要的？”

“别的。”

经过一夜痛苦的思考，第二天早晨上班，趁大刘不注意时，我把手铐铐在他的手上。大刘瞪着眼珠子瞅了我半天，渐渐地，他的目光有些暗淡。大刘说你怎么知道是我？

我说你应该知道的。

大刘叹了一口气，说：我不想这样，可是，我别无选择。

案情已经真相大白了。去年，大刘把李清给睡了，李清由此怀孕，一个月后，她就回老家生孩子。也许开始，李清还对大刘充满了仇恨，可是有了孩子之后，她的态度发生了改变，她重新出现在世纪街上，是在给大刘施加压力，她大概想让大刘离婚，她要大刘承担起对女儿抚养的责任。大刘不可能离婚，如果李清没做过陪酒小姐而是银行的职员或者医院的护士，大刘也许就不那么恐惧了，他知道，如果他和老婆离婚而娶了一个小姐，他不敢保证自己的警服是不是该脱掉了。所以，李清回来时，他先是不承认，后来李清要做亲子鉴定，大刘才软了下来。大刘一直采取软磨硬泡的办法来对付李清，当然，这期间大刘也给了李清一些钱，一共是九百元。案发当天，大刘又去找了李清，李清威胁他说，如果一个星期不把离婚的事办了，她就告他。大刘一时情急，就随手拾起桌子上的“二锅头”酒瓶，将李清打倒了，发展到这个阶段，大刘索性也用酒瓶子把女婴给打死了……事后，大刘把那个酒瓶子带了出来，摔得粉碎，杀人凶器被他销毁了。大江在分析案情时一直说凶手使用了钝器，他怎么也没想到，那只是一个喜欢喝酒的人剩下的酒瓶子。而我，如果不是和杀人的、被杀的人熟悉，我想，这个案子我也破不了，我不过是撞到运气上了。

由于破案立了功，不久，我就上调到刑警队了。离开前，我又见到了商亭胖老板。胖老板说，以后有机会常来看看，我说会的。胖老板还神秘地笑着，说你上次买烟的那张假钱我花出去了。我愣住了。我问她，我用过伪币吗？她想了想，立刻说，是啊，警察能用伪币吗？再说了，啥是伪币？能花出去就不是伪币了。

自己是自己的镜子

我一直梦想做一个大案，这个案子是聪明绝顶的人干的，再精明的刑警也会陷入作案人事先设计好的圈套中，失去了方向。小的时候，我看过的书中有这样一段话：再狡猾的狐狸也逃不过精明的猎手。关键是，现在狡猾的狐狸少了，而精明的猎手也不多见。

在D城老街居住那段时间，我常常在入睡前设计我的方案，一点一点完善每一个细节，以便整个作案过程天衣无缝，无懈可击。那一段时间，我正为澳洲一个品牌热水器做销售代表，整天忙着跑生意，同时还得和小可吃饭、调情、睡觉。可无论怎么忙，在夏夜难以入睡的夜晚，设计案情都成了我最大的乐趣。

我是这样设计的，我做的这个案子是一个杀人案，没有明显的杀人动机，比如情杀、仇杀或者谋财害命，都不是。刑警们都相信因果说，他们认为不存在没有原因的谋杀，如果制造了这样的案子，就可以给他们设置了一个判断上的障碍。接着是杀人手段，我会选择一个复合的手法，让他们无法找到蛛丝马迹，也找不到一个任何说得过去、或者看得上眼儿的证据。这样，这个案子就会成为死案。当然，我显然是乐观了一些，赋予了很高的理想主义色彩。不过我相信，任何人都不会为了接受处罚而去作案的，他们都相信，他们是可以逃避法律的，如同司法人员说的“那些家伙，普遍存在着侥幸心理”。

尽管在案子的设计中，我割断了因果联系，可对于我本人来说，我必须在事先就解决这个问题。就是说，我为什么要作案？作案的对象是谁？

我想了很久，找到了还算说得过去的理由。作案是一种兴趣，一种向社会挑战的方式。上大学之前，我参加过全市奥林匹克竞赛，我答对了三道闯关题，在参加竞赛的众多好手中，我是唯一答对那三道题的人，可我的成绩却不理想，原因只有我自己知道：有五道大家都可以答上来的、简单的题我没答，没答是不屑于回答，在我看来，既然是奥林匹克竞赛，这样的题也太小儿科了。上大学也一样，由于偏科，我没进入所谓的一流大学，只读了排名并不靠前的工科大学，同时，我也知道，这些都不是十分重要的事情。

那么，什么是重要的事情呢？

下午小可给我打来了电话，她吃吃笑着，她说：我在上海蓝园度假村，五点还有一班飞机，你一定要来啊，我想你都快想死了。我一听就火了，我说你什么时候能不让我操心呢？小可说我不会不让你操心的，你哪天不对我操心，你就把我忘掉了。……昨天晚上，我还陪小可吃了晚饭，她一句都没提去上海的事，她还说了这几天的打算，很显然，去上海是临时动意的，也许昨天晚上她看到了上海蓝园度假村的电视广告，就给人家打电话，订了套房，她经常这样改变主意，做出一些令我吃惊的举动。问题的关键在我，尽管我对小可的做法不满，甚至可以说被她拖得筋疲力尽，可我还是迁就她。说来别人都不相信，小可长得算不上漂亮，脾气也很大，而且有点风骚（请别介意我这样的评价），和我同居之后，她还跟一个健美教练来往，有一次我喝醉了酒，她竟然跟我的一个朋友调情。了解我的人都知道我基本属于保守一类的，以我的个性，我会教训小可一顿，然后把小可打发了，比如删除小可所有的资料，不见小可，不接她的电话。奇怪的是，无论怎么折腾，我们彼此都离不开，不管她犯了多么大的、在我看来无法原谅的错误，只要她哭着向我保证时，我就没了判断力，很轻易就原谅了她。当然，小可的保证是不可信的，她会在我忘记什么的时候，又重复了前一次的错误，接下来，小可再次向我哭诉，表示永远不再犯了。“如果再有一次，我就死。”小可这样说。我轻轻拍着她的头，说：我不希望你死，其实你已经死了很多次，我只是不希望你犯同样的错误，变一点花样也好啊。小可抹着眼泪儿说，我没犯同样的错误，你只要细心区别一下，就会知道了。

尽管我发誓决不去上海，可到了下午四点，我还是匆忙赶到了机场，登机口的乘务员对我说：拜托先生，飞机就等你一个人了。

小可并没有到机场接我，我赶到蓝园度假村，对小可说的第一句话是：我是来跟你吵架的。小可咯咯地笑，她说这我早就预料到了，并且，我已经做好了准备。我气呼呼地坐在床上，看着幸灾乐祸的小可，突然，我萌生了作案的念头。

一个月以后，我从澳洲回国，一下飞机，就被公安人员“请”了去，不消两分钟，我被戴上了手铐子，那是我平生第一次戴那冰冷而坚硬的东西，不免增加了恐惧感。

警察先是确认了我的身份，我叫坚尼·张，今年三十四岁，持有澳大利亚国籍的护照，身份为袋鼠牌电热水器代理商。确认了我的身份之后，他们并没有急于对我进行审讯，而是把我转到了我家乡的D市。

在转接我的过程中，我无法跟外界联系，只在D市的飞机场，我见到了昔日的棋友——津子围。我跟津子围打招呼（押解我的警察立即阻止了我）。奇怪的是，津子围瞅了瞅我，并没有认出我。我想，大概是我留胡子的缘故吧。

到了D市，我被关押在一个单间里（我想，并不是所有的犯罪嫌疑人都享受这样的待遇的，当然，所有的东西都是免费的，包括开道的警车），接着，就迎接了一个又一个不间断的审讯。

主审我的人是一个跟我年龄差不多、长得十分英俊的马队长，他的表情一直是严肃甚至是严厉的，我对他一点都不反感，我知道他在与我进行包括智力在内的多个方面的较量。他先是与我确认了一些问题，比如我是不是上个月十三日离开中国的等等，我做了肯定地回答，我知道，海关会有相关的记录，我说谎也没用的。当时，我特别希望他问我一些没有记录的问题，这样，我就可以“发挥”一下。一直到当天夜里，他们才结束了臃肿的开头，似乎切入了正题。马队长问我，你什么时候认识张志刚的。我回答在四年前，具体时间记不清了。我复述了我们在一起合作的有关情况。“张先生是我在大陆唯一的授权代理。”我对英俊的队长说。马队长说：张志刚死了，你应该是知道的吧。我说是啊，我在澳洲知道的。马队长诡秘地笑了一下，他说据我们了解，张志刚死的时候，你还在D市。

“我在D市，并不能说明我就知道他死了。”

“……你们是密切的合作伙伴，你会不知道他死了？”

“什么事情都有例外。”

“可是，如果我们在案发现场发现了大量与你有关的东西，你怎么想？”

“……我不知道你说的东西是什么，即便有我的东西也很正常，正如你说的，我们是密切的合作伙伴。”

“如果，你是本案的第一嫌疑人，你怎么解释？”

“我没什么好解释的，把我确定为第一嫌疑人是你们单方面的行为，并没有征求我的同意。”

马队长显得很有耐心，他说：“如果你不同意，说一说你的理由。”

我想了想，说：“没有理由。”

接下来的审讯就没开始那么温和了，显然在头几回合的交锋中，我被他们确定为杀人者，起码，增加了他们的信心。他们开始问我为什么杀了张志刚，怎么杀的张志刚，而问题的核心是：我是如何销尸灭迹的。我说我没杀张志刚，所以就无法回答下面相关的问题。

然而，坚持到第七天，我坚持不下去了。

我管马队长要了一支烟（平时我并不吸烟），马队长的眼睛里跳跃着光芒，凭借他以往的经验，知道被审讯对象该坦白了。

我说我没杀人，张志刚也没死。因为我就是张志刚，张志刚就是我，如果张志刚死了，我怎么还活着？所以这个案子是不成立的，就如同逻辑学公式，大前提不存在，无论推论过程多么合理，也不会有结论的……

马队长愣住了，没等我说完，他厉声道：请你认真一些！

我说我本来就是认真的。

马队长说我见过各种各样的狡辩者，可唯独没见过你这么荒谬的，你不觉得太小儿科了吗？你这些谎话连小孩子都糊弄不了。

我苦笑着，我说你不信我也没办法，我只能告诉你，我说的是实话。

“你说的是鬼话！”

“好，”我说，“好，你认定我说的是鬼话，那么请问，张志刚的尸体呢？”

“这个，正是我要问你的。”

“没有尸体，因为我还活着。”

我这样说，旁边一直不说话的、文静的小记录员也忍不住了，她大声说：“不要狡辩！”

我被她的声音吓着了，倒吸一口冷气，喃喃着：我没狡辩。

马队长和几个同事交换了一下眼神，他们当然不会相信我的话，他们大概觉得我的精神有了问题，是不是考虑给我做精神科检查或者鉴定。

在上海蓝园度假村那个月亮很圆的夜晚，我突然萌发了作案的念头，当然，我作案的对象不是小可，而是我自己。有了这个想法之后，小可眼中的我一定很忧郁的样子。我哀伤地对小可说：也许不久你就见不到我了。

小可愣了一下，她问我为什么。

我说有人要杀了我。

小可笑了，她说别逗了，谁会杀你。你得罪人了吗？

我说是啊，你知道坚尼吗？

小可摇了摇头。

我告诉她坚尼是我的老板，我只是坚尼在国内的代理。这两年，我在国内挣的钱没转给他，他很恼火，说要找人收拾我。

"那你把钱给他不就行了吗？"

"可是，我现在拿不出来。"

"怎么会……多少？"

"二百万。"

"我以为是多少呢？才二百万……"

"……美金。"

"美金啊，你怎么会欠他那么多？"

"是啊，所以，我现在没路可走了。……你那里有多少？"

"我没多少。"

"不然，把你的房子和车卖了……"

"不会是真的吧？……卖我的房子和车，也凑不到二百万美金啊。"

"凑一凑呗，有多少算多少。"

小可想了想，她说我知道你跟我开玩笑的。

"不，是真的。"

小可说你不是设圈套吧？想把我的资产弄到你的手里。

我说你喜欢怎么想就怎么想吧，事实如此。

回到D市，我就伪造了一个凶杀的现场，这个场面是我精心设计过很多次的。现场有我的血迹，我的头发，一把沾有血迹的匕首，还有沾了血迹的尼龙绳。然后，我离开了现场，失踪了。

我伪造的现场就在我的住宅——也就是张志刚的住宅。小可有那个住宅的钥匙，她一进房间，就会发现这一切，并且，很自然地确信我（张志刚那个我）被人谋杀了。这个假设成立的前提是：A.人们能够进入人为制造的“情景”之中，比如，人们相信小说、电影、电视、网络甚至道听途说的事件，并确信是真实的。小可也不例外。B.现实中，我有双重身份，D市的张志刚和澳洲的坚尼·张，其实，区分这两个名字很简单，他们同属于一个人，就像我们同一个人在社会生活中有很多不同的角色一样。

至于我为什么要设计这样一个案子，与我内心某种隐秘的好奇心有关，也与小可有关。我当然知道这个案子——姑且叫案子，不仅会惊动小可，同时也许会惊动警察先生，这个恶作剧首先是献给小可的礼物，当然，恶作剧大了一些，或者说是一个更加一本正经的恶作剧。同时，我也考虑到所有的后果，我知道现行的法律并没有相关的罪名，比如，“冒充作案罪”？没有这样的罪名就无法定罪，毕竟，我们这个国家所奉行的是大陆法系中的“罪刑法定原则”。进一步说，我的设计是不是客观上推动了法律建设？从这个角度说，我还是贡献者。我所以这样想，是基于我经常思考的一个问题：“人类有很多需要完善的地方”。

归根到底，我有一个最简单的开脱方式——比如我说我这样做的动机是想考验女友的忠诚，谁也没办法。

事实上，事情并不像我想象的那么简单。

在我被羁押的一个月时间里，警察们拼了命地侦察我，收集我作案的证据。

一天夜里，我又被提审了。

马队长胸有成竹地说：我爷爷原来是长白山有名的猎手，他说过的一句话是，再聪明的狐狸也逃不过猎手的眼睛。

我说你爷爷的时代已经过去了。

“你的意思，从环保的角度说，狐狸应该被保护是不是？可惜，法律就是法律。”

我说对，法律是法律，法律不应该冤枉任何一个好人。

“说的没错，可还有一句，法律也不应该放过任何一个坏人。”

“可你们用什么来证明我杀了自己呢？”

“你没杀自己，你杀了张志刚。”

“我是怎么杀的？”

“用刀杀的。凶器在我们手里。”

“可是，你们怎么知道是我的凶器？”

“是啊，尽管你没在凶器上留下指纹，可按‘路卡德交换原理’——任何两个物体相互接触时，总会在两者之间出现某种交换——当然，你不会知道路卡德……”

“可那又怎么样？”

“我们已经做了DNA鉴定，证实你使用了凶器。”

我哽住了，沉吟一下，说：就算我使用过凶器，可那又能证明什么？我杀了我自己……

“不是你自己，你杀了张志刚。”

“好，就算杀了张志刚，可尸体呢？”我笑了，马队长目不转睛地看着我，在他眼里，我的笑是侥幸的笑。看了看我，马队长也笑了（这是我认识他以来，第一次见到的笑容）。

“你听了一定很失望，”马队长说，“我们已经找到了被肢解的尸体。”

“张志刚的尸体？”

“如果不是他的，那会是谁的呢？”

“我怎么知道？”

“那你知道什么？”

我说我什么都不知道，我只知道我还活着。

“是，你还活着，可张志刚死了。”

“他没死。”

“他没死，可他在哪儿，在稻田地里？”

“我不知道什么稻田地，我只知道我还坐在这儿。”

“你当然不会承认。不过，我可以透露给你一个细节。我们发现了三块尸块，其中有半个胳膊，胳膊上有一个痦子，张志刚的女友小可和棋友津子围都证实是张志刚的。”

我立刻把胳膊伸了出来，我说那不过是巧合，我的胳膊上也有一个痦子。

马队长笑了，他说是挺巧合的。

“就是吧。”

“不过，我这样看，不是那个尸体和你巧合了，而是你和尸体巧合了。”

我说你们不是可以做DNA鉴定吗？很容易就查到那个尸体不是张志刚。

“谁的DNA？张志刚的？我们没有张志刚以前的样本，怎么鉴定？”

我突然觉得眼前一黑，觉得问题严重了。这是我忽视的一个重要细节。的确，没有人事先做DNA样本，用来应付不测的。从马队长的角度来说，他们的侦察也许是富有成效的。他们抓到我这个犯罪嫌疑人，而我的确与“犯罪现场”有联系，相关的证据都对我不利。而张志刚本来就是“空”的，恰巧这时发现了一个无法验明身份的尸块，那个尸块就可以是张志刚，人们关注的焦点不在于尸块是不是张志刚，而是谁杀了张志刚，从传统的角度来说，难点不是谁死了，难点是有人在逃避打击，挖出真正的凶手才是人们想要的答案。……我知道我麻烦了，我自己把自己引到了悬崖的边上，只要掉下去，就飞不起来……

显然，马队长看出了我的恐惧，他说坚尼先生，现在，你有什么感受？

我努力平静着自己，说：……佩服佩服。

至此，我相信很多人会关心事件的结果，我不得不对诸位有个交代。我被羁押两个月后就被释放了，一切真相大白。当然，我的恶作剧耗费了很多人力和财力，对不住警察先生，尤其对不住那个认真的马队长，不过，我也这样看，我不能为所有的过错负责，如果硬要我负责，我最多只负责七天（我被羁押第七天的时候，我就说明了真相），后面的事应该由他们自己负责。还有，如果他们的透明度高一点，早一点让小可他们见我，就不会发生那么多事情了。

还有，顺边提几句小可。这件事发生之后，小可的确痛苦了一阵子，证明她还是深爱我的，可当我出来的时候，小可已经从我“不幸死亡”的阴影中走了出来，谈上了新的男朋友。我暗自庆幸，终于摆脱了小可，尽管这种摆脱的代价太大了，我失去两个月的自由，还受到了前所未有的内心煎熬。不想，就在我能安心地跟津子围下围棋时，小可又哭哭啼啼地给我打来了电话，我对津子围说：“对不起，恐怕我得出去一下。”津子围愣愣地看着我，他问我是小可吗？我说是啊，不过，理她最后一次。津子围笑了，他说你以前也这样说过。

是啊，我有什么办法？也许，生活本来如此。

存枪者

一

汪永学在熟悉的人和不熟悉的人面前多次暗自窃喜：你们做梦都不会想到，我是有枪的人。枪是真的，不是仿真玩具枪，不是装饰柜子里的工艺品枪，是真枪。尽管汪永学的枪不怎么漂亮，甚至不像枪，因为有的仿真枪比真枪还像枪。

汪永学认为自己是存枪者而不是藏枪者，存枪和藏枪不同，虽然只差一个字，但含义是不同的，汪永学故意区别它们，也许是想让自己藏枪的行为有根据，显得心安理得。存是什么？保存，保管，以备急需，就如同存钱。这样看来，存和藏的区别在于主体的合法性上。合法的钱可以用存，不合法的就该用藏了。枪也一样。存钱的确是为使用它做准备的，但谁也没规定存的钱必须使用。汪永学存枪也只是以防万一，他没有明确什么时候使用它。

问题是，有枪在这个国家里是违法的，即使你不使用它（不使用是真正意义上的枪吗？）也可以类推它的社会危害性。汪永学不是军警人员，也不是狩猎者，他只是区群众艺术馆的辅导老师，他不可能有合法的持枪证。不过，法律既然用了“类推”的方式，也必然留下这样一个空当，也就是说，如果你的枪没被发现，法律就会睁一只眼闭一只眼，闭那只眼睛正好对着态度和蔼的汪老师。

现在，对于汪永学来说，枪成了他最大的难题。

汪永学的枪是“狗”牌撸子，德国造，起码有八十岁了，原来的西文字母都被磨掉了。字母不磨掉人们也不会叫那么拗口的名字，人们习惯用简单的方式给它本土化。比如狗牌，仅仅因为枪的商标是一个狗头，很好认，还有马牌、蛇牌等等，都缘于此种方式。有一个冬天，汪永学在冰冷的街道上走来走去，他查了所能找到的书籍，并没有找到“狗”牌的详细资料，结果令他十分失望。这是一把灰白的枪，磨损处可以体现出时光的耐心，按着他被局限的历史知识推断，佩带这样的枪在当时起码要团长以上的官阶，这把枪经历过多人？是不是杀过人？所有这些对于汪永学来说都是未解之谜。现在他是它的主人，尽管委屈了一点，被匿名了，可它毕竟安稳了。

除了枪本身，枪的来历随着岁月游走在汪永学的记忆里也渐渐模糊起来，他是这把枪的现实主人，可这把枪是怎样辗转到他手里的，他自己都有些糊涂了。在最初的记忆里，这把枪是他用一本有色情插图的线装古书换的，那是秋天，风萧萧的，水泥电线杆子上的麻雀的羽毛被吹得露了白，电线呜喑作响。汪永学潜伏到工人俱乐部的仓库里，他听说那里有胶皮管，可以制作射程很远的弹弓。这样一个单纯的目的，汪永学就十分辛苦撬开仓库的窗户。那个仓库里堆满了红卫兵抄来的“四旧”，有金银玉器，有雕花旧瓷，有古玩字画，那些东西在汪永学的眼里一钱不值，他要的是做弹弓的胶皮管。那一次汪永学如愿以偿，临走，他发现了那本线装本的古书，而古书的页码翻开着，翻开的页码上有一幅吸引汪永学的画，一个裸体的古代女人骑马一样骑在男人的身上。汪永学知道那幅画画的不是好东西，可它还是具有不可抗拒的魔力。后来的日子里，汪永学心怀忐忑，小心翼翼地藏着那本让他入睡前生出很多幻想的书，直到遇上姜红岩。

姜红岩住在汪永学家的后街，偶然间撇见了汪永学来不及隐藏的古代“男女”，姜红岩就想方设法要他那本古书，汪永学不同意，姜红岩提出用“撸子”换，姜红岩告诉汪永学：“撸子”是真的。汪永学不信，姜红岩就跑回家拿来一个还残存着珐琅的小手枪，为了证明那把枪是好枪，可以使用，他们还去了大沙河，在没有人的沙坑里打了一枪。枪是响了，可汪永学又改变了主意，不同意和姜红岩交换。姜红岩火了，他说你当我是孙子，逗我玩啊？汪永学说我不给你主要是怕你把它暴露了，人家一追查，就查到我的头上。姜红岩说，你不给我我就去学校告你。汪永学也火了，他说你告我我也告你，你的枪是怎么来的？姜红岩说好，那咱们现在就去学校，谁不去谁是孙子，谁是胆小鬼。两人不肯相让，就一同去了学校。走到学校门口，姜红岩停下了。姜红岩对汪永学说，现在后悔还来得及。汪永学说我不后悔，谁后悔谁是孙子。说是这样说，可他们都不动地方。最后，还是汪永学软了下来，在他看来，如果两人的事都公开了，自己的东西比姜红岩的枪还见不得人，走进操场，他小声对姜红岩说，换可以，但是，你不要告诉别人是我给你的。说完，汪永学还补充一句，说了我也不承认。就这样，一个秘密交易在他们十四岁的时候完成了。姜红岩得到了发黄的、破损了的旧书，汪永学则得到了一把枪。

那的确是一把真枪，可是，那把枪后来没了，好像是父亲搬家的时候没的。汪永学不敢大张旗鼓地找，也不能明目张胆地问。这样说来，他现在这把枪不应该是姜红岩换给他的枪。

在汪永学的记忆里，还有两把“撸子”，一把是爷爷留下来的，他见过那把精巧的小手枪，爷爷睡觉的时候枕在枕头下面，后来他病了，就把枪放在了炕被架上的红箱子里。爷爷死了之后，那把枪哪去了？是不是一个偶然的机会出现了，汪永学就把它藏了起来，以致留到了今天？当然，还有一把手枪，是曹宏伟留下来的。那时候他和曹宏伟看仓库，尽管他们有“三八大盖”，但那是上了青年点登记簿的，曹宏伟还藏一把撸子，是他自己的。那天，曹宏伟对他说，你帮我把范丽珍骗到仓库来，我就把撸子给你。范丽珍是青年点眼睛最水灵的姑娘，比汪永学大三岁，她对汪永学很好，有好吃的东西就送给汪永学。汪永学知道曹宏伟喜欢范丽珍，他说他早晚要把范丽珍操了。在他看来，女人被睡了，她就死心塌地跟你了。如果说汪永学让范丽珍“晚饭后去仓库”是来自枪的诱惑，更不如说是缘于对曹宏伟的恐惧，比汪永学大五岁的曹宏伟结实、强壮，出手十分凶狠，既然他手里有枪，他就敢用枪。……范丽珍进了仓库之后，见到的不是汪永学而是曹宏伟，她应该什么都明白了，她一生大概都在恨汪永学。汪永学眼看着范丽珍进了仓库，很久没有出来，汪永学觉得自己不是人，薅自己的头发，咿咿呀呀地哭，同时也觉得自己是这个世界上最窝囊、最没德行的人了。

曹宏伟并没有兑现诺言。汪永学也不敢管他要枪，同时，汪永学也看到了另一个事实，范丽珍并没有像曹宏伟说的那样“死心塌地地跟了他”，不久，范丽珍就回城养病去了，再无消息。后来发生了一件意外的事，曹宏伟的“撸子”

还是到了汪永学的手里。蚊子最多的季节里，看仓库的曹宏伟看到一条黑狗进了仓库，他连忙把仓库的门关上，想找人把那条狗打死，改善改善青年点的“清水肠子”们。不想，夜里睡了一觉，他竟然把狗的事给忘了。关狗的仓库是一个空仓库，常年不用，半个月后，曹宏伟去开仓库的门，一条狗冲出来，朝着他扑了过去，留下了几个渗血浆的牙印，随即就消失了。第二天，曹宏伟浑身发冷，不敢见光，哪怕一点儿光他都惊恐万分。没过两天，就面目狰狞地死了。曹宏伟死前提出要见汪永学，汪永学不敢去看他，他听人说，狂犬病很吓人，看了之后，一生都会做噩梦。据说，那条疯狗咬了曹宏伟之后又咬了河边的柳树，柳树也疯了，没纹丝儿风的日子里，也呜呜作响。……曹宏伟死后那年腊月，屋外安静地飘着大片毛茸茸的雪花，汪永学在宿舍里收拾东西，发现了曹宏伟床下的牛皮纸包，里面包着一把油汪汪的手枪。

四十岁说到就到了，不惑的年龄却让汪永学模糊了，也许原来是清晰的，随着时间的推移，干扰的东西越来越多，外界的干扰以及自己内心的干扰，他自己也模糊起来了。父亲的枪应该是收回去了，曹宏伟的枪好像也交上去了。问题是，如果姜红岩那把枪存在，他去青年点的时候为什么没带？放到哪儿去了？如果他带着那把枪，他会那么惧怕有枪的曹宏伟吗？还会那样对不起范丽珍吗？

枪的确是存在的。枪是存在的，而搞不清它的来源，这就非常麻烦了，身份不明或者叫来历不明，上交都不行，如果人家追问起枪的来历，你讲不清楚是不行的。

当然，这不是汪永学存枪的理由，更重要的是，他自己想留一把枪。枪如一根拐棍儿，支撑着他发软、发颤的内心。尤其是许美琪出现以后，如果没有枪，他不知道有没有力量接受她的示好，并有勇气把宣传队最惹人的舞蹈演员娶到家里。

二

枪对汪永学来说是生命中一个神秘的象征，某种意义上的护身符。

也许对男孩子来说，童年几乎都跟“枪”有过接触，不管是真枪还是假枪，都玩过枪，就跟绝大多数女孩子玩过布娃娃一样。可从另一个角度看，假枪和真枪的区别对于童年的意义是不大的，但是成人之后，真枪与假枪的含义就不同了。男孩子为什么喜欢枪？显然不仅仅缘于个人的爱好，不然，就不会有那么多的男孩子都喜欢枪，虽然，汪永学更喜欢一些，枪可以补充他某些缺钙的心理，当他有了真的枪时，他觉得那沉甸甸的东西使自己的某根神经颤栗了，唰的一下，牵扯到自己大腿间的阳物，他们都是刚性的，应该挺拔硬朗。

汪永学的确是枪的受益者。在木工机械厂演出后那个温吞吞的夜晚，许美琪从俱乐部的角门出来，经常喝酒而身材高大的大薛尾巴一样跟在许美琪身后，这时，许美琪看到了汪永学。许美琪说：汪永学你送我回家！路灯下，汪永学还是可以感受到大薛凶狠的目光，他立即觉得自己的两条腿发软。那一刻，许美琪的目光在两个男人之间考量着，最后还是落在了汪永学身上，汪永学知道许美琪在考验他，大薛在对他进行无声的威吓，自己也在内心进行着较量。许美琪又追问了一句：汪永学，行不行啊？汪永学一激灵，也就在瞬间，他触摸到腰下硬邦邦的东西。汪永学说，好。说着拉起许美琪就走，全然不理会大薛。大薛不甘心，他跟在身后，对许美琪说，我也送你吧，我跟迷糊（汪永学的外号）一起送你。许美琪声音清楚地说：我已经说过了，我不用你送，你没听明白吗？汪永学干脆把枪拿在手里，用枪把子挡了大薛的胳膊一下，说，你没听清楚？大薛愣了一下，停住了。

很显然，汪永学的表现令许美琪欣喜万分，当他们在空荡荡的俱乐部舞台后面拥抱、接吻、颤抖着触摸时，完全忘记那里充满了死耗子气味和幕布散发的霉味，异常紧张地探索着男女间神秘的第一次。当天晚上，许美琪脸色红润地对父母讲了吹笛子的汪永学。只是，许美琪的父母见到汪永学之后十分失望。他们问许美琪看好汪永学哪儿？许美琪说，汪永学老实能干。事实上，老实和能干不是一回事，老实人未必能干，能干的人也不一定就老实。

应该说，汪永学和许美琪最终走到一起，许美琪表现得更主动一些，外向开朗的许美琪主动选择了内向、多少还有些忧郁的汪永学，即便如此，如果汪永学没有枪，他有勇气接受许美琪吗？因为接受许美琪的同时，就意味着和许美琪众多的追求者为敌。——好在有了枪。

汪永学有枪的事还是被很多人知道了，不久，宣传队领导找他谈话，他们先讨论了一些国际国内形势，然后，领导问起枪的事。领导的问话方式是：你没觉得有什么事要向组织上交代吗？汪永学反应迟钝，无奈，领导不得不提枪。汪永学想了想，说，枪啊，有啊！领导笑了，钓了半天，鱼总算咬钩了。领导说就是嘛，我知道你会主动向组织上交代的。不想，汪永学的交代令领导摸不清头绪，他一会儿说枪是爷爷的，有“公用证”，他只是偷着拿来看一看，一会说父亲手里也有一把枪，因为父亲在北方工具厂（兵工厂）的车间工作，为了革新，他要研究枪。给领导的感觉，他汪永学有很多枪。领导当然不能去追问汪永学爷爷或者父亲有没有枪，枪是怎么来的，是不是合理持枪等等。不过，领导指出，不管是谁的枪，你拿枪威胁人就是错误的。汪永学不承认他威胁过人，领导说还让我点破你吗？你没用枪顶着大薛的腰？汪永学明白了，他的确用枪把子挡过大薛的胳膊。汪永学说我那不是真枪，是假枪，不过，大薛要是欺负我，我会拿爷爷的真枪去打他。领导很惊讶，用真枪打？你不知道杀人要偿命的吗？汪永学说我知道。“那你为什么还这么干？”“我没干，我只是想。”“想也是错误的。”“我知道是错误的，可有的时候，没办法。”领导和汪永学的谈话没有结果，从另一个意义上说，有结果的谈话一般都是没有结果的，而没有结果的谈话常常有结果。从那之后，领导对汪永学也有所防备，对他的态度比以前和蔼很多。

有一点汪永学说的不夸张，那时候的确有很多枪，工厂、农村、学校都有枪，全民皆兵。即使汪永学关于爷爷、父亲的枪是编造的，大家也会相信。

那还是一个枪和荣誉相联系的时代，从小放牛的爷爷参军当了马夫，马和牛在喂草料的时候是不是一样，汪永学不知道，不过，没放过枪的爷爷却参加了很多大的战役，比如著名的辽沈战役、淮海战役，跟着部队一直到了海南。爷爷回到家乡不是因为枪伤，而是骑马摔断了腿，马夫会被自己喂的马摔断了腿？其实仔细想想，这也没什么奇怪的。爷爷的腿断于战役的行军中，骨折没能得到及时治疗，后来落下了残疾，一条腿长一条腿短，走路“地不平”。复员到地方之后，爷爷一直保留着一把小手枪，在很多场合爷爷自豪或者霸道地说：江山是我们打下的！父亲是令人羡慕的领导阶级——工人，在1520工厂（后来改名为北方工具厂）当钳工，那时，工厂的工人习惯往家里拿东西，高级一点儿的，用做枪管的原料做落地灯，低级一点儿的，往回拿子弹，子弹在民间交易里十分廉价，一盒六十粒装的七九步枪子弹，只能换一盒“大前门”牌香烟，而一盒同样数量的五四手枪子弹，只能换一盒“大生产”。汪永学有收集子弹的嗜好，他有好几个铁盒子，原来是装毛主席像章用的，那些铁盒子都漆了大红色，上面有黄颜色的临毛体语录。汪永学将像章倒出来，包到一个红色的绸缎里，铁盒子里装满了各式各样的子弹。他本能地收藏这些，也许不完全是因为爱好。

宣传队撤销之后，汪永学被幸运地分配到了群众艺术馆，而挺着大肚子正在孕育女儿婷婷的许美琪却分配到了纺织厂，临时安排在工会工作。汪永学被分配到群众艺术馆是因为他会乐器——吹笛子。笛子当然是一件乐器，尽管它简单甚至可以说是简陋，一根竹子上钻几个眼儿，可那也不是谁都可以吹的，有几年，汪永学的笛子独奏还是宣传队的一个保留节目，跃马扬鞭的，吹得欢快喜庆。有人曾问过他体会，他说是社会主义欣欣向荣的事业鼓舞着我。后来，后来不知道为什么，笛子派不上用场了，取而代之的是钢琴和小提琴，钢琴、小提琴等乐器无论在自身的复杂性、价格的昂贵以及音色的丰富上都占了上风，曾经在宣传队里风光的手风琴和笛子等主打乐器都悄悄退出了舞台，汪永学笛子独奏或者“犊子笛奏”的机会越来越少，人们几乎不把他吹笛子当成艺术，更可气的是，连技术也算不上了。无奈，汪永学依靠着自己自修的乐理知识，当了大合唱的辅导老师，总算在艺术馆里立住了脚，还得到了专业技术职称。

指挥大合唱的好处是，自己可以体会到一种当领袖的感觉。站在一大堆人的前面，谁都得听你的，一抬手，他们就唱一句，那感觉好极了，因为唱的不准、声音不整齐或者不够洪亮可以教训教训别人，还可以借口他们站得姿势不正确去纠正漂亮女孩子的姿势，把着女孩子的肩膀和胳膊调过来调过去。心情好的时候可以原谅他们的缺点，心情不好的时候可以批评他们的优点，总之，按女儿现在说法：真够爽。

指挥大合唱那些年，汪永学常常加班，很多单位为了不影响工作，都在晚上排练大合唱，而群众艺术馆举办的各类培训班，一般也都安排在晚上。这样，汪永学回家常常走夜路，许美琪生了婷婷之后下到车间工作，三班倒，汪永学常常是下了夜班回家熬一两个小时，还得去班车点接许美琪。那时候社会治安不好，时常有坏人夜间拦路抢劫，歹徒遇到男的劫财遇到女的劫色。这样，枪就派上了用场。汪永学把枪绑在小腿上，觉得自己高大了很多，腰板也硬朗起来。

小群也是艺术馆辅导老师，师范专科毕业，小提琴拉得很漂亮，刚毕业那会儿由汪永学带她。还没到十月份，夜里就冷飕飕的。汪永学送小群回家，走到化工厂子弟小学附近，他们被两个大汉拦住，一个人用军刺指着汪永学，汪永学立即吓蒙了，等他清醒过来，小群已经被一个大汉给拖到工地的破房子里。后来，拖小群的大汉过来换另一个人，汪永学本来有机会拿出枪来的，他也试了几下，枪的确在小腿上，可绑得太紧，拿不出来。两个大汉作案后就跑了。汪永学去找小群，本以为小群会狠狠地骂他，不想，小群一下子给汪永学跪下了，小群说，求求你了汪老师，你千万别跟别人说，不然，我这辈子就完了。当时，汪永学也流泪了，他没有很好地保护小群，枪在关键时候没发挥作用。我是个王八蛋！汪永学说。

那之后，汪永学就把枪放在腰间，常常是子弹上膛。

三

“严打”开始了，抓了一批又一批，关押犯人的监所不够，把小学的教室当了临时关押犯人的地方。一天，已经结了婚的小群对他说，祥子给判了无期徒刑，流放到新疆去了。汪永学问哪个祥子？小群说我家的邻居，以前我们从不说话。“我见过他吗？”汪永学问。小群的表情十分复杂，转身走了。望着小群的背影，汪永学才想起了十月那个夜晚。

汪永学是“严打”的支持者，尽管他不知道里面的内幕，是不是由于手段过激而引发新的冤假错案？这些都不是他考虑的，作为一个经常走夜路的人，他当然不希望碰到坏人，尽管他有枪。只是，汪永学没想到，接下来，自己也成了“严打”的对象。

大规模收缴枪支和管制刀具的通知汪永学没看到。他看到残破的通知时，已经过了枪械合法收缴的期限。也就是说，通知规定九月十五日之前上缴不违法，而过十五日，比如到了十六日就是违法的。汪永学是二十日看到通知的，看到通知时，他就成了“严打”的对象。这样，汪永学就不得不站到另一个队伍里来考虑问题，比如，如何隐匿罪证、逃避打击。以前，对于私藏枪支来说，虽然不那么理直气壮，但也没到违法的程度，也许不合理，但却没明确是违法的。现在他已经事实地成了犯人，他没了选择，即使他去交枪，去自首——可自首也是犯人。经过一段痛苦的选择，汪永学还是决定当一个匿名的罪犯，不仅不交枪，相反，藏枪的行为更加隐秘。匿名的犯人还不是真正意义上的犯人，只要枪没被发现，他就不是违法者，至少在枪被发现以前他还不是被认可的违法者。

由此，汪永学研究了不少法律方面的书籍，那个时期正是法律的恢复期，他发现法律有很多空当（汪永学没管它叫漏洞，在他看来，漏洞的解释显得没有力量），那些冰冷的条文在沉睡着，除非你去唤醒它，他当然不想唤醒它，他先让自己的枪沉睡，那样，法律就苍白无力了。

很多人有枪的时代很快就过去了，随着时间的推移，有枪的人越来越少了。枪显然不属于个人的收藏品，能持续地或者说持久地保留枪是需要勇气和耐心的。对于汪永学来说，枪带来了好处，而更多的是麻烦。枪曾经是汪永学持续信心的依托，现在却成了他身边随时可以爆响的炸弹，往死里折磨着他。谁都可以想象一下，一把枪一藏几十年，那不是一件简单的事，或者这样说，藏枪容易，藏一辈子枪不容易。这期间，汪永学还搬了三次家，每一次搬家他都在藏枪问题上费尽了心思。住在胜利桥老房子时，汪永学把枪藏在天棚上的一块活动砖里，为了防止潮湿上锈，他把枪的表面涂了黄油，用塑料袋包了两层。后来单位分房，分给他一个一室半的新房，汪永学负责装修房子，尽管装修费不宽裕，他还是列出一项特别的开支，在包暖气的时候打了一个十分隐蔽的暗盒，专门用来藏枪。那个暗盒有难度、有挑战性，既要求别人不注意，找不到，还得顺利地把枪拿出来。也就是说，不藏它不行，被别人发现了危险，可彻底抛弃它自己又不甘心，人生本来就麻烦，一旦、万一出现了需要枪的情况怎么办？法律明确私藏枪支违法之后，汪永学就不把枪带在身上了，可是，枪毕竟是枪，藏它本身就有某种期待，也许，自己会在某一种特别的情况下用得着它。当然，汪永学想，除了自卫，他不会去侵犯别人，他清楚自己的能力。

群众艺术馆就要搞艺术，辅导群众大合唱算不算艺术？汪永学当然认为是艺术，划类也好沾边也好，不是搞艺术的是搞什么的？你总不能说是搞建筑的、搞思想政治工作的吧？最初，搞艺术的人很了不起，人们尊重你，觉得你有才，职业也不错，不用风吹日晒、挥汗如雨，收入居社会群体的上游，服饰个性，人也傲气。后来大家注重钱了，钱成了新的标准，群众艺术馆被人们淡忘了，新走上社会舞台的人甚至不知道群众艺术馆这个单位，群众艺术？这个名字他们都会觉得滑稽。汪永学经历着从高峰到低谷的人生曲线，正是许美琪走出低谷攀向高峰的时期，她从纺织厂调到市妇联，在机关里工作不到一年，就承包了“爱心艺术团”，组织演出中积累了一些经验之后，干脆辞职成立了丽人模特演出公司，做起了模特经纪人。许美琪留着时髦的短头发，整天风风火火的样子。许美琪坐着飞机到处跑，大把赚钱，而不用坐班的汪永学做饭、洗衣服、收拾家、送婷婷上学。许美琪出差回来，常给汪永学带一些小礼物，一件内衣、一个仿皮的腰带、一个钥匙链等等。汪永学如果多问几句，许美琪立即瞪着她那双安了假睫毛的眼睛：汪永学，你真没良心，我这么辛苦地工作，还不是为了你和孩子，我每次给你带礼物，说明我心里有你，你应该高兴啊。汪永学虽然长头发，说话的声音也越来越温和、细腻，没有力量，可他毕竟是男人，他还有枪。当然，许美琪不知道他有枪的。

藏枪不让别人知道还说得过去，如果要瞒住一起生活的妻子和孩子，那可是一个大难题，需要高超的水平。妻子和孩子毕竟最了解自己，每天都要在一起厮守，好在自己是女儿，婷婷也不知道他有枪，婷婷对枪没一点儿兴趣。

许美琪和婷婷不关心枪，汪永学也不敢有丝毫的放松。在他看来，最危险的环境常常是最放心的地方。所以，当单位取消分房制度，房子更像一件商品的时候，许美琪坚决要换房子，也许为了给“软塌塌”的汪永学一些责任感，许美琪坚持用汪永学的公积金贷款买房子，一贷就是二十年，让房子的概念至少每个月在汪永学的记忆里重复一遍，一直到他退休。新房子是三室一厅的，装修由许美琪亲自主持，汪永学有些插不上手，所以，他没机会给枪设计专用的贮藏空间。搬新家之前，汪永学把枪分解了，拆卸得七零八落，看着那些金属部件，汪永学想，现在，这把枪已经不是枪了，只是不同形状的金属，如果卖到废品收购站，不值几个钱。

搬家之后，汪永学将枪的部件分藏在不同的地方，为了怕自己忘记，他还设计了一张图，那张图像古代的寻宝图，画得很复杂，别人得到这张图很难看懂，除非破谜的高手。当然，设计这样的图，首先迷惑的就是自己，没出半个月，汪永学自己就糊涂了。汪永学煞费苦心，折腾了大半天，不得不从藏枪的地方一一理顺，最终才理解自己设计提示图的含义。为了避免类似情况的发生，汪永学又单独搞个文字说明，文字说明是配合提示图用的，如果有人单独得到提示图或者单独得到文字说明都不行，两个必须同时使用，汪永学把它们分别放在书柜的不同地方。

那次公安局组织三百人的大合唱方队，参加庆祝建党纪念日的比赛，请汪永学去指挥和辅导《长征组歌》，指挥到“横断山，路难行”时，汪永学的脑海里突然蹦出了那张藏枪图，紧张了一阵之后，他安慰自己：没关系的，即使提示图和文字说明放在一起，外人也不会把他们联系到一起的。不过，受了“长征”的影响，汪永学又以长征为题，重新设计了一张提示图。

日子一天天过去，汪永学常常想起枪，有的时候他觉得自己把枪拆卸了存放是一个好办法，有的时候又觉得不妥，存枪的目的是什么？不是为了防备万一吗？万一是什么？最终还是使用啊。把枪拆卸了，那枪还是枪吗？遇到紧急情况，再去组装枪，显然是来不及的，不要说组装，当年，枪绑在腿上，不是在关键的时候拔不出来吗？秋天的时候，汪永学又把分拆的枪支部件重新组装上了。

然而，放了一段时间，汪永学觉得枪是没用的，而且是危险的，又把它分拆了。装了拆，拆了装，汪永学每年都要折腾几次。问题是，枪一次都没用上，花了这么大功夫去折腾，枉费了汪永学的心血。

终于，汪永学觉得该用他的枪了，他已经感觉到那把东躲西藏的老枪，枪膛里燃烧着愤怒的火焰，枪口露出愤怒的光芒。

四

好男人和好女人是一个相对的概念，汪永学娶了许美琪之后，不止一个人说他印证了一个古老的民间定律，“好汉无好妻，赖汉骏马骑”，这样说，无非是指许美琪比汪永学漂亮。还有一些说法，丑妻近地家中宝，都是针对女人说的。汪永学在文艺圈子里，思想也算开化，他没把许美琪当成自己的私有财产，况且，他发现该红杏出墙的就出墙了，不分漂亮不漂亮、有没有气质还是善良与否。也就是说，汪永学在意的不是出不出“墙”的问题，而是“出墙”的方式。

老章是公安分局的局长，他应该是合法的持枪者，可汪永学从没见他带过枪。老章也算是汪永学的朋友，他成为汪永学的朋友的前提是，他是许美琪的朋友。不然，老章不可能和汪永学成为朋友，他们没工作上的联系，没有共同的爱好志向，没有投缘的脾气禀性，按时髦的话说，没有相同或者相近的价值观念，他们成为朋友完全是汪永学对许美琪的接纳。

老章去年出现在汪永学的家里，他拎两瓶茅台，把汪永学灌得酩酊大醉。汪永学对老章的印象不坏，老章军人出身，说话还是短促有力的风格，人也仗义，自从老章出现以后，汪永学抽了不少好烟，喝了不少好酒。汪永学表面上丢三落四，没脑子没心的，有的时候却十分敏感细腻，他已经猜测到老章对许美琪好，不然，作为公安分局局长的老章就不会频繁地出现在他家里，那么讨好他，甚至有些怕他，是怕他，汪永学隐约地察觉到了。汪永学故意睁一只眼闭一只眼装糊涂，一方面迁就，一方面无奈地显示他的胸怀和大度。

但凡事物都有极限，汪永学毕竟是男人，他的尊严再可怜也有尊严。那天，汪永学从海岛回来，一进门，发现了门口的鞋，他知道，老章和许美琪在家里。汪永学故意咳嗽着，大声说：我回来了！客厅里空无一人，汪永学走到卧室的门口，他轻轻地敲了敲，又说了一遍，我回来了！许美琪在里面说：你等等，我和老章有事。

汪永学感觉自己的脖子被人卡住了一般，有些窒息有些晕眩。他们在里面有事，竟然还理直气壮？汪永学迟疑了一下，坐到沙发上，手颤抖着点燃了一颗老章送给他的“中华牌”香烟，他想，我就不走，我就坐在这儿，看你们怎么出来？

汪永学想错了。许美琪和老章似乎从根本上忽视汪永学在厅里这个事实。五分钟过去了，十分钟过去了，汪永学觉得身边的世界一片黑暗，他绝望了。

汪永学决定使用他珍藏了很多年、担惊受怕了很多年、郁闷了很多年、挣扎欲出了很多年的老枪。汪永学来到书房，在写字台斗柜的最底端，扯下了不干胶带，枪咚的一声沉闷地掉到地板上。汪永学把枪拿在手里，随后，又在书柜的夹层里找出了装子弹的盒子，排出了五粒子弹。五发子弹，他的枪法再失水准，恐怕也够用了。

汪永学拿着装满了子弹的“撸子”，眼睛血红地向卧室走去。

冲破卧室已经在里面锁上的房门有两种选择：一种是倒退几步，借以惯力用肩膀撞门；一种是略加助跑，用脚去揣那个门。第二种方式与他现有的心情更契合一些。在用脚踹门之前，汪永学需要把子弹上膛。

然而，汪永学在关键问题上卡住了。也许那把枪存放太久了，生了锈，枪栓拉不起来，子弹上不了膛。如果汪永学拿着打不响的枪冲进去，面对一个合法的持枪者，孰优孰劣结果可想而知。汪永学在卧室的门口停顿了一下，他听到了里面的脚步声，知道他们要出来了，就连忙穿上鞋，仓皇出逃。到了楼下，汪永学觉得自己无可救药，窝囊到了极限，狼狈逃跑不应该是自己应该是他们才对。于是，坐在马路牙子上不停地流泪。

那天晚上，汪永学在一家卫生条件很差的酒馆里喝酒一直喝到天亮。他对酒店的小老板说，告、告诉你一个秘密，你别告诉别人啊。……我有枪，是马、马牌撸子。酒店的老板说，我也告诉你一个秘密，你别告诉别人啊，我有一辆坦克，是虎牌的。

按照一般的规律，一个人在一件事上折腾时间长了就会麻木的，汪永学不同，越折腾他的神经越脆弱，以致后来，他做的梦几乎有一半是跟枪有关的。这样看来，难题不在于藏枪的方式，那把枪已经隐藏在难以发现的地方，关键是自己的心里还有一把枪，它是活的，它没沉睡，它三天两头跳出来，跟汪永学进行对话。

汪永学关于枪的梦大致可以归为几大类，一类是他用枪打了别人或者是枪打不响，被别人打了，其实，这两种情况在现实生活里他都不希望发生。他希望的应该是，枪起到震慑的作用，从而维护了自己的尊严，并相应获得好处。而这一点恰恰是最难的。

还有，汪永学常做枪丢失的梦，总有一个拣垃圾的老太太朦胧地出现在他的浅梦里，一会儿在垃圾箱，一会儿在楼道的角落里拾到他的枪，送给他。汪永学不承认枪是自己的，老太太说不会错的，肯定是你的枪。“怎么证明是我的枪，我脑袋上又没贴帖？”老太太笑了，她说你脑袋没贴帖，但枪上有你的名字，你看看，刻上去的。汪永学仔细看了看，果然看到“汪永学专用”几个字，像更具有硬度的铁笔划上的，是自己的字体。汪永学大惊，醒来一身冷汗。汪永学自言自语，世界上没有那样的傻子，自己把私藏的枪刻上名字的。

梦中，汪永学常找不到枪，他当然清楚枪藏的地方，提示图和说明文字糊涂了、不清楚了，他自己也是清楚的。可他常常找不到枪，就在他冥思苦想、到处翻腾时，婷婷拿着枪进来了。“不许动，举起手来，不投降我就开枪了。”汪永学惊出一身冷汗。他说婷婷，爸投降，你把枪放下来，让爸爸干什么都行。婷婷不同意，用枪顶着他的头。“以后早晨不许逼我吃煮鸡蛋。”“好好，不逼你。”“以后不许唠叨让我写作业。”“好好，不唠叨。”“以后不许偷看我的日记。”“好好，不偷看。”“以后我接电话的时候，不许在旁边偷听。”“好好，不偷听。”婷婷说这还差不多，说着，扣动扳机，一股冰凉的水射了出来，从他的太阳穴流下来，一直淌到脖子里……还有一次，枪又没了。汪永学听到了卧室里嘤嘤的哭声——许美琪的哭声和叫床的声音都很浪漫。汪永学推开卧室的门，他大吃一惊，许美琪一身素白坐在床上，正拿着他的小手枪准备自杀。“别、别、别冲动，有什么想不开的呢？”“我不想活了……”“为什么？”“你为什么跟别人说我作风不好，啊？作风，什么是作风？”“有话慢慢说，你先把枪放下来……”“我不放，你不解释清楚我就死给你看。”“好好，不是你作风不好是我作风不好。”“还有，你喝酒喝多的时候为什么问老章……”“问老章……什么？”“你问老章为什么操我老婆，操，什么是操？多下流的话，多恶心……那是做爱，怎么叫操？”“我错了，我知道我错了，我再不问了，也不说了……”“爱是我的权利。”“是是。是你的权利。”“爱怎么可以亵渎呢？”“是是。爱是圣洁的美好的，不能亵渎的。”……汪永学终于把许美琪手里的枪拿了过来。拿到手里一看，枪变成了一只蠕动着的霍乱实验室里的白鼠，汪永学一惊，从梦魇中醒来。汪永学下了地，鬼鬼祟祟地到了书房，他趴在地上，伸手在狭窄的空当里摸了摸，他接触到硬邦邦的东西后，心里才安稳了一些。

老章拜访他那天天空弥漫着姜黄色，老章对他说，经过激烈的思想斗争，我决定向你承认我的错误，我不该操你老婆。说着，老章拿出一把锃亮的小手枪，他说为了证明我是真心的，我把这把小手枪交给你，如果我做不到，你就用这把枪把我毙了。汪永学顿时觉得很感动。他说不用了，只要你们尊重我，哪怕给我一点点男人的尊严，我不要太多的……我都不怪罪你们。老章哭了起来，他说你这样说就是不肯原谅我了，说着，老章拿起枪，先是在太阳穴上顶了顶，似乎觉得位置不够舒服，又把枪口放到嘴里。随着一声枪响，老章倒到地上。汪永学吓坏了，而最让他惊恐的是，他发现老章自杀的枪很熟悉，他拿过来一看，竟然是自己那把“马牌”撸子，这样，枪的上面还留下了自己的指纹……

五

汪永学回家之后，许美琪就带着租用的模特去上海演出去了。汪永学每天都在擦枪，一边擦枪一边生气，常常是擦一擦就擦不下去了。奇怪的是，擦枪的过程也是愤怒消解的过程，越擦他的气越小了，到了后来，他断定枪可以顺利使用的时候，他不想用这把枪了。不仅不想用枪了，他甚至觉得是这把旧枪救了他，如果不是锈蚀了的打不响的枪，那天就会发生一场灾难，结果一定是不可逆的，无法更改的。枪不是粉笔，用了之后还可以擦掉，杀了人自己就逃脱了吗？你剥夺了别人生命的同时，就意味着剥夺了自己的生命，这是一个公式，中间是等于或者约等于，这个公式在他小的时候就懂了。汪永学认为，用自己的命换他们的命，不值得。这样想倒不是觉得自己的命比老章或者许美琪的命值钱，不能因为自己的命比他们的命值钱就不做，也不能因为他们的命比自己的命不值钱就做，就认为值得。都不值得的，这里有一个核儿——人们通常容易忽视了的核儿，问题不在于这个命和那个命的比较，发生了命案什么都没了，无论值钱的还是不值钱的。况且，什么是“值钱”的？汪永学觉得自己想到的这个词很搞笑。

许美琪从上海回来，她对汪永学说，上次你怎么走了？我还想让你陪老章喝酒呢？汪永学目瞪口呆。许美琪说你是不是想歪了？老章说你误会了，我说你不会的，你不是那么小心眼的人。汪永学心想你就编吧，我看你能编出什么花样？许美琪说，我的腰不是有旧伤吗？你去海岛的时候又扭了，老章给我复位，他可是祖传的手艺啊！汪永学心想，闭上你那花言巧语的嘴巴吧，我又不是三岁的小孩子。

汪永学当然不会相信许美琪的鬼话，不过，内心里那根因仇视而紧绷的弦还是松动了，他毕竟没进到卧室里，没“捉奸拿双”，一切都是合理的猜测而已。会不会有另一种情况，老章真的给许美琪按摩，只用手而没使用别的身体器官呢？

汪永学的枪又分拆了，他怕这把经过擦拭的枪会在他冲动的时候派上用场，就把它分解了，让枪不成其为“枪”，那样，它才显得安全一些。

为了掩人耳目、以假乱真，汪永学成了枪支的事实收藏者和爱好者，他的房间里摆着各种各样的枪，有最早打火药的枪，那些枪的枪筒是缩小了的炮筒，手柄是仿象牙雕刻、树脂定型的。还有几种不同时代的左轮手枪、一次世界大战后流行起来的木柄手枪和金属柄手枪等等，有十几把，摆在书橱里显得杀气腾腾。汪永学只收集手枪，长枪他是不要的。

收集枪的同时，汪永学也掌握了很多枪械知识，他知道左轮手枪是谁发明的，最初生产于哪个国家，左轮手枪的优点是遇到臭子时不会卡壳，缺点是装弹没有弹夹的手枪方便。他知道美国陆战队和特种兵的武器配置，知道车臣武装、塔利班武装的主体武器以及香港、澳门警察佩带的枪械，那些武器的名称、型号、口径、射程、杀伤力以及自动能力等等，他都如数家珍。手头不宽裕时，他宁愿吃一碗两元钱的葱花拉面，也要买一本五元钱的《兵器知识》或《轻武器》杂志，坐在快餐店喧闹的椅子上，津津有味地研读着。

由于在图书馆里经常查阅枪支方面的资料，汪永学认识了老庞。老庞也是兵器爱好者，或者说是痴迷者。老庞问他，你见过间谍用的钢笔手枪吗？汪永学摇了摇头。老庞又问，那，打火机手枪和刀子上的手枪你见过吗？汪永学又摇了摇头。随即，汪永学问老庞，你见过吗？老庞说我不仅见过，还见过真的。老庞强调是真的，是排除在资料上、电视上见过。老庞说他专门去上海看过展览，是自费去的。汪永学很感动。老庞自己说是退休工人，其实他是失业后领取最低社会保证金的人，老庞对他说过，他通常是煮一电饭锅大米，一盘咸菜就吃三天。老庞告诉汪永学，上海滩的黑社会老大杜月笙的拐杖里藏了一把枪，是德国造的，生产毛瑟枪的那家公司，老牌子，很有名气。

认识老庞之后，汪永学不仅增长了不少兵器知识，心情也晴朗了很多，他可以在场面上谈“枪”这个敏感的词。到了星期六，汪永学就买了一些食品去老庞家，老庞知道汪永学要来，就提前沏好“劳保”茶，等着汪永学来。那些茶也是汪永学买的，老庞没有喝茶的习惯，他喜欢喝啤酒，每次两瓶，多了不行，少了也不过瘾。

汪永学进门，老庞的眼睛就亮了起来。头一天晚上，老庞连夜做了新的沙盘。汪永学还没坐定，老庞就急迫地对他说，今天我们讲马岛战役吧。“马岛战役？”汪永学问。“马岛战役都不知道？这是多么重要的一次战役啊，知道吗？这场战争运用的现代海战模式翻开了世界海战史上新的一页，具有标志性啊。”汪永学瞅了瞅老庞，老庞又瞅了瞅汪永学，老庞说好吧，我只好先介绍一下战争的背景。——1982年，英国和阿根廷为马尔维纳斯群岛的主权归属进行了一场短暂而残酷的领土、领海争夺战。4月5日，一支庞大的英国特混舰队从朴恩茅斯出发远征马岛。谁也不能预见英国的胜利，但结果是拥有天时地利的阿根廷失败了。在马岛战役中，阿根廷的“飞鱼”导弹击沉英国的“谢菲尔德”号驱逐舰，这个，成为现代局部战争史上的重要战例。“现在，我们可以开始了吗？”老庞以将军的神态说。汪永学也严肃地说可以开始了。那天的气温较低，可老庞讲完了之后，额头上还是渗出了细密的汗珠儿。老庞说，知道吗？如果这场战争是我指挥的话，历史将改写了。

汪永学被老庞的庄重感染，内心涌起了被称之为“敬佩”的那种感觉。不过，等汪永学离开老庞家，他的想法又变了，他想，老庞研究的东西有什么意义呢？跟他自己的生活无关，除了唯一的听众汪永学之外，似乎跟别人也没有关系。

汪永学曾问过老庞，如果有人送你一把真枪，你会收藏吗？老庞立即警觉起来，他说我不会藏真枪的，藏枪是违法的。

汪永学笑了，他说这样看来，你只是伟大的理论家啊。

老庞没笑，他说这个名称还是可以接受的，我最不喜欢别人叫我发烧友，多难听，况且，我也没发烧啊。

老庞每次给汪永学讲沙盘，他至少要花大半天的时间重新做沙盘，而做沙盘也只有一个听众，只用一次，不过，他愿意这么做，并且很愉快的样子。

小的时候，汪永学常在脑子里问，枪是怎么来的呢？后来他读了很多相关的书，可惜，从没有人正面回答这个问题。汪永学这样认为，枪是人类期待能力无限延长的产物，原始人就不满足手足并用，他们懂得用长矛、石块投掷，以获得更高的狩猎效率，后来发明了弓箭，弓箭是最早的枪吧？再后来，科技更发达了，枪也更精致更精确了，未来的枪会是什么样的？是不是可以控制人的大脑和行动？

汪永学也想过这样的问题，这个世界上为什么有武器？一部分人掌握武器是为了控制别人，另一部分人是为了防卫，控制和防卫是不是相对的呢？也就是说，有的时候，你的武器是为了防卫，当觉得可以控制的时候是不是防卫的功能就转变了？人们总是在生产文明的同时，又生产毁灭文明的东西。还有，这个世界上究竟有多少枪呢？算上自己那一把，能有多少？人均多少？每十人一支还是每五人一支？这个世界变成武器库时，这个世界会摇摇晃晃吗？他知道，自己只藏了一把旧枪，就已经改变了很多生活内容，在心理上，跟没枪的人也应该是有区别的。

当然，汪永学也想过放弃，这个念头在过去的几年里萌发过好几次，只是，每一次萌发出来，都被另一种心理压制了。放弃并不是一件容易的事，枪不是一般的东西，不是旧手电筒，说扔就扔了。也许最根本的原因是，汪永学还不想把枪丢弃，他不知道将来会不会用上它。即便他一生都不用它，那么，它藏在他那里也许才是安全的。安全是指一种客观状态，并没确定在家里或者在家之外。

汪永学得到老庞猝死的消息是个阴冷的雨天，那天不是老庞死的日子，也不是火化的日子，老庞已经死了五天了。据说老庞死于心梗，如果他不是一个人，如果他对自己的病有所防范，也许就是另一种结果了。很显然，老庞对自己的死是没准备的，亲属在收拾老庞的遗物时并没有发现遗嘱或者跟遗嘱有关的文字，他们只发现了老庞写给汪永学的一个计划，那个计划是围绕着战役做沙盘的计划，一直排到了第二年的春天。

汪永学很辛酸地得到了老庞写的“计划”，老庞的文化水平不高，两页纸的计划书上，有七八个错别字。

就在汪永学觉得不可能用枪的时候，居民区里开始流传“色魔”的恐怖传说。许美琪显然也听到了，她躺在沙发里，脸上粘了一张美容膜，说话显得不便当。“哎，色魔的事你听说了吧？婷婷你要多上心。”汪永学是上午才听说的，传说那个色魔三十岁左右，个子不高，他侵犯的对象是年轻的女性，他不抢东西，也不强奸，碰到女人，就把女人挤到一个角落里，自己开始手淫，并把他胶水般的物质射到女人的身上。他在这个区连续作案十多起，公安局也掌握了大量的证据，只是没听说抓住他。汪永学对许美琪说，你没跟老章说，让他抓紧破案？许美琪说跟老章什么关系，他也不管咱这个区，再说，老章现在当政治部主任了，不管破案的事。说着，许美琪联想到了什么，她抬起脖子瞅了瞅汪永学：我跟你说，婷婷可是你女儿！

婷婷正在读高中，每天早起晚归。许美琪不说，汪永学也会上心的。

天空若一盆清水泼上了墨汁，墨汁一点点扩散，将盘里的水全染黑了。到了晚上八点，汪永学已经把分拆的枪组装好了，还装满了子弹。如果他碰到那个色魔侵犯自己的女儿，他肯定不会手软的。

六

在汪永学的梦中，那把枪很少是真切的，常常是一个枪的形状和概念，这也许就是梦和现实的距离吧。其实，梦中的现实和现实中的梦是有接口的，再奢华的梦也是空的，再离奇的梦也超不过眼花缭乱的现实。比如他，走路都软弱无力的汪永学，谁能想象他有真枪呢？

岁月不居，天道酬勤啊。尽管自己受了那么多年枪的折磨，可面对现实问题，有枪总比没枪好。自己不是个勇敢的人，也不再年轻了。要保护自己的女儿，光有勇气是不够的，好在自己有了枪，有了枪就好办了。

汪永学每天九点半去学校门口接婷婷，婷婷不怎么买他的账，同婷婷讲色魔的事，也吓不了她。婷婷很不耐烦地对他说，如果你实在想接我，就在公交车站等我吧，别在学校大门口丢人现眼，我们是中学又不是幼儿园。无奈，汪永学只好在九路公交车站等婷婷。

在公交车站等也令汪永学苦恼，就如同他藏枪时的感觉，心里飘忽不明，阴也不是阳也不是。站在人多的地方，他怕别人碰到腰里的硬物，况且，你不上车，凑在人堆里干什么？站在远处或者蹲在地上，他就免不了要去观察，人们会对他的目光产生怀疑。也许这些都是汪永学自己想象出来的，其实他没那么重要，别人未必在他身上花那么多的心思。而这一切是如何来的？如果自己怀里没有枪，这样的感觉大概就不会有了。

枪就在自己的腰里，它已经被身体的温度给焐热了。它在那里并不安稳，像一个被关闭了很多年、没名没分的孩子，终于出了家门，有了表现自己的机会，所以，汪永学总能感觉到它，它在窜动，甚至在跳，一不小心就会出来似的。

公车站像一个解码分流器，乘客在汪永学的眼里是一个个密码，已经解了码的人随着到站车纷纷下来，散去；而不知道去向的人一点点增加，等候在车站，增加到一定程度时，车来了，全部收走，站台又冷清了。

预计的时间到了，婷婷却没从公共汽车上下来。汪永学只好把期待放到了下一辆。这时，一个模糊的人影从小区的门口跑了出来，后面还有人追赶着，追赶的人大喊：抓住他，别让他跑了！……拦着他！

被追赶的人慌张地跑着，直奔汪永学跑来。

汪永学觉得自己的手和脚都麻酥酥的，后脊背发凉。顷刻间，夜空凝固，街道上的一切都静止了一般。……被追赶的人越来越近了。汪永学猛然醒悟，他本能而快速地从腰间把手枪拔了出来——同样是夜里，小群出事之后，汪永学深度懊悔，他不敢回忆那不堪入目的场景，每次想起，他都有杀了自己的想法。那场悲剧之后，汪永学开始苦练基本功，也就是迅速拔出枪来的基本功。在家里擦地的时候，他做出各种不同的拔枪动作。婷婷在门口玩玩具，静静地看着表情非常怪异的汪永学，婷婷哇的一声大哭起来，跑着去找许美琪。许美琪带着婷婷来责怪汪永学：你怎么孩子啦？汪永学说没怎么啊。“没怎么她怎么哭了？”“我也不知道。” 许美琪蹲下来问婷婷，婷婷也说不清楚。许美琪明白了，她说你一定是扮怪模样了，挺大的人，真没正形。告诉你，如果孩子吓坏了，晚上发烧什么的，我可饶不了你！……现在，小群也是中年妇女了，她发福的脸上保持着微笑，常用她胖乎乎的小手在汪永学的肩上拣头发丝。在单位里，小群事实地顶替了汪永学位置，有大合唱排练，一般都是小群安排，她实在忙不过来了，才让汪永学出面。小群常常跟汪永学抱怨，现在的领导真没心，我都要忙死了。汪永学心里清楚，如果你不让小群忙，她才真的恨你哪。有排练任务，就意味着有收入，当然，这里所说的收入不是指工资收入，他汪永学不去排练，照样还是拿工资的。收入是指额外的收入，邀请单位总要表示表示的。尽管人们在习惯上不把额外收入当工资计算，可有的时候，额外收入比工资高多了。那次，就小群和汪永学在一起，汪永学莫名其妙地做了那个拔枪的动作。小群看着看着，噗地笑了。她说老汪你怎么了？汪永学摇了摇头。小群说你怎么像喝醉了似的，不会没喝酒就醉了吧？汪永学变得认真起来，他说小群你认真地告诉我，我这个人是不是可以信赖的？小群一脸的困惑，“怎么了？突然问起这样的问题？”汪永学说起码我的嘴是严的，二十多年了，我从没对任何人说过。小群似乎没明白汪永学的意思，也许是明白了，而故意做出天真的姿态。小群说：老汪你真的喝酒了吗？汪永学以为小群没明白，就说，你知道吗？你出事之后，我天天练习拔枪，已经非常熟练了。小群愣了一下，声音呆板地说，老汪你真的醉了。我从没出过什么事，而是你的记忆错乱了。“不对吧，”汪永学说：“你没出过事，在化工厂子弟小学……”小群厉声打断了汪永学，她说你脑子出问题了，我可以肯定地说你脑子出问题了。你说也没人相信的，现在的社会，别说二十年前，就是两年前的事也没人相信的。汪永学似乎明白了，他说我没出去说的意思，我要想说，我早就说了，前几年，你和程老师挤兑我的时候，我对你的意见很大，那时候我都没说，我现在……小群说老汪啊老汪，你都说了些什么呀，我一句都听不懂啊。——不管怎么说，也不管小群否认不否认，或者在小群那里真的就没发生过那件事，但毕竟，汪永学还是练就了熟练的拔枪动作。

此刻，汪永学已经把枪拔了出来，他正对着慌不择路的逃跑者。“站住，不站住我就开枪了！”

汪永学的声音很洪亮，很有底气，也很愤怒。那人站住了，惊恐地望着汪永学。他们之间有了短暂的对峙。

汪永学对面的人年龄不大，二十出头的样子，整个人脏兮兮的，样子很普通，绝对没有想象的可怕。对峙的过程中，汪永学除了观察对方之外，并没有采取下一步的行动，不是他不想，而是他本来就不知道下一步该怎么办。对方大概也发现了这一点，眼看着后面追赶的人上来了，那人做出一个要攻击的姿势，突然启动了……就在这一刹那，汪永学一闭眼睛，本能地扣动了扳机，枪清脆地响了。汪永学睁开眼睛，对面的人双手抱头，趴在地上。追赶的人围过去，把那人按住并擒获。

汪永学的枪并没有打到那个坏蛋，子弹不知道飞到什么地方去了。可枪毕竟是响了，藏了近三十年的枪还是响了。婷婷不知道什么时候下了车，她来拉汪永学的胳膊。“怎么了老爸？围这么多人？”汪永学突然流出了眼泪，他说婷婷，你相信吗？是爸爸，把那个色魔抓住了。

派出所通知汪永学去录笔录，到了派出所汪永学才知道，头一天晚上抓的人根本不是他所期待的那个色魔，而是一个外地无业人员，他在小区里行窃时被发现了。派出所民警表扬汪永学见义勇为行为的同时，重点是“抠”汪永学的枪。对此，汪永学已经做了充分的准备，他说自己是枪支爱好者和收藏者，自己有很多枪，因为这一段疯传色魔的事，他担心女儿的安全，就每天接女儿，揣一支假枪是为了给自己壮胆。派出所的驻所刑警小卢还跟汪永学到了他家，一进门，小卢看到柜橱里琳琅满目的枪模，小卢说你的枪真不少啊。汪永学说是啊，这些枪比真的枪还像枪呢。小卢问，你见过真的枪没？汪永学说那还用说，我小的时候，有很多机会呢。不过，你的年龄可不行。小卢笑了笑，问汪永学用的是哪一把，汪永学将一个发令枪拿了出来。就这个。“这个我知道，”小卢内行地说：“比赛用的，预备，砰！”汪永学说对对，很响的。小卢说这我就懂了。不过，还得麻烦你一件事，这把枪得借我用一用。汪永学想了想，说，没问题。

见过小卢之后，汪永学的内心一直不安稳，他一遍一遍回忆自己在派出所做笔录和与小卢的对话，他觉得并没有明显的漏洞，尽管如此，他还是很不安。果然，小卢又来找他，说是还给他发令枪。进了派出所，他们又以补充材料为名，问了汪永学同样的问题，汪永学认真地复述了一遍。“没问题了。”小卢说。

拿回了发令枪的汪永学并未觉得这事就完了，相反，他的内心更加焦灼。

七

现在，汪永学面临的问题是，要把枪处理掉。

枪没被发现以前，他是存枪者，被发现了，他就成了藏枪的人，尽管枪没被发现，只是被怀疑。问题是，“怀疑”更麻烦，不清不浊，不明不暗，还不如被“发现”了痛快。这些年，汪永学历经了反反复复地折磨，神经已经脆弱得如热油炸过的薯条，一碰就断，一压就酥。

汪永学决定弃枪，尽管那把枪被自己精心呵护了多年，甚至在梦里都牵挂它，可它被怀疑了，他没别的选择。

公共汽车站的举动之后，婷婷没有给予汪永学相应的鼓励，她漫不经心地抬起头，台灯的光聚拢在三分之二像自己、三分之一像许美琪的脸上。“别太得意了，你抓的人根本不是色魔，色魔如果那么容易抓就不是色魔而是色鬼了。我听说你抓的那个人才十六岁。”汪永学气得说不出话来。一直到第二天晚上，汪永学和婷婷一起看电视，汪永学问婷婷，你知道笛子膜是什么做的吗？婷婷回答不上来。汪永学说，我告诉你吧，笛子膜是竹子内壁的膜！想都想不出来吧？要知道，你不知道的东西多了，别自以为是！婷婷愣愣地看了看汪永学，向后面一倒，嘟哝一句：狂晕！

关于弃枪的方案，汪永学设计了好几种，无论哪种方案，几乎没完美的。在城市里，你想得到一把枪不容易，可你想灭失一把枪也不容易。比如，你把枪扔在垃圾箱，就有可能被人发现了，当然，汪永学不会愚蠢到把整枪丢在垃圾箱里，如果他只能选择丢垃圾箱，他也会把枪分解了，丢到没关系的不同的垃圾箱里。即使把枪的部件分解到不同的垃圾箱，也很难说是不是拾垃圾的人把他们凑到一起，一旦枪组装起来，就会有危害性。自己可以保证枪在自己手里不出问题，可自己不敢保证别人。就算那把枪组装不起来，公安机关发现枪的部件，就可能开展调查，你汪永学敢保证不留下一丝一毫的蛛丝马迹？就能保证他们找不到自己头上？比如，把枪丢到河里。城市里的确有一条河，那条河经过治理，下面也如马路一般，铺就了水泥板，扔到那里显然是不安全的。那么，丢下水道里呢？下水道也不安全。也许你汪永学刚把枪丢进去，碰巧第二天就有人去清淤。有那么巧吗？千万别这么想，你越觉得不可能的事，越是容易发生的。报纸上常有这样的报道。也许报纸上报道的事的本身就是巧合的，可谁敢保证巧合不能在你汪永学身上发生？

汪永学坐在沙发上看电视，眼睛在电视上，眼神儿早散了。许美琪瞪了瞪他：哪不舒服吗？汪永学说啊，没，想问题呢。“除了笛子膜，你还能想出什么？”汪永学笑了一下：婷婷跟你说了？这丫头！你也别瞧不起我，怎么说我也是个知识分子。许美琪用嘲笑的口吻说，你算什么知识分子啊。“我怎么不是？我有副高级职称，有副高级职称不是知识分子，那什么是知识分子？大学毕业就是知识分子？”许美琪说我不知道，反正我没觉得你是知识分子。汪永学感慨地说，真有意思，知识分子，为什么叫知识分子呢？为什么不叫知识人员而叫知识分子？什么是分子，其他人为什么不叫“分子”？劳工分子，农民分子？过去叫坏人才叫分子。可很多人自己还津津乐道，因为自己是知识分子！许美琪说我看你是吃饱了撑的，要不就是闲大了！叫什么跟你有什么关系？

那一夜，汪永学仍然睡不着，他继续设计弃枪的方案。早晨，许美琪对婷婷说：我看你爸精神出了问题，他昨天一夜没睡，想什么知识分子的问题。“知识分子什么问题？”婷婷问。“我搞不懂。”许美琪说。婷婷笑了，她说老爸快变成絮叨的“唐僧”了。

汪永学被请到派出所已是夜里十一点。值班民警开始向他询问。民警按程序问过他的姓名、职业、年龄及现住址什么的基本情况后，问他：你知道自己为什么到了派出所吗？汪永学老实地回答：知道。“为什么？”民警问。“因为我毁灭了违法的证据。”汪永学的回答令民警觉得很意外。“你毁灭了什么犯罪的证据？”民警问。“不是犯罪的证据，是违法的证据。”汪永学纠正说。民警愣了一下，接着说：“那么，你毁灭了什么违法的证据呢？”“狗牌撸子。”记录的民警抬起头来：“什么？”

“狗牌撸子。”

“什么是狗牌撸子？”

汪永学说枪——撸子（比画着）——狗牌。两个民警相互瞅了瞅，其中一个严厉地对汪永学说：“请不要开玩笑，哪有狗牌撸子？是玩具枪吧？”汪永学说不是玩具枪，是真枪。民警又相互瞅了瞅，记笔录的说：“好，算有狗撸子，那你说说吧，你的狗牌撸子是怎么来的？”汪永学说我也搞不清了，大概有三种可能，一种是我小的时候，用连环画（他没说是淫秽的古书）换的，一种是我下乡的时候，青年点一个叫曹宏伟的知青落下的，还一种可能是我爷爷留下的。“你有几把枪？”“就一把，狗牌撸子。”“你仔细回忆一下，枪到底是怎么来的？”“我回忆不起来了，最大可能是我说的三种情况中的一种。”“可是，如果按你说法，你应该有三把枪而不是一把。”“我就一把。”民警显得不耐烦，说算了，枪呢？“销毁了。”“销毁了？怎么销毁的？”“下午啊，我把枪分拆了，在跨海大桥上，一个一个抛到了海里（比画着）。”“抛到海里？为什么要抛到海里？”“我感觉到枪在我手里不安全，况且，私藏枪支是违法的。”“你私藏枪支多久了？”“差不多三十年。”“藏了三十年，为什么不早毁灭，而刚刚想起要毁灭它呢？……汪永学！你严肃一点！”“我很严肃。我说的都是真的，不信你们跟我到跨海大桥去，我告诉你们扔在了哪儿，你们可以派人去打捞。”民警说你以为我们是幼儿园的啊，你编也不会编，如果你说有一把五四手枪还不算离谱，编一个狗牌撸子，我从没听过有什么狗牌撸子，让我们到大海里去打捞原本就不存在的东西。再说，就是真有枪，你知道也是打捞不上来的。汪永学我必须告诉你，你欺骗公安机关是违法的。“我知道。”“那么，现在我再问你一次，你到跨海大桥干什么去了？”“去丢枪。”“汪永学，在我告诉你之前，你对法律无知可以原谅，可我已经告诉你了，如果你还继续要笑公务人员，我完全可以拘留你。”“我知道。”“那么，我最后问你一遍，你为什么要去跨海大桥？”“去毁灭证据。”“什么证据？”“违法证据。”“什么违法证据？”“狗牌撸子。”

民警被气得脑门直痛。

询问的民警从审讯室出来，值班的所长正在接待许美琪和婷婷。所长回头问：怎么样？民警说，看来，这个人的脑袋真有问题。他说他到跨海大桥是扔狗牌撸子。所长问：什么是狗牌撸子？民警说我也不知道，他说是枪，可又说不出枪的来源，说了几种情况前言不搭后语。所长问许美琪：你知道狗牌撸子吗？许美琪疑惑地摇了摇头。“你丈夫精神有问题吗？”许美琪又摇了摇头。“那，最近你们家里出了什么大事吗？”所长见许美琪的表情不友善，补充说：“我的意思是，他受到什么刺激了吗？”婷婷抢过话头，说：就是有点絮叨。

所长对许美琪解释说，事情是这样的，你丈夫下午搭一辆出租车去了跨海大桥，到大桥的中央他就下去了，你知道，那里很冷清。……出租车司机觉得很奇怪，在前面等他，他告诉出租车司机不要等他。司机有些担心，怕他出意外，当然也怕自己摊责任，就报了警。110巡警及时赶到了，巡警从你丈夫身上找到了身份证，就送到我们派出所来了。

许美琪问，他现在没事吧？询问汪永学的民警说：身体肯定没问题，不过，脑子有没有问题我就说不清楚了。婷婷说，我们可以把他领回家吗？民警瞅了瞅所长，所长想了想，说，再等一会儿，我去看看。所长走了两步，回头补充说，我们慎重一点也是为你们负责，如果你丈夫精神真有问题，你现在领回去，你们也不安全。

所长和民警走了。婷婷对许美琪说，我看他们精神才有问题呢！许美琪自言自语：你爸的精神怎么会有问题呢？

汪永学知道这回是逃脱不了啦。原本他设计得十分缜密，他选择二十多公里外的跨海大桥，从大桥的中央把分拆的枪零件投到大海里，就彻底把枪毁灭了。那里的海水很深，枪那么小的部件是打捞不上来的，即使打捞上一件两件，也无法组合成一把枪，况且，海水的腐蚀力很强，用不了多久，零件就失去作用了。路上，汪永学还对身前身后的车辆十分注意，他可以肯定没有跟踪者，可后来，为什么巡警的车会出现呢？自己在哪个地方露出了破绽？看来，警察太厉害了，真是法网恢恢疏而不漏啊。

所长进来了。所长对汪永学进行了几乎同样的询问。汪永学的回答和前面回答过的一样。所长的感觉和询问过汪永学的民警差不多。所长说，现在，你妻子和女儿就在外面，如果你不好好回答问题，今天晚上你就不能回家。汪永学说真的，我说的全是实话。对了，汪永学说，小卢在不在？所长问哪个小卢。"就你们派出所的小卢啊，上次抓色魔，我就用了狗牌撸子。"所长给小卢挂了电话，小卢不当班，老半天才来接电话。所长问小卢认不认识汪永学，小卢说认识，所长问小卢："你知道他有枪吗？他说上次抓人就用了手枪。"小卢糊涂了。所长把汪永学说的情况简单跟小卢讲了讲。小卢说上次他的确用过枪，不过是个发令枪，他还告诉所长，他去过汪永学家，他家里摆了很多枪模，他是枪模爱好者。所长气得够戗，他对手下人说，让他老婆把他领走，别浪费咱们的时间和精力。

事实上，汪永学并没有因为销毁了枪而平静了，令他苦恼的是，没有人相信他说的话，许美琪说她死都不相信汪永学会有枪，如果汪永学真的有枪，她不可能不知道的。婷婷根本不在乎汪永学有没有枪，在此前提下，真枪或者假枪没有分别。寂寞中的汪永学一下子不知道该怎么办了，如果说汪永学什么都想到了，只是，他从未想过，真的没有了枪，他的生活应该是什么样的。漫长的寂寞中，汪永学唯一能做的就是想办法证明自己有枪，证明了自己有枪，才能在身边的人面前证明自己的精神没问题，不仅如此，更重要的是，这其中隐藏了一个关于人生的、原则性的问题，自己一把年岁了，糊涂地活啊活的，一生眼看着就要过去了，难道自己连一个最基本的事实都证明不了？

汪永学花了几乎一个月的时间，写了一份如何存枪、曾经使用枪和怎样销毁枪支的交代信，把信寄到派出所之后，他盼啊盼啊，交代信石沉大海。冬天的时候，汪永学又打印了一份，亲自送到派出所，汪永学见到了小卢，小卢说汪老师，你别再胡闹了，上次要不是我说情，恐怕就得给你个行政拘留。

那天早晨，病榻中的汪永学收到这样的手机短信：黑车、枪支、窃听器、假证，需要请与139××××××××联系。

搓色桃符

小雨那天，研究生宿舍的三个漂亮姑娘请他吃饭，去卫生间的过程中，方副教授遇到了三个姑娘中的一个——鸽子。方副教授就用胳膊支住墙，横在鸽子的头前。鸽子以为喝红了脸的方副教授要做出什么举动，就快速向四周瞅了瞅。见四处没人，鸽子就用眼睛瞅着方副教授，那意思是，你想干什么？

方副教授没干什么，他低声说：我准备去一趟草原，想找个女伴。我很想你去！

方副教授的意图鸽子明白了，她好看地笑了一下，说：我要考虑考虑。

方副教授回到席间，另外两个姑娘正在讨论网恋的事，见方副教授心情不错的样子，其中一个说：先生，听说你是系里的荤故事专家，讲几个精彩的。方副教授故意一脸坏笑，说，我有一个原则，从不在未婚女青年面前讲荤故事的。两个姑娘咯咯地笑起来，说瞧不起谁呀？我们懂的东西你还不一定懂呢。这时，鸽子也从洗手间回来，她从方副教授的椅子后回到自己的座位，那一过程需要方副教授翘一翘椅子，以便把身后的空当儿拉大一些，让鸽子顺利通过。鸽子在通过的一瞬间，也十分自然地用手扶了扶他的椅子。只是，这一瞬间在方副教授和另外两个研究生的眼里有着不同的内容。另外两个研究生什么也察觉不到，也不会有意识去察觉的，对方副教授却不同了，鸽子手扶他椅子靠背时，有一个指头明显剜了他的后背一下——方副教授知道，接下来，他和鸽子去草原的事已经成了。

方副教授对鸽子注意好几年了，注意归注意，并不一定和后来的事发生联系。鸽子虽不是系里最漂亮的研究生，但绝对是她们那一届最有风韵最具魅力的女孩子。可惜，自己已经结婚多年了，不然，说不准也会加入到追求鸽子的行列里的，他相信自己的魅力。问题在于，好女孩太多了，现在能碰到鸽子，以后还可能碰到比鸽子还好的，没有完的。所以，自己从没有离婚再娶的念头，也许不同的女人进入家庭之后都是一样的。鸽子不是他带的学生，她的导师是津教授，津教授曾是自己的导师，他和鸽子应该属于师兄弟关系，不过，他现在也是硕士生导师，而鸽子是地地道道的学生，鸽子除了管他叫“先生”，从没有要管他叫学兄的意思。还要特别说一句，一提教授，阅读的女士和先生们也许会自然地联想到矍铄的老人，其实，方副教授的年龄不大，今年刚36岁。

说起来，方副教授和鸽子的正面接触还是在津教授家里，鸽子写了一篇论文，论文是讨论教育问题的，她从一个女孩子无意怀孕遇到的困惑谈起，那个怀孕的女孩子遇到了她人生的重大难题，她觉得她所受过的教育没有一个能帮助她解决这个问题。既而，对我们的教育体系提出了“设问”。津教授当然不希望鸽子转移研究注意力，津教授委婉地对鸽子说，尽管这个题目好发表，也可以引起很多人的关注，甚至让人注意到她的学术个性，但这毕竟与她所研究的专业相隔太远，有点风马牛不相及。那次见面，方副教授对鸽子留下了非常好的印象，他觉得鸽子不仅长得吸引人，她说话的语气、姿态甚至学术品格都吸引他，从那以后，鸽子常常在他的浅梦里出现，他幻想有一天，他和鸽子单独在一起，并做了他最想做的事。每每想到这些，方副教授就庆幸，亏得鸽子不是自己带的学生，不然，他的机会几乎等于零，毕竟，自己还是老师啊。

后来，方副教授和鸽子的接触就多了起来，差不多有十多次，他发现，鸽子也很愿意和他在一起，他的才华、风趣和豁达都很吸引女孩子，他已经在鸽子的眼神里发现了跳跃的东西，那是一种不用言说就已自明的东西，比较适合“默契”这个书面语。

去草原的车是早晨出发，那次列车的乘客不多，他们完全可以每人占一个椅子，鸽子坐在他的对面，他闻到一股幽香的气息，他还发现，鸽子施了淡妆。鸽子显得兴奋的样子，每次瞅他，都抿嘴笑一下。方副教授的装束也不再西装革履，他穿休闲的衣服，穿耐克运动鞋，那双鞋是新的，还有防虫剂的气味儿。

环境的关系，方副教授和鸽子的话题还是比较正式的，比如，他们的话题是关于鸽子的论文，方副教授说我觉得那篇论文挺好的，怎么说，让我觉得十分振奋……鸽子在一旁静静地看着方副教授在讲，方副教授讲的东西对鸽子来说也许并没有多大的启发意义，她所以全神贯注地注视方副教授，大概完全是在看他说话时生动的嘴唇。方副教授以为他的话对鸽子是有帮助的，越说情绪越高涨。鸽子还是打断了他，说，其实我写这篇文章时，最直接的动因是我自己。方副教授愣住了，想了想，才说：挺好。

鸽子咯咯地笑，问：什么挺好？

方副教授也笑了，说：这样的论文不会脱离实际的。

鸽子不再提论文的事，她陆续拿出了好吃的东西，她显然是做了精心准备的，酸奶、水果、口香糖。她还拿出了一副扑克。"想不想玩拱猪？"

方副教授摇了摇头，"这个玩法，我不太会。"

"听说你桥牌打得不错，这个简单极了。"

"我不知道我行不行。"

鸽子过来拉方副教授的手，似乎是无意的。"没问题，我教你两遍就会了。"

玩扑克的过程中，方副教授还与鸽子提论文的话题，他说你真了不起，你是怎么处理的？"处理什么？"鸽子不解地问。

"孩子呀？"

鸽子说到医院处理的呗，我不怕人知道。

"那……"方副教授有些支吾，"他没陪你吗？"

"陪我有什么用，遭罪的是我。"

"看来，真得小心点啊。"方副教授一语双关地说。鸽子立刻笑了，脚在下面踢了他一下。

他们继续玩扑克，玩着玩着，方副教授又想起了前面的话题，他问了起来。"现在，你们还来往吗？"方副教授是指使鸽子怀孕的人，这个不用明说，鸽子也懂。鸽子轻松地说没什么来往，人是一段一段活的，再说，经历了一些事之后，看问题就不一样了。

"你喜欢他吗？"

“当然了，不喜欢他就不会和他在一起了，不过，我只是想和他在一起，并没想怀孕。”

“那……你怀孕之后，他的态度呢？”

“他说他会对我负责，他要娶我，”

“你哪？”

“我觉得太奇怪了，他对我负责，他用什么对我负责？娶我就是对我负责吗？凭什么我怀孕了就得嫁给他，我并没想嫁给他呀？因为怀孕了我就嫁给他，我可不想这样委屈自己一辈子……”

方副教授迟疑地点了点头，说这个问题上，你的认识超出了我的想象。

鸽子似乎不大愿意谈这个话题，还没到吃饭时间，她就把准备好的午餐拿了出来，还拿出一瓶葡萄酒，递给方副教授开启瓶盖。方副教授有些绅士地把酱色的瓶子打开，一股微酸甘洌的气味扑鼻而来。“你先喝一口！”鸽子快活地说。

方副教授喝了一口，然后，递给了鸽子，鸽子接过来也喝了一口。他们喝酒不用杯，当然也没有像样的酒杯，而问题的关键是，鸽子肯和他用一个瓶嘴喝酒，这个本身就是姿态，鸽子已经不把他当外人了。想到这儿，方副教授的心怦怦直跳。

就餐过程中，鸽子总是翘着嘴吃东西，她大概缺少化妆经验，怕吃东西时把口红粘上，所以，她纤细的手指灵巧地将食物放到嘴唇里面，样子很好看。方副教授一边欣赏着一边体味着，他觉得鸽子像一个清丽、纯洁并快乐着的小鹿，把一片白桦林生动起来了。

到通辽时，天色已经暗了。方副教授读本科时的同学在迎接着他们，那个同学据说已经是不小的领导干部，他穿着风衣，挺着将军肚，见到方副教授时高喊着：“老酸！”方副教授喊了声“老鬼！”两个人颇西式地完成了一个礼节。鸽子被方副教授介绍成他的学生，她在四五个男人面前并没有享受到女士优先的待遇，只是跟在几个男人的后边，直接去了宾馆。

在宾馆的一个包间里，方副教授和鸽子被老鬼身边的七八个男人围在了中间，他们性情豪放地喝起酒来。在这种场面中，方副教授和鸽子的感受是不一样的。方副教授和老同学叙旧，他觉得自己被尊重、友情和热情包围着，而鸽子却觉得自己被烟雾、噪音包围着。所以，一个小时对方副教授来说只是转眼的工夫，而对鸽子来说，既漫长又难熬。

差不多一个半小时过去了，老鬼他们敬酒的“说道”还没结束，鸽子实在忍不住了，她借上卫生间的工夫，对方副教授招了招手。方副教授就找了一个借口，来到了包间外。鸽子用跳跃的眼神瞅着方副教授，说：“我累了，我想回房间休息。”方副教授大胆地把小鸟依人模样的鸽子搂在怀里，鸽子没拒绝他，反而轻轻地搂住了他的腰。鸽子的鼓励给了方副教授力量，他把鸽子搂得更紧了，他还断断续续地喃喃：“你先休息吧，我一会儿去找你……”

这时，包间的门开始响了，方副教授和鸽子快速分开。从包间里出来的是老鬼，老鬼还没说话，方副教授就说：“小兰（鸽子的姓）觉得不舒服，她想回房间休息。”老鬼大大方方地说，那就回去休息吧。

鸽子临走还对方副教授做了一个手势，那意思是，少喝点酒，我等你。

方副教授太兴奋了。事情常常就是这样，如果方副教授不那么兴奋，也许对自己会控制一些，不想，兴奋起来了就难以控制，回包间没多久，他就喝得舌头不够柔软。老鬼问他，你带的这个漂亮姑娘真是你的学生吗？方副教授说那是当然。“你们之间不是那个……”老鬼两个大拇指向一起对一对。方副教授可不想在这么多人面前承认什么，他说别瞎猜，学生就是学生，我带她来这儿，是实地考察的。老鬼瞅了瞅方副教授，没再说什么，继续提议喝酒。

这酒一喝就喝到了十点多，大家一点没有结束的意思，从老鬼的表情看，似乎他们的聚会仅仅是个开头。这时，方副教授的手机响了。

方副教授拿起手机一听，是鸽子的声音。鸽子说：“老酸，是我。”

方副教授稍微一愣，连忙起身走到包间外，朗朗地笑着：“你怎么知道我的外号？”

鸽子似乎不理解他的快乐，用低婉的声调说，我睡不着，特别寂寞，你什么时候能结束？方副教授说应该快了。鸽子，你别不高兴，我想一会儿就结束了。……你理解我，老同学多年没见，我现在要走，不、不好。

“你好像喝多了？”

“不会，我的酒量，哪那么容易就喝多、多了……”

“控制点啊。”

方副教授回到了包间，他想趁清醒的时候结束，可他提议了两次都被老鬼给挡了回去，老鬼的理由是，十年没见了，一年喝一杯还得十杯呢。

方副教授他们从包间里出来已经超过了十二点，老鬼搀扶着方副教授上了电梯。进了房间，方副教授和老鬼都不行了，老鬼倒茶水时，把杯子碰到了地上，杯盖儿四处滚动。老鬼说今天晚上我不回去了，陪你住一宿。方副教授知道他已经喝多了，不过，他还惦念着去找鸽子，于是，他对老鬼说：你回、回家吧，已经挺够、意思了。老鬼说那怎、怎么行？十来年没、没见面了，我老婆能理、理解。没办法，无论方副教授怎么心焦也没办法，况且，他真的喝得身子发软，倒在床上没多大一会儿，就在老鬼的唠叨声中打起了鼾。

方副教授被叫醒已经是第二天早晨七点半，老鬼陪他吃早餐时说：侄女上学的事你别不挂心上。方副教授想了想，怎么也想不起老鬼什么时候提过侄女的事，是喝酒的时候说的还是他躺在床上时说的？方副教授的确想不起来了，他瞅了瞅鸽子，鸽子很平静的样子，只是在人不注意的时候，用幽怨的眼神剜他一下。有时，鸽子还用腿在桌子下碰碰他，每一次都让方副教授心跳加速，血压升高。

那天的安排是去草原上骑马。鸽子听说骑马，高兴得像孩子那样蹦了起来。要是没有老鬼他们在身边，也许鸽子会跳起来，一下子跳到方副教授的怀里。

老鬼找的车是"沙漠风暴"，进口的越野大吉普。方副教授和鸽子坐在一个座位上，他们总算坐在一个座位上了。尽管方副教授的上身，特别是头部故意远离鸽子，可他的腿还是用力向鸽子这边靠，鸽子也回应着他，他俩的腿紧紧地贴着。两天来，方副教授和鸽子一直处于不间断地酝酿之中，他们体内的化学元素都被调动了，身体上还发出了特别的气味，方副教授和鸽子大概都闻到这股奇特的气味，所以，他们两人的目光一对视，就有想立刻吞噬对方的感觉。方副教授浑身发热，嗓子发干，下身跟着车的节奏，一路都在充血。

骑马那一段方副教授和鸽子都是快乐的，他们已经暂时忘记了这两天某种愿望没有达成的不愉快，只是从马上下来，方副教授觉得自己的下身由于长时间充血而隐隐作痛，扶鸽子下马时，他小声对鸽子说，我现在特别难受。鸽子似乎理解了他的意思，蒙眬着眼睛说：我也是。

马场外有一排小摊，卖一些旅游用品，鸽子蹦蹦跳跳去那里买东西，没多大一会儿的工夫就回来了，她把一个木制的护身符套在了方副教授的脖子上。方副教授见老鬼离自己不远，连忙把鸽子套的东西拿了下来。鸽子不解地瞅他，说：

“这是桃木做的，避邪，可以带来好运的。”方副教授小声说：回去再戴。

下一站是漂流，越野吉普开到了大青山下的一个低洼地，那里的气象就不同了，洼地的四周长了围墙似的混叶林带，同高坡一望无际的草场以及象牙白的沙漠有了迥然不同的差别。那景致有点像天山脚下或者阿尔卑斯山下的风光，同一地方可以出现不同纬度的景色。老鬼帮方副教授和鸽子租了漂流的橡皮筏子，然后说，你们俩漂吧，我们在下游等你们。等方副教授和鸽子笨拙地上了橡皮筏子，老鬼就钻到吉普车里，开车去下游了。

那条用来漂流的河与其说是河，还不如说是溪流，总共就五六米宽，好在那里的水流湍急，还有点历险的意思。一开始，方副教授和鸽子手里还各自拿一条棍子，用来调整皮筏子的方向。渐渐地，溪流岸边的红柳茂密起来了，他们表情丰富地对望了一下。方副教授对鸽子说，真对不起，我本不想这样的。鸽子什么也没说，她把手里的棍子放到皮筏子里，敏捷地扑向方副教授，他们就搂抱在一起，抚摸和接吻什么的。这一过程中，他们都没说话，也没时间说话，就那样持续了很久。就在方副教授和鸽子亲热时，皮筏子在一个弯河道上搁浅了，他们也不理会，继续亲热着。

亲热的时间一定很长，直到方副教授感觉到屁股底下发凉，他才知道麻烦来了。他移开鸽子一看，那个皮筏子已经瘪了。他想，恐怕是皮筏子被岸边狰狞而出的树根儿给戳破了。他连忙起身，摇摇晃晃、颤颤巍巍地把鸽子推到岸上。鸽子进到柳毛棵子里，减轻了重量的皮筏子漂离了岸，方副教授想一个箭步跃到岸上，由于皮筏子不吃力，事实上，他并没有跃到岸上，而是完整地“跳”到了溪流里。鸽子惊慌地大叫了一声。

方副教授爬到岸上，他像个落汤鸡一样，他一边脱衣服一边说：我可不想给你留下这么狼狈的印象。鸽子笑了，然后，一下子跳到他的身上，两只胳膊抱着他的脖子，两只腿夹在他的腰上。方副教授顺势把鸽子抱住了，说让我死了吧。

后来发生的事，尊敬的女士和先生们在阅读时完全可以想象到，只是，事实并不是那样。当方副教授把衣服铺在平坦的一处草场上，而鸽子也把衣服都解开时，方副教授却停止了他的行动。方副教授说对鸽子说，这样做，我觉得对不住你，这样的环境，我觉得太狼狈了。鸽子在方副教授身下，她疑惑地眨了眨眼睛。方副教授继续说，更重要的是，我不想图一时的快乐而给你带来痛苦。鸽子明白了，她小心地问：你没做准备吗？方副教授说本来，我打算到宾馆买的，不想，昨天的事很糟糕。鸽子的眼睛里流露出哀怨，她不再说话，紧紧地将自己的脸贴在方副教授湿淋淋的胸脯上。

回去的路上，一车人的话题都是方副教授和鸽子“落难”的经历，老鬼说好在现在天还不凉，不然，你擎好吧。……今天晚上啥也别说了，只有多喝白酒才能去风寒。鸽子还在方副教授身边坐着，她像一个受了委屈的小女孩，依偎着方副教授，只是，她的腿不再向方副教授的腿上用力。方副教授并不觉得自己在与鸽子的较量中失败了，相反，他觉得他是赢家。他想，他起码会给鸽子留下这样的印象：他自制力强，像个男人，他善良，能为别人着想等等。想到这儿，他看了鸽子一眼，鸽子闭着眼睛，不知道在想什么。

回到宾馆洗漱时，方副教授乘机溜了出来，他在宾馆楼下的药店里买一盒安全套，心里显得踏实地回到了二楼饭厅的包间。进了包间，方副教授发现，接待他们的人中又增加了一个女孩子。老鬼向方副教授介绍，这是咱侄女，正上高三，明年就高考，我让她考咱校。……全拜托你了。没等方副教授说话，老鬼又对侄女说：叫方叔叔。“方叔叔。”女孩叫道。

这时，鸽子也进了包间。老鬼立刻热情地介绍他的侄女，让他侄女管鸽子叫老师。鸽子不太好意思，说叫姐姐吧，千万别叫老师。老鬼说那可不行，（对侄女说）人家可是研究生啊，哪能叫姐姐。然后，老鬼扶着方副教授的肩，虽然是对方副教授说，实际上也是对鸽子说：咱们在一起喝酒热闹，她（指鸽子）自己太孤单，多没意思，所以，让侄女陪陪她。说着，对侄女说：你今晚就住在这儿，跟老师——叫姐姐也行——交流交流，多学点东西。听到这话，方副教授的眼睛直了，他瞅了瞅鸽子，鸽子的表情十分茫然。

客随主便，方副教授知道争也争不过老鬼，人家老鬼连工作都放下了，全身心地陪你，你总不会不知好歹吧。所以，到草原的第三天，他们又乘“沙漠风暴”去了大草原深处打猎。那天上午，他们在车上颠簸了三个小时，才到了一个县城。见到了据说是县武装部的一个人，那人对老鬼毕恭毕敬，把擦好的半自动步枪装到了车里。那天，车在没大腿根深的草场里行进着，有如快船行驶在碧绿的大海上。方副教授无意欣赏草原的风光，他只感觉到身边柔软的鸽子，他的下身在继续充血……

那一天，他们在车上整整待了六七个小时，一个野兔什么的也没碰到，太阳快从地平线消失时，他们就选择了一个沙砾土包，把一些啤酒瓶子、饮料罐摆在土包前，砰砰地打了一阵子。鸽子似乎对打枪没什么兴趣，她始终捂着耳朵，不像几个大男人开怀地大笑。方副教授用眼睛扫了鸽子一眼，他觉得不能再这样下去了。于是，他把老鬼拉到一边，小声对老鬼说，今天晚上不用你们陪，折腾好几天，你们也该好好休息一下。老鬼说别这样说，这样说不外道吗？方副教授有点急了，他说不是，我也想和鸽子单独在一起。老鬼快速眨了眨眼睛，“……你们？”无奈，方副教授用刚从老鬼那儿学来的方法，把两个大拇指向一起对一对，老鬼立刻爽朗地笑着，大声说：你这人，为啥不早说？方副教授四下看了看，怕别人听到老鬼的声音。

回去的路上，方副教授还是找到了机会，他对鸽子耳语道：“我把老鬼打发了，今天晚上我们单独在一起。”鸽子抿了抿嘴角。方副教授用手比画着，说：“那个，我也买好了。”鸽子用手在方副教授的大腿上掐了一下。方副教授觉得下身又开始充血。

由于路途遥远，晚饭不可能回宾馆吃，老鬼就安排在一个蒙古包里吃烤全羊。席间，方副教授想起晚上终于能和鸽子在一起了，心情异常的好，喝起酒来也十分爽快。鸽子怕他喝多，不时地暗示他，方副教授知道自己的酒量，他一点都不担心。

饭局是在晚上九点左右结束的，临结束前，方副教授还去蒙古包外小解，他迎着满天繁星和辽阔的大草原打了一饱嗝，他想，这里太好了，离天空近的地方就是让人心里辽阔，在这样一个夜晚，尤其想到接下来发生的事，这个日子一定令人难忘！

方副教授小解时，老鬼也来了，老鬼叼着烟站在方副教授的背后，他口齿不清地嘟哝：风吹流眼泪，撒尿砸脚背。人老了就这样，不过看你撒尿的姿势，屁股朝前使劲，说明你的身体还行……老鬼说的时候，方副教授已经尿完了尿，他一激灵，把裤子提好，回头对老鬼说：那还用说。不想，就在这时，方副教授突然晕倒了。

大家把方副教授折腾到通辽市医院已经是十点半了，医生做了检查之后说，没什么事儿，人疲劳了都容易血糖低，特别是撒尿的时候，大脑瞬间断氧空白，就晕倒了，补点糖就行了。只是，他还应该输液，他血液中的酒精浓度太大了。那天夜里，方副教授就躺在白色的病床上输液，鸽子在一旁陪着，在方副教授相邻的一张床上，鸽子曲卷着身子，静静地、持久地坐在那里。

方副教授和鸽子是早晨7点的火车，他们几乎是从医院出来就去了火车站，在车上，他们相互依偎着，十分疲倦的样子，路上，方副教授不停地对鸽子道歉，他说实在对不起，我没想到会是这样。鸽子淡淡地说，没什么，你别想那么多。车到沈阳时，方副教授对鸽子提议，他们在沈阳下车，找一个好一点的宾馆，这样他们就可以在一起了。鸽子想了一会儿，最后说，我觉得太疲劳了，还有……我现在一点情绪都没有了。

方副教授回家的第三天，小秋就发现他脖子上挂着的东西，小秋说，那是什么玩意儿，一点都不好看。方副教授说是去草原时买的，桃木护身符，可以带来好运的。小秋拿到手里仔细看着，说：得了吧，根本不是桃木的，只是普通的木头刻的，搓上桃木的颜色罢了。方副教授接过来看了看，他虽不懂得桃木，不过经小秋一说，也觉得是搓色的了。

那之后不久，学校里就传出方副教授和鸽子的绯闻，说他们在大草原浪漫了一回。方副教授不知道这个绯闻传播的范围有多大，但至少有三个人向他反馈过消息。在这样的舆论环境中，方副教授自然不能像以前那样明目张胆地找鸽子了，见到鸽子总像心里有鬼的样子。一天，他终于看到鸽子独自在网球场边看书，就给鸽子打了一个电话。果然，鸽子的手机是挂在脖子上的。

“鸽子啊，我是‘老酸’！”

电话里的鸽子似乎迟疑了一下，说：“先生啊，有事吗？”

方副教授愣了愣，然后说：“你听到咱俩的传闻了吗？关于咱们去草原浪漫的传闻……”

鸽子的声音依然十分冷静：“你觉得冤枉了是不是？”

鸽子这样说，方副教授一时没话好讲。

电话里的声音说：“……如果没别的事，我把电话挂了。”

方副教授正犹豫着，对方的电话就啪嗒一声挂了。

方副教授傻愣愣地站着，他下意识地摸了摸自己的领口，那里已经没有了搓色的桃符，他想，大概在前几天，他就找不到鸽子说的能带来好运的那个桃符了。

月光走过

宋毓名三十六岁那年初冬是沉闷而孤寂的，那时他还在大学的教员楼里住，每天早晨有黑色的轿车接他，而晚上，他回家时，楼道里空空荡荡。

宋毓名从原来的社交圈子里真正消失的时候，他才感受到原来的圈子所给予他的灵魂抚慰是重要的，尽管他有着一些人羡慕一些人嫉妒的地位，不管是不是出自真心，每天见到他的人至少在表面上对他是恭敬的。宋毓名常常想不明白，当然，这里也有这么一个原因，他不愿想那些令自己伤脑筋的问题，他想，浮在脑子表层和一些硬挤进脑子里的东西已经让他消化不良了，何必再去苛求自己呢?

那天晚上下初雪，是没有风的雪天，这样的雪天，雪花下得工工整整、轻轻盈盈的，也下得十分安静。宋毓名就那样从雪花中走过，觉得自己的身子也轻盈着。

走在雪花飞舞之中，宋毓名似乎还感觉到周身流动着机关楼里打字室的气息，那是一种年轻女人和低档香水混合的气息，那气息时时拨动他潜藏在体内的敏感的神经，这样一想，他就在不自觉中加快了心跳。

……打字员美娜整个身子都鼓胀着青春的气息，她本来属于模特的身材和那张漂亮的脸蛋儿离他只有咫尺之遥，有的时候美娜站起来，她长而飘逸的散发不经意之中摩挲在他的脸上。他呆呆地坐在一个与美娜相邻的小转椅上，他在核对美娜打出的讲话文稿。此时，窗外已是灯火姗阑。

有的时候，房间里静得出奇，除了美娜打字时敲打键盘的声音，几乎连呼吸声都听不到，他坐的那把椅子离美娜很近，稍不注意就会碰到美娜细长的腿。不过，他没有碰到美娜的腿，他知道他和美娜都很小心地躲避着。

文稿修改定稿之后，大概已经是晚上九点多了，他本想请同样没吃晚饭的美娜去吃饭，后来想了想，说，本来应该去吃晚饭的，我还有事，你只好回家吃了。……明天我会告诉管主任给你开加班费。

美娜说谢谢领导关心。

司机小马一直在楼下车里等着。宋毓名和美娜从大楼里出来，天上已经开始下雪。小马连忙把一本描写过去领袖人物私生活的书放下，下车给宋毓名开了车门。

宋毓名坐在后坐，美娜就坐在前坐。美娜上车后十分轻松地和小马讲话，全没有了在他面前的呆板，笑得也十分随便十分自然。宋毓名的心情很复杂，不过，他看到眼前的情形，他不知出于什么样的心理动机，突然决定说："小马，一会儿你带小刘去吃点饭。"

美娜姓刘。

小马其实不小，他比宋毓名还大五岁，应该是四十一岁。不过小马长的显年轻，身子干瘦，嘴皮子麻利，很会讨好女人。平时，小马不出车就候在打字室里，美娜似乎与小马的关系也不错，而美娜在办公室里的人缘似乎不够好，大家在一起说话时，常半真半假地说一些对她不利的传闻，或者阴阳怪气地揣测她，很难坦诚地与她交流。不过小马和美娜之间却有一种交流上的默契，那种默契来自相互间的轻松气氛，没有戒心和排斥。宋毓名这样认为。

当宋毓名让小马带美娜去吃饭时，他并没有过多地思考，他的决定本身给小马提供了一个不错的机会，既可以用公款招待美娜，还可以好好"泡"美娜一通。或者这样说，不用花自己的钱就可以和美娜度过一段特别的夜晚时光。

或许这里的关键问题是，宋毓名只有把美娜推到小马那个想象起来危险的方面，他才可以使自己已经有所燃烧的情绪平静下来，他不想与美娜有染，他还这样认为：他本来也不可能与她有染。

宋毓名回到家里，他好像真的摆脱了今天晚上加班带来的心理变化。妻子小秋在看一部韩国生产的电视连续剧，注意力十分集中。

宋毓名说我还没吃晚饭，有没有什么可以吃的东西。

小秋白了他一眼，头也没转地说：“这么晚了还不吃饭，你这个官是怎么当的？……饭菜在碗橱和冰箱里，自己热吧。”

宋毓名对厨房是不陌生的，他在大学教学的时候，常常整个学期没课，后来当了系主任、硕士生导师就更加清闲了。他经常看电视里的生活频道，学些居家过日子的常识，当然，做菜是其中的强档内容。

小秋原来也在系里工作，生了孩子之后就调到学校出版社，出版社不用坐班，小秋常常几天也不下楼。特别是现在，宋毓名调任市里当副局长，小秋就更加慵懒了。

说起来人就是这样，你希望什么的时候没有什么，等你不想的时候，想都想不到的事就会突然出现。去年底，他的学兄——校长老杜当了副市长。春节过后，“学兄”找他，问他：“你想不想到‘地方’去干。”他说不想了，如果当初不是留校而是直接分配到了地方还行。

“学兄”说，直接到地方的也未必有什么造就。宋毓名想了想觉得也有道理，那些一毕业就分配到机关走仕途的同学最大也就熬个处长，同学聚餐的时候还得意洋洋的，根本没把他这个“教授”放在眼里。

宋毓名说当然，如果有所安排我会考虑的。

在学校里，他算是“学兄”的挚友，不过事物都在变化，“学兄”已经不在学校了，是不是真的为他想他自己也无法确定。谁想，过了“五一”之后，上头就到学校考核，不久就通知他到党校学习，按计划在党校学习一个月，没到一个月的时候，组织部就找他谈话，他做梦也想不到，自己一下子就当上了拥有二十二个机关处室、十几个事业单位的大局的副局长。他的升迁得益于“学兄”，当然，他也赶上了大气候，讲究学历成全了他。原来那个局有正副局长七人，他一跃成了第一副局长。在学校那个小圈子里，博士有一批人，机关就不同了，他大概是全市局长这个层次里少有的博士。

在那间宽敞而独立的办公室里，宋毓名的大脑麻木了一个多月，突然的变化使他原有的思维方式受到了挑战。他一到任，就有人巴结他，那些老同志有的是副处长，有的只是副处级调研员，他们大概为职务的升迁绞尽了脑汁，耗尽了心血，也在感情和道德上留下了缺憾。尽管那些人的方式方法不同，态度都谦恭至极，总体来说无非是想讨好他。宋毓名并没有抱着一种同情的态度来理解他们，他觉得自己是与他们不同的，他甚至想他们的悲剧也正在于把官本位看得如同生命，他不是，干不好他还可以回去教学。他这样想。

在他转换脑筋的那一段日子里，美娜出现在他的视线里，他当时精神一振。他真想不到机关里还有这么漂亮的女孩子。

有一天他在打字室里见到美娜，他以领导的口吻询问美娜，比如今年多大（领导问话就没有“不能问女人年龄”的忌讳了，而是一种关怀），哪个学校毕业，有没有对象什么的。这样，宋毓名很快就知道美娜二十二岁，是职业高中毕业，正在参加自学考试，文秘专业大专班，现在还没有对象。宋毓名说，我认识几个不错的小伙子，都是大学生，也有研究生，用不用我给你介绍一个？其实宋毓名说的时候，他对“不错的小伙子”并没有具体的概念。美娜笑着说，谢谢领导关怀，等自考毕业了再考虑……

吃了饭，宋毓名就倒在躺椅上看电视，这一天他参加了三个会议，晚上又加班改材料，实在有些疲劳了。

小秋并不了解宋毓名的实际情况，她去卫生间洗了澡，在进卫生间之前，她还对宋毓名有了明确的暗示。宋毓名明白小秋的意思，只是，他实在没那份心情。

尽管宋毓名没有心情，他还是与小秋做了。一个时期以来小秋就在言语之中流露出怨气，宋毓名假装听不明白，在自己上床那个短暂的时刻，宋毓名尽量使双方的意识和心情转变得柔和一些，尽量与做那件事相协调一些，那样，他就可以稳稳地睡觉了。宋毓名觉得这不怨他，工作环境的变化已经使他疲于应对，不像以前，他整天在家里没事做，看VCD，他不喜欢看动作片，而喜欢选生活片，常常在看片的时候身体的某一部位就被刺激起来，那个时候事少，他和小秋也挺频繁的。

在与小秋做爱的过程中，宋毓名对小秋主动提出的爱抚要求有些不愉快，他觉得小秋这样公开地向他提出他认为繁琐的要求不够合理，并且，由于小秋迟迟不好，令他信心大失。小秋生了女儿小品之后就开始无节制地发胖，肚皮越来越厚，在做爱过程中他不得不用一种消耗体力的辛苦姿势。所以今天，宋毓名的确有些应付差事的感觉，并在那个过程中联想到了美娜……

小秋在下边问他："你想什么？"

"没想什么。"

"没想什么就怪了。"小秋说，说完小秋不满地把他推了下去。

他们各自睡去，相互也不讲话。过了一会儿，宋毓名觉得自己应该主动和小秋说话，就摸了摸小秋的头，说："对不起，这几天太累了。"

小秋没出声儿。

这时，宋毓名发现小秋的脸上有了泪水，他不太高兴，声音大了些："怎么啦，又？"

小秋说怎么也没怎么，我自己想这样，跟你无关……

这座海滨城市是存不住雪的，下雪的第二天早晨，街上已经干干净净了。宋毓名准时下楼，他要到政府参加一个办公会议，几位市长都参加，其中也有学兄老杜。他想，今天汇报时，一定得拿出一点水准来。

坐进车里，宋毓名问小马，昨天晚上请小刘了吗？

小马说请了。

宋毓名本来希望小马继续说下去，小马的语言却十分吝啬。无奈，他接着往下问，"去了什么地方？"

小马说就政府后面的"三千里烤肉店"。宋毓名去过那个地方，是和一位读研的女学生去的，那里一个小包间挨一个小包间，包间里的装饰有点类似日本风格的榻榻米。进包间的人必须脱鞋，围着小桌子席地而坐，这样的环境，可以快速缩短人之间的距离，比如很自然的，两个人的脚就可以碰到一起，他有这方面经验。小马这小子，他竟然选择了这样的地方！宋毓名觉得呼吸有些受阻。

吃得挺晚吧？宋毓名又问。

小马说时间不长，"领导放心吧，吃得挺简单的，没花多少钱。"

宋毓名闭了一下眼睛，不好再问下去。不过，宋毓名还是对小马产生了不满，本来是他让小马请美娜的，真的请了，他反而不痛快。是不是这样？本来最想请美娜的是他自己，他没办法实现这个愿望，所以，就以相反的心态来对待了。

后来宋毓名想了想，他觉得自己对美娜并没有具体的想法，他是单位的领导，尤其是机关单位，即便他宋毓名生性喜欢拈花惹草，也不会在身边惹麻烦的，他宋毓名的智商还够，哪头大哪头小他能平衡过来。有的时候，问题出在，明白归明白，每次美娜出现在他面前他体内都有一种无法抑制的冲动。说起来，美娜那种美并不合他的拍，有点俗艳之美，即便他回到青春，他也不一定会选择美娜那样的女孩儿做妻子的。美娜留给宋毓名的综合印象是这样的。美娜出身贫寒，父亲工伤早早就病退了，母亲没有工作，家里还有一个弟弟，都没受过正式的教育，没有正式的工作。她家还住在六十年代初建的老房子里，他虽然没去过她家，不过宋毓名知道那些房子没有集中供暖，没有煤气，有的生活用水的水龙头还在院子里。美娜本人也缺乏应有的教养，她比一般的女孩子的虚荣心还强，比如她喜欢吃零食，化浓妆，穿时髦的衣服。同时，她很会打扮自己，衣着十分协调而得体，只是衣服过于昂贵了，远远超出了她的工资收入和家庭生活水平，这在宋毓名的观念之中是难以接受的。美娜的声音很好，轻柔而甜美，只是她说话过程中时不时暴露出知识的贫乏和修养的欠缺。比如有一次办公室的文书不在，让她代为电话通知，她板着面孔，像教训人似的。她大概学得了机关里的一些毛病，只是学得了皮毛，显得稚嫩罢了。当时，宋毓名就在办公室，他看到美娜的表现，暗想，美娜在家里也不是省油的灯啊，即便她对父母也会大吵大闹的，一般出身贫寒的女孩子都容易这样。

纵然美娜身上有这样那样宋毓名不能认同的弱点，可一见到美娜，宋毓名还是不能自制，他隐藏体内的那些敏感的地方都会活跃起来，他不知道为什么会被激发和触动。

关于激发和触动问题，宋毓名自然联系到小秋身上，他和小秋在读本科的时候就开始马拉松似的恋爱，小秋比他晚一年读研究生，小秋在读研究生第二年的时候，他们才举行了婚礼。小秋是那种生活极其简单、追求恬淡的人，她每天听听英语，看看电视，下一点挂面，打两个鸡蛋，一天的生活就结束了。她从不注意修饰自己，说话直来直去，也不注意丈夫的心理变化。或者这样说，小秋进入了一种自由的生活状态之中，她在精神和心理上已经经历了太多的东西，所以，她不会追求外在的肤浅的女性表现了……这些算是小秋不能激发他的原因？

从理性上说，无论怎样宋毓名都是倾向在小秋这一边的，可小秋就是无论如何也不会让他产生美娜带给他的感觉。有的时候，他甚至对美娜产生了敌对情绪，他认为美娜身上有一种不洁的诱惑。

冬天在这个城市是飘忽不定的，几天寒风刺面，几天春意融融。在忙忙碌碌的机关生活之中，宋毓名体内萌生的鲜绿的东西都会渐渐枯萎。

早晨，美娜照例到他的办公室打扫卫生，他照例坐在办公桌前批文件。前几天讨论机构精简的事，办公室报来了机关工作人员和工勤人员的名单，美娜的名字列在三个聘用名单之内。当美娜手里的拖子拖到他的身边时，他站了起来，腾出了身子下那个空间。这时，美娜身上的气息又传了过来。

宋毓名控制着自己的情绪，平静地问美娜，你怎么还是聘用的?

美娜抬起头来，她目光单纯地望着他。

宋毓名莫名其妙地说："我知道了。"

美娜当然不知道宋毓名说的话的含义，宋毓名自己都不明确，美娜怎么会明白呢。

美娜思忖着走了，也给宋毓名留下了想象的空间。

宋毓名在美娜走了之后，他似乎使自己模糊的一些想法渐渐明晰了。美娜的吸引力也许来自于青春的力量，来自于她自身美丽而又较低的社会地位，那个地位让很多人都会产生这样的错觉，觉得她容易侵犯，还可以说美娜的吸引力来自于她表现美的直接及袒露，往往简单到粗俗的地步，更容易接近人的本质，更纯粹，更容易直接调动你。宋毓名这样想的。

所以，宋毓名认为美娜不适合在机关里工作，她更应该去当模特什么的。在机关里，由于她的美貌会引起那些黄脸婆的嫉妒，也会让那些结了婚的男人乱了方寸，就像他一样。不过对于美娜来说，她追求的也许恰恰相反，尽管在机关里她是最底层的，说不准她还用机关人的眼光来看待其他的职业，比如模特，她还觉得看不起呢！她一定是在公众的眼睛里和想象来假设自己的价值的，年轻的女孩子在大机关里工作，不管干什么，都显得有身份和地位。

那一段时间，宋毓名开始频繁地出现在各种宴会场面上，有些是他自己不能把握的，他在内心里不断拒绝大块浪费时光的宴请时，自身的价值也在接连不断的赴宴中得到确认。老局长的宴请越来越少了，他的宴请越来越多了，这里有了一个微妙的信号，离法定退休年龄还有三年的老局长可能要提前"下野"，如果老局长下野，他就是当然的接替者。当然也不排除这种因素，在机关里混得极端精明的属下们，提前预支感情于他，像押宝一样，押正了意义就大了。

表面上，宋毓名一如既往，内心里也设计了若干种方案，如果他当了局长，他不可能不对原来的状况有所改变。

那天下班后，宋毓名在办公室里处理当天必须处理的文件，晚上六点他还要去参加党校同学（虽然只一个月的时间）的聚会，这些同学大多是局级领导，经常在一起交流交流是需要的，也是有好处的。

这时有人敲门。宋毓名以为又是那些来为自己倾诉不平的属下，他没出声。谁想，门开了，美娜走了进来。

“领导还忙呐！”

宋毓名嗯了一声，继而抬起头来，问美娜：你还没下班？

美娜点了点头。

“有事吗？”宋毓名已经习惯了用领导的口气和人说话了。

是，美娜又点了点头，接着，支支吾吾起来。

宋毓名放下手里的笔，和善地问美娜：“有什么事就说吧。”

美娜说她自己也不清楚怎么得罪管主任了，本来她的聘用合同已经到期了，该签续聘合同了，管主任说等一等，还含沙射影地威胁她，说能不能续聘还不一定。她还说了一些她认为对她不公平的小事，一件接一件的。

美娜讲的时候宋毓名一直不表态，他平静的表情让美娜心里更加没底，美娜像受了欺负的孩子在向大人告状和诉苦一般，到后来几乎是哀求的目光了。

宋毓名外表的平静倒不是针对美娜倾诉的内容，他的注意力早已转移了。事情往往就是这样，对于美娜来说事关重大，对于宋毓名来说也许根本就无关痛痒。

最后，美娜流出泪来，目光长久地盯着他，目光凄婉而哀怨，甚至还有一种期待，那种期待似乎是：只有你能为我主持公道。宋毓名想勇敢地承接美娜的目光，可还是游动着，把目光移开了。

美娜本来就美丽的眼睛凄楚起来就更加令宋毓名心动，他几乎要过去拍拍美娜的肩，安慰她。如果他真的过去拍她的肩，她的身体也许会战栗，也可能会把她纤细的手放在他的手上。想到这儿，宋毓名看了看办公室靠墙的一侧，那里有一张单人床，那张床是他的前任副局长午睡用的，他没有午睡的习惯，也不到那张床上去，所以那张床上的用具整洁如新。宋毓名看到床的时候想，凭他的条件和地位，他完全可以在这个时候把美娜带到那个床上去。

事实上，宋毓名没有离开他的座位，他仍然平静地对美娜说：“我知道了。”

那天晚上宋毓名和党校的同学喝了不少的酒，又唱歌又跳舞的，闹到十一点。回家的路上，宋毓名又想起美娜，他觉得自己还是对的，没有在关键的时候冲动，如果自己不控制自己，那麻烦就可能随之来临。比如，美娜会理直气壮地出入他的办公室，接下来要求他给她调换工作，安排她弟弟的工作，改善现有的住房等等。如果不小心使美娜怀孕了，美娜完全可能大吵大闹地要求他离婚……沿这样的思路想下来，越想宋毓名觉得后果越可怕，越想觉得自己越正确。不过，反过来想一想，美娜也许同他的那些想法没有关系，她是洁净的。

临下车前，宋毓名对司机小马说：“打字员小刘找过我，我才知道她是聘用的，不过这事儿是办公室的事。”

小马说就是，大领导哪能管这些鸡毛蒜皮的小事。

那天晚上的月色很好，是冬季里少有的明朗的月光，宋毓名在阳台望着天空，他心里流淌着无边无际的感慨。

过了旧历年，宋毓名果然当了局长，他成了市里最年轻的局长，也是唯一的博士局长。

美娜则在机构精简的时候下去了，分在局里所属的地处郊区的一个事业单位，据说机关精简人员的名单都是宋毓名亲手圈定的，留在机关里的人宋毓名也不一定都认识的，尤其是一般工作人员，不过，他肯定认识美娜。

小温的雨天

一

麦女士多次下决心去找小温，可到了要找的最后时刻，她又动摇了。麦女士意识到：无论自己多么有现代意识，多么理直气壮，口才多么好，可毕竟是自己与人家的老公有关系，而不是人家与自己的老公有关系，怎么说这也是一个尴尬的角色。关于这一点，麦女士每次计划去找小温时都要深切地体会一次，也可以说是受一次折磨。问题是，麦女士必须要找小温谈一谈，不找小温，这件事就堵在心口上，如一块淤血，越积越大。

这期间，麦女士对小温做了无数次的想象，她几乎在脑子里形成了一个关于小温的完整印象。小温梳短头发，不化妆，最多也就施淡妆，衣着朴素，即使穿有颜色的衣服，也会显得“老土”。麦女士知道，小温是育文中学初三班的班主任老师，教数学。当然，麦女士也想象到，小温肯定不是等闲之辈，嘴皮子利落自不必说，整天和十五六岁的孩子讲话的人，说她没口才没人会相信。还有，长年累月和学生打交道，一定会固执和保守，喜欢用教训人的口吻告诉你应该做什么不应该做什么，这样做是对的而那样做是错的等等。好在小温是中学里教数学的而不是大学里教伦理学的，这一点让麦女士心理上有了一丝安慰。上周五，麦女士彻底下了决心，她直接去了育文中学。在她向别人打听小温老师时，一个学生指着操场边上的女老师说，那就是温老师。麦女士当时就僵在那里了。她看到的小温老师是这样的：身上穿着“名牌”运动装，经过漂染的头发伞状地贴在头上，头发一条条地黄着。这样看来，小温不仅不是她观念中的“文静而朴实的初中老师”形象，相反，小温显然比自己还时髦。还有，麦女士见到小温时，小温正在教训一个胖乎乎的男生，她的声音很大，即便操场上声音嘈杂，她还是可以听到小温说的“你还要不要脸？”这样的粗话，对此，麦女士显然是没有心理准备的，同样，在观念里，她想象不出初中老师会在公开场合用关起门来在家里吵架的语言来教训学生。麦女士有些胆怯，她悄然离开了。

麦女士回到家里，她又有些后悔，她觉得自己不应该离开，她应该迎上前去面对小温，顶上去就顶上去了，天塌不下来！这次不顶上去，迟早还是要见小温的。也就是说，小温是她必须要过的一关。

天气预报报星期一有雨。小温出门前透过窗玻璃看了看外面，外面发暗，属于看不清云彩整体阴霾的那一类，小温出门前就带好了雨具，急三火四地下了楼。

外面果然下雨了，是不紧不慢的细雨，细雨常常更持久更有韧性，小温知道，恐怕一天都会是这种淫雨缠绵的状态了。说起来，小温并不喜欢雨天，即使在光滑的城市街道上，雨天仍令她联想到泥泞什么的，她还不喜欢雨天里的气味儿，尤其是在雨天里挤公共汽车，上了车，车厢里就弥漫着腥丝丝的味道，那种腥味儿不同鱼的腥味儿、破壳的鸭蛋的腥味儿，甚至不同于褐色的铁锈的腥味儿，而是一种她表达不出来的腥味。而这一切都是小温无法回避的，也就是说，她必须要在雨天出门，还必须得挤公共汽车，在公共汽车上闻她不喜欢的腥味儿。

这天还算顺利，小温很快就上了公共汽车。

汽车缓缓地开动，在雨天里上车的人们似乎都不太愉快，几乎每个人都拎着伞，小心的人还好，不小心的人很容易把伞上的雨珠儿挂在别人的衣服或者裤子上。接下来就是不满的目光或者埋怨的话。碰上两个人都气不顺，就容易不“文明”起来。小温意识到这一点，她把折叠伞挂在胸前，这样，雨珠想挂也只能挂在自己身上。只是，小温没有想到，她躲避了这个方面却没能躲避另外一个方面。就在人们拥挤的时候，小温感觉到一个硬邦邦的东西就在自己的屁股后面。小温下意识地用眼睛的余光向后面扫了一眼，直觉告诉她，她身后有一个男人，男人已经呼出了热气，热气打在她后脖颈上。就在同时，小温的心嗵嗵直跳，甚至有了站在二十层高楼边沿向下看的晕眩感，失重一般，身子发软，大脑瞬间空白。

一开始，小温身后的男人还是很小心的，他硬邦邦的东西并没有直接去顶她，而是随着汽车车身的晃动而处于“有意和无意之间”，见小温没有做出反感的反应，并且有些“发晕”，他大概产生了错误的判断，认为小温已经接受了他的方式，于是，他的胆子大了起来，开始寻找着恰当的位置，并按自己的节奏在小温的身后一下一下动着。小温这才从晕眩中清醒过来，她“呸”了一声，抬起脚，用自己的高跟鞋后跟用力向后面的一只脚跺去。

“我的妈呀！”后面有人大喊一声。只是，这个声音不是男人的声音，而是一个女人的声音。小温回过头去，见一位穿花格子衣服的中年女人正龇牙咧嘴，大喊大叫。也就在同时，那个男人趁乱向后面挤了过去，小温清晰地看到了那个男人的模样：长脸，一双小眯眯眼……

那天一整天，小温的心情都跟窗外的天气一样，十分郁闷。教语文的老师齐卉卉问她，“来事儿了吗？”小温没好气地说：不至于那么频吧，刚好没一个星期。齐卉卉捂着嘴吃吃地笑，她说我看你的情绪不佳，以为你又到了生理周期了呢。小温说你别没话找话了，说吧，是不是有事要求我？齐卉卉走到小温面前，动作有些亲昵地在小温的肩上摘了一根发丝。“要说在咱们学校，最了解我的人就是温老师了，是这样……能不能给我串串课？”小温说我就知道吗，看起来你在关心别人，其实是为自己着想啊。齐卉卉说：“干吗呀干吗呀？我不至于留给你那么坏的印象吧？”

小温说算了，我不过是过过嘴瘾，到头来便宜还是你赚。……下午第二节课给你了，不过，你也别安排得太密了，如果学生家长有反映，我都得跟你受连累。齐卉卉说愁不愁人呀，这个班的语文课总是在学年里打狼，就是好的学生，一篇作文里也有七八个错别字。小温说他们这个年龄就这样，你也别太上火，去年我的奖金不是也扣了吗？

“我可不在乎那点奖金，主要是荣誉。”

小温努力露出点笑容，她说在我的印象里，你一向不在乎荣誉的。齐卉卉故意夸张地说：有没有搞错？我不可救药吗？小温看了看齐卉卉，她说开个玩笑，别太认真了。齐卉卉说我当然不会认真，我已经习惯你了。

“习惯我什么？”

“挖苦人呗。”

小温想了想，没说话。

齐卉卉突然笑了，她说我知道了，是不是你家老陈又惹你不高兴了。小温说跟老陈没关系，在车上打了一仗。

“打仗？动手啦？”

“那倒没有，吵嘴了。一个老娘儿们，满嘴的脏话。”

“因为什么？”

“我踩到她的脚了。”

“啊，那人家当然不高兴了。”

“可是，我不停地道歉，她还张口骂人。”

“那，你为什么要踩人家的脚呢？”

“本来，我是踩另一个人，一个男人的脚……”

“为什么要踩男人的脚？”

小温一肚子的苦水倒不出来，她想了想，说：“……总之，我看他不顺眼、不舒服！”

齐卉卉表示理解的样子，她歪着脑袋说：“这就是你的不对了，自己找气生，要知道，生气这种事是最没道德的，气的是别人，伤的是自己。”

小温叹了口气，心想，话是好说，可谁倒霉谁心里知道。

齐卉卉下午做语文模拟题时，不巧校长过来巡查。校长巡查之后，在走廊里遇到小温。本来，校长想批评小温几句，他最痛恨代课老师私下里串课。串课不仅违反学校的计划，更重要的是，一旦哪个学生家长举报，学校在考核时就得丢分。不想，校长见小温神情恍惚的样子，不仅批评的话没说出来，反而安慰起了小温。校长问她是不是不舒服了。小温说没有。不对吧，校长说，你脸色很难看啊。小温说可能是昨天没休息好。校长表示理解的样子，他说你也别太上火了，凡事想开一些，现在社会就这么个现状，那种事也不是个别现象了。小温知道校长说的意思，她的脸色更加难看，她生硬而清楚地说：你误会了，我的心情跟我丈夫没关系。校长愣愣地看着小温。小温冷静了一下，说：谢谢你关心，没事我先走了。

校长望着小温的背影，尴尬地站了好一会儿。

二

小温不知道三十四岁的女人为什么那么忙乱，头几年，她还有固定的化妆时间，现在，她描口红基本是两笔，上一笔下一笔，然后，两个嘴唇向中间黏合几下，就搞定了。

化妆速度快，说明自己熟练了，熟练了就可以节省时间。问题是，原来坐在化妆镜前半个小时，自己一点都不忙，而现在熟练了，反而很忙乱。一大早，小温匆忙地下楼，脑袋里、口袋里都装了很多事，楼下了一半，手机又响起来，小温拿出手机一看，是短信：办理各种文凭、票据、印章、车牌等，请与133456789××吕先生联系。小温把手机一关，随口说了一句“讨厌”。她觉得那些东西已经影响了她的生活，有时，凌晨两点手机就会响起来，打开一看，又是那些非法广告信息。

小温晚上不关手机，她在等老陈的电话，老陈不是社会上随便哪一个老陈，而是她的老公陈小甫。陈小甫出差已经五天了，一个电话都没给她打来。一般说来，老公不打电话，她打一个电话也就解决了，问题是，小温不肯先给陈小甫挂电话。小温没给陈小甫挂电话，并不等于不接他的电话，陈小甫刚走的头两天，到了晚上十点，见陈小甫不来电话，小温就把手机关掉了，只是一天天过去，陈小甫还没来电话，过了十点，小温不再关机了。平时，小温的手机不常开，在家里几乎不用开手机，家里有座机，座机在客厅里，卧室里没有分机，小温倒在床上就不愿意起来，白天忙了一天，一躺在床上就觉得身子骨散了架一般，骨缝都疼。当然，也许还有一个更重要的原因，小温只接手机电话，即便躺在床上，她也可以这样对陈小甫说：我现在在外面，跟朋友坐一坐。

老陈一直没来电话。

小温和陈小甫结婚十年了。刚结婚那阵子，小温挺自卑的，自己家在外县小镇上，娘家生活清贫，读大学时她只读了“免费”的师范。她是在大四的时候认识陈小甫的，那时，陈小甫是市图书馆馆员，图书馆专业硕士毕业。人长得也帅，领他去学校都觉得脸上光彩。然而，陈小甫的家人并没看好小温，觉得陈小甫应该找一个更好的，而不是家在农村的小温。陈小甫并没有听家人的意见，小温刚一毕业，他就跟小温登了记，年底，小温也调到了市里。客观地说，小温走入城市跟陈小甫有关系，当然，没有陈小甫小温也是要进入城市的，城市是相同的，只是男人不同而已。尽管她还属于定向培养的师资，毕业后要回到小县城里，可小温从走进大学那天开始，她就暗暗下了决心，从那天起她决不离开这座城市。小温的愿望在陈小甫那里实现了。

小温和陈小甫结婚的头几年，小温的内心一直是满足的，陈小甫毕业两年就评上中级职称，五年的时候就是高级职称了。那几年，在图书馆当馆员可是个好工作，清净不说，求他的人也不少，办特惠图书证了，借馆藏的珍贵图书了等等，学校里就有不少人求小温，小温热心地帮着他们办，在那过程中，也有一种被重视和需要的满足感。

说起来，陈小甫算得上是“标准”的知识分子，走路的派头，说话的腔调，想问题的方式等等。陈小甫整天除了看书就是看书，把名利荣辱都看得很淡。这些都令当时的小温觉得舒服，觉得安全。那些年，社会发生了很大的变化，变化之快令人瞠目结舌。或者这样说，平常日子里你并没有感觉到什么，可过段日子回头一看，你自己都会吓一大跳。就像我们在地球上并没有感觉到地球的旋转，其实，地球旋转的速度是非常惊人的。一晃，几年过去了，小温也生了女儿做了母亲。渐渐地，找小温借书的人一天比一天少，后来几乎绝迹了。与此同时，小温这个曾不被人看好的初中老师地位却日渐提高，越来越被人们重视。在这个家里，陈小甫发挥的作用越来越小，他只挣死工资，偶尔发篇论文得二百元的稿费，还不够请图书馆的“清水肠子们”小酌的。小温就不同了，换房子、装修、家里安电话等等，都有学生家长帮忙，别的不说，新年前，她光挂历就收了60多本。人是经不起比较的，有一天，小温突然觉得陈小甫不合时宜了，为什么不合时宜，小温一时又想不清楚，为这个问题她还苦恼了一阵子。后来，她觉得她想清楚了，她认为陈小甫不属于这个时代，或者说他属于十年前而不属于十年后，这里一个主要的原因是，社会在发展，而陈小甫却在原地踏步。也许根本的原因是，陈小甫本来就是那样一个人，只能说十年前的气候适合他，而现在的气候不适合他。时势不仅造英雄，平头百姓也有个“逢时”问题。这样说来，小温觉得自己选择对象还是缺乏长远和发展的眼光的。

有了这样的想法，不可能不改变原有的家庭格局。现在小温成了家里的主角，饭来张口衣来伸手，脾气还大了不少。老陈（这时候，陈小甫已经变成了老陈）似乎不在意这些，他一如既往，还是那副清逸、半仙体的样子。小温气也气不过来，想来想去，觉得老陈总归还是有优点的，起码让她放心，现在的社会环境，男人越来越令人不放心了，这一点，老陈没问题。

也许正是这样的心理，老陈出事后小温更加接受不了。小温怎么也想不明白，像老陈这样一没钱二没权，甚至模样都显得过时的人居然也能闹出桃色新闻。人家泡在女人堆里的人都没出新闻，出新闻的偏偏是一向以晋代贤士自居的老陈。

事情的经过是这样的。老陈在图书馆里认识了在机关工作的读者麦女士，后来两人就彼此萌发了被人们经常称作爱情的那种东西，一开始两人用手机发黄色笑话，后来就眉来眼去，终于有一天，他们有了第一次约会。约会的起点是麦女士所在的机关，他们约好晚上一起去吃巴西烤肉。老陈大概缺少这方面的经验，本来约定在晚上六点，老陈五点就在机关大门外等麦女士，麦女士接到老陈的电话，觉得老陈很幼稚也很可笑。正巧，麦女士的房间里只她一个人，同时她也不希望老陈在大门外“显眼”，于是，麦女士就把老陈邀请到了办公室里。麦女士一直靠到下班才跟老陈出门，那段时间，麦女士不能离开办公室，她必须等到下班铃响，机关也不是没有脱岗的时候，问题是，麦女士毕竟是跟老陈约会，不同于其他情况，如果在麦女士离开办公室期间有什么事，处长追问起来，她怎么回答？编圆了还好，如果把约会的事露出去，那就麻烦了。这样看来，麦女士跟老陈一起坚守岗位，更重要的不是怕脱岗，而是怕约会的事露了。

在办公室里，麦女士不停地问老陈是什么时候开始喜欢她的，这是一个女人都喜欢问，而诚实的男人不好回答的问题，老陈支支吾吾，说了几种答案麦女士都不满意。最后，麦女士说，算了，我不难为你了，只要你真心喜欢我就行。老陈的头开始冒汗。麦女士大笑起来，她说其实我不喜欢花言巧语的男人，我知道你在我面前不好意思说，这样吧，我们在计算机上聊。老陈犹豫着，麦女士已经把老陈坐的对面桌子上的计算机打开了，她说你过来，用小陈这台。说着，麦女士笑了，她说我们这儿也有个小陈，刚来不到一年的毕业生。于是，老陈就打开自己的QQ，跟麦女士聊了起来。

麦女士跟老陈走出办公室已经是晚上六点多了，大楼里的人基本走光了。麦女士说，你说怪不怪，两个大活人在一起，偏偏对着计算机聊。老陈说是啊，在计算机面前，说什么都不觉得不好意思了。麦女士说，晕，你还好意思说？老陈不自然地笑了笑。

麦女士见老陈不自然，马上把话题拉了回来，她说不管怎么说，我们聊得还不错。

的确，他们在计算机上聊得很自然也很大胆，聊到关键时候，他侧过脸去看了看麦女士，麦女士对他调皮地眨了眨眼睛。

走廊里静悄悄的，一段明一段暗，每隔六七米就有一盏灯，有灯的地方明亮，两个灯中间的地方就暗一些。尽管日光灯发出嗡嗡的声音，可走廊里还是显得十分安静。

麦女士单位在一楼，办公室的门正对着楼梯口，楼梯口拐角处有一个清洁工放清洁用具的地方，那个地方比较隐秘也比较黑暗。麦女士把门锁好，一转身就把老陈拉住了。老陈先是一愣，后来什么都明白了，他呼吸的气流也开始加大。老陈随麦女士来到楼梯口，他轻轻把麦女士揽在怀里。

就这样，老陈和麦女士在楼梯口拐角处拥抱、亲吻和抚摩，实践着他们在计算机上谈的设想，也使得这次约会提前进入了状态。

麦女士和老陈在楼梯口亲热的时间一定挺长，并且十分投入。机关保卫处的人走过了长长的走廊，他们竟然没有发觉，等清晰地听到声音时，保卫处的老王已经走近了他们。

老王说我是机关保卫处的王强。我看行了，抓紧走吧！

麦女士不愿意听，她说怎么啦，我们不是刚出门吗？

老陈也不太高兴，他对麦女士说：你们这儿真怪，还要清场关门吗？话虽然是对麦女士说的，其实是给老王听的。

老王当然不愿意听，他说这是机关大楼，想亲热换一个地方。

老王这样说，麦女士和老陈都承受不起，麦女士说，哎，不要随便说话啊，说话是要负责的。老陈说是啊，有证据吗？凭什么这样说？没证据就是诬陷，诬陷是要负法律责任的。麦女士和老陈心里清楚，老王并没有看到他们亲热。

其实，老王一开始只是想让他们早点离开，并没想跟他们如何，不想，麦女士和老陈反而理直气壮，冲着他来了。老王立即恼火起来，他说怎么着？我骚扰你们啦？打断你们的幸福时光了？我诬陷你们？是不是还要求我向你们道歉？

老陈说这是一个基本素质问题，现在不是文化大革命，总用怀疑的眼光看一切。麦女士说是啊，你要解释你的话，什么叫亲热？谁在机关大楼里亲热了？

老王说正在说你们呢，我不管你们是什么关系，机关大楼里就是不准亲热。

老陈说你看见我们亲热了？别以为别人不懂法，想扣什么帽子就扣什么帽子。麦女士拉了老陈一把："走，去保卫处找他们领导，今天非让他说明白不可，这关系到我的名誉。"

老王说这可是你们想把事情搞大的，别说我这个人不留情面。说着，又回头对老陈说：我怎么没见过你？你不是大楼里的吧。老陈说怎么啦？这个大楼不是为人民服务的吗？我不可以进来吗？老王说你说的没错，是为人民服务的，但是，不是给某些社会丑恶现象提供场所的。……还有，你说你懂法，那我看这问题就好办多了。

事态发展到这一步，麦女士和老陈都没有意识到问题的严重性，他们分别忽视了某些重要的问题。在麦女士那里，她无论如何也不会想到，机关大楼里有数码摄像设备，她和老陈亲热的镜头都一清二楚地被摄录下来。当初，机关为了防止盗窃分子隐藏在角落里，所以，角落里被观察得更加清楚。而对于老陈来说，他忽视的不仅是摄像机的问题，他还觉得自己懂法，觉得法律是保护自己的一个强大的武器，事实上，问题就出在这里，他对法律的理解只是宏观的、大概念上的，就他的理解，他和麦女士并没有触犯法律，即使到了最后，证实他和麦女士在楼梯口亲热也没有触犯法律，相反，老王的言行却侵犯了他的尊严和名誉。麻烦也许就在老陈觉得自己懂法上，真的精通得不得了也好，怕的就是对法律的误解或一知半解。所以，老陈胸有成竹地跟老王去了保卫处，到了保卫处，他们气势很盛，大吵大闹。保卫处的人很生气。的确，老陈和麦女士没犯法，他们没权对他俩作出处罚，但是，他们可以把他俩的行为连同录像一并通报给双方单位。这种结果是麦女士和老陈都没想到的。这一招更狠，彻底把麦女士和老陈打趴下了。

老陈和麦女士的事被双方单位传了几个来回，小温才听到了消息。听到消息，小温如被雷电击中，当时就昏了过去。

星期五下午又开始下雨，电视台播报的天气预报是中雨，实际上，小温觉得是小雨。也许对于中雨和小雨，小温和气象台在理解上是有差别的。比如，气象台考虑的是降雨量，而小温考虑是雨珠的大小。雨珠小而持续时间长，也可能是中雨，可在小温眼里，那天的雨根本算不上中雨，小雨细软，还断断续续的。小温最不喜欢这样的雨天，让人心里难受，在她看来，要么就下大，要么就不下，吞吞吐吐的，不把人窝囊死才怪呢。

下午三点开家长会，学生提前离校。这个时候，家长一般都遵守时间，两点半多一点，教室的门口就堆满了各色各样的雨伞。大约在两点四十五分，小温被一个面孔给吓着了。那个在公共汽车上对她不轨的小眯眯眼出现在她的面前——小温确信她是不会认错的，按过去的一句老话，他就是变成骨头化成灰小温也能认出他来。其实小温只是见到了那张面孔，不知为什么，她又有了晕眩感，“忽悠”一下，觉得脚下的水磨石地面都松软。那种感觉仿佛小眯眯眼正在对她做流氓动作，而不是出现在这个教室里。

这一切都发生在小温自己那里，别人并不知道。

五六分钟之后，小温才从恍惚当中清醒过来，她用充满敌意的眼光寻找小眯眯眼，很快就找到了。小眯眯眼坐在漂亮女生姚丽的位置上。小温恨不得冲过去，朝那张白皙的脸上狠狠来一巴掌，再骂一句臭流氓。

这些动作只是在小温的心里完成了，她并没有离开座位，她坐在讲台的旁边，离小眯眯眼有四五米的距离。离小温近的是窗户以及窗外哮喘病一般的小雨。

小温用充满敌意的眼光看小眯眯眼时，小眯眯眼也正在看她，看看小温，又前后左右看一看，再回头看小温。很显然，小眯眯眼没认出她来，他的目光中充满了无辜和疑问，仿佛在问，怎么啦？我哪出错了吗？

学生家长都坐自己孩子的座位上，小眯眯眼肯定是姚丽的家长了。小温的血液又快速流动起来。在此之前，小温并没有过多留意姚丽，姚丽除了漂亮之外并没有显眼的地方，属于中下等生，性格内向，也没有明显的特长。难道小眯眯眼是姚丽的父亲？

家长会开始了，校长讲话，关于学校收费情况的通报，解释为什么这个学期多收了二十三元钱，讲了订阅期刊和辅导报纸的事，同时对学校作出贡献的一些家长给予表扬，比如哪个学生家长帮学校装修、出车、提供运动会奖品等等。校长的声音在扬声器里消失之后，就该各班的班主任讲话了，不知道为什么，小温准备了三页稿纸十六个问题，一个也没讲出来，她大致说了说班里的情况，然后说：各位家长有什么事就个别跟我说吧。

小温这样做很失算，属于共性的问题她没讲，家长就围了过来，问这问那，没完没了。小温清楚地看到，小眯眯眼也没走，由于来参加家长会的多是女同志，他不好挤上前来，就默默地在后面等着。小温的血压又开始升高，她想，这对小眯眯眼来说是个机会呀，那么多年龄不等却认真打扮过的女人，正混乱地围成了一大圈，顾头不顾尾的，小眯眯眼有机会耍流氓了。小温几乎盼望小眯眯眼在这个时候耍流氓，这样，她就可以抓住他，好好地惩罚他。可惜这些都是自己的妄想，小眯眯眼很安静，像个排队交作业的孩子。“装得像个人似的，臭流氓！”小温在心里骂。

“温老师，你不舒服吗？”一个学生家长问。

小温知道自己过于漫不经心了，连忙收回心，一一解答学生家长提出的问题。尽管如此，小温还是显得力不从心，她在回答学生家长提出的问题时，还时刻想着小眯眯眼，那个家伙会提出什么问题呢？他提出问题她回答他吗？

小温的含混似乎引起了学生家长的不满，她们的声音大了起来，一个比一个嗓门高。小温不得不彻底把心收回来，她想，自己不应该怕那个流氓，现在是在学校，不是在公共汽车上，如果在学校都怕他，自己也太懦弱了吧，况且，在公共汽车上自己也没怕过他呀。

小温解答完家长的提问，已经是下午五点了，她抬起头来找小眯眯眼，小眯眯眼不见了，不知道他是什么时候走的，也许看提问题的人太多，实在等不起就走了。可是，他是什么时候走的呢？小温见小眯眯眼走了，她松了一口气，她希望小眯眯眼走吗？潜意识里也许是，可理性告诉她，她不和小眯眯眼正面接触一下，真是很不甘心。

小温回到办公室，办公室的老师基本都走了，小温看了看窗外，觉得小雨没有结束的意思，就把折叠伞拿了出来。这时，小温的手机响了起来。

“喂！……喂喂！”电话没人回答，只有汽车的声音。

小温的心直跳，也许是小眯眯眼？小温关掉通话键，不想，电话又响了起来。

“喂！……说话呀！”对方似乎在犹豫，过一会儿，对方把电话挂断了。

“神经病！”小温把电话收了起来，拎着手提包出了门。

这会儿，雨有些大了，她将裤脚挽了起来，带着小跑出了校园，没想到，到了校园门口，一个黑影出现在她面前。

“谁？！”小温大声喊。

黑影立即打了小温一拳：“干吗呀？声嘶力竭的，吓死我了。”

小温一看是齐卉卉老师。

小温很不高兴：“还说呢，你突然窜出来，想干什么？还没说你呐，反来咬我一口。”齐卉卉捂着胸口说：“我可没想吓你，再说，你也太经不住事儿，像诈尸似的，怎么啦？昨晚做噩梦啦？”小温不回应齐卉卉，反问齐卉卉，人家都走了，你在大门口干什么？齐卉卉说今天也怪了，总打不到车。

“今天不是下雨天吗？”

齐卉卉笑了，她说就是啊，平时不需要，出租车排成了队候着你，到了急需的时候，连个影都没了。以后，我也惩罚他们一下。

“怎么惩罚？”

“罢坐！要知道，我对出租车行业的发展支持很大呀。”

“你呀，等着吧，过不了三天，你又去打车了。”

“说的也是，我一旦罢坐，他们有损失可我也受影响啊。”

“就是啊，所以你做不到。”

齐卉卉想了想突然笑了，她说你说这出租车是不是像男人，你不需要的时候他总往你身边凑，可等你需要了，他们都躲大老远的。

小温说这个我说不明白。

齐卉卉离婚一年了，似乎对男人没什么好印象，不过，她也没有停止跟男人约会。

“车来了！”齐卉卉拉了小温一把，对小温说，“走吧，我捎你回家。”小温按了按胸口，惊魂未定的样子：“真是的，心还不停地跳着。”齐卉卉赶紧说：心不跳就麻烦了。

小温从出租车的后门上去，坐下来就闭上了眼睛。不愉快的事阴云一般袭上了心头，堵到了嗓子眼儿。她以为这辈子再也见不到小眯眯眼儿呢，不想这么巧。有的时候就是这样，不想见的人希望一辈子都不要碰到，可越是不希望碰到的人越能碰到。而且是自己班里学生的家长！还有，那个莫名其妙的电话，是小眯眯眼打来的吗？他会不会也认出了她？他要找她干什么？想到这儿，小温拿出了手机，按来电记录又拨了回去。

电话是一个苍老的声音接的。

"请问，刚才谁挂电话？"

对方说我怎么知道，我这里是公用电话。

小温态度和蔼起来，她说大爷麻烦你，刚才有人用你的电话打进了我的手机，能不能麻烦你回忆一下。

对方迟疑一下，问：什么时候。

"大约十五分钟以前。"

对方说："有一个女的打过电话。"

"女的？"

"有一个女的。"

"你确定吗？"

"下雨，这段时间就一个女的打过电话。"

"能告诉我她长什么样吗？"

"没太注意……"

"啊，谢谢大爷。"

"不用客气……也不用叫我大爷，我才二十七岁。"

小温放下电话，齐卉卉回头问："谁呀？"小温说："我也不知道，可能是打错了。"

其实小温心里明白，绝对不可能是打错了。如果打错了，就不会不说话。可问题是，这个女人是谁呢？为什么打通了电话又不说话了？

小温回家时，老陈正躺在沙发上看电视，小温一见到老陈，胸口的火苗就腾地蹿了起来，噼噼剥剥燃烧着。小温说你没病吧，出去这么多天连个音儿也没有。

老陈懵懂懂地坐了起来。他说："……你回来了？我给你买了……"

小温严厉地打断老陈的话，她说你还没回答我，为什么不给我打个电话，啊？你啥意思？老陈说我能有什么意思，这次出去忘带充电器了，到了昆明的第二天手机就没电了。

"手机没电了，你不会用宾馆的电话打？"

"旅游团住的房间，电话都不开外线。"

“要不说你一根筋呢，你不会下楼去找个公用电话，或者找同事的手机用一用？”

“我琢磨过，反正也没什么事儿，所以……”

“什么是事儿？给家里打电话本身就是一件大事……你眼里还有没有我？好，咱不说我，就说这个家吧，这个家在你心目中还有没有位置？……我越来越看不懂了，原来你不是这样子的……”小温话里有话，老陈不是听不出来，他的脖子根立刻发红了，他转了话题，说：“我给你买了件蜡染的衣服，你要不要试一试？”小温说：“没心情。”

老陈实在有些忍不住了，他说就一个破电话呗，至于吗？

“不至于吗？”小温紧紧地盯着老陈看，丝毫没有退让的意思，不仅不退缩，反而还有跟老陈打一仗的意思。老陈不明白小温为什么火气那么大，按常理，一个电话小温不会那么大动干戈的，当然，老陈不会想到小温会有汽车上一场遭遇。只是，刚刚下了飞机的老陈实在没有打仗的心情，他嘟哝一句：今天怎么这么倒霉。然后就不说话了，小温说什么他都保持沉默。

就这样，那场一触即发的冲突就避免了。打仗是两个人的事，一个人打一个人不打就打不起来，即使一个人打另一个人也算不上严格意义上的“打仗”。小温并没有打老陈，她冲老陈吵了半天，自己也觉得无聊了，就回了卧室，躺在床上生闷气。

三

姚丽从同学那儿得知温老师要找她谈话，她觉得十分突然，在她的记忆里，自己基本是属于被温老师遗忘的那部分人中的一员。她学习成绩不突出，可她也从不惹祸。温老师找自己干什么，而且还要到操场上去？是因为体委给她写纸条的事吗？可她根本没理睬那个身上有汗酸味的男生。姐夫告诉过她，对付不安分的男孩子，最好的办法就是沉默。她按姐夫的话去做了，还很灵验。

小温和姚丽的谈话是在操场的单杠下进行的。操场当然是露天的，露天的地方不一定不安全，那里的视线很好，完全不用担心别人可能偷听到她们谈话的内容。

谈话开始，小温的目光一定很凶，姚丽显得十分胆怯。

小温问：昨天的家长会你妈为什么不来？姚丽支吾了半天才说，我妈不在了。小温说你大点声，我没听清。“我妈不在了。”姚丽又重复一句。“去世了吗？”小温的声音缓和了一些。姚丽把头压得低低的，闷着头。

“你跟爸爸一起过？”

“不，跟我姐夫。”

“谁？你跟谁在一起？”

“姐夫。”

“姐夫？”

“嗯。”

“昨天来给你开家长会的是你姐夫？”

“是。”

“那么，你姐姐呢？”

“也不在了。”

“她去了哪儿？”

“也去世了。”

小温惊讶地睁大了眼睛。

经姚丽解释小温才知道，原来，几年前的一场空难，使得一起外出旅游的姚丽的父亲、母亲和姐姐都蒙难了。“对不起，老师过去对这些不了解。这是老师失职。”小温说。

姚丽看出温老师的目光温和起来，她说这不怪老师，我跟任何人都没讲，我姐夫也不让讲。“为什么？”小温问。姚丽讷讷着：“我怕同学对我另眼相看。”

小温点了点头。突然，小温想起了小眯眯眼，她又瞪大了眼睛：“你姐夫没把你……”

姚丽抬头瞅着小温。

“我是说，你姐夫没把你送回……对了，你家里就你自己了。”

“没有啊，我还有姐夫。”

“你姐夫对你好吗？”

姚丽点了点头。

“你们分开住吗？……”

姚丽的目光中充满了疑惑。

小温想了想，还是换了一种谈话方式，她说姚丽你也不小了，男人和女人之间的事也明白了。我想说的是，女孩子应该学会保护自己，知道哪些地方可以碰，哪些地方是不可以碰的，无论多么亲近的人……姚丽扬起脸来，她说温老师你别说了，你的意思我懂，我可以告诉你，目前没人动过我，你更不用担心我姐夫，他是我目前了解到的、天下最好的男人了。

“那他是在征服你的心，你还小，没有经验。”

“他什么都没有，他只是在抚养我、教育我。”姚丽有些不高兴了。

小温转换了口气，她说这样就好，老师没别的意思，老师是为你好。

小温和姚丽的谈话结束了，那是一次不怎么成功的谈话，小温怎么也不相信，一个在公共汽车上行为不轨的男人，会对自己的小姨子无动于衷。而且，家里只有他们两个人，也许那个男人在等小女孩成熟，事实上，姚丽虚岁十六岁了，她比实际年龄还成熟一些。那是为什么？——法律？十六周岁以前姚丽还属于幼女。也就是说，无论对方是不是愿意，只要和不满十六岁的少女发生关系，都以强奸罪论处。法律规定在小温的印象中就是这样的。

自从老陈那次旅游回来，小温半个月没理他。不理归不理，可日子还得过。明天是大礼拜，在红叶学校寄宿的女儿就回家过周末了，总不能在女儿面前还保持敌对的状态吧。老陈似乎明白这一点，他表现得十分主动，小温没回来之前，他就把小温最喜欢吃的酱焖小嘴鱼做好了。小温还是不跟老陈说话，不过鱼还是吃了。吃饭的时候老陈说，为了买这条鱼，我跑了一趟大菜市，还好，总算买到了。小温知道大菜市离她家很远，一个在城市的大东头，一个在城市的大西头。小温也知道老陈是想讨好她，和她缓和关系，小温没吱声，不过，心里已经不那么气了。

老陈上床时小温已经熟睡了，是老陈把她拨弄醒的。小温知道老陈要干什么，她用力推老陈。老陈并没有因为小温推他就停止了行动，老陈知道，小温并不是真的反对他碰她，如果小温真的反对，她就会大声地说出来。凭借以往的经验，只要小温默默地反抗，那就是半推半就。老陈受到鼓舞，钻到小温的被窝里，将小温紧紧地抱住了。

小温被老陈给弄清醒了，她从床上爬起来，去了一趟厕所，回来时用枕头打了老陈一下，说：“真烦人，这么晚了折腾什么劲儿。”

老陈故意厚着脸皮，说：不是想老婆了吗？说着，伸手将小温拉上了床，小温顺势倒在老陈怀里，嘴里嘟哝着：“讨厌。”

自从老陈闹出绯闻之后，小温只和老陈上过三次床，而那三次，他们都不成功，老陈好像受到什么刺激，刚开始没多久就全线崩溃。小温心里也很难过，她侧过身子吃喽吃喽地哭，让老陈痛悔不已，手足无措。

今天，小温决定配合配合老陈，给他一些信心。然而，老陈仍旧不争气，忙活了半天也没进去，胶水般的物质在外面就流了出来。

老陈一头大汗，说我这是怎么了，一边说还使劲揪自己的头发。小温说：“你别着急，我相信你说的话，你和那个女的没干什么。……我相信。”老陈说我怎么会这样，我才三十八岁呀。“不行明天去医院看看。”

老陈把小温抱住，不停地在小温耳边说：对不起，真对不起。我这是怎么了！小温轻轻抚摩老陈的头发，她说没关系，慢慢就会好的……

老陈在小温的抚摩中睡着了，小温却无法入睡，眼角的泪静静地流了下来。

老陈星期一去红叶学校送女儿，十岁的女儿对他说：老爸，我看你和温雨红之间有点问题。老陈说别瞎猜，我和妈妈挺好的。女儿说得了吧，别以为我是小孩好糊弄，我看出来了，温雨红现在管你叫老陈，不叫你小甫了。老陈笑着说爸爸老了，女儿都这么大了，爸爸能不老吗？女儿说别瞒我了，你和温雨红吵架我都听到了。告诉我实话，你是不是跟一个阿姨好？老陈愣住了，他说小孩子，别乱讲话。

女儿的声音更大了一些，她笑着说：怎么样？承认了吧？

老陈说既然如此，老爸就跟你说实话，那不过是一场误会，爸爸没跟别人好，只跟你和妈妈好。

女儿对老陈的话不怎么上心，她按自己的思路问：那个阿姨漂亮吗？

老陈生气了，他说没什么阿姨，知道吗？

女儿更加笑，她说老爸你别紧张，我不介意。

送完了女儿，老陈就去单位上班，走在路上，老陈觉得浑身发冷，好像自己光着身子走在大街上，自己的一切秘密都暴露在光天化日之下，路上的行人也在瞅着自己，自己无地自容。

这一段时间以来，陈小甫一直觉得有个监视自己的东西在跟着他，像清朝人的大辫子一样，在自己的脑袋后面飘来荡去，无法摆脱。走到哪儿，仿佛都有监视器在自己的头顶上方，在自己察觉不到的地方，即使在梦里，那个章鱼眼睛一样的东西也不厌其烦地出现。……乘电梯，电梯里有摄像镜头；去医院，医院里有摄像镜头；去商店银行，商店银行里有摄像镜头；去广场散步，广场旁边的大楼上有探出的摄像镜头；就是自己家住的小区，物业部门也安了一个一个摄像镜头。现在，没有摄像镜头的地方太少了。而以前，老陈根本就没注意。当然，安摄像镜头是从安全的角度考虑的，可考虑到别人的隐私了吗？……老陈知道，自己和麦女士的行为在现阶段是不受法律保护的，可其他的隐私呢？也许很多人还没注意到这一点，如果自己没有那一场遭遇，自己会意识到这一点吗？

现在，老陈觉得自己是受了惊吓的麻雀，胆战心惊地出门，可还是摆脱不了摄像镜头，总觉得自己生活在一种监视之下，没了自信也没了自己。

走到单位门口，老陈给小温打了一个电话。

“我把小臭送到学校了。”老陈说。

电话里的小温有些懒散：“我知道了。”

“小臭说了些莫名其妙的话。”

“什么话？”

“她说……算了吧，回家再说。”

“好吧。”

“我到单位了。”

“嗯。”

“在单位门口给你打的电话。”

“你怎么这么啰唆……还有别的事吗？”

“没有了。我只是想告诉你，我已经到了单位。今天单位……”

关了电话，小温觉得涩涩的，心里涌来一阵酸楚，她知道，陈小甫以前不是这个样子的。

四

城市里的人对季节的变化并不十分敏感，常常是在不知不觉间把季节错过了。而农村就不同了，季节的变化是非常明显的。小温小时候就知道七九河开、八九雁来。在农村，可以看到庄稼一点点生长，在城市里就不同了，看不到那些过程。说起来没人相信，小温是在雨天里判断季节的变化的。这天早晨，突然下了一场暴雨，雨来得很急，不过很快就结束了。小温知道，这该是夏季了。小温喜欢这样的雨天，该下的时候下，下完就放晴了。并且，按通常的规律，早晨下雨，一天都会晴朗的。

小温下楼时雨已经停了，方砖上，积了很多雨水。按说，这天小温的心情应该好起来，可不知为什么，小温还是觉得郁闷，好长一段时间以来，小温都郁闷着，她身体里的雨季并没有结束。

到了学校，小温突然觉得自己清楚了——是那双眼睛，经常出现在自己视野里的姚丽的眼睛。说起来奇怪，从初一带这个班，已经两年多时间，小温从未感觉到姚丽那双眼睛特别，几乎没感觉到它的存在，可自从那次家长会之后，她一坐到讲台前，就无法回避姚丽那双纯净的、隐藏着忧伤的眼睛。

下课之后，小温把姚丽叫到前面，她对姚丽说：如果我帮你，你有信心进入前十名吗？姚丽愣愣地看着小温，小声试探着说："我数学不行。""我说了，我可以帮助你。"小温补充道。姚丽迟疑着点了点头。

"我帮你只是外因，关键还在你自己。"

"我知道。"

"可能要经常补课。"

"放学之后吗？"

"当然是放学之后。"

"知道了。"

"现在，还有信心吗？"

姚丽瞅了瞅小温，在判断小温的话是认真的之后，使劲点了点头。小温也点了点头，表情凝重而庄严。

这段日子里，麦女士并没有打消给小温打电话的念头，时间并不是问题，也许对别人是问题可对麦女士不是问题。闲下来，麦女士就想起小温，想起给小温打电话的事。

这期间，麦女士也给陈小甫挂过电话，陈小甫似乎十分怕听到她的声音，在电话的另一端几乎可以感受到陈小甫的手和嘴唇在发抖。麦女士也是好不容易挺过来的，好在大家现在都十分宽容，要是以前，自己肯定没办法在这个单位待下去了。

麦女士熬过来了，可她知道陈小甫还没熬过来，她甚至隐约地感觉到陈小甫恨她，躲瘟神一样躲着她。她猜想，陈小甫的压力主要不是来自单位，而是来自她老婆小温，小温可不是省油的灯。

有一个雨天，麦女士给小温的手机挂了电话，电话一接通，就传来小温凌厉的声音，麦女士想，小温大概正在生气，生气的时候跟她谈和她丈夫的事，效果注定不会好。不过，电话已经通了，麦女士无法退缩了。

“我姓麦。”麦女士说。

“谁？”小温没听出来。

“麦，麦子的麦。”

小温还是没听出来，她根本就不知道和丈夫老陈闹出绯闻的女人姓麦。

“是这样，你丈夫是陈小甫吧？”

“是啊。”

“你丈夫是不是有一些传闻？”

“什么传闻？”

“跟一个女人的传闻……”

“你是谁？”

“我是……”

“你什么意思？”小温说话的语速很快，没容麦女士说话，她就不停地说下去：“听着，我不管你是谁？也不管你出于什么目的，我告诉你，我信任我的丈夫，请你不要在里面做文章！你做文章也是无聊的、没有任何意义的……”

“我……”

“还有别的事吗？没事我挂了。”

麦女士一激灵，她耳边的话筒里砰的一声，小温把电话放下了。麦女士愣了半天，嘟哝一句：邪门！

小温回到家，一进门就把脱下的鞋打在老陈身上，她说陈小甫你不是人，别以为我不知道，你跟那个女人还没断！老陈愣了半天，支吾着说：哪个女人？我没跟任何女人来往！

小温说：你不承认是不是？……要我揭穿你是不是？那个女人是不是姓麦？

老陈蒙了。

小温扯着大嗓门喊："下午她还给我打了电话，你们到底想干什么，啊？！"老陈气得嗓子都冒烟了，他自言自语："她他妈的想干什么？等我找她算账。"

小温并不因为老陈这样说就完了，她要好好折腾折腾老陈。老陈变得聪明了，他起身离开了家门。这个时候，小温拉他也拉不住。

老陈离开家之后就去找麦女士。到了真的去找时，老陈才觉得麻烦了。实际上，老陈只能通过电话找麦女士。老陈给麦女士挂了手机，手机关机，他不知道麦女士家里的电话。这个时间，麦女士已经下班了，单位里是找不到的，他也不知道麦女士住在哪儿，只听麦女士说过，住在白云新村。白云新村大了，上千户居民，去那里找她，无疑是大海里捞针，总不至于去派出所查麦女士的住址吧。更何况，即使去派出所也不一定就可以查到，现在跟以前不同，人员流动性大，搬了新家不迁户口的有的是，自己家就没迁户口。就算在派出所可以查到麦女士的住址，老陈也不可能去派出所，想归想，他最懒得和警察打交道，他已经跟保卫处的人打过交道，那些人都不是好惹的，没事弄不好也惹出事来，还是不沾他们为好。

这样，老陈就在白云新村居民区里转来转去，他希望碰到麦女士，当然，他还不能去麦女士的家，到了她家里，无形中又会增加很多复杂因素，他更加解释不清楚了。

老陈在白云新村溜达到晚上十点，仍没见到麦女士的身影，麦女士没在菜市场买菜，吃完饭没在街心广场散步，总之，他一直都没见到那个他并不愿意见到又急切盼望见到的身影。就在这个时候，两个穿便装的人走了过来，其中一个矮个子说：我们是白云派出所的，请你跟我们走一趟。

"派出所？……我怎么啦？"

"你问我们？我们还要问你呢！走，到派出所再说。"

……小温接到电话已经是夜里十一点了，她赶到派出所时，老陈脸色苍白，蔫头蔫脑地坐在派出所的外勤室里。

小温到了派出所才知道，原来，白云新村连续发生了撬门盗窃案，警察调查时居民反映，一个瘦高的男人在这儿转了一个晚上。于是，当老陈出现在警察的视野里时，就被请进了派出所。

到了派出所，老陈支支吾吾，他不肯说是找麦女士，当然，说了也没人相信，哪有他这样找人的。老陈只说自己是散步，可警察问他都到哪儿散步，他说菜市场、便利店和街心广场等等。有你这样散步的吗？警察问。老陈又答不上来了。回答不上来，老陈就不回答，他心里有底，他没干什么，即使哪个地方有隐秘的摄像镜头，把他全录了下来他也不怕。

小温听明白了，她告诉派出所的警察，自己跟老陈打仗了，老陈心情不好就出来溜达，她说老陈盗窃是不可能的，他还没那个本事。

警察也查不出证据，就把老陈放了。

临走，小温对警察说：你们应该有经验，像他长这样儿，能是窃贼吗？

矮个子警察说哎，话可不能这样说，盗窃分子脸上也不贴个贴。看我这样像警察吗？不像是不是？可我是个警察。

出了派出所，小温理都没理老陈，打个车就走了。

很快到了七月份，小温带的班也在准备初升高考试，小温最担心的就是姚丽了。那天给姚丽补完了最后一课，小温对姚丽说："老师能做的就是这些了，今后就靠你自己了。"姚丽沉默了一会儿，小心翼翼地说："老师，能求你一件事吗？"小温问什么事。姚丽说今天晚上是我的生日，我姐夫想请你一起给我过生日。小温愣住了，她说生日活动老师就不参加了，你开心地过生日吧。想了想，小温问：你应该是十六岁的生日了吧？

"是啊，今天我十六周岁了。"

"十六岁就成年了，你要记住老师的话，学会保护自己。" 姚丽盲目地点了点头，对小温的话中隐藏的含义并没有真正清楚。"我是说，这是一个重要的标志。"小温补充说。

姚丽临走还回过头来，她轻声问：老师，能告诉我为什么吗？

"什么为什么？"小温一愣。

"您为什么对我这么好？"

小温笑了，掩饰着自己，说："老师对所有的学生都挺好的。"

"不，"姚丽说，"我能感觉到，老师对我特别好。"

姚丽走了。小温还在空荡荡的教室里坐着。小温一直想着姚丽，想着姚丽说的那句话。是啊，自己为什么对姚丽特别关照呢？她能回答她吗？告诉她，老师知道你的身世，同情你怜悯你！这样的话当然不能说，还有另一层，因为姚丽的姐夫侵犯过自己吗？那自己算是什么人了，不是明摆着犯贱吗？在丑恶的东西面前屈从和妥协，以后，学生家长谁对自己恶自己就对他的孩子好？好像也不是这么一回事，在小温内心里，她不想让幼稚单纯的姚丽受到伤害，姚丽毕竟还小，仿佛她就是小时候的自己，她要保护姚丽，她要帮她逃出“虎口”。而保护姚丽的有效途径不仅是给姚丽灌输保护自己的意识，还要在学业上帮助她，让她树立信心，考上重点中学，考上了重点中学考大学就没问题了。现在谁都明白，孩子真正竞争的不是考大学而是考高中，那是人生的一个分水岭啊。

这时，齐卉卉从门口探进头来。齐卉卉说：明天下午你帮我代一课呗，反正也没什么事，就是做模拟题。小温说这个时候串课不太好吧。齐卉卉说有什么不好的，我的课时量比规定的还多。小温说问题不在这儿。见齐卉卉没明白她的话，小温说，打这样一个比方，你经常打扫卫生，都不在领导面前，突然有一天领导来了，而打扫卫生的不是你，是平时从不打扫卫生的人，领导却留下了这样的印象，打扫卫生的是别人而不是你。齐卉卉说对呀，这几天领导要来检查了。说完，齐卉卉又想了想，说：那我也不在乎！小温说你不在乎我可在乎，那次串课让校长堵着了，老大的不高兴，找到机会就旁敲侧击地点拨我。齐卉卉笑嘻嘻地说：你装糊涂不就完了。

“什么事啊，那么重要？”小温问。

齐卉卉说：“要是别人我就不说了，告诉你吧，我又联系了一个对象，留学生。他想回来投资，让我陪他去海岛考察。”“前几天那个牙医呢？”小温问。

“吹了。”

“吹了？”小温笑起来，“你真拿得起放得下，和男朋友分手像吹生日蜡烛那么简单。”

齐卉卉连忙问：没什么不妥吧？

“我又不是评委，我说妥不妥都没用。哎……这个留学生是学什么专业的？”

“不知道。”

“没了解就陪他去海岛考察？”小温有些惊讶地问。“没了解才需要时间去了解呢，”齐卉卉说，“我只知道他在国外是搞电脑的，现在国外的日子也不太好混，所以就回国投资了。”“能投资，那一定是有钱人啦。”

“现在还不知道。”

齐卉卉走后，小温又想到姚丽。想到姚丽，小温开始有些后悔，她似乎应该答应姚丽去参加她的生日聚会，在生日聚会上，她还可以找姚丽的姐夫——小眯眯眼私下谈一谈，揭穿他的伪装，郑重地对他发出警告。告诉他，别以为姚丽十六岁了，成年了就可以欺负了。刚才，她让姚丽自己回去了，她已经保护了姚丽这么久，而在关键的时候放手了，会不会功亏一篑？小温还这样想象，小眯眯眼在姚丽的生日上百般殷勤，然后乘机把姚丽灌醉，即使他不把姚丽灌醉，凭借他这么多年的铺垫和成熟的经验，他肯定会顺利地把姚丽哄到床上。小温也是从姚丽那个年龄走过来的，她知道那个年龄是偏激的、冲动的和无法把握自己的。小温开始为姚丽担心了。

那天夜里，小温突然从梦中惊醒，醒来之后，她并没记起自己做了什么梦，她只看到了窗外的雨。下雨了，雨轻轻敲打着窗棂，犹如古诗中的芭蕉夜雨，从未有过的孤独感将她笼罩了……老陈毛愣愣地跳到地上，夜光中，瘦骨嶙峋。老陈定神之后，问小温：你怎么啦？小温说：没事儿。

早晨，小温早早地来到学校，等姚丽出现了，她才舒了一口气。小温把姚丽叫到教室门口，她问姚丽，昨天的生日好吗？姚丽灿烂地笑着，她说我非常开心，我姐夫说，他一定要见你，当面向你致谢。小温咬了咬嘴唇，她说看到你的笑容，我就放心了。

五

老陈被派出所询问的第二天，他就找到了麦女士，他们进行了一次长谈。麦女士解释说，她没有想和老陈继续下去的意思，她只是觉得这件事给老陈造成了伤害。麦女士认为，表面的伤害容易愈合，而内在的伤害不容易愈合。老陈问什么属于内在的伤害。麦女士说你夫人那里不解释清楚，她会记恨和怀疑你一辈子。我也是女人，这方面我比你懂。老陈说我求求你了，这事到此为止吧。麦女士想了想，同意了。

只是，老陈走了之后，麦女士又改变了想法，她觉得还是要跟小温谈。她这样想，这件事带有明显的误会成分，如同一团棕麻系了一个大疙瘩，不去解，疙瘩是不会自己松开的。在她看来，以前误会深的只是小温，现在把老陈也绑进来了，所以，她更应该去解这个疙瘩。而在问题的更深层面，麦女士觉得在解疙瘩的同时，也在为自己洗清罪名，毕竟她和老陈没突破那一层界限，他们只是拥抱、接吻和抚摩，他们都没用自己关键的部位接触对方关键的部位，既然他们两人关键的部位没有接触，他们还背了一个“作风问题”的名分，实在是有些委屈。这里，麦女士似乎清楚或者相反，她原本就搞混了，只是她就这样认为，谁也没办法。

老陈与麦女士谈过之后，不仅没有解决问题，相反，麦女士更坚定了找小温“谈透彻”的决心。

初升高考试的第二天下雨，小温等在考点学校的门口儿，像很多学生家长一样，焦急地在每一个走出考场的学生中寻找着，所不同的是，她找的是她的学生，当然，也有确定的目标，那就是姚丽。

姚丽出来得比较晚，她一出现在门口，小温就看到了她。“姚丽！”小温大声喊。

姚丽像白桦林里的小鹿一般，跳跃着跑了过来。“温老师我答得挺好，有好几道题的题型你都帮我辅导过。”

“考得好就好。”说着，小温的眼睛里溢出了泪花。仿佛考试的不是姚丽，而是自己的女儿，毕竟，自己在姚丽身上花费不少心血啊。

小温拉着姚丽的手，突然间，她觉得一个搁置已久的问题突然清晰了。在此之前，她也丧失过自我，她的观念里已经形成的什么是正确的什么是错误的标准被现实给冲击了，也就是说，她面对的事情，用过去的标准无法判断了，尽管她整天告诉孩子们什么是对的什么是错的，可轮到自己，她也不知道了。尽管如此，小温发现人在摸索着走路时，内心里还是自然地往美好的一面靠拢，仿佛是冥冥中的某种召唤。这也许就是姚丽问的那个问题的答案？

“小丽！”有人喊。

小温和姚丽都转过头去，小眯眯眼就站在不远处。

“我姐夫。”姚丽说。

说话的工夫，小眯眯眼来到小温跟前。“温老师！……一直想去感谢你。”小温本能地保持着距离，有些冷淡地说：“不用了。你们谈，我还有事。”小眯眯眼相反，他热情地拉住小温的胳膊：“中午了，我请你吃顿饭吧。”

小温一下子紧张起来，她大声喊：“干什么？你！”喊的时候用力挣脱着胳膊，她的力量之大，一定令小眯眯眼十分吃惊。

“老师，求你了。”姚丽在一旁说。

小温从小眯眯眼那里挣脱，一下子跳开，离小眯眯眼有两步远。她急匆匆地说：我真有事，你们吃吧。说完，小温就离开了。

事后小温想，也许自己过于神经质了。也许姚丽的姐夫不是侵犯自己的那个小眯眯眼。可是，她认为自己的记忆是不会错的。好，就算姚丽的姐夫是侵犯自己的小眯眯眼，那他除了在公共汽车上侵犯自己之外，一点优点都没有了吗？或者换句话说，他既然能在公共汽车上不轨，就什么坏事都会干吗？也许并不是这样的。小温又想起她跟齐卉卉讲的打扫卫生的事，姚丽的姐夫可能做了很多很多的好事，而做坏事时恰恰被自己遇到了。想到这儿，小温又犯糊涂了，是不是自己心地太善良了，把人想得太好，太宽容了？说到宽容，自己对陈小甫宽容吗？

放暑假期间，齐卉卉到小温家里做客，小温问起“留学生”的事，齐卉卉反问哪个“留学生”，小温说这就怪了，不是你跟人家去海岛考察的吗？齐卉卉想了起来，她说你不提还好，那是什么留学生，是假的。

“假的？”

“是啊，一个在国外的打工仔，也冒充留学生来投资。”小温也觉得突然：“他没钱啊？”“他有什么钱，他给一个老板做掮客，说好听点是中间人。”小温说你说话也别太尖刻了，打工的不一定水平就低。“他高中没毕业就出去了，英语倒是讲得流利，可惜是个文盲。”

“能讲英语还是文盲吗？”

齐卉卉瞪大了眼睛：“你见哪个文盲不会讲中国话？”

小温笑了，不想自己这么轻易就犯了错。

齐卉卉拨弄着沙发上的一个毛毛狗，多少有点伤感地说：“现在的男人也不知道怎么了，比女人都自私，什么事都先想到自己……哎，说正经的，你手头有没有那样的男的，有爱心的，年龄大点没关系。”

齐卉卉说到这儿，小温突然在脑海里出现了姚丽姐夫的概念，不过同时小温又否定了他，怎么可以把有不轨行为的小眯眯眼介绍给她的同事齐卉卉呢？在小温眼里，也许齐卉卉也是缺少责任心那类现代女孩，可从本质上来说，齐卉卉心地还是比较善良的。

小温笑着说，我又不是开婚姻介绍所的，“手头”怎么会有现成的男人。齐卉卉说你要是开婚姻介绍所的我才不找你哪，我想找的就是了解的人。小温故意揶揄她：你不是不在乎那些吗？“以前是，现在，不那么想了。”

“可是，有的时候太过了解了，反而不一定好。”说一说，小温的心情复杂、沉重起来。

“你啥意思？”

“意思都说出来了。”

……齐卉卉来过的第二天，姚丽带着姐夫来拜访小温。小温先是紧张了一下，转念一想，凭什么自己紧张，如果这个小眯眯眼是公共汽车上的小眯眯眼，紧张的应该是他而不是自己。尽管如此，小温还是不希望姚丽和他姐夫到家里，她在推辞不掉的情况下，同意和他们在楼下的茶馆里见面。

茶馆就在小温家所在的小区的街对面，面积不大，光线幽暗。他们见面寒暄之后，小眯眯眼就坐在小温对面的椅子上，他似乎想说什么，没说出来，就把一大包礼品递了过来。“温老师，您是我们家的大恩人，我们真的不知道该怎么谢你。”小温有些脸红，她说我做了点什么也是本职工作。这样吧，感谢的话我收下了，东西我不能收。小眯眯眼不和小温争，过来给小温倒水，然后就讲起了家里的事。这样，小温知道小眯眯眼叫曲大明，在一个机关的工会工作。他和姚丽的姐姐在大学时是同学，恋爱了六年才结婚，没想到命运对他那么不公正，妻子、岳父、岳母都死于空难。后来他就抚养年龄还小的妻妹，他们已经在一起走过了四年。他可以为姚丽提供别的孩子拥有的生活条件，唯独不会辅导她读书，正在他犯愁的时候，小温伸出了援助之手。小眯眯眼说话的节奏很慢，声音低沉。小温几乎把在公共汽车不轨的那个小眯眯眼忘了，或者说没把眼前的曲大明跟公共汽车上的小眯眯眼联系在一起。等曲大明的讲述结束，小温问了句莫名其妙的话：这么长时间了，你没找个对象？

曲大明对这样的问话显然没有心理准备，他想了想，说：“没有。”

小温意识到自己的唐突，她转了话题：“姚丽，重点高中的分数段下来了吗？”

姚丽说我还不知道。

是啊，她是老师她都不知道，学生怎么能知道呢？小温笑了，她说放心吧，我觉得你没问题。

姚丽也笑了，她说我自己的感觉也挺好的。

那天，他们在一起谈了近一小时，临分别，曲大明说什么都让小温把礼品收下，姚丽也拉着小温的手，她请求着，眼泪就在眼圈里转动，眼看就要掉下来。

小温妥协了，她说好，我收下就是了。

姚丽跟曲大明是坐公共汽车走的，小温的心又咯噔了一下，曲大明会在公共汽车上不轨吗？接着她又想：不会的，在姚丽面前，曲大明不会的。可是，令小温困惑的是，曲大明身边好几年没有女人了，他是如何解决生理需求的呢？总不会经常到公共汽车上耍流氓吧？况且那也不一定解决问题。也许他会是个手淫者？刚才谈话时的一个画面返回到小温的脑际里，曲大明习惯性地把手放在两条大腿之间……

六

麦女士没有失言，她到底还是来找小温了。

小温呼吸急促地下了楼，看见一个略显发福的女人打着伞站在居民区的院子里。小温努力使自己镇定下来，大步走了过去。

麦女士呼吸显得急促，她小心地问："是……温老师吗？"小温说我姓温，你找我谈什么？麦女士脸上的肌肉抽搐了一下，说，我们找个地方吧，好好谈一谈。小温说不用，在这样的天气里，不是挺浪漫的吗？

她们打了两把伞，伞忽高忽低，麦女士把脸遮上，她们都看不到对方的表情。令小温觉得好笑的事，麦女士找了她这么久，要跟她谈的内容无非是向她解释，她跟她丈夫没干什么，只是在一起拥抱、接吻和抚摩。

"那还没干什么？"小温反问。

麦女士说，可我们都没动对方关键的地方。"什么地方是关键的地方？"小温问。"……你当然知道。我们没动关键的地方，就不能算是严格意义上的男女作风问题。"

小温忍不住笑了，她说那算什么？在一起做个游戏？

麦女士沉默了一下，她说我之所以找你就是想向你解释清楚。小温说你说的我都明白，不管事情是怎样的过程，可你总不能说你们是无辜的，是光彩的吧。

"我没说是无辜的，没说是光彩的。"

"那你想说什么？"

"我在说事实真相，不想让你把我和你丈夫想得那么坏。"

小温无奈地摇了摇头，她觉得这样的谈话进行下去毫无意义，转来转去总转不出来这个套子。她说这样吧，除此之外，你还有别的想法吗？“没有，我没有别的想法。”麦女士说。小温说那我已经听清楚了，我们的谈话可以结束了吗？

“可以。”麦女士说。

回到家里，小温觉得莫名其妙，这个世界上真是什么人都有！对着镜子，小温发现自己的肩膀被淋湿了，翻着衣服领子，小温突然停下了。镜子里的自己显得十分妩媚而动人。她回忆着麦女士的模样，那个模样很普通，甚至应该划到丑女人的行列里，可陈小甫为什么会看上那样一个女人？也许问题的关键是，美和丑在不同人的眼里或者不同的时期是转换的。这几年，她只看到别人的变化，找别人的不是，是不是自己也变化了，也有很多令陈小甫接受不了的毛病？想到这儿，小温的心悬了起来，在空旷黑暗中漫无边际地悠荡。

陈小甫是下班的时候回来的，他进屋时，小温的手机又响了起来，小温一接，又是麦女士打来的。麦女士说真对不起，我忘了跟你说一个细节，很重要的细节。小温说我不听了，从今天开始你不要再给我挂电话，你说的一切我都知道，我都明白，我都清楚，这样行了吧？

对方犹豫着，把电话挂了。这时，小温才意识到，陈小甫和麦女士发生的事情比通常所理解的还要复杂、还要严重。靠道德感去判断、靠本能去反映是一件容易得不能再容易的事，可认真去思考就不同了，也许除了更深的社会背景之外，我们内心里是不是还有很多东西原本就沉睡着？且不说这件事是如何发生的、谁对谁错，就事件本身也出现了不止一个“受害者”。它不仅伤害了小温，还伤害了他们自己，丈夫老陈从此得了病，疑神疑鬼，无法进行正常的性生活，而另一位重要角色麦女士时刻都想向人解释，不厌其烦，絮絮叨叨，解释她是清白的，因为他们没动关键的部位。“关键的部位究竟是哪里？”小温嘟哝着。

老陈紧张地问：“谁……谁的电话？”

“啊，一个学生家长打来的，没什么事。”小温温和地说。

七

北方的八月就有了秋天的意思，那场雨一下来，小温知道秋天到了。秋天的雨跟夏天的雨是不同的，夏天的雨朦胧、温和，秋天的雨透明、利落。秋雨中你可以清晰地看到一百米以外的楼房上的广告牌子，尤其是雨后，街道上清亮清亮的，当然，清亮中也蕴藏着某种寒意。走在雨中，小温似乎想到了什么，那东西忽远忽近，近的时候渐渐清晰了，可又远离而模糊了。生活中是不是也这样，有些东西本来就是模糊的，可人们总是高估自己的能力，认为什么都可以认识清楚，并一厢情愿地做了简单地归纳。当然，雨天对每个人也是不同的，小温觉得，她有属于自己的雨天。

初升高的成绩下来了，小温班的成绩不错，十九名考上了重点高中，比去年提高了两个百分点。姚丽也如愿以偿。想到姚丽，小温莫名其妙地想到了曲大明和齐卉卉，她临时动意给齐卉卉打了一个电话，对齐卉卉讲起了曲大明，讲起了姐夫抚养小姨子的故事。小温说这样的男人现在还真不多。齐卉卉显然是有了兴趣，她说那你帮我联系联系呗。“可是，他也可能有严重的缺点！”小温说。齐卉卉说那你就不要管了，我自己不会了解吗?

说的这儿，小温又有些后悔，觉得不应该打这个电话。问题是，既然走到这一步了，也没了退路，小温想了想，说：“那我试试吧。”

小温给“小眯眯眼”曲大明打了电话，委婉地介绍了齐卉卉的情况，还补充说：“现在姚丽不在我们学校了，老师也没关系，先认识一下，交个朋友。”曲大明犹豫了一番，说：谢谢温老师的关心，我现在还不想谈女朋友，等姚丽考上大学再说吧。

“……这并不影响啊。”

“可是，我在姚丽姐姐的遗体前发过誓，我要遵守诺言。”

放下电话，小温萌发了一个奇怪的念头，曲大明会是公共汽车上的小眯眯眼吗?

巧合的是，小温放下电话，她看到当天的晚报上有这样的介绍文章——男人保健常识：常喝咖啡不得胆结石，经常手淫不易患前列腺炎。联想到一些事儿，小温笑了起来。

小温买菜回来雨已经停了，上楼时，她收到了姚丽发给她的短信，姚丽在短信上写着：温老师，我永远爱你。小温漫不经心地把手机放回口袋里，不过，她还是觉得心头一热。

推开家门，传来了小温最喜欢吃的酱焖小嘴鱼的味道，她知道，陈小甫回来了。进了门，小温说：雨停了。

陈小甫系着围裙从厨房里探出半个身子：“你说什么？谁不行了？！”

谁最厉害

刑事警察罗序刚破了十几年的案子，没想到轮到自己头上，做起事情来竟然那么弱智，那么小儿科。半个小时前，罗序刚让吊眼儿去“干”童大林，现在，罗序刚后悔了，他要立即找到吊眼儿，阻止他的行动。

罗序刚给吊眼儿打电话，吊眼儿的手机关机，罗序刚明知道手机关机了是挂不通的，可他还是不停地挂，他的期望是：吊眼儿的手机没电了，正在换电池。罗序刚一连给吊眼挂了十几个电话，手机里不断重复一种声音，无论中文还是英文，都是：你好，你所拨打的电话已关机。就一会儿的工夫，罗序刚的头嗡嗡直响，嗓子发干，手心潮湿。

半个小时前，罗序刚把吊眼儿叫了来，给他布置任务。吊眼儿是社会上的混混儿，号称黑白两道都混得开，不过，到了罗序刚面前，吊眼儿就成了一条摇尾乞怜的哈巴狗。他蹲过监狱，按警察的说法有前科，即便是现在，也算不上是干净的人。他是罗序刚手里的一个眼线，类似港台警匪片中的“线人”，就是说，如果他还算有“组织”的话，罗序刚是他真正的领导。刚一见面，罗序刚脸色铁青，让吊眼儿倒吸着冷气。吊眼儿不说话，他从未见过罗序刚生这么大的气，所以，在搞清罗序刚生气的原因和意图之前，吊眼儿什么话都不敢说。罗序刚沉默了许久，然后对吊眼儿说，都说你凶，现在，到用你的时候了。吊眼儿张着嘴，本想说什么，一想，还是把话给憋了回去，吊眼儿模棱两可地点了点头。“一个小老板。”罗序刚补充说。吊眼儿还是没听明白，不过，他用表忠心的口吻对罗序刚说：“哥，你有什么事就吩咐，小弟一定两肋插刀，肝脑涂地……”说的时候，吊眼儿还将小拇指在舌头上舔了舔，然后伸在面前：“掉链子是孙子！”

罗序刚说我现在有个仇人，是个小老板，你收拾收拾他，怎么样？吊眼儿明白了。按理说，警察和他是两条道上的人，而罗序刚安排的是违法犯罪的事儿，也与他警察的身份不相符。吊眼儿没立即回答，眼皮有疤痕的眼睛快速眨了眨。

见罗序刚之前，吊眼儿以为罗序刚要他调查前不久发生的一个案子。这一段，吊眼儿不愿意见到罗序刚，是怕自己也搅到案子里去，他觉得，有的朋友可以得罪有的朋友不可以得罪，有的朋友得罪了就增加了自己的风险。吊眼儿无论如何也想不到罗序刚会安排他干这样的事儿。吊眼儿想了想，笑着拿出一颗烟来自己先叼上，然后，递给罗序刚一颗。

正在气头上的罗序刚已经不在意这些细节了，他接过吊眼儿的烟，问：有问题吗？

吊眼儿爽快地说：哥你放心，这事要办不明白，我拎脑袋来见你。要是以往，罗序刚听吊眼儿说这样老旧而滑稽的台词，肯定会笑了。这次不同，罗序刚气透了腔，血液甚至毛细血管里都含有愤怒的因子，他的脸仍铁青着。吊眼儿所以痛快地答应，他大概有这样的心理，罗序刚终于求他了，而且是违法的事儿，这样，他罗序刚才能跟他同流合污，关系才会更近一些。以后，你罗序刚不要总给我讲大道理，你也有用着我的时候，而更重要的是，在吊眼儿那里，他有了从未有过的“价值感”。

“干到什么程度，弄死他还是废了他？”吊眼儿故意说得严厉一些，以示自己真的可以为罗序刚赴汤蹈火。

罗序刚咬着牙说：“随便。”不过，他又嘱咐一句：掌握点分寸，既不让他死也别让他残废了，但是，必须狠狠教训一顿！

罗序刚作出那样的决定是在气头上，人生气的时候就变得不会思考了，成了一只只想攻击的斗兽，起码的技术动作都变了形。按理说，破过无数离奇案件并且是刑警队里公认的知识警察的罗序刚稍微设计一下，就可以把自己解脱出来，既打击了童大林这个“敌人”，还保护了自己。所说的稍微设计一下，包括选择打击童大林的方式，合适的时间、地点，留下哪些证据和销毁哪些证据，这些对于罗序刚来说并不难，即使他不是出色的刑警，在刑警队这么多年，他也耳濡目染了“经验”。要知道，经验从来都是两方面的，破案积累的经验用于作案，同样是有效的。

吊眼儿离开之后，罗序刚冷静了一些，脑子也开始转了。这一冷静不要紧，罗序刚开始紧张了。他不应该这么草率地让吊眼儿去“干”童大林，不是不收拾童大林，而是要考虑周密一些，不然，吊眼儿出事了他也难逃干系。况且，他并没有想好要把童大林教训到什么“程度”，吊眼儿为了讨好他，并且，认为警察让他干的他就什么都不怕了，完全可能出手过“凶”，引发一起刑事案件。罗序刚开始后悔了，他立即给吊眼儿打电话，不想，吊眼儿的手机关机。

罗序刚仔细想了想，记得自己只让吊眼儿教训童大林，没有让他打死或者打残童大林，问题是，一旦动起手来，吊眼儿能掌握好那个分寸吗？一失手，把童大林打残废了或者打死了，问题可就严重了，凭借他对吊眼儿的了解，吊眼儿完全可能干得出来。这样一想，罗序刚越来越紧张，额头的汗汩汩渗出。

罗序刚说的小老板叫童大林，此时正在郊外的一个度假村和生意上的朋友踢五人足球，那个场地不大，草皮也不太好，草一虬一虬的像插了秧的稻田。场地不好加之童大林的体型发胖，没多大一会儿的工夫，他就气喘起来，坐在场地边儿喝瓶装饮料。这个时候，罗序刚的妻子小琪给童大林打来了电话。小琪告诉童大林，他已经和罗序刚谈了离婚的事。

“他同意吗？”童大林仍气喘着问。

“他没说话，我估计这事儿没那么顺利，不过，罗序刚也不可能和我上法院，所以，离是肯定要离的，我的决心已经下了。”

童大林说好，需要我做什么你就吱声。

小琪说你帮不上忙，你只要在精神上鼓励我就行了。

童大林说宝贝你放心吧，我是你永远的大陆。

放下电话，童大林的几个朋友围了过来，其中一个叫老曹的说：给你们出个谜，大家猜一猜，谁最厉害？几个人嘀咕起来。还没等人猜，老曹自己就说了：大林最厉害呗，警察的老婆他也敢干。大家哄地笑了。童大林咧了咧嘴，什么也没说。

事实上，童大林和小琪发生恋情并不是因为小琪的丈夫是警察，而小琪是他的初中同学，初中时童大林刚进入青春期，小琪的模样经常在他睡意蒙眬之际来袭扰他，他也做了很多幻想，并在幻想中手淫，以至第二天上课无精打采的。初中毕业，小琪考上了重点高中，从此童大林就和小琪分开了。应该说，这些事都发生在童大林这一方面，小琪对此一无所知，只是童大林还是认为，小琪是他的“初恋”。一晃很多年过去了，再见到小琪是在同学会上，当年一个差等生当了房地产老板，心血来潮，张罗起了初中（他只是初中毕业）同学会，这样，相隔多年之后，童大林和小琪又见面了。见面是在今年春天，小琪已经给罗序刚当了七年的妻子。

青年时期是人生的一道门槛儿，从那个门槛迈出去，大家的区别就明显了。如同一盒弹珠落到地上，弹珠会滚向四面八方，拉开了距离和层次。童大林没有像人们常规认为的方向发展：求学、工作。而是走了一条符合自己实际情况的路子。童大林天生就是个情种，配合他生就的“忧郁”的眼神，细高并挺拔的身材，他很得成熟女性的看好，在女人圈子里混了些年，恋爱经验也飞速成长，成为女人的超级杀手。按童大林自己的话说，我要看好谁，没有能逃出我“手掌心”的。

前些年，童大林在广州和香港混，据说被富婆包养，每天给人家洗脚、磨指甲，还得吃药来满足需求过旺的富婆。当然，这些都是隐秘的话题，童大林如果不是在醉酒并认为面对最知心的朋友，他绝对不会讲出来的。问题是，我们有这样的传统，大多数人往往注重结果而不是过程，所谓成者王侯败者寇，童大林回到家乡这个海滨城市时，他已经是个有钱人了，朋友忽地一下子多了起来。童大林开了一家公司，任董事长和总经理。有意思的是，童大林开公司似乎不是为了赚钱，或者说赚钱并不是最重要的，重要的是他得有个公司，有个头衔。每天，童大林开着白色的本田雅阁在街上转着，只干两件事：谈生意和谈恋爱。只是这两件事不可以混淆，谈生意的“谈”与结果不是必然联系，谈恋爱不同，谈的过程就是消费爱情的过程。

同学会上，依然风韵十足的小琪引起了童大林的注意，早年的记忆也开始复苏，并且，奇怪的是，一向不相信爱情的童大林居然觉得爱情是美好的。于是，从那天开始，童大林向小琪发起了攻势，打出了一套组合拳脚，配合一组豪华甜腻的套餐，一下子把小琪搞得晕头转向。一向严谨的小琪哪里见过这样的阵势，虽然结婚多年，可在感情方面还算得上是单纯的，她只适应着罗序刚的方式，接触了童大林之后，没想到男人和女人的世界里还有那么多的风情和风景。爱情场亦如棋道场，虽然只有黑白两种棋子，却永远无法演绎穷尽。当然，爱情也有棋谱，但棋谱只是经验的总结和认知，不能把什么问题都解决了。——或者这样说，人的感情犹如一条河流，感情生长时是河流的源头，涓涓溪流，清澈纯净，而恋爱高峰和结婚时是河流的上游，湍急激越澎湃，然后进入中段，平缓而淡漠，甚至可以感受到上游携带下来的泥沙。小琪和罗序刚的感情就处于七年之痒的中游阶段，当童大林传递给她的信息是：他们可以从上游重新开始时，她变得不安和躁动起来。客观地说，小琪的躁动也不是和罗序刚一点关系没有，这些年来，罗序刚经常值夜班，要么就到外地办案，她常常是一人独守空房。小琪还隐约地感觉到，罗序刚越来越不重视她，而且，脾气也越来越坏。谈恋爱那会儿，罗序刚像个“男子汉”那样保护她，有一次在公园门口，有两个小流氓调戏她，罗序刚三拳两脚把他们好顿教训。坏脾气对外时，小琪觉得受用极了，可罗序刚在外面并不总能找到合理的发泄渠道，难免在她面前也坏几次，就这几次，让小琪尝到了厉害，同时，也不免心寒。而就在这时，童大林出现了。

从童大林的角度讲，他没想到自己那么轻易就得手。或许年轻时太过袒露了，小琪了解他那点底细，或许是初中时的小琪太高傲了，他在小琪面前总是觉得矮三分，不想，他的一套拳路还没打完，小琪就少女般羞涩地跟他上了床。事毕，童大林激动得有些发抖，他光着身子跪在床前，用磁性的声音对小琪说：琪，求求你嫁给我吧！小琪被眼前的场面惊呆了，她过来搀扶童大林，感动得泪流满面。

三十五岁的罗序刚当了十年的警察，刚穿警服时，他毫无例外地是个“愣头青”，觉得自己了不起，见到谁都想要耍威风，后来经历了一些事，反而变得过于老实而沉稳了。这些年来，罗序刚经了风雨，也见了世面，他觉得自己已经知道如何处理警察这个职业和其他人的关系了。事实上，他还是觉得有很多人怕他，按老人的说法，让人怕得长吓人肉，罗序刚长得周正，甚至有点“奶油小生”之嫌，他所以有这样的感觉，肯定跟警察的职业有关。或者这样说，从警多年，罗序刚不自觉地把自己放在“主体”上，而把别人放在“客体”上，他可以用怀疑的眼神瞅别人，而别人是不可以那样打量他的。除非小琪。

小琪和罗序刚结婚这些年，罗序刚还真没想过离婚问题，尽管他们吵架的时候，也说过“离了算啦”这样的话，但那只是说说而已。罗序刚承认，这两年，他和小琪的关系是不够和谐，出了点问题，可问题在哪儿？罗序刚并不清楚，他也没觉得严重到什么程度。所以，当小琪认真地跟他提出离婚的时候，他觉得十分突然。罗序刚所以觉得突然，主要是以前从没想过小琪会向他提出离婚，这是他万万没想到的。那年，罗序刚抓获公安部网上逃犯立了二等功，小琪代表干警家属到会上发言，让不轻易感动的警察们都鼻子发酸。事后，同事纷纷找罗序刚说话，认为罗序刚副大队长找了一个漂亮、贤惠、有觉悟的老婆，还讲流利悦耳的普通话，像电台的节目主持人似的。罗序刚自豪和骄傲了一阵子。事实也是如此，罗序刚和小琪一起上街，小琪的回头率很高，次数多了，令罗序刚自己也产生了这样的想法，老婆就是很漂亮，并不能因为看时间长了就觉得不够漂亮。所以，很多时候，人的判断是需要别人的眼光帮助修正的。

当然，罗序刚也是个“刚性”的人，他并不怕离婚，他只是不能接受小琪先提出离婚。事情往往就是这样，即便到了离婚的份儿，罗序刚也不能接受小琪先提出这个事实。所以，小琪向他正式提出的时候，罗序刚缄默许久，一句话都没说。凭借罗序刚对小琪的了解，一向敢作敢为的小琪向他提出离婚肯定是有原因的，罗序刚决定搞清这个原因后再作决定。就这样，罗序刚不到三天的时间就查出了小琪的隐情，查出了她的情人童大林。罗序刚动用了“技术”手段，这一点小琪毫无察觉，仍一如既往地计划离婚的事儿。小琪犯的一个错误是，她觉得罗序刚只是丈夫而忽略了那个刑警罗序刚。罗序刚知道童大林勾引了小琪之后，他的牙咬得格格直响，暗自说：你小子，死定了。

罗序刚焦急地给吊眼儿打电话时，吊眼儿正在和发廊的小老板水红在出租房里“云雨”。这个时刻，吊眼儿大概不想有人打扰他，所以就把手机关了。

吊眼儿认识水红一个多月了。那天在水红的发廊剪寸头，他就跟水红胡吹乱泡，说自己是公安局的。水红听他说的头头是道，尽是“行话”，真的就以为吊眼儿是公安局的。她所提出的疑问是：公安局的人也剃板寸啊？吊眼说我是刑警，发型没有规定，况且，侦察时需要，还得化妆呢。水红喜欢看侦破片的电视剧，她对刑警的了解来自影视剧而不是实际，所以，她觉得吊眼儿说得很有道理。知道吊眼儿是警察，水红立刻殷勤起来，她想认识这个性格豪放、善于言辞的便衣警察，这一点非常非常重要。

水红家在外省农村，她在这个城市里干了四年，她太喜欢这个气候温和、干净漂亮的城市了，她做梦都想成为这个城市中的一员，在她看来，在这个城市里生活并不等于是这个城市里的一员。要成为这个城市的一员必须得有户口，有了这个城市的户口，即使回到了老家，也会觉得自己是那个城市中的一员。也许对有户口的人来说，几乎感觉不到户口的重要性，可对一个外乡人来说，户口是一个可以直接触痛神经的东西啊。当然，水红也知道，公安局管户口，她还听自己的同乡说过，某某认识警察，花了八千元就办了城市户口。从那以后，水红就对身边的人十分留意，希望能遇到一个可以帮助自己的警察。应该说，水红的理想和每天来剃头的人的理想是不同的，每个人理想的基点不同。对于水红来说，成为这个城市的一员几乎是她的最高理想。

剃完了头，水红坚持不收吊眼儿的钱。按说，吊眼儿连唬带蒙，说自己是警察的目的就是想省几个剃头钱，同时，在“扮演”警察过程中，心里也有了某种莫名的满足感。只是在与水红一来一往的对话中，他感觉到水红细腻的抚摩，再观察水红那双妩媚的眼神，吊眼儿改变了主意。临走，吊眼儿不仅付了钱，而且多给水红十元。水红受宠若惊，她和吊眼儿推来搡去。吊眼儿说，我是刑警，更应该以身作则，不拿群众一针一钱（如果不是小学文化的水红，碰到别人的话，仅凭这句话就会对吊眼儿产生怀疑）。水红很感动，认为自己碰到了好人。争执到最后，水红说这样吧，剃头钱我收下了，多给的钱死活也不能要。吊眼儿什么都不说，转头就走。

那之后，水红和吊眼儿开始了来往，交谈中水红知道，吊眼儿还没结婚，同时，吊眼儿还往死里夸水红，说水红漂亮、能干，像他姨家的表妹，并表示自己找对象不在乎城市还是农村的，只要人好就行。这些话都搅得水红睡不好觉，她躺在发廊木板搭的既是“阁楼”又是板铺的上方，思前想后：难道自己真的开始走运了吗？旧历年前，她买了一本香港人编的流年运程，那上面说，她今年走鸿运，事业大有长进，婚姻会有完美的结局等等。也许，吊眼儿的出现，真的福星高照，好运当头了。可是，一个警察会找她这个外地打工妹吗？不太可能，同时又不好说，凡事都有例外，况且，自己只是暂时的打工妹，将来自己成了城市人，自己不见得比他们差。话说回来，他吊眼儿也没什么出奇的，找自己这么一个如花似玉的姑娘（女人很少低估自己的美丽，大多都高估自己），还亏了吗？吊眼儿长相不好，按流行的话说有点“犯规”，可男人的长相又有什么重要的呢。思想上的问题解决了之后，水红和吊眼儿的交往就变得自然和坦然很多。

水红和吊眼儿交往过程中，必然要涉及户口问题，吊眼儿几乎没眨眼睛，一口应承下来，他说操，这点小事，哥给你办了。水红瞅了瞅吊眼儿，她说你们警察常骂人吗？吊眼儿说警察也是人，警察怎么就不可以骂人。水红想了想，觉得有道理。

吊眼答应给水红办户口，这个承诺如催化剂一般，使得水红软软地倒在吊眼儿怀里。第一次和吊眼儿行男女之事，水红告诉吊眼儿自己是处女，吊眼儿不相信水红是处女，一个农村来打工的年轻女人，尤其是干发廊这样敏感的职业，这种情况能剩下处女就怪了。当然，在发廊上铺干净的花格床单上，吊眼儿的确看到了殷红的血迹。吊眼儿睡过无数的女人，但从未睡过处女，他没有这方面的判断知识，也不相信有血就是处女。吊眼儿知道现在有人可以修复处女膜，他想，即便他睡的水红是处女，也是“美容”过的处女。有了这样的想法，必然要流露出来，所以，当水红柔情地对他说：“现在，人家可把自己的第一次给了你，你不可以负人家啊。”吊眼儿却说：“补个处女膜才几百块钱。”水红对这样的话题异常敏感，她像发了疯一般，大哭着扑到吊眼儿身上，将吊眼儿并不健壮的肩头咬出了血。

这件事就发生在几天之前，罗序刚找吊眼儿布置“任务”时，吊眼儿的肩头还在淤血。接受了“任务”之后，吊眼儿就溜达到了水红的发廊。路上，吊眼儿觉得有些后悔，他不应该对罗序刚的指示答应得那么痛快。虽然说罗序刚布置的任务他必须完成，可总要提一点条件，比如，这件事他不能自己去干，人家是老板，一旦身边有帮手，自己不能收拾人家还可能被人家收拾了。况且，一个人去也没有震慑力。如果找朋友帮忙，就得有所表示，起码得请朋友喝酒。钱从哪出？即便一个人不请，自己去干，也不应该白干。而罗序刚在给他布置任务时，根本没有要表示的意思。走到水红发廊门口儿，吊眼儿觉得问题解决了。他想的主意是这样的：在水红那儿拿钱。因为水红要办户口，办户口就应该出点“血”，而他给罗序刚办了重要的事，作为回报，罗序刚应该帮他办户口。这样，他就曲线把问题解决了，他也心安理得地拿到了钱。这钱不是拿水红的，应该算在罗序刚的头上。或者这样说，水红拿钱办户口，由他交给罗序刚，而罗序刚让他办事，再把钱给了他。只是，他直接拿了“该拿”的钱，不用倒儿遍手而已。

吊眼儿到了水红的发廊，水红明白吊眼儿的意思，打发了客人就把门关上，两人一起爬到“阁楼”上去了。事毕，吊眼儿对水红说起了办户口的事。吊眼儿说我是刑警，不直接管户口，管户口的是户籍警察。找朋友办事，就得上点“态度”。水红不知道警察分工那么细致，她还以为是警察都管户口呢，不过，对上“态度”她还是明白的。她问吊眼儿上供（她老家管这样的事叫上供）需要多少钱。吊眼儿说一万吧。水红说人家办都是八千，你是警察，怎么还贵了。吊眼儿眨了眨眼睛，他说你那是什么时候的价格，行情是变化的，再说，只是先准备着，到时候我见机行事，能少花就少花。水红问用什么方法办，吊眼儿说，这事儿由派出所的人办，有人死了，派出所不销户，不就剩下一个人的指标了吗？水红想了想，觉得有道理，答应下午去银行取钱。

下午，吊眼儿拿到钱，就在一家酒店里请了两个下手狠的“小兄弟”，他说一个小子把哥们的老婆给上了，咱们给他出出气，并答应事成之后，给他们每人一千元。那两个小兄弟说：没问题，把那小子的卵子籽挤出来，看他还敢不敢了。

罗序刚给吊眼儿打了好几个小时的电话，吊眼儿的手机一直关机，罗序刚失望了。罗序刚直接去了吊眼儿家，也没找到吊眼儿，罗序刚气得浑身发抖，他想，如果找到吊眼儿，非得给他几拳不可。随着时间的推移，罗序刚的担心也越来越重，他估计吊眼儿已经采取了行动，而他又找不到吊眼儿，唯一的办法是通知童大林，让童大林有了准备，避免和预防一下，这样，一场危机就可以化解了。问题是，真的去通知童大林，罗序刚是不肯做的，他希望童大林化险为夷吗？如果是这样的话，自己为什么还安排吊眼儿去收拾他？自己凭什么保护自己仇恨的人？可是，如果不通知童大林，吊眼儿就采取了行动，而行动的方向并不能保证按着自己的意愿发展，如果童大林死了或者残废了，自己能逃脱吗？吊眼儿被抓起来，他能保证不把自己供出去吗？当然，如果自己不承认，也没什么直接的证据，问题是，办案的人也不是傻子，一查就可以查出吊眼儿是自己的线人，而吊眼儿和童大林不认识没有利害冲突，有利害冲突的是自己……如果童大林不死还好办一些，如果童大林死了，谁也保不了谁了。

与此同时，罗序刚也这样想，任凭他去吧，怎么就知道吊眼儿能把童大林打死，人不那么容易就被打死的，况且，自己还交代吊眼儿，不要把童大林打死或者打残废了。即使自己让吊眼儿把童大林打死，吊眼儿凭什么就那么听你的话，吊眼儿才不会为你卖命呢，如果真的出了事，你罗序刚真能出头救吊眼儿吗？这一点吊眼儿心里有数，他很鬼道，自己知道给自己留条道儿，这样说来，别说你罗序刚没让他杀人，就是让他杀人他也不会真的去干的，出了事也会先把你扔出去。——即使这样想，罗序刚也不放心，一旦动起手来，谁能保证没有闪失，可能越不想出人命偏偏出了人命怎么办？这些年来，罗序刚接触了形形色色的犯罪嫌疑人，几乎没有不存在侥幸心理的，问题是，侥幸心理就像假币，到了关键时候就不好用了。

罗序刚找吊眼儿的路上，队里的内勤曹倩给他打来了电话，通知他到队里开会，说有紧急任务。罗序刚掉转了车头，直接赶回了大队。原来，昨天晚上郊区的一栋别墅里发生了凶杀案件，村长出身的老板和老伴被杀死在家里，初步判断为生意场的纠纷，对方雇人行凶，犯罪嫌疑人已经外逃。这个案子不归罗序刚他们大队管，但由于案情重大，市领导亲自过问，市公安局领导非常重视，决定抽调罗序刚所在的大队力量，参与追捕工作。所以抽调罗序刚他们大队的人，大概是考虑犯罪嫌疑人住在罗序刚他们辖区，而且，这两年，他们大队在追捕犯罪嫌疑人方面很有名气。

罗序刚坐在宋大队的身边，他在大队里是老二，一般外出追捕的事都由他亲自率队或者直接指挥，罗序刚想，这次他也跑不掉的。问题是，此时罗序刚的心境如同刚发生过地震的城市废墟，满目疮痍、尘土飞扬。宋大队叫他表态，叫了他两声他才反应过来。罗序刚目光躲闪，分心走神儿。宋大队介绍案情的时候，罗序刚恍惚地觉得跟自己有关，仿佛吊眼儿已经得手，童大林倒在血泊之中，自己虽然没用钱“雇”吊眼儿，可自己是幕后指使者，在定性上也可以说是“雇凶杀人”，要知道，雇有很多方式，并不一定要用钱的。宋大队说：序刚，看来你又要辛苦了，不过，事情也得辩证地看，这可是难得的露脸机会。在过去的若干年里，一政治学习就学习辩证法，尽管宋大队的文化水平不高，似乎对辩证法掌握的倒很坚实，所以，他每次讲话都用“不过”转折，大事小事都用辩证法。

在这个“节骨眼儿”上，罗序刚自然不想离开本市，或者这样说，在找到吊眼儿把事情解决之前，他不能离开。可罗序刚找不到更好的不接受任务的理由，无论他让吊眼儿去收拾童大林，还是小琪跟他闹离婚的事，都不是可以拿到明面上的事。罗序刚支吾着，说：我没什么说的了，宋大队你来定吧。宋大队说我来定还让你说什么，不过，我该定的事已经定了，这次追捕，我的想法你就不要去了，你在家坐镇指挥，派谁去由你定。这话宋大队已经讲过了，只是讲的时候，罗序刚没听进去。

罗序刚似乎明白了什么，他想了想，说：别我来定，你是老大，你决定我们服从就是。

会议结束，罗序刚彻底决定了放弃收拾童大林的计划，他就是挖地三尺也要把吊眼儿找到，实在找不到，他就想办法通知童大林，让他有所准备，以逃过这场劫难，童大林逃过了劫难，他自己也逃过了劫难，情形变化如此之快，是罗序刚自己始料不及的，现在，童大林面临的危机几乎成了自己面临的危机，有意思的是，导演这场危机正是他自己，所谓作茧自缚吧。

罗序刚所以这么果断地作出了阻止吊眼儿行动的决定，应该说跟会上讨论的案情有直接的关系，它起到了警示的作用，有的时候，典型案例不仅用于警示老百姓，也直接作用于执法者。罗序刚就是在分析案情过程中被震动并猛醒的。他可不想成为一起案件的幕后真凶，然后成为阶下囚。还有一个潜在的原因是，他不能因小失大，因为一时动气而丧失了自己美好的前程。今天会上，宋大队向他做了明确的暗示，让他来作“决定”，这说明什么？说明前一段的小道消息兑现了。前一段，有人传宋大队要上调到支队当政委，罗序刚接大队长，宋大队肯定得到了明确的消息，不然，一向注意维护自己权威的宋大队不会“理直气壮”地让罗序刚作决定的。

从队里出来，罗序刚准备回家换换衣服，新任务来了，又得一阵子不能回家了，出差不说，不出差也得在队里指挥。回家的路上，罗序刚想，自己决定阻止吊眼儿还是对的，不能因为自己气愤、因为观念上饶不过弯来，就付出高昂的代价，这样，问题不但没解决，还把自己搭了进去。的确，小琪是自己的老婆，可她不是自己的附属物，她只是和自己结婚了并没有卖给自己，她有自己独立的人格和她选择的权利。即使小琪是自己的附属物，他也得好好分析其中的利害得失，从这个角度讲，罗序刚突然意识到，其实，人的任何行为都是需要成本的，你的行为和要解决的问题是不是对应的，聪明人应该用低成本而不是高成本来行动的。想到这儿，罗序刚觉得困扰自己的一个大问题终于解决了。接下来，罗序刚感到自己放松了许多。他想，并不是每个人都可以解决这个问题的，很多人还被莫名其妙的观念所束缚，办了或者继续在办很多自己认为值得实际上非常错误的事情。幸好，自己把这一关过了。

快到家门口儿，罗序刚又尝试着给吊眼儿挂了一个电话，吊眼儿的手机开机。听到振铃声，罗序刚的心突突直跳，他那么急切地希望听到吊眼儿的声音。奇怪的是，吊眼儿不接电话，罗序刚一连挂了五六次，吊眼儿还是不接电话。罗序刚想，也许吊眼儿在蒸桑拿，手机放在衣物箱里。

罗序刚给吊眼儿打电话时，吊眼儿并没在蒸桑拿，而是和他找的两个帮手在饭店里喝酒。那是一个中低档饭店，里面的人挺多，闹闹吵吵，有意思的是，饭店还学大宾馆放音乐，只是，所放的不是背景音乐而是流行歌曲。在这样的环境里，吊眼儿根本听不到手机的铃声。即使饭店的环境不嘈杂，吊眼儿也不一定能听到手机铃声，他和两个小哥们都喝过了正常的"水位线"，说话一个比一个嗓门高。

借着酒劲儿，吊眼儿吹起了大牛，他对两个小兄弟说：你哥的后台硬着呢，你们放心，只要不出人命，我都可以把你们保出来。其中一个叫大黄的问吊眼儿：真的假的？吊眼儿说，我操，我跟你们吹有意思吗？现在，在道上混的，没后台行吗？……我跟你们说实话吧，我交给你们的事儿就是刑警队头儿的事儿，有些事警察自己能干有些事不能干，就得哥们去干。这么说明白了吧？两个小兄弟眼巴巴地瞅着吊眼儿，大黄说：你的意思是，姓童那小子把警察头儿的老婆干了？警察头儿让我们替他出气？吊眼儿神秘地点了点头。另一个叫荷兰猪的小兄弟说，这么说，还是我们厉害。大黄问：什么厉害？小兄弟说：你想，警察的头儿让人欺负了给戴了绿帽子，最后还不靠我们给摆平。大黄想了想，说对呀。吊眼儿说对个屁，这叫卤水点豆腐，一物降一物，就像我们玩的酒令，老虎、小鸡、虫子、棒子。说的时候，吊眼儿还用酒杯、盘子和筷子什么的摆在桌子上，作战参谋一样指点着：警察是老虎，可警察的老婆是棒子，棒子可以打老虎，姓童那小子是虫子，专门吃棒子，我们是啥？小鸡呗，专门吃虫子。到了最后，老虎还吃我们，我们还得听警察的。社会就这么回事儿。两个小兄弟听傻了眼，那工夫，吊眼儿成了他们眼里的哲学家。愣了好一会儿，大黄问吊眼儿：你说的警察头儿，是公安局长吗？吊眼儿含糊其辞，差不多吧。

大黄说，如果是这样，我们就不掺和这事了。

"为啥？"

"警察的事儿，我们不沾边儿。"

“错。”吊眼儿有力地一挥手，“正因为是警察的事儿，我们才要管，不仅要管而且还要管好。……这可是千载难逢的好机会呀，你们想一想，你们敢保证以后不犯事儿？敢说求不着警察？要是平时，你想近乎他们都近乎不上，送钱行吗？人家稀罕你这点钱，况且，你去送，人家敢要吗？……现在不同了，他有事需要我们做，不是送上门的生意吗？”

大黄说：“哥你单纯了点吧，警察翻脸比翻眼珠子都快。出了力不一定讨好。”

吊眼儿说这个我还不知道，我跟警察周旋了这么多年，什么不了解。社会上不是说吗？什么关系最铁，一起分过赃的，一起嫖过娼的。关键要看什么事儿，办这样的事儿，就把警察拴住了。明白吗？

吊眼儿巧舌如簧，把两个小兄弟给说服了，他们纷纷给吊眼儿敬酒，并表示以后要跟吊眼儿混。大黄说哥你放心，我们肯定把姓童那小子给作了，权当练手儿。到时候功不功的无所谓，出了事儿你保我们就行。

吊眼儿说一点问题没有。……但是但可是，不要把他弄死，本次行动的要求是，既不要把人弄死，还要狠狠地教训他。说一说，吊眼儿还有了领导的口气：关键在于把握好这个度。

两个小兄弟相互瞅了瞅，大概觉得这个“度”不大容易掌握。

他们仨人事儿没办，酒没少喝，一喝就喝了三四个小时，一箱啤酒喝没了。吊眼儿摇摇晃晃去卫生间，他刚进去，就传来了女人的叫声。原来，吊眼儿走错了方向，进了女厕所。吊眼儿回来，两个小兄弟乐得前仰后合，大黄说老大，要不这样，我们打电话叫两个妹妹来，一起喝花酒。吊眼儿乐了，他说好啊，你哥就好这口儿。

吊眼儿拿起自己的电话，这时，他发现手机上显示有十几个未接电话。

这期间，罗序刚继续给吊眼儿挂电话，除了罗序刚之外，水红也在给吊眼儿挂电话，挂得不比罗序刚的次数少。

水红的电话吊眼儿自然不能回复，两个小兄弟正给他找“妹妹”，他可不希望水红出现给撞上，而罗序刚的电话他就不能不回了。

吊眼儿给罗序刚打了电话，他说哥你找我了吧，我正安排这事……话没说完，就听罗序刚在里面骂上了。罗序刚说你他妈的没死啊为什么不接电话。吊眼儿怔住了，刚才还处于兴奋状态下的他，如同晴朗的天空下载歌载舞的人群突然遭遇了雷雨大风，浇得浑身冰凉。吊眼儿还没解释，罗序刚说：交代给你的事不办了。吊眼儿觉得自己更加被动，他说我马不停蹄，现在已经安排好了。如果着急，今天晚上……

“你没听明白吗？我说不办了。”

“为、为什么？”

“不要问为什么，不办就是不办了。”

“可是，我已经安排下去了……”

“立即停止。”

“可是……”

“就这样吧，我还有事，有时间我跟你联系。”

就这样，罗序刚把电话放下了。吊眼儿愣了半天，才缓过神来。大黄问他什么事儿。吊眼儿说没什么事儿。“不对吧，”大黄说，“是不是警察头儿来了电话，不让咱们干了。”吊眼儿想了想，说：“他是这么说的，可是他上午刚交代，怎么这么快就变卦了？……我感觉他说话不方便……不知道他到底怎么想的。”

大黄说是啊，人心隔肚皮，况且，警察的想法你能整明白就怪了。

吊眼儿的眼睛不停地眨着，眨了一会儿，突然挑了一下他的吊眼梢儿，大声说：我明白了我明白了。两个小兄弟都凑近了他，问他明白什么了。吊眼儿说：他所以让我们停止，并不是不想干，是怕我们出事连累了他，你想，他是警察，还是头儿，他最怕什么？

大黄说：怕棒子。

“什么他妈的棒子？”

“不是你说的吗？就是他老婆。”

“我那不是比喻吗？其实我知道，他最怕出事。所以……”

“所以这事儿就不办了……”

“错。”吊眼儿说，“这事儿不仅要办，而且还要办好。”

“这我就不明白了。”荷兰猪说。

吊眼儿有点神秘地说：你脑袋肯定让傻子摸过。……你们想，你老婆让人干了，你能不生气不想收拾让你戴绿帽子那个人吗？（大黄点头，荷兰猪默许）所以呀，我的委托人并不是不想干，而是怕出了事连累到他。我们只要干得漂亮，不连累到他不就行了。

大黄说那我们可不干，干好了没功劳，干不好责任全是咱们的。

“错，”吊眼儿大声说，“这样就更得干了。他说不让这么干，咱们干了，那才够意思，既帮他解决了问题，又不是跟他要人情。”

“不要人情咱们扯啥？”荷兰猪说。

“错，”吊眼儿说，“不要人情是最大的人情，你们不懂。”吊眼儿这样说，大黄和荷兰猪相互瞅了瞅，似乎明白了什么似乎什么又都没明白。大黄说：得了，我们不管人情不人情的，反正我们也不认识那个警察，头儿，我们只认识大哥你，只要你满意，别亏待了我们兄弟就行。

吊眼儿说这就对了，现在是组织上考验你们的时候到、到了。来，拉弓没有回头箭，就一个字：干！

吊眼儿给罗序刚回电话时，罗序刚正在家里。让吊眼儿猜着了，罗序刚讲话的确不方便，小琪就在他旁边。罗序刚毕竟是刑警，他知道如何处理这样的应急事件，他和吊眼儿通话时并没有借故离开，就当着小琪的面讲完了电话，小琪毫无察觉。

罗序刚收拾衣服的过程中，他和小琪都没讲话，等他要离开家的时候，小琪说：“就这样走吗？”

罗序刚说又出了起大案，我要急着处理。等这个案子处理完，我答应跟你讨论离婚的事……但是请注意，我说的是讨论，并没有答应什么。

小琪还想说什么，罗序刚已经推门出去了。

这样的话是罗序刚事先设计好的，他觉得在眼下的“关键时刻”，离婚不是件好事情，光阻止了吊眼儿的行动还不够，还不能离婚，如果真的离了，也要等他的大队长令下来再说。而这些，他都不能对小琪讲，他唯一的办法就是拖。拖是一种智慧、一种谋略。没有人说拖是不道德的，也没有任何法律说拖是违法的。

水红从未对吊眼儿产生过怀疑，可自己把一万元钱交给吊眼儿，尤其是她给吊眼儿连挂了六七个电话而吊眼儿不接之后，她才觉得心里不踏实了。回忆起和吊眼儿交往的过程，也觉得生出了很多疑点。水红决定立即找到吊眼儿，她匆忙地打发走客人，连打扮都没打扮，就把发廊的卷闸门拉了下来，去找吊眼儿了。吊眼儿和水红交往中，他犯的一个判断上的重大错误是，他觉得水红是发廊女，对待男女的事不会那么认真。这个判断恰恰反了，水红不仅认真，而且有些执拗，在她看来，她把她的第一次给了“警察”吊眼儿，等于把自己的一生托付给了他，和他上床不单单是上床的问题，而是把“自己的身子”给了他。这有点奇怪，按说，水红接触的人很多都跟“风月”场所沾边儿，她应该想得开才是，奇怪也就奇怪在这里，即便是水红接触的“小姐”，有很多人在骨头里反而守旧传统。所以，吊眼儿招惹了水红，注定要被水红死死地缠住，水红绝对饶不了他，放不过他。

说来有意思，作为刑警副大队长的罗序刚找不到吊眼儿，而开发廊的水红从决定找吊眼儿到找到吊眼儿没花上一个小时的时间。水红出现在吊眼儿喝酒的酒店门口儿，吊眼儿正和大黄和荷兰猪找来的小姐喝“交杯酒”。水红大步走了过去，把吊眼儿身边的酒瓶子拎了起来。吊眼儿一看水红，傻了眼。

水红什么话也没说，拿起酒瓶子，咕咚咕咚把瓶子里剩下的半瓶白酒喝了进去。

吊眼儿对大黄和荷兰猪使了个眼色，连忙站起来拉水红，水红不走，但她毕竟没吊眼儿的力气大，被吊眼儿拉到了饭店的门口。吊眼儿有些生气地对水红说：我正在调查一个案子，你来干什么？

“我来碍你的好事了是不是？”

“胡说什么。”

“我胡说，你看那几个人都是什么人？”

“他们……是我的线人，你不懂，线人就是……”

“你少来骗我。跟你黏糊的那个女的也是线人？”

“她……”

“女线人？你骗谁呀！”

“她呀，”吊眼儿凑近水红，小声说，“她是我们刑警队的，化装侦察……”

水红大声骂道：“我操你妈孙刚（吊眼儿告诉水红他叫孙刚），你还骗？那个女的是警察？她他妈的是个‘鸡’，傻子一眼都能看出来！”

这时，跟吊眼儿喝交杯酒的小姐过来了，她挎住吊眼儿的胳膊，问：孙哥，她是谁呀，能介绍介绍吗？

水红大叫了一声，发疯一般冲了过去，劈头盖脸把那个被吊眼儿称作女警察的人好一顿揍。

罗序刚带两个警察去了黑龙江一个叫方正的县城追踪犯罪嫌疑人，那里不通火车，他们在哈尔滨改坐客车，折腾了半天才到达方正。到了方正之后，他们才知道，犯罪嫌疑人已经离开。罗序刚给宋大队打电话，除了报告情况之外，还发了几句牢骚，他说犯罪嫌疑人刚跑，如果不是办案经费不足，他们就可以打出租车而不用等长途客车，就不会耽误时间了。宋大队说，既然犯罪嫌疑人已经跑了，你们就回来吧。“小罗你也别上火，没抓到逃犯，表面上看不是好事，不过，从另一个角度说，也可以磨炼我们的意志，不见得是坏事。当然了，从磨炼意志的角度来说是好事，尤其是你，将来当了头儿，更应该沉得住气，要有举重若轻的态度，这很重要。不过，从追捕罪犯的角度说，没抓到人，贻误了战机，的确令我们的工作很被动。”其实，在哈尔滨换车时，他们本来可以早一趟车的。只是罗序刚还牵挂着童大林的事，他担心吊眼儿喝酒之后不按自己的指示行事，弄出点节外生枝的事儿，自己就被动了。为稳妥起见，罗序刚到车站对面一个食杂店，用公用电话给童大林的单位挂了电话。一个小姐接的电话，问罗序刚是哪的。罗序刚说自己是网络公司的，和童总有一笔生意要谈。这也算是经验吧。有一次，罗序刚带警校刚毕业的小孙去调查摸底，小孙上楼敲门，一个也敲不开，急得一头汗。罗序刚问他怎么说的，他说“公安局的”，罗序刚说，你跟我来，说着带小孙上了楼，敲门。里面问谁呀？“查暖气管道的。”门开了。罗序刚对小孙说：“凡事不能太教条了。”

童大林公司的小姐说，我们童总去广州了。

“什么时候走的？”

“昨天啊。”

“什么时候回来？”

“一个星期吧。”

“可以把童总的手机号码告诉我吗？”这样说大概是想把戏演得更真实，其实，罗序刚有童大林的手机号码。

“不行，我们不可以随便把老总的手机告诉别人。”

放下电话，罗序刚舒了一口气，他自言自语：童大林，我暂时放你一马。

这世间的事就是这么巧合，罗序刚他们到方正时，那个犯罪嫌疑人刚离开不到二十分钟，也就是说，如果罗序刚不打那个电话，他们就可以早半个小时到达方正，也许就将犯罪嫌疑人抓住了。只是，这些罗序刚都不能说。

罗序刚对宋大队说：我想在这里留两天，一是和当地公安部门联系一下，请他们配合，进一步排查一下；二是如果嫌疑人返回方正，正好抓他。宋大队想了想，说那先这样吧，如果有了新消息，我再通知你们，不过，通知你们不一定来得及，实在来不及，我再派人。罗序刚听到这儿，心向下沉了沉。他想，有些事可能是自己判断错了。宋大队说话的口气并不像他要离开的样子，如果他离开了而自己接任大队长的话，不可能不把他调回去。

罗序刚越想头越痛，他告诫自己干脆不再想了，反正自己的选择是正确的，正确在于，他不在本市，就可以避免和小琪接触，就可以拖离婚的事，而且，在提拔自己当大队长的关键口儿离开一下，也是好事，以静待动，可进可退。罗序刚这样想，并且认为是正确的。

事实上，童大林并没有去广州，他告诉公司的人这样说，他并不知道有个罗序刚在盯着他，他这样说的主要目的是躲小琪。自从和小琪在同学会见面，童大林就发了烧一般，时时刻刻想见到小琪，想方设法讨好小琪，那个时候，小琪让他干什么他都能干，可和小琪上了床之后，他的热情就陡然降温了。童大林降温的原因并不是小琪不好，的确，在床上小琪表现得很被动，多少还有一些羞涩，可这些对童大林来说并不是缺点，相反，这些是童大林在别的风骚的女人身上所见不到的。问题并不在于这些，问题在于，童大林身上固有的对女人的征服欲，越难征服的女人他的斗志越高，使出的手段也越多，当这个女人被征服以后，童大林就精神萎靡，浑身发软，像泄了气的气球，松松垮垮。小琪当然不知道这些，她所感觉到的童大林是充满激情的，甚至是真挚的。比如，童大林在他们做爱之后跪在她的面前，流着泪恳求她嫁给他。小琪被深深打动了。也许，对于童大林来说，当时他并不是在演戏，他就那样表达激动的方式，甚至是真实的心理流露，只是，做爱的瞬间他那么想，可事情过后，他又不那么想了，就这么回事儿。因此，当小琪告诉他，她已经同丈夫谈了离婚的事，童大林才彻底醒悟了。事实上，他不可能和小琪结婚，他要的是爱情而不是婚姻，婚姻是要付出成本的，童大林可不想让一个女人给束缚住了，尤其是一个老女人。他想，如果真的结婚，他一定要找一个有钱的、起码比自己小十岁的女人，这个女人无论如何也不会是小琪。小琪不过是他对少年丢失尊严的一个补偿，圆一个旧梦而已。总之，梦毕竟是梦。

童大林打电话告诉小琪，他要到广州处理一笔生意，起码一个星期的时间，同时他还告诉小琪，关于离婚问题要好好想一想，彼此需要点时间。按以往的经验，女人的热情一旦被点燃起来，扑是很难扑灭的，最好的办法是，慢慢冷却它。

沉浸在爱情中的小琪轻易就相信了童大林。她每天给童大林打一个电话，关心一些饮食、睡眠方面的事，童大林以为自己很成功，又开始有条不紊地对新的猎物进行追逐。他怎么也不会想到，就在这个时候杀出一个吊眼儿。

那天中午，童大林正请银行负责外汇业务的小营业员吃饭，那个文静的小女孩是他刚发现的猎物。这时，三个表情古怪的男人在门口等他，他还没打开自己的车门，其中一个留平头、吊眼儿梢的人走到他跟前，对他说：哥们，跟我们走一趟。童大林愣住了，他瞅那几个人的目光很凶，知道不会有好事儿，大脑在瞬间一片空白。童大林勉强支撑着，他严肃地说：我不认识你，凭、凭什么跟你走？吊眼儿小声说：别废话，我不想让你在这儿流血。童大林傻了，他几乎没有了思考的能力，扔下银行的小职员，就跟吊眼儿他们上了一辆事先停在路边的出租车。

吊眼儿他们把童大林带到了海边公路上，那里悬崖峭壁、树林稠密，行人和车辆也很少。吊眼儿把童大林推到悬崖边儿，对童大林说：现在，你自己跳吧，我们不推你。荷兰猪手里拿着刀，假笑着说：是啊，推你下去，我们就成了杀人犯，你自己跳下去……童大林冷静了不少，他连忙说哥们，到底怎么回事？我怎么得罪几位大哥了？我做错了什么？……大黄说，你做了什么你自己心里明白，你跳不跳？你不跳我可推了，大不了，你是失足落水……荷兰猪说你不跳也行，把你的卵子籽挤出来，省得你到处跑骚！童大林似乎明白了，他咕咚一声跪在地上，他说我错了，几位大哥饶命，几位大哥饶命。吊眼儿走到童大林面前，搬起童大林的头：别说，这小子长得是他妈的挺帅的，要不怎么讨女人的喜欢？与此同时，吊眼儿看到，童大林的裤子已经湿了，他用刀挑着童大林的裤子，说：这小子是个孬种，吓尿裤子了。啪！吊眼儿给了童大林一个嘴巴：“说，你都错在哪儿了。”大黄和荷兰猪见吊眼儿已经动了手，就挤了进来，对童大林拳脚相加，把童大林打得满地打滚，跪地求饶。打过了，吊眼儿坐在童大林对面的石头上，让童大林坦白交代。这会儿，吊眼儿仿佛成了审问的警察，并不直接问他已经掌握的情况，只是让他自己说，而童大林说的几乎每一件事都与小琪和罗序刚无关。每说完一件事，吊眼儿都摇了摇头，说：还有！

大黄和荷兰猪不像吊眼儿听得那么有滋有味，他们到一旁抽烟。而吊眼儿的兴致正浓，他像一只捉到老鼠的猫，并不急于咬死它，而是放在自己的控制范围之内，戏弄和玩耍。吊眼儿尤其对童大林说的床上事感兴趣，细节是什么，采用了哪些姿势等等。问的时间长了，童大林也有些醒悟，他见大黄和吊眼儿不在身边，立即抓住机会，小声对吊眼儿说，哥你就告诉我吧，到底是谁要我的命？吊眼儿说这个你别问，反正有人出钱。童大林说哥我知道你们不容易，不然不会这么干，这样吧，他出多少钱，我给你五倍。“错！”吊眼儿说，钱是一方面，钱不是最重要的，咱得讲哥们义气。童大林说是，钱不是主要的。可我有决心改，为了表示我的诚意，我给你们十万元，算做辛苦费，收了钱，你们还想要我的命我也没什么话说了，反正我做过努力了。童大林这样说，吊眼儿笑了起来，他说你小子还挺会办事的。……你怎么给我们？

“我卡上就有，一会跟你们去银行取。”

“你想套我们啊。”

“我哪敢，套了你们，你们再把我送到这儿来。……不用你们推，我自己跳。”

吊眼儿眨了眨眼睛，他说那我可得把话说明白，你出十万是买你自己的命，你可不能让我们去杀那个人。

大哥说的哪个人？

“……让我们杀你的人。”

童大林苦笑着：我哪敢呐，本来有错的是我，我只能破财免灾了。

吊眼儿想了想，说：我看你这人也挺痛快的，这样吧，我们哥仨就饶了你。不过，以后招惹女人别招惹到警察。天底下女人有的是，为啥要自己找挑战呢？

吊眼儿这样说，主要是被十万元给兴奋了，一激动就把不住门了。本来，他还嘱咐大黄和荷兰猪，千万不能把罗序刚给露出去，不想，自己不经意间就给暴露了。童大林说那是那是，我是王八犊子、烂仔，我一定吸取教训……其实，吊眼儿不想杀童大林，从来没杀他的念头，他和大黄他们商量，准备好好教训他一通，让他住半个月的医院，也就给了罗序刚交代。原本，他想会有一场冲突的，不想，童大林那么尿泥，经不住拿捏。而十万元可是他意外的收获。童大林提到十万元时，吊眼儿的内心里就涌起一阵一阵狂喜，他想，也该他发财，就在前两天，他从水红那里拿了一万元钱，喝酒的时候，水红突然出现，跟他大闹了一场。水红走的时候说，我现在明白了，你是冒充警察在诈骗啊，你现在把我的钱还给我。吊眼儿从水红那儿拿到钱之后，到邮电储蓄所交了手机话费，还买了一条名牌T恤，请大黄他们喝酒用的也是那份钱，他当然还不上了。水红说，我给你两天时间，如果你不把钱还了，我就报110。吊眼儿还为这笔钱发愁呢，不想，在童大林这儿，他有了意外收获。

吊眼儿把大黄和荷兰猪找到一边，他对大黄和荷兰猪说，这小子已经服了，他还答应给咱们点辛苦费。荷兰猪问多少。吊眼儿说一万。大黄说行啊，多少是多啊。吊眼儿说那可不行，兄弟们冒着风险，他就给一万哪行，我管他要三万，咱们哥们一人一万。大黄有些紧张，他说这样行吗？不能出事吧。吊眼儿说，你们放心吧，有事由哥兜着。是他自愿给的，也不是咱们抢的。

大黄和荷兰猪相互瞅了瞅，在荡漾着喜悦的目光中默许了。

罗序刚离开五天后才回来，他们坐的那趟车是夜车，下车时天还没亮。罗序刚到家将近5点。这个时间，小琪是不能起床的。

罗序刚小心翼翼地打开家门，没进卧室，直接躺在沙发上。在方正这几天，他整天都在想小琪的事，尤其是昨天夜里在车上，他想到了离婚问题。所说的想到离婚问题不是小琪想离婚，而是罗序刚也想离婚。罗序刚这样想，既然发生了这样的事，维系和小琪的婚姻也没多大意义，无论罗序刚怎样努力，到头来都可能是留住了人留不住心，况且，无论小琪还是罗序刚，都属于完美主义者，发生了这样的问题，再恢复到以前的状况恐怕很难了。所以，罗序刚决定回家之后就跟小琪谈，同意离婚。他要和小琪心平气和地谈，财产分割上他也准备让一让小琪，毕竟夫妻多年，还是有感情的，总不能夫妻不做还成了仇人。当然，同意离婚不等于马上就办，他要等任命大队长的令下来。他想，小琪得到他的承诺，也不会闹了，愿意在家住就在家住，不愿意在家住，离婚前这一段，回她妈家也行。这样做，对于他们两人来说，都解脱了，而对于自己的仕途来说，还稳定了大后方。

这些都是罗序刚找的外在的原因，有一个更隐秘的原因罗序刚是不能讲出来的，那就是：罗序刚自己也有潜在的离婚的愿望。一个人面对另一个人久了，都会多多少少地生厌，无论男人还是女人。社会上总有源源不断的新的诱惑，这些诱惑在特殊条件下会使原来稳定的结构发生变化，况且，男人和女人不同，三十五岁的男人还很年轻，而三十五岁的女人就有点走下坡路的意思。如果罗序刚和小琪离了婚，罗序刚有可能找到比小琪更年轻、条件更好一些的人。现在的罗序刚和七年前不同，那时一脸稚气、没一点积蓄，现在不一样了，他现在是刑警大队的副大队长，马上就要当大队长，如果自己当了大队长就相当于副处级干部，三十五岁的副处级干部，是年轻的干部。目前的社会状况下，他选择的空间可就大了，完全可以找一个没结婚的姑娘。别的不说，刑警队里的内勤周倩就可能。平时，周倩跟自己合得来，没事总往他身边凑，跟他开一些半真半假的玩笑。罗序刚去方正的头一天，周倩还找他，对他说：罗队，跟你讲一个笑话，题目是谁最厉害。罗序刚笑了，他说笑话还有题目？“我加的。”周倩说。周倩讲的笑话是这样的：一个出租车拉了一个乘客，到站了。乘客拿出一把水果刀削自己的指甲，一边削一边说：你看，我这出租费该给吗？司机瞅了瞅，从座位下面拿出一把大菜刀，刮自己的胡子，一边刮一边说：你觉得你不该给吗？罗序刚笑了起来，他说我也给你讲一个，也可以叫谁最厉害。法国人说他们的白兰地厉害，喝了以后走几步就倒了；英国人说他们的威士忌厉害，喝了立刻就倒；中国人说还是我们的二锅头厉害，你们一会看吧。于是，三人用老鼠做实验。一只老鼠喝了白兰地走了几步果然就倒了，另一只喝了威士忌没走就倒了，到了第三只老鼠，它喝了二锅头之后，竟然兴奋地跑回到洞里。法国人和英国人都说，你们的酒不厉害，是假的。这时，老鼠手里拿着大砖头，从洞里出来，问：猫呢？猫在哪儿？周倩大笑起来，笑得直捶罗序刚的胳膊。

罗序刚临走，周倩还偷偷送给罗序刚两瓶口腔清新剂，她对罗序刚说：乡下刷牙不方便。……当然，罗序刚想和小琪离婚并不是因为周倩，他和周倩只是比其他人更近一些的同事，并不能确定他离婚了就可以和比自己小十岁的周倩结婚。罗序刚对离婚后的优势状况不过是推测出来的，也许，推测出来的空间比具体到某一人身上还有吸引力。因此，罗序刚更加觉得在对待童大林的问题上，自己做得对，现在，他的想法和当初的想法发生了重大的转变，他甚至觉得自己应该鼓励童大林把小琪“抢走”，这样，既达到了让小琪离开自己的目的，又把所有的“理”和“同情”都留在了自己这一边。当然，罗序刚在思考这些问题时，心情也是十分复杂和矛盾的。

罗序刚在家里沙发上躺着，不知什么时候小琪出现在他的面前。

小琪穿着睡袍站在他的对面，大声喊：罗序刚，你真卑鄙！

罗序刚爬了起来，他说：“一大早晨的，你喊什么？”

“我问你，你凭什么跟踪我？”

“我跟踪你？我什么时候跟踪你了？我刚从黑龙江回来……”

“别狡辩了。你干了什么你自己知道。”

罗序刚意识到，可能是吊眼儿那头捅了娄子。他严肃起来：“那我告诉你，我没跟踪你，是你自己把事儿露了，怎么？你觉得你做得很正派、很坦荡、很心安理得是不是？”

“……我没说我心安理得，可我没犯法，你呐？身为执法人员，你以为你了不起了，你就可以知法犯法？”

“我知法犯法？我犯什么法了？”

“要我戳穿你吗？罗序刚啊罗序刚，我和你生活了这么多年，我怎么也没想到你竟然雇人去杀人……”

“什么？我雇人去杀人？你不要血口喷人！”

“怎么？说到你痛处啦？我血口喷人？我怎么不喷别人？”

“好，就算我犯法，那你为什么不去告我？”

“告你，那要看事态的发展，到告的时候自然就去告了。”

罗序刚在小琪的话里侦察到了必要的信息，他缓了一口气，说：无中生有，胡闹！

罗序刚和小琪吵完之后，他就找到了吊眼儿，吊眼儿见罗序刚脸色铁青，他知道自己还是没让罗序刚满意。罗序刚说，我告诉你不让你找童大林了，你没听清吗？是我没说清楚？吊眼儿说你说清楚了，是我自己想干的。哥你有胸怀，你宽宏大量，可我心里转不过弯儿来，我替大哥不平。吊眼儿还告诉罗序刚，他没把童大林怎么样，只是吓唬他一番，打了他一顿，没什么事儿，他自己也认错了。“这事儿跟哥你没关系，是我跟童大林个人的事儿，已经搞定了。”罗序刚听吊眼儿讲了教训童大林的经过，他知道吊眼儿不敢骗他，放心不少。其实，最关键的事——十万元的事，吊眼儿自然不能跟罗序刚说。事已至此，罗序刚教训吊眼儿也没用了，就劈头盖脸地臭骂了吊眼儿一通，然后回了刑警队。

罗序刚走后，小琪在家里蒙头大哭，她恨死罗序刚了，她发誓一定要跟罗序刚离婚。原来，小琪给童大林打电话，觉得童大林不像以前那么热情，她有些心寒，隐约地觉得童大林有些靠不住。而罗序刚出差之后，小琪整理家里的东西，眼前总离不开罗序刚的影子，小琪开始有了内疚感，觉得这件事自己做得有些过分，她想等罗序刚回来好好谈一次，包括和童大林的事她也想谈一谈。小琪做了这样的决定之后，就给童大林打了一个电话，她想要童大林明确的态度。通电话时，小琪说：怎么总是我给你打电话，而你不给我打电话？以前你不是这样的啊。童大林说你还说呢，我怎么敢给你挂电话（其实，这正是童大林找的借口，吊眼儿找他之后，他顺水推舟，把冷落小琪的责任推到了罗序刚身上），我差一点就没命了。小琪问怎么回事，童大林说，你丈夫厉害啊，他是警察，他雇人杀我。小琪一听，觉得两眼发黑，天旋地转。小琪觉得罗序刚比她想象的还可恨、还恶劣，她让童大林去报案，童大林说死不肯，他说我在明处人家在暗处，我可珍惜自己的小命儿。“小琪，你是这个世界上难得的好女人，可惜啊。小琪，我向你提出一个请求，以后你不要找我了，不然，我的命难保啊。”小琪说你要是个男子汉就不要说这样的话。童大林说我算不上是男子汉，你把我看成懦夫、松包蛋什么都行，反正我不能再见你了，我已经答应他们了，不答应怎么办，不答应我就在这个世界上消失了。小琪的眼泪当时就下来了。她咬着牙说：罗序刚，你不是人，你不得好死。

童大林并没有讲他给吊眼儿钱的事，他的确不想把事态扩大，他只想摆脱小琪，客观上，这件事还给了他绝佳的理由和借口。

问题是，童大林并没有想到，还有人不肯就此罢休。

罗序刚到了刑警队，听说犯罪嫌疑人在河南的一个城市里露面了。他主动请缨，要去河南抓人。罗序刚所以要离开，是不想面对小琪，他知道，吊眼儿没把童大林怎么样，他就放心了。问题是小琪，小琪和他闹的劲头儿挺足，现在的主要矛盾已经由童大林那头转移到了小琪这头。他只能采取躲的方式。在这个关键的时期，他可不能有一点闪失。宋大队不同意，他说这次你在家坐镇指挥，派别人去。罗序刚说不行，在方正，到了手的鱼在我的手里漏了网，我要亲自去抓他。宋大队笑了，他说你也不是当一天两天警察了，怎么还这样稚气。案子不是一天两天破的。罗序刚还是坚持要去。无奈，宋大队把罗序刚将要提大队长的事说了出来。“我本来不想这么早告诉你的，”宋大队说，“既然如此，我就跟你说了吧，据可靠消息，这个月底前就能下文。要知道，当了大队长，身上的担子就更重了。当大队长当然是好事，不过，你也得有吃苦甚至受委屈的准备，不过，你还年轻，前途无量啊。”

罗序刚努力平静着自己，今天，宋大队那种平时让他觉得不怎么舒服的辩证法，这会儿听来也顺耳多了。

罗序刚和宋大队分手之后，他决定再找吊眼儿一次，如果吊眼儿不听话，他就把他关起来，他手里握着吊眼儿的把柄，随时都可以抓他。这个时候，可千万不能出事啊。

吊眼儿在童大林那里拿到了八万元钱，就把水红的一万元还了，剩下的钱足够他潇洒一阵子，他开始出入高档酒店和娱乐场所，把水红扔在了一边。水红并没有对吊眼儿彻底失望，尽管她怀疑吊眼儿是假冒的警察，但即使是假冒的警察，她想，只要吊眼儿真心对她好，她什么都认了，自己已经把“身子”给了他，她还有什么选择？老人讲嫁鸡随鸡嫁狗随狗，水红自然逃不出这个套子。

这几天，水红干脆把发廊关了，整天对吊眼儿进行跟踪。在跟踪时，水红发现吊眼儿和一个人在茶馆里谈了老半天。那个人开一辆车，就停在路边，交警也不管。水红问路边的人，交警为什么不管。那人说，你没看车号吗？公安局的车，他们自己家里人的车当然不管了。水红看不懂车号，在她的印象里，警车都是带警灯的。那人说，你没看到车号前面的字母吗？G，就是公安局的意思。水红蒙了。从窗口看，那个人和吊眼儿在讨论什么，像是在谈工作，也许，吊眼儿没说谎，他真的是警察。有的时候是这样，你想这个人不是什么的时候，越想越不像，而想这个人像什么的时候，越想越像。她在饭店里堵到吊眼儿和小姐喝交杯酒的时候，怎么想怎么觉得吊眼儿是个骗子，而现在，越想越觉得吊眼儿是个化了妆的便衣警察。

水红跟踪吊眼儿的时候，罗序刚正跟吊眼儿谈话，吊眼儿信誓旦旦，表示绝对不会给罗序刚再“添乱”。罗序刚也威胁了吊眼儿，告诉他，随时准备抓他。直到罗序刚觉得吊眼儿不可能再给他惹事，心里踏实之后他才离开了吊眼儿。

童大林在海边受到吊眼儿他们的惊吓，一连病了好几天，第三天他的精神刚有些恢复，就给新认识的银行女职员挂了电话，他并没有从这件事上汲取教训，在他看来，任何事情都可以用钱来摆平。他还记得他给吊眼儿钱的时候，吊眼儿的嘴唇有些发抖，说：哥们今天对不住你了，我看你也是个爽快人，以后有用的得着哥们的地方就吱一声，哥们肝脑涂地，在所不惜。有些事情就是这样，好事可以变成坏事，坏事也可以变成好事。花钱躲过了一场灾难，当然，因为这件事，他也可以理直气壮地疏远小琪了。

银行的女职员不在，童大林对接电话的人说，我姓童，让她回来给我回电话。没多大一会工夫，电话就响了起来。童大林以为是女职员，用柔软的声音说：喂（音：味）！对方是男的声音。“你是谁？”童大林问。对方告诉他，他们就是前几天送他到悬崖边的人。童大林以为是吊眼儿，问他有什么事儿。对方说：我们想向你借几个钱花。“借钱？那天不是给了你钱了吗？”“你没给我们，我说，你也太不讲究了，拿我们哥们当猴耍，凡是拿我们哥们当猴耍的，都没好果子吃。”童大林明白，不是吊眼儿，而是另外两个人。他问这事还没完了吗？对方说有完，但你必须整明白了，你给了吊眼儿十万，我们哥们干晾着，不太讲究吧。“那，你们还想要多少？”“不多，跟吊眼儿一样多就行。”童大林十分吃惊：“十万。”“是每人十万，我们两个，一共二十万。”童大林说这事儿我跟你们说不着，我找你们的头儿（吊眼儿）。对方说，他不是我们的头儿，我们是我们自己的头儿。“可是……”对方说：我不跟你多说了，要钱要命你自己决定，不过，不能时间太长，一个小时后我再给你打电话。

放下电话，童大林彻底傻了，如果说拿十万元他还挺得过去，再拿出二十万，就冲破他所能承受的界限了。童大林不傻，他知道凡事都是有成本和界限的，拿出十万，他够大方的，如果再让他拿钱，他是不会接受的，况且，今天拿出二十万，说不定明天还让你拿四十万，没个完的。他知道自己陷入一个无底无边的黑洞之中。

电话的确是大黄和荷兰猪打的，他们在吊眼儿那儿每人拿到了一万元，他们本应该高兴才是，按原来的计划，他们参与行动，每人只能拿到一千元。而有些事就这么怪，人的欲望是无止境的，尤其是荷兰猪听到了吊眼儿和童大林的谈话，知道童大林一共给了他们十万元，除了他们每人分到一万元，吊眼儿独吞了八万元。这样，他们不仅不感激吊眼儿，相反，还引发了不满。事后，他们两人多次商量，觉得童大林是个难得的猎物，既有钱又胆小，并且，他身子不干净，有那么多可以抓的把柄，所以，他们决定对童大林下手。当然，他们也讨论了索要钱的数目，开始是十万，后来又涨到了五十万，讨论来讨论去，决定还是二十万比较合适，既可以找到借口——和吊眼儿一样（吊眼儿分给他们每人一万元，童大林当然不知道），估计还在童大林的承受范围之内。应该说，事情发展到这一步，已经与他们最初的动机没了关系，也就是说，大黄和荷兰猪不是为了给罗序刚出气，而是进入到讹诈阶段。

童大林不知道这些，经过一番痛苦的思索，他决定报案了。

童大林报案是报110，由于他在罗序刚大队的辖区，所以案件就分拨到了罗序刚他们大队。罗序刚知道这件事是下午，他刚从局政治部回来，领导找他谈话，正式通知他，局党组已经讨论通过他任大队长，公示过后，局里将正式下文件，这期间，罗序刚主持大队的工作。

中队把童大林被敲诈的案子报上来，罗序刚头上的汗当时就下来了。他无法按捺自己，也忘记自己处在“节骨眼儿”上，他说吊眼儿他妈了×的，他是不想活了。说完，就带着几个人去抓吊眼儿。路上，罗序刚的心怦怦直跳，不用手摸都可以感受出来，他想，大概自己没当大队长的命，偏偏在这段时间出了这么多的事，对自己的考验也过于严酷了。现在的情形发生了本质的变化，童大林不仅不是他打击的对象，还成了他保护的对象，不保护他怎么办？如果童大林出了事，追查起来，根儿还在他，尽管他后来不让吊眼儿干了，采取了他所能采取的措施阻止吊眼儿他们干，并且，后来发生的敲诈的事跟他没了关系，可真的出了事，自己毕竟是源头。当然，这个源头在法律上不会成立，罗序刚最初让吊眼儿教训童大林和后来的敲诈案件没有必然的因果联系，你总不能看见有人从银行里往外拿钱就抢，还强调别人拿钱诱惑你了。可是，在工作环境中，这个源头就会成立了，人们会把间接联系和直接联系混淆起来，会认为是他罗序刚导致了一个重大案件的发生，而且，处理不当还会出人命，即便查明了原因，罗序刚虽然不能受到处分，可当大队长总是不太合适吧。人言可畏，大队长的位置有好几个人盯着呢。

有意思的是，童大林最初是罗序刚的仇人，罗序刚要“收拾”他，发展到后来，罗序刚和童大林成了一条线上拴的蚂蚱，一损俱损。道理再简单不过了。童大林出了事，他罗序刚也跟着受损失。所以，罗序刚必须以迅捷的速度破案，保护他的“仇人”童大林。

罗序刚他们很快抓到了吊眼儿。当罗序刚把手铐子扣在吊眼儿手上时，吊眼儿想，完了，十万元的事罗序刚知道了。可当罗序刚审问他的时候，他才明白，原来是大黄和荷兰猪闹的事，他十分积极地配合罗序刚，在当天下午就把大黄和荷兰猪抓住了。大黄和荷兰猪承认自己敲诈童大林，可奇怪的是，他们都没提十万元的事（怕罪行加重？）。警察也找童大林录了两次笔录，他提到悬崖的事，但没提他和小琪的关系，没提罗序刚，也没提十万元。吊眼儿逃过了一劫。

吊眼儿出来的第二天，他在五星级酒店挥霍了一天，他庆幸自己又躲过一次灾难。不想，水红又来找他。水红死死地纠缠他，他就打了水红一个嘴巴。他告诉水红，我他妈的不是什么警察，是一个无业游民，是一个地痞无赖。水红说："好，你厉害，咱们走着瞧！"

那天晚上，吊眼儿在酒店里嫖娼，让水红给举报了。公安局治案大队迅速出击，抓了个现行。同时，水红还举报吊眼儿冒充警察欺骗钱财的事，吊眼儿被立了案。罗序刚听到吊眼儿被抓的消息，他只是摇了摇头，这次，他不想保他了。

就在吊眼儿被抓的当天，河南方面也来了消息，在逃的杀人嫌疑人已经抓获。罗序刚松了一口气，堆积在面前的一系列问题都解决了。他独自把自己关在办公室里，足足抽了半盒烟。这期间，周倩来找了他两次，没话找话。罗序刚只是点了点头，没接周倩的话茬儿。经过一番思考，罗序刚决定在公示结束前主动辞去大队长的职务，并在那天下班前，他就找了上级领导。

半年后，大队长罗序刚和妻子小琪谈起往事，罗序刚说：当初你没离开老罗（指他自己）是对的，不然，你会后悔一辈子的。上哪儿再找老罗这么好的人？小琪说你别臭美了，两条腿的蛤蟆没有，两条腿的人到处都是。罗序刚说本来嘛，我多大度啊。我这样想，小琪毕竟是个单纯的小女孩，不谙世事，犯了错误我要拯救她帮助她才是。小琪立刻大嗓门起来，她说哎罗序刚你别不要脸，你当你是谁呀，你是上帝呀？谁用你拯救？说不准谁拯救谁呢。

说话时，他们正横过马路。小琪挺着怀了孕的大肚子，就在要过马路的一瞬间，被罗序刚给拉住了。一辆车呼啸着过去。"好险啊。"小琪说。罗序刚笑了，他说：这个世界就是这样，稍不小心就会酿成大错。有时，甚至正确的事情一旦过了点头，就变成了错误。小琪回过头来，她说罗序刚你啥意思？罗序刚说没别的意思，意思是让你小心点。

小琪像当年恋爱时那样，狠狠地白了罗序刚一眼。

求你揍我一顿吧

大宝这几天眼皮总跳，按通常的说法，左眼跳财右眼跳祸，问题是，一会儿左眼跳一会右眼跳，跳得大宝十分烦躁。大宝回家，眼皮上沾着一个大米壳大小的纸片，母亲见了，很是担心，她反复嘱咐，开车要小心点儿，车可不长眼睛。母亲这样说，大宝有些不耐烦，他说车是没长眼睛，可我长眼睛了。

严格地讲，大宝心情不好也不完全是因为眼皮跳，在眼皮跳之前，他就觉得心里发闷，人都有心情不好的时候，问题不在于心情好或者不好，难题出在，大宝找不到使他心情不好的原因。在一群也开出租的哥们那里，比较流行的一句话是：给我一个理由。对方通常在无法解释的时候说：因为我帅呀。现在，自己跟自己说“因为我帅呀”，肯定不解决问题，而且，只有脑袋有病的人才会这样自己宽慰自己。

大宝是夜班司机，按约定，他要在晚上六点接班。由于心情不好，这几天接班他总不准时，晚！白班司机大老徐也不是车主，跟他一样是“打工师傅”，大老徐见大宝拎一瓶冰红茶过来，涨红着脖子说：“哥们你讲究点好不好，瞅你眼睛都瞅残了。要知道你现在来，我一个大活早干完了。”大老徐说的“大活”是出租车行业里的通俗语言，是指超过五十元以上车费的生意。大宝漫不经心的样子，他问：今天的活不好吗？大老徐的脸仍春风吹不透的样子，他说溜了一天，就晚上碰到一个大活，还没干成。哥们，照顾一下，你光棍一条无所谓，我可得养家糊、糊、糊口。大老徐有不严重的口吃，平时还好，一生气，就结巴。大宝见大老徐动了真气，就把新买的只抽了一颗的石林烟递给大老徐，“得了，这盒给你消气。”大老徐的胳膊用力挡了一下：“你少来这套。”话音一落，大老徐似乎又改变了主意，他把烟拿在手里，临走，他对大宝说：下、下不为例！

大宝接车不久，就有一个身材魁梧的人来打车，那人面无表情，“去鸡场。”大宝回头瞅了瞅，那人就一句话，后面没了。大宝想，机场可是个大活儿，怪大老徐没福分，只是，自己现在的心情，大活儿也高兴不起来。

去机场的路上，大宝和乘客都闷着，大宝几次想找个话茬儿，从后视镜里看到那人的表情，到了舌尖的话又咽了回去。车已经开出立交桥，面无表情的人说话了。“去哪儿？”大宝回了一下头，说这就怪了，你不是去机场吗？“这是去鸡场的路吗？”“不是机场的路是哪的路？我只知道这一条路。”面无表情的人开始有表情了，不过那表情很凶恶：“小子，你别把我当外地人糊弄，你去哪个鸡场？”“这就怪了，还有几个机场？”

“停车。”身材魁梧的人拉住大宝的后车座。大宝一下火了，大声说：你想找事吗？

那人似乎比大宝还凶，他说找事咋的？

大宝一个急刹车，把车停了下来。大宝在对方的目光中激发了斗志，他真想和这个找事的家伙打一架。就在大宝和身材魁梧的人目光较劲儿的过程中，大宝突然想到眼皮乱跳的事，不知道为什么，他的心开始收缩，觉得没了力量……

爱好诗歌的警察罗明军今天值夜班，今天是他和妻子小琪结婚的纪念日，本来，他打算和别人串一个班，陪小琪吃一顿饭，甚至到星海广场走一圈，浪漫一下。只是，罗明军知道下一个班大冯正准备去医院护理母亲，而再下一个班的老马和他多少还有点不睦，好强的罗明军最终还是没好意思说出口。罗明军值班时，他突然想给小琪写一首诗，用这种方式来表示他的歉意。问题是，罗明军憋了半天，怎么也写不出来。罗明军想，大概因为自己很久不写诗了，也许还有一个更重要的原因是，情诗比较适合婚前那个阶段，而现在，写情诗真的比请吃饭、买礼物给妻子难多了。

就在罗明军搜肠刮肚的时候，巡警送来两个脸上有血的人，两个人出现在办公室里，罗明军还没从“文学情境”中回到现实。况且，警察见受伤的人就跟医生见受伤的人一样，司空见惯，不会有什么特殊的反应。罗明军看了一眼墙上的挂钟，时间是晚上十点四十七分。巡警认识罗明军，他说罗警长你值班啊，这两个小子在四姐妹饭店打仗，饭店里的人报了110。四姐妹饭店归你们辖区管吧。罗明军说是啊。往下的话罗明军没说，四姐妹饭店不仅在他们派出所的辖区，而且，还属于自己的责任区。罗明军和两个巡警寒暄了一番，出门送他们，罗明军说：你们帮我盯着点，发现断手指的人通知哥们一下。其中一个巡警笑着问：有奖励吗？罗明军说当然了，到时候好好请你们一顿。

罗明军回到派出所，他顺便把警校实习的学生叫过来记笔录，“坐吧。”罗明军对两个脸上有血的人说。两人迟迟不肯落座，罗明军抬头看了看，他明白，这两个人都没少喝酒，意识到这一点之后，他才觉得房间里充满了酒气。“挺有量啊。”罗明军说。按照一般的规律，应该等醉酒的人酒醒了再讯问。不过，罗明军已经把实习生叫了来，并且自己也拉开了架势，所以，只好把讯问进行下去。

这种情况下讯问，效果是不会好的，对此，罗明军有心理准备，只是，他没想到效果尤其不好。他费了半天的周折，才知道两人一个叫解宝辉，是出租车司机，驾驶的出租车号为C37201。另一个叫许强，是新世纪大酒店的保安。两人本不认识，在四姐妹饭店相遇之后打了起来。至于为什么打了起来，两个人都说不记得了。和醉酒的人谈话是一件十分痛苦的事情，痛苦不在于你要闻他呼出来的经过胃酸发酵过的酒味，而且，他们思维混乱，胆大而盲目，也就是说，在醉汉面前，警察体现不了威严，没了威严去讯问，效果能好就怪了。罗明军知道纠缠下去也徒劳无益，于是就把解宝辉和许强分别关押在两个房间里，他还带着实习生去了四姐妹饭店，他们去四姐妹饭店时已经是午夜十二点了，饭店的门已经上锁，罗明军敲了十几下，才有人过来开门，让他们进去了。罗明军嘟哝了几句，他的意思是，我们为了你们这么晚了都不能休息，你们怎么还不积极配合。饭店不积极也是正常的，两个人打架并没给他们造成多大的损失，一是打架的时间很晚，没有别的客人；二是损坏的东西也不多，啤酒瓶子不算，摔坏的只是三个盘子两个碗。根据饭店提供的情况，晚八点左右，身材魁梧的人（许强）先来喝酒，后来，瘦子（解宝辉）也来了。喝到十点左右，饭店的客人走没了，这两人不知道怎么凑到一张桌子上，服务员说，他们两人喝得挺对脾气的，又要了八瓶啤酒，喝酒的过程中，两人还拢肩搭背的。为什么打起来了，服务员也说不清楚，他们之间的距离远，等听到声音，两人已经打了一大半，战事快结束了。

罗明军他们回到派出所已经是凌晨一点半了，上楼前，他还分别看望了许强和解宝辉，许强已经睡沉，张着大嘴，呼噜打得山响。解宝辉也睡了，只是，他在熟睡中还蹙着眉头，这一点被敏感的罗明军抓到了，解宝辉的表情令罗明军心动。

那天晚上，罗明军对案件形成这样的概念。解宝辉和许强本不认识，只是酒后滋事，两人的伤也不重（解宝辉的眼睛被打肿，嘴唇被打破，鼻子流过血；而许强除了脸被抓破外，基本没受伤），社会危害也不算大，可以定位于治安案件。处理上，罚款和拘留都可以，属于可拘留可不拘留之列。罗明军想了想，还是决定拘留一个，人选是许强。

为什么是许强而不是解宝辉？是因为解宝辉那个令罗明军心动的蹙眉的表情？如果是，也仅仅是表面的原因。在罗明军看来，两个人打仗，总有一方的责任大一些。当然，在这一点上，警察之间也有不同的认识。一种是原因说，一种是结果说。比如老马，他比较看重原因。也就是说看"这事是由谁引起来的，赖谁？"并作为案件处理的依据。而罗明军则倾向于结果说，也就是说，他看重社会危害后果如何，罗明军觉得自己更接近于法律精神。所以，罗明军在对待许强和解宝辉打架这件事上，他必然会选择许强作为处罚对象。在这起案件中，许强身材高大魁梧，而解宝辉身材瘦弱，表面看许强以强凌弱，事实上也是，许强没吃亏，而解宝辉被打得很惨。法律是什么，在老百姓那里当然也包括罗明军这样科班出身的警察身上，在潜意识里也把法律和公平等同起来，显然，这是对法律理解的不完整，问题是，没人会把法律条文都背下来的，包括执法者。

事实上，罗明军选择许强为处罚对象，还有其他的原因，一个外在的原因就是拘留指标问题。按理说，罗明军已经完成了今年的拘留指标，他所以再增加一个是想还老马的人情。去年年底，罗明军没完成指标，通过所里内部调剂，把老马的指标调剂给了罗明军，为此，罗明军一直觉得自己欠老马一个人情。指标是硬的，派出所不达标，不能评先进，相关的待遇也没了，派出所再分配在每个民警身上，谁完不成指标，相应的荣誉和待遇也没了。当然，拘留指标并不是唯一的指标，还有破案率什么的，很多。不过，大家都知道，拘留是个重要的指标。在这种情况下，可拘留可不拘留的，一般就跑不掉了，只能被拘留。还有一个潜在的原因，更加促使罗明军下决心处罚许强，因为许强是保安。

按理说，保安和警察的关系要比一般老百姓的关系近一些，毕竟，保安的很多工作是在帮警察的忙。罗明军对保安有看法主要是自身的原因，他曾经被保安打过，并由此而引发出对整个保安的看法。警察被保安打了，有点说不过去，表面看也不合理。但凡事都有特殊的情境，罗明军被打的事发生在十个月以前，他和报社副刊部的编辑吃饭，吃过饭之后，编辑要到歌厅唱歌，他就陪着去了。他们一人找了个小姐，边唱边喝，一喝就喝多了。结账时，罗明军觉得自己是警察（他又不好暴露身份），要求人家给打八折，人家不同意，罗明军觉得在朋友面前没了面子，态度强硬起来。他们都喝多了酒，自然会磨叨来磨叨去的，在讨论（争吵？）中，保安以为罗明军是来找事儿的，就来个先下手为强，把罗明军打了一顿，这下，罗明军被打清醒了。有意思的是，身为警察的罗明军被几个保安打了，他反而不让报社的编辑报案，实实在在地吃了个哑巴亏。警察能吃这样的哑巴亏？能，而且正因为罗明军是警察，所以才吃了这样的哑巴亏。很多事情就是这样，如果罗明军不是警察，他一定要一个说法的，问题在于，罗明军是警察，他可不想自己和打人的保安一起被押到派出所里接受讯问。警察被打了不是件光彩的事，况且，自己是在歌厅里被打的，如果是在执行任务时受伤则是另一回事了。尽管自己在歌厅里没干越格儿的事儿，那个界限不管喝多少酒他都能把握的，他只跟小姐唱了歌跳了舞，可别人不一定这样认为，表面不说，背地里还不知道怎么议论呢，传来传去，就会传出这样的话来：罗明军利用职权（那个歌厅不在他们管片），玩小姐不给钱，还以警察的身份威胁老板，老板的手下以他冒充警察为由打了他一顿……这样，他罗明军有一百张嘴也说不清了。所以，罗明军只能选择吃哑巴亏。当然，后来那个歌厅的保安出了别的事，正是罗明军的警校同学处理，帮罗明军出了气。其实，罗明军决定要处罚这个保安，也不完全出于个人恩怨，毕竟许强没打过他，打他的保安和许强没一点关系。只不过是通过那件事，使得罗明军对保安这个职业有了新的认识，觉得他们狐假虎威，容易施暴，连警察都敢打，老百姓还放在眼里吗？

因此，保安许强自己撞到罗明军这个枪口上，算他流年不利吧。

大宝清醒过来，他已经在派出所里了，大宝知道自己在白山路派出所，以前他来过白山路派出所，所以，他很快对身处的环境作出了判断。很显然，自己是被锁在临时关押审查对象的房间里，那个房间的窗口对着全市规模最大的立交桥，那个立交桥在空中拍照，是一幅壮美的荷花图案。立交桥对大宝作出判断起了至关重要的作用。现在，大宝已经完全清醒了，同时，大宝也知道，自己受了伤，伤的部位火辣辣地痛，大宝摸了摸眼眶，知道自己的眼眶已经被打肿了，摸了摸鼻子和嘴唇，嘴唇似乎也被打破了，还有，自己右手大拇指关节也有挫伤。大宝想，看来，一场战事还是没避免。

大宝清醒之后，开始对昨天晚上的事做了回顾，他知道事情出在四姐妹饭店，在此之前，他只送过一个客人，那个不愿意讲话的客人要去鸡场，而他误听为机场，在郊区环境保护局门口差点打了起来，如果不是他意识到眼皮跳的事，那么，这场仗的发生就是傍晚而不是夜晚了。后来，大宝先软下来，说我这样走没错，去飞机场这条路最近，对方说谁他妈说去飞机场了，我说去鸡场，有“飞”字吗？大宝本想说那你也没说有“养”字啊。想了想，大宝没说，他说这样吧，算我听错了，我现在送你去养鸡场，车费你看着给吧。大宝这样的姿态，对方也没什么话讲，一场一触即发的战事避免了。战事是避免了，大宝的心情却没有好转，不仅没好转，反而进一步恶化。因此，这一经历和晚上战事真的发生也有着潜在的联系。

大宝从鸡场回到市里，把车停在公共汽车站前的一个岔路口上，也就是四姐妹饭店门前。很长时间没有客人，大宝就给小春风挂了电话。大宝已经很长时间没跟小春风联系了，按小春风的说法是，他们之间出了问题。大宝反反复复地想，也想不明白小春风说的问题是什么。小春风是地方剧团的演员，演过《白蛇传》中的青蛇，演过霍小玉也演过江姐。大宝和小春风认识是在表姐的婚礼上，男方请了剧团的演员，其中就有小春风。当时，小春风没唱戏，而唱了两首通俗歌曲，坐在下面的大宝直盯着小春风看，自言自语地说：这个妞长得还算“正点”。朋友对他说，你想什么啊，一个车夫，在旧社会也就是骆驼祥子，还琢磨人家，那可真应了癞蛤蟆想吃天鹅肉那句话了。大宝说本来我也没想什么，让你们这一说，我还真去泡泡她，泡不成算个追星族，泡成算中了福利彩票。说完，大宝就去找小春风敬酒。那天也巧合，小春风唱完了歌急于赶场，拿了红包急着要走。大宝说我送你，小春风看了看大宝，没说什么就上了大宝的车。在路上，大宝往死里夸小春风，小春风知道大宝夸得比较离谱，可她还是吃吃地笑，用小嗓儿说：“你这人真逗。”就这样，大宝和小春风相识了。大宝是和小春风认识两个月后上床的，那是大宝朋友简陋的家，条件很差，事毕，大宝觉得很恍惚，自己真的和小春风上床了吗？本来以为是癞蛤蟆想吃天鹅肉，不想，这么简单，简单到自己都不相信的程度。那天晚上，大宝以一种激动甚至忐忑的心情对小春风说：我一定努力干，成为一个有钱有地位的人，这样，你跟着我也不至于掉份儿。小春风惊讶地瞪大了眼睛，她说你想什么呀，我可从来没说要嫁给你。大宝想一想也是，笑了，他说那你和我在一起，只是玩玩。小春风把眼睛瞪得更大，她说你说什么呀，这么流氓。……后来大宝去小春风所在的剧团兼剧场看过戏，那里弥漫着陈旧的气息，一个可以容纳一百五十人的剧场，坐了不到三十人，而这三十人有九成都是老年人。小春风对大宝说，剧团不景气，她们只拿百分之五十的工资。大宝似乎明白了，原来套在小春风头上的光环是人们观念里的，事实上，小春风并不是天鹅。大宝这样判断不免从一个极端走向了另一个极端，关键是小春风不这样想，她本来也没把单位的工资当回事儿，剧团里的人都在外面挣钱，有的去演影视剧，有的做生意，实在不行的也去酒店里串场表演。在小春风那里，她也没把大宝放在对象的位置上，或者这样说，她毕竟还算一位有名气的演员，就是剧团黄了，她一分钱不挣，她也不可能嫁给一个开出租的司机，即使大宝奋斗到当了车主，她也不会嫁给他的。小春风只是把大宝当成一个朋友，一个崇拜自己、随时可以叫来为自己服务，而且不用花出租车费的朋友而已，至于为什么和大宝发生了床第之事，从小春风的角度来说，也没什么奇怪的。人嘛，在一起时间长了，就不会那么戒备，况且，大宝也是很帅气的小伙子，而小春风也青春旺盛，在特殊的心态和环境下就发生了。这样说来，并不是说小春风是随随便便的人，只是，事情发生就发生了，小春风不是一个背包袱的人而已。

问题是大宝不这样想，和小春风上床之后，大宝开始频繁地给小春风打电话，一下子把小春风给吓着了。小春风大概产生了误解，以为大宝在纠缠她，所以，她很郑重地跟大宝谈了两次，不让大宝破坏她的生活。大宝本来也没想破坏她的生活，也没那么真的想娶小春风，他只想给小春风打电话，听小春风发脾气，幻想和她重温旧梦，只是，他越这样，小春风越躲着他，到后来，小春风一见是他的电话，就骂一句：去死吧，你！接着把电话关了。大宝知道，他没希望了（他有过明确的希望吗？按他最初的设想，他已经中了福利彩票），到了后来，大宝给小春风打电话不再是希望，而是一种恶作剧心理，每次见小春风发火他都忍不住想笑，就像小时候，自己拿一个毛毛虫吓同桌的女同学，女同学越躲他就越往人家身边凑。现在，自己是毛毛虫还是拿毛毛虫的人？打扰小春风成了一种快乐无比的事情。

大宝在四姐妹饭店门前闲得难受，就用手机给小春风打了电话。小春风一定在来电显示上看到了大宝的电话号码，小春风接了电话，她说大宝你不是人，你到底想干什么？大宝说我没想干什么，我只是想你了，跟你聊聊。小春风说你的脸皮真厚，我告诉你，你再骚扰我，我就报警。大宝咯咯地笑了起来，他说好啊，你现在就报警，我等着。小春风说大宝你个王八蛋！去死吧！大宝还是咯咯地笑，他喜欢听小春风骂人的声音，那是一种戏曲腔调。

小春风放下了电话，大宝知道她一定又关机了。不过，无聊的大宝又尝试着给小春风打了一个电话，不想，电话通了。电话响了几声，对方拒绝接听。大宝意识到，小春风一定在等人电话，不然，她不会宁愿被大宝打扰也不关机的。等谁的电话呢？一定是个男人。大宝这样判断。有了这样的判断，反而激发了大宝的斗志，他不停地给小春风挂电话，小春风不接大宝的电话，也不肯关机，看来，大宝的判断是对的。就这样，大宝给小春风挂了一个多小时的电话，他一定要把小春风的手机打没电，不想，最后还是自己的手机先没电了。这一个多小时，大宝没干活儿，所有的收获就是：把手机电池打没电了。一切复归平静，大宝也像瘪了的气体人，耷拉脑袋了。恶作剧带来的快乐毕竟是短暂的，大宝压抑、沉闷甚至恼怒的心情没有得到缓解和改善。相反，还有加重的意思。

大宝进四姐妹饭店大概是九点左右。他要了两个小菜、两瓶啤酒，自斟自饮。两瓶酒很快喝掉了，大宝犹豫了一下，他计划就喝两瓶，他是这样想的：就两瓶酒，下半夜还得干活儿。可有的时候，计划是计划，喝到两瓶之后，大宝的想法变了，他想再喝两瓶吧，不干就不干吧，反正也不差一天晚上。事实上，大宝喝酒并不能解决心情不好的问题，只是在表面上麻醉了一下。大宝把四瓶啤酒喝完，饭店里的客人也走差不多了，只有靠窗的位置上还有一个人，也在独自喝酒。大宝瞅了瞅那人，那人也瞅了瞅大宝。大宝再瞅那人时，那人用酒杯示意了一下。这样，大宝就拎着酒杯过去了。“再上两瓶，记我账上。”大宝口气硬朗地对服务员说。

坐下来之后，大宝知道那人叫许强，是新世纪大酒店的保安。许强说他今天过生日，自己给自己过生日，挺他妈没面子的。大宝说原来如此，我来给你过生日。大宝还让服务员去买蛋糕。“记我账上。”大宝仍硬朗地说。服务员说太晚了，买不到蛋糕。许强也拉大宝，他说我过生日从不吃蛋糕，你陪我喝酒就行。于是，两人放开量喝，没多久，桌子上的空酒瓶就排成了排。交谈中，大宝知道许强从小就喜欢武术，还在武术培训学校培训过，那个武术学校收费很高，在招生广告上承诺，毕业安排工作。许强家境不好，母亲为了他的前途东借西凑，凑足了六千元的学费。一年之后，许强结业了，被推荐到新世纪大酒店当保安，到了酒店他才知道，当保安并不需要专门的武术培训，他的同事很多都是从农村来的，一进城就当了保安。许强觉得自己花了冤枉钱，并且，他还觉得自己大材小用，生发出不得志的郁闷。许强说不管怎么说，我也是有本事的人，挣那几个小钱，还得整天小心翼翼，恭恭敬敬地给人开门、敬礼。就今天下午，一个“鸡”进酒店，我开门慢了一点，她训斥我没眼色，你说，我他妈混得还不如一个“鸡”？大宝说咱们不一样吗，我什么客人都得拉，为人民服务吗。许强瞪大了眼睛，他说“鸡”不是人民。大宝说是啊，“鸡”不是人民……可是，那“鸡”是什么呢？

他们一边讨论着一边喝着，喝酒过程中，许强对大宝说：我妈说女怕嫁错郎，男怕做错行。我就选错了行。大宝说我不同意你的说法，我最羡慕有功夫的人，就说今天晚上吧，我碰到一个SB，他说去机场，我拉他去机场，走了一半，他又告诉我是养鸡场，还跟我来横的，我要是有你的本事，非教训他一顿不可。许强说你别打断我。我说我选错了行是有根据的。“什么根据？”“我选的是一个没落的职业。”“没落是什么意思？”“就是不符合时代潮流。”大宝笑了，他说你挺有见识啊。许强说你别打断我，你想啊，有功夫有啥用，现在是啥时代了？科技时代。我承认，我出拳很快，可是，你再快能快过子弹啊？我的个人悲剧是：我错生了时代，如果我生在古代，起码能干个大将军。大宝想了想，他说你说的有道理，我们都错生了时代，我妈说我脑子灵活，是个经商的材料，如果在古代，我肯定能成为大商人。许强说你跟我不同，经商可不是没落的职业，现在正是经商的好时候。大宝说好什么好啊，脑子灵活的人有的是，古代就不同了。许强显得吃力地思索了一番，然后说：有道理。

夜里十一点左右，大宝和许强都喝得睁不开眼睛了，他们搭肩拢背，以兄弟相称。许强说现在真想找碴儿打一仗。大宝眯缝着眼睛，附在许强耳边笑着说：求你打我一顿吧。许强摆动一下手：“打你？你那小样儿经不住我一拳。”大宝说你吹，虽然我没练过武术，也是条汉子。许强回手就给了大宝一拳。“只用了三分力。”许强说。事实上，酒喝到这份上，许强并不能把握他用的是几分力，就是他说的三分力把大宝给打痛了。大宝火了：“你他妈还动真的了……”把杯里的酒浇到许强脸上。于是，两人就打了起来。

大宝醒来不久，罗明军就找他做笔录。大宝把和许强喝酒和打仗的经过复述一遍，“我本来是开玩笑的，不想他动了真的。”

“就这点原因吗？”罗明军问。

“就这些。”

“你再仔细想想，还有没有别的原因？”

“没有了。”

“要知道，签了字就不能改了。”

“……我知道。”

罗明军讯问完大宝，又开始讯问许强。讯问许强之前，罗明军还用手铐子把许强扣在暖气管子上。

“为什么打人？”罗明军严厉地问。

“他让我打的，他说求你打我一顿。”

“他让你杀人你也杀人？”

“……”

“一共打了几拳？”

“不记得了。……他也打我了。”

“现在我问的是你，没问他。”

“大概五六拳吧……”

“打在什么部位？”

“没在意……这重要吗？”

“你说呢？有的部位可以伤人，有的部位可以打死人。你不是练过武术吗？你应该懂。”

“我没想打死他。”

“那你想什么？”

“什么也没想。当时迷迷糊糊的。”

“迷糊还能伤人？如果你迷糊，受伤的应该是你而不是那个人。”

“可是，我真没想伤他，是他让我打他的，本来是开玩笑……”

“把人打伤了还说开玩笑？现在还要等诊断结果，如果那个人的伤够伤害等级你就准备去劳改吧。玩笑？一个玩笑换几年徒刑！你挺会开玩笑啊。”

罗明军这样说，许强就变得沉默了，沉默了一会儿，他突然跪了下来，他说我知道错了，千万别让我进监狱。

“起来，这里可不兴这个。”

……

罗明军整理完大宝和许强的询问笔录，所里的民警陆续来上班了。在交接碰头会上，罗明军谈了自己的意见，他提出要把“打人的”许强的材料报到分局，给予许强十五天拘留处罚。“老大”孙光峻上午要到局里开会，所以简单地听了一下情况，没表态。他只是问了罗明军一句：你觉得怎么样？

罗明军笑着说：你看你问的，让我自己怎么回答。如果我说不行，你会说不行你还报，如果我说行，不是自己肯定自己吗。

孙光峻笑了，他说那就报吧。孙光峻把讯问笔录拿在手里翻了翻，漫不经心地问：被打的人去医院了吗？“没有。”罗明军说，“看样子不算太重。”罗明军本来想解释，昨天晚上本打算让大宝去医院检查，一方面他的伤势不重，另一方面，他醉得厉害，去医院大概也看不成病。所以，罗明军就想等到早晨观察一下再说。早晨，大宝和许强都十分清醒，更没有必要去医院检查了。当然，在询问的时候，罗明军问过大宝用不用去医院，大宝说不用了，只是受点皮外伤。孙光峻没有继续往下问的意思，罗明军也就不解释了。翻完了材料，孙光峻说：这个，解宝辉——孙光峻把解（谢）读成了解放的解——最好到医院做个诊断，这样，给姓许那小子定拘留理由更充分一些。罗明军犹豫了一下。孙光峻大概明白罗明军的意思，他说你该休息休息，让老马接着处理一下。

老马处理也名正言顺，他是管片民警，大宝的家正在老马的管片之内。

罗明军走后，老马就接手大宝和许强的案子。于是，这个案子也出现了另外的走向。老马认为，这个案子要么都不拘留，要拘留就两个一起拘留，如果只选择一个的话，那应该是解宝辉而不是许强。

前面提到过，老马是看重原因的，不像罗明军，看重的是结果，所以，老马在审查讯问笔录时，越看越生气。老马觉得罗明军的判断有问题，本来这是件无事生非的案子，而起因正是大宝，如果大宝不是没事找事要许强打他，许强就不会打他一拳，也就不会发生打仗的事了。所以，真正无辜的应该是许强。

为了慎重起见，老马还查阅了大宝的户籍材料，老马有一个重要的发现，大宝曾经是不良青年，有过前科。五年前，大宝曾因打仗斗殴被行政拘留七天。老马想，姜还是老的辣，别看罗明军那小子平时挺牛的，觉得自己是个“知识”警察，可在实际办案中，那些东西不一定都好用，还得有经验。如果不是自己有经验，搞不好就办了个错案，如果办了错案，就会冤枉好人，如果冤枉了好人，自己就失职了。老马把大宝受过处罚的材料复印了一份，附在讯问笔录的后面。老马知道这个材料也是十分重要的，这个材料说明什么？说明大宝本来就不是好东西，恶习不改。这进一步印证了老马的判断，在大宝和许强的案件中，大宝是罪魁祸首。同时也验证了老马的经验，这个世界上从没有“无因”的“果”，也从没有“无果”的“因”。想到这儿，老马有了一种满足感，他将拘留报告上许强的名字改成了解宝辉，然后，慢悠悠地点燃一颗烟。

其实，老马“推荐”大宝拘留接受拘留处罚，还有另外潜在的原因。一是他还有拘留指标没完成，他把罗明军的建议改过来，他觉得不仅纠正了一个错误，而且为自己改来一个指标，名正言顺，一举两得；还有一个更潜在的原因是，老马对保安的印象总比一个受过处罚的普通人要好，或者这样说，在感情倾向上，老马是倾向许强这一边的。以前，老马当过派出所的经警，负责管理保安为所里创收，他几乎是保安的头儿。那些年，老马由带兵的营长转业到地方当了一个普通的民警，有一种莫名的失落感，只有在管理保安那两年，他才体会出被尊重的感觉。所以，这些都促使老马下决心要拘留大宝。

决定之后，老马也有些犹豫，主要是担心罗明军对他有想法。平时里，他和罗明军就不怎么对话，其实他和罗明军之间没什么本质矛盾，既无过节，也不是竞争对象，只是性格上有点犯克，他尤其看不惯罗明军跟诗有关，一个警察怎么可以跟诗有关系？在老马看来，人一沾诗的边儿就像被醋泡过了，发软，而警察的职业正好相反，应该是坚硬的。可从罗明军的角度来说，他也许看不惯老马的“老练”，老马深谙人情世故，让罗明军觉得“俗”。现在，老马将罗明军的意见翻了个个儿，几乎等于把自己公开摆在罗明军的对立面上。考虑来考虑去，老马决定先征求一下罗明军的意见再报上去。

“老大”孙光峻吃完中午饭回来，红光满面的。局里规定，工作期间禁止喝酒，不过开会就属于另一种情况了。好在孙光峻喝得不算多，处在刚刚有点兴奋的状态。孙光峻在派出所的走廊里遇到了老马。孙光峻问，材料齐了吗？老马说材料是齐了，只是，我还想和罗明军碰一碰。孙光峻说材料齐了就报啊，现在都几点了。老马说是这样，我和罗明军的看法不一样，所以……孙光峻似乎明白了什么，他说你把材料送给我，我看一看。

孙光峻看材料时，老马就坐在他办公桌对面的椅子上，孙光峻反复认真地看了两遍，抬起头来：“你认为应该拘留解宝辉？”老马说是，同时，把自己为什么要拘留解宝辉而不是许强的理由说了一遍。老马这样说，孙光峻觉得有些为难。说起来，罗明军和老马都可以处理这个案子，罗明军是治安警，案件发生在他的责任区的饭店里，而老马是户籍警，解宝辉居住在他的管片里。他们都有责任调查也都有权利提出自己的看法，问题是，老马和罗明军的看法不一致，并且是截然相左的意见。而从孙光峻的角度来说，他觉得无论是强调原因还是强调结果，罗明军和老马都有一定的道理，既然都有道理，单独处罚哪一个都有些不妥。同时，孙光峻还这样想，不管什么理由，两个人在公共场所滋事，还损坏了饭店里的物品，处罚就都处罚……孙光峻把自己的想法对老马说了，老马缄默着，缄默是老马一贯的做法，让对方探不明他的心态，你说他服从领导的决定也好，你说他被说服了也好，你说他不高兴了碍于面子不反驳你也好，怎么想都行，重要的是，他没做出令你不高兴的事情来。孙光峻见老马没反应，他说说句心里话，这两个小子的行为处在可拘留可不拘留的线上，怎样处理都没错，我所以这样想，主要是考虑我们这个地段的实际情况。老马你注意到没有，最近街上的治安案件是不是多了点儿？乱世用重典，我看这个时候重一点处理比轻一点好，不然会产生连锁反应的。老马想了想，似乎意识到孙光峻在搞平衡，他慢悠悠地说：都拘留也行，不过，拘留时间还是有区别的好。孙光峻问老马多少。老马说解宝辉十五天，许强七天。孙光峻快速翻了翻眼睛，说那就这样吧，你一点钟把材料送分局，四点钟以前把他们两人送走，可别超过二十四小时，这么点事儿让人告一下，得不偿失。

老马点了点头，拿起孙光峻签了字的材料向门外走，走了两步，他回头对孙光峻说：“小罗那头……”孙光峻挥了挥手，他说罗明军的工作我做。

老马刚走，孙光峻就接了一个电话，这个电话不同于一般的普通电话，它使得事件的走向又发生了变化。

电话是市公安局政治部主任林昊打来的，其实，林昊什么都没说，只是问，解宝辉的事儿是怎么回事儿。孙光峻就把解宝辉和许强酒后打仗的事概括地对林昊汇报了一下。最后，孙光峻还解释一句："不严重。"林昊说："啊，没什么，有个朋友托我帮着问问。"林昊的电话就放下了。整个过程中，林昊只说了两句话，而这两句话也没有明显的倾向性，尽管如此，林昊的电话在孙光峻这头还是引起了强烈的反应。孙光峻刚刚被称为"老大"，一个月前，老大上调到分局刑警大队当队长，他这个老二就自然排到了老大的位置上，副所长主持工作。也就是说，孙光峻干的是所长的活儿，但职务还是副所长。这个阶段应该说是最难熬的，工作要有成绩，还不能出问题。按孙光峻自己的话说，既要求有功还要求无过。孙光峻小心翼翼，谨小慎微，生怕自己在正式下文前有闪失。所以，在这种情况下，林昊的电话不可能不让孙光峻敏感。按干部管理权限，孙光峻能否当所长主要取决于分局，可市局政治部毕竟是上级领导，而且是管干部的，如果林昊对自己不满意，不用多说什么，甚至在说同一句话时语气不同，就可能让自己多"主持"一段时间。这些问题对于当了十来年副所长的孙光峻来说，利弊关系泾渭分明，不用耗费很多脑筋，孙光峻很快就知道自己该怎么做了——立即放了解宝辉，拘留许强，如果把许强也放了，肯定不是最好的选择，有很多既清晰又模糊的原因存在着。当然，孙光峻要放解宝辉，也不是原则性问题，如果解宝辉犯了大事，触犯了刑律，就是市公安局局长来电话，他也不会私自放人的。什么是原则问题什么不是原则问题，他孙光峻心里还是有数的。

老马刚出了派出所，孙光峻又把他叫了回去，孙光峻对老马说：情况发生点变化，放了解宝辉，拘留许强。老马惊讶地张着嘴，没等他说话，孙光峻说，不要问我为什么，我之所以不解释肯定有无法解释的理由，照着办就是了。

"问题是……"

"不是不让你问理由吗？"孙光峻大声说，几乎有吼的意思。

大宝被关了一夜半天，心里上却经历了很多曲曲折折，就在他对接下来的事作出种种不好的推测时，派出所的人却把他放了。大宝一出派出所，小春风就在路边的一个出租车上喊他。大宝走了过去，问小春风：你怎么在这儿？小春风立刻瞪起了眼睛，她说你这个白眼狼啊，要不是我救你，你就被送看守所了。

小春风说的没错，是她救了大宝，不然，大宝还真的去蹲拘留所。事情是这样的。昨天晚上，小春风的确在等一个电话，近一个时期，小春风和一个做房地产生意的老板打得火热，该做的事做了，也谈婚论嫁了，只等着老板和老婆离婚，就可遂了心愿。本来，小春风和老板约好晚上谈他离婚的事，在等老板电话期间，大宝给她来了电话，她关掉电话，大宝再挂，当时，小春风极度恼火，恨不得找到大宝把他杀了。……一直等到晚上九点多，那个老板还没来电话，小春风长期维护的矜持也守不下去了，她主动给老板挂了电话，老板的电话关机。小春风不甘心，就去老板常去的饭店找他，找了七八个地方，终于在一家咖啡店找到了老板。老板正和一个女孩儿交谈着，完全可以用含情脉脉来形容。小春风努力控制自己的情绪，躲在人工假树的后面观察着他们。小春风看到，老板在与那个女孩交谈中，一会摸摸女孩的手，一会儿理一下女孩的头发……小春风再也忍不住了，老板那些动作几乎就是对自己的翻版，她一下子出现在老板的面前。“可以给我一个解释吗？”小春风说。老板并没有像通常这种情况下，男主人公表现出的那种惊慌失措，他只是笑了一下，他说啊这么巧啊，让我来介绍：这位是电台的节目主持人小伊，我的女朋友。小春风瞪大了眼睛，心想，她是你女朋友，我是什么？老板这样介绍小春风：剧团的名旦，获过国家大奖的小春风，我女朋友。节目主持人笑着向小春风伸出手来：你好。小春风没理主持人，她问老板：你不是要跟我谈结婚的事吗？老板一副疑惑的样子：“你没搞错吧？我跟你谈结婚的事？我从不跟人谈结婚的事。……你不会把别人的事记在我头上吧？”一瞬间，委屈的泪水溢满小春风的眼眶，她咬着嘴唇，声音清楚地说：你可以再重复一遍吗？老板不高兴了，他说你几个意思？我答应过你什么了吗？小春风傻了，她拿起咖啡桌上的酒瓶子，将酒全倒在桌子上：“王八蛋、烂仔、臭流氓……”小春风一边哭着一边骂，跌跌撞撞离开了咖啡店。

在同一时间内，大宝和许强在饭店里喝酒，小春风自己在家里喝酒，大宝喝醉了，小春风也喝醉了。早晨起来，小春风洗了澡，像平时一样坐在镜子前化妆，描到眼眉时，小春风想到了大宝。从小春风的角度来说，她并没有认为大宝机关枪发射似地给她打电话是恶作剧，相反，小春风觉得还是大宝真心对她。以前，她对大宝死缠烂打的做法十分反感，认为是纠缠，现在，受了伤的小春风觉得那是一种执著，在当今社会里真是难能可贵啊。于是，小春风就给大宝打电话，大宝的手机关机，小春风猜到大宝是给自己挂电话时挂没了电，这样她就更想找到大宝。上午，小春风好不容易找到了与大宝换班的司机大老徐，大老徐说你还不知道啊，大、大宝被派出所抓起来了。

小春风去了派出所，到了派出所门口她又犹豫了，自己毕竟是演员，演员这职业特殊，你不认识人家，人家可能认识你。况且，进了派出所，警察问她和大宝是什么关系，她怎么回答。要知道，此时的小春风，心里还挂着房地产老板给她的伤呢。在派出所楼外，小春风也给熟人打了电话，熟人说，你赶快找人吧，不然，你那个朋友肯定被拘留了。小春风很着急，急中生智，她突然想到了林昊。

剧团红火那几年，林昊是他们的常客，几乎每个星期的演出他都去捧场，有的戏不知道看了多少遍了，可他还看，遇有自己喜欢的角色演出，他还献上一捧鲜花。剧团里的人几乎都认识林昊，公认林昊是铁杆的戏迷。这两年，剧团不景气，演出也少了，林昊并没有断了和他们的联系，有的时候和朋友吃饭就请剧团的几个主要女演员，以卡拉OK的方式唱戏曲，而且，林昊还可以登场，跟着过一过戏瘾。小春风也参加过林昊组织的活动，只是，小春风对他们的活动热情不高，有好几次，她都找借口推掉了。

小春风给林昊挂电话，林昊知道是小春风，很高兴。小春风把大宝打仗被关在派出所的事说给林昊听，林昊说你放心吧，我这就给派出所打电话。林昊给派出所挂过电话之后，他又给小春风回了电话，他说你放心吧，你朋友的事已经安排好了。小春风说真谢谢你了。林昊笑着说，你怎么谢我呀？小春风知道林昊在开玩笑，她也开玩笑说你要我怎么谢我就怎么谢。林昊说我的要求不高，周末我请几个朋友吃饭，希望你能赏光。小春风说这个呀，太简单了，没问题OK啦！

放下电话，小春风就去派出所门口等大宝，等大宝那段时间，小春风觉得清醒了不少，自己这样做是想和大宝旧梦重温，甚至发展感情？当然不是，小春风从没想和大宝有个结果，可既然不要结果，自己为什么还浪费了大半天的时间去找他，为他周旋呢？小春风想，也许这跟自己的性格有关，小春风觉得自己虽为女性，身上还是有豪气的，不管怎么说，大宝也是自己的朋友，朋友有了难处就应该伸出手来拉一把，自己没本事讲不了，自己有条件拉他一把为什么不做呢。当然，在潜意识里，小春风大概还有这样的想法，在关键时候救了大宝，大宝还不知道怎么感激他呢。有时候是这样，同样一件事，锦上添花人们记不住，而雪中送炭就不同了，现在，她为大宝做的事就是雪中送炭。

小春风万万没想到，大宝摇摇晃晃地从派出所出来，愣愣地给了她几句，一点感激的意思都没有，小春风觉得自己很失败。

罗明军睡了一上午的觉，外面发生的事他什么都不知道。中午，罗明军醒了，醒来之后罗明军有一种丢失了什么的感觉，他坐在床边想了半天，没想出什么结果，当然，罗明军也想到昨天结婚纪念的事儿，由于值班而影响了和妻子的聚会。不过，罗明军觉得这是显而易见的，不是隐藏的原因，丢失的感觉应该是潜藏的因素引发的。算了，罗明军想，想不清楚就放一放吧。起床之后，罗明军给小琪挂了电话："你中午回来一趟？"小琪在电话另一端说，回去干什么？"我们一起纪念啊。"小琪说你有没有搞错，昨天才是结婚纪念日。罗明军说今天补上。"你以为什么都好补啊？"小琪说。说是这样说，小琪还是回来了。

小琪进屋，见罗明军没穿衣服，她说真行了，这么长时间了还没穿上衣服。罗明军说我不是怕麻烦吗，说完，罗明军过来拉小琪。"干什么，你！"罗明军没说话，一下子把小琪抱起来，小琪故意挣扎着，叫喊：非礼呀！还频繁地蹬着腿。罗明军把小琪放到了床上，开始解小琪的衣扣。小琪见罗明军动了真的，她按着罗明军的手，说："干吗呀，大白天的。"罗明军显得脸皮很厚的样子，他说白天怎么了，哪条法律上规定白天不能跟老婆做爱。小琪说不行，我不习惯白天的……说是这样说，小琪还是应和了罗明军……事毕，罗明军从床上爬起来，小琪还在床上躺着，看着罗明军穿衣服。罗明军穿好了衣服，回头看了一眼小琪，他说你怎么还躺着，小琪说我等你给我穿衣服。罗明军说别淘气，自己穿。"不，让哥哥穿。"小琪平时从不管罗明军叫哥哥，只叫"小罗"或者"我家小罗"，只有在床第之事的前后，她才哥哥、哥哥地叫。无奈，罗明军过来给小琪穿衣服。一边穿衣服一边说：你觉得我们的纪念活动怎么样？"什么纪念活动？""做爱呀，以做爱来纪念结婚纪念日，不是最好的活动吗？"小琪瞪圆眼睛，她说你说的什么呀？哪有这样纪念的？人家都是吃饭、送礼物。罗明军说那样多俗气，什么活动都吃饭，好像我们挨饿挨惯了，多单调、多没智慧。我觉得，我们的纪念方式是最恰当不过的了。小琪说："脸皮真厚！"

小琪这样说，但心情还很好，夫妻俩手拉手下了楼，准备在小区对面的西餐厅里继续他们的纪念活动。走在小区的广场上，小琪看到一个小狗，她拉了拉罗明军，一脸天真的样子说：看见这个小狗了吗？打一歌名。罗明军不善于猜谜，尤其是小琪让他猜谜，他对小琪让他猜谜有了过敏反应，每当小琪提出猜谜，他就会立刻警觉起来。在他们夫妻之间，遇到猜谜、脑筋急转弯什么的，罗明军都占不到便宜。前不久，小琪出了这样一个脑筋急转弯，一个大猪领着五只小猪过河，而船上只能载一个大猪和四个小猪，于是，大猪就领着四个小猪过了河。过河之后，大猪数了数，觉得自己的孩子一个不少。问，为什么？罗明军说了好几种答案，小琪都说不对，最后，罗明军投降了，让小琪告诉他答案。小琪说：大猪不识数。——罗明军被小琪套了进去，笑得十分尴尬。

"猜呀？"小琪问。

罗明军紧闭着嘴，不猜。

小琪说那就告诉你吧——长大后我就成了你。

罗明军一听，忍不住大笑起来，笑了半天，他突然收敛了笑容，严肃地对小琪说："都是坏人骂我们是警狗子，作为警察的妻子，你怎么也开这样的玩笑。"

小琪看出罗明军认真了，她说你看你，知道是开玩笑还翻脸，说你是狗你就是狗了？再说，狗有什么不好，我就喜欢狗，我可没骂你的意思，我骂你不是骂我自己吗？你是狗，我不是狗老婆吗？

罗明军仍绷着脸，不肯给小琪笑容："不管怎么说，以后不要开这样的玩笑。"

小琪说，哎罗明军你干吗呀，你没病吧？

"你才有病呢！"罗明军说。

罗明军下午两点左右到了派出所，一进派出所，他先到关押大宝和许强的房间看了看，他没看见大宝，却看见了许强。许强蹲在地上，他没看见罗明军，事实是，罗明军也只是望了望。就在罗明军瞭望的时候，老马从楼梯上走了下来，正好和罗明军撞上了。罗明军问老马："这小子怎么还没送看守所？"老马白了罗明军一眼，没说话。罗明军觉得老马的态度很奇怪，他当然不知道上午发生了那么多的变故，所以就追问了一句："分局还没批下来吗？"老马瞅都不瞅罗明军，说："你问我，我问谁去？"说完就走了。

罗明军望着老马的背影，想说什么又说不出来，只说了一个动词："操！"

原来，老马没去分局送材料，他对孙光峻的决定有看法，虽然上了年岁，他一样闹情绪，所以，孙光峻只好派别的民警去了分局。

罗明军上楼后就去找孙光峻，孙光峻正在打电话，他本想问一下案子的情况，见孙光峻没完没了地忙，点了点头就离开了。孙光峻不知道罗明军要干什么，他以为罗明军在家里睡足了觉来所里上班，到他这里报个到。所以，他也对罗明军点了点头。

那天下午，老马几次出现在罗明军的办公室，他似乎想说点什么，欲言又止。罗明军猜想老马对自己的态度后悔了，想来解释解释，又不好张口，罗明军才不主动说话呢，他就想看看老马，怎么下这个台阶。

事实并不是这样，老马找罗明军不是向他解释什么，他是想质问罗明军，孙光峻突然的变故令老马产生了这样的误会，他认为放了大宝而单单拘留许强是罗明军在背地里搞鬼。本来，他老马已经纠正了罗明军的错误（老马这样认为），罗明军不会甘心别人改变他的想法的，平日里，罗明军就留给他这样的印象，罗明军喜欢甩法律名词，动不动就主观客观内涵外延的，老马十分反感这些，他觉得罗明军那些东西是花拳绣腿，舞台上的把式，给别人看的。如果仅仅是给别人看的倒也可以原谅，问题是，罗明军不那么认为，他觉得法律和真理常常站在他那一边，钻牛角尖，甚至有点刚愎自用。当然，老马也想到过别的方面，比如人情关系等等，可想来想去，他还是觉得罗明军的嫌疑最大。当然，老马也承认，罗明军未必就和解宝辉有什么关系，罗明军坚持的不是解宝辉的利益，而是维护自己的利益——自己的判断（也就是面子），麻烦就麻烦在这里，这个问题远比解宝辉和罗明军有人情关系还麻烦，如果是前者，老马要应付的是解宝辉，而后者就不同了，他要应付的是罗明军。也就是说，这个事件的关系由警察对处罚对象的关系上升到警察和警察的关系——如果把解宝辉拘留了，就证明罗明军错了，罗明军是不会承认错误的，他会想尽各种办法维持“原判”，这样才证明自己没错。老马这样想，罗明军肯定会了解这个案件的处理情况，当他得知自己的意见被否定时，肯定会找关系，而罗明军的同学校友什么的遍布了公安局，他是聪明人，他知道找谁对正在小心翼翼地等待“转正”的孙光峻说话好用。在他离开孙光峻办公室的时候，那个神秘的电话就打了进来，使得孙光峻立刻改了主意。老马所以有这么完整的想法，也不完全是主观推测，因为孙光峻给了他一个重要的提示。孙光峻匆忙地作出了决定，不由分说，甚至还有点神色慌张。这说明什么？说明孙光峻既无奈又要顾及到关系。首先，老马排除了孙光峻营私舞弊的可能性，孙光峻人还算正，他没发现孙光峻在办案中徇私情，而更为重要的是，这个小案子值得不值得徇私情，谁都知道这个案子的两位主角可拘留可不拘留，如果徇私情完全可以名正言顺放人，用不着这样一波三折。并且，根据老马掌握的情况，一上午时间，没人来找过派出所，没人来打探消息，除了他、罗明军和孙光峻，就连解宝辉本人都不知道要拘留他，这个电话也来得太是时候了。还有，如果孙光峻迫于上面的压力，他起码要跟老马解释一下，起码说说自己的难处，以往，孙光峻很直爽，也发牢骚。所以，罗明军掺和这事的可能性最大，也只有他给孙光峻施压，孙光峻才不便跟老马解释，他毕竟主持全所的工作，他不能在同事之间制造矛盾。

老马犹豫了再三，他还是想找罗明军谈一谈，老马觉得如果自己的推测是事实的话，这已经不是他和罗明军个人关系的问题，而是一个原则问题。

大宝出了派出所没多久就和小春风不欢而散，小春风临走还骂了大宝一通，她说算我瞎了眼，认识你这个臭无赖。解宝辉我现在郑重地告诉你，你要是个有脸皮的人，以后别给我挂电话，再挂电话我就报警，告你骚扰我……大宝被小春风骂得迷迷糊糊的。小春风走后，大宝又莫名其妙地回到了派出所，值班的警察问他落什么东西了吗？大宝摇了摇头。警察问他干什么，他又摇了摇头，直到他听说许强还关在派出所，他才清醒了。

三点多钟，大宝出现在公安分局的走廊里，他吵着要见局长，门卫正在阻拦他时，分局局长正好从外面回来。局长问门卫怎么回事，门卫说这个人不知道局长姓什么，还硬要闯局长办公室。局长说你这样可不好，开门评议整顿机关作风活动，就是要虚心接受群众的监督。我强调过多少次，要热心为群众服务，按你的说法，我只能接待认识我的人了。说完，局长就把大宝叫到了办公室。

“请坐。”局长说。

大宝不敢坐，规矩地站在局长办公桌的对面。

“坐坐。”局长说，语气传递给大宝的不是客气而是命令，大宝嗵的一声坐在了双人沙发里。

“你找我什么事儿？”局长问。

大宝支吾着，眼睛看着书柜边的一箱矿泉水。局长以为大宝要喝水，就说：

“想喝就喝吧。”大宝鼓起勇气，走过去拿了一瓶矿泉水，咕咚咕咚喝了半瓶，然后用手背抹了一下嘴，嗓门挺大地对局长讲了自己和许强打仗的经过。

在大宝讲述时，局长翻着桌子上的材料，其中一个材料就是上报许强拘留的材料。等大宝不讲了，局长也把材料看了大概。

“讲完了？”局长问。

大宝点了点头。

“可我没听明白，你到底是什么意思？”

大宝说我的意思是，不应该拘留那个人。

“打你的人？”

“是啊。”

“为什么？”

“是我让他打我的，不然，就什么事都没有了。”

局长笑了，他说经常有人找我，不过像你这种情况我还很少碰到。挨了打还替人家求情。你得告诉我，你是真心的吗？

大宝点了点头。

局长又仔细看着材料，点上一颗烟抽了一口，然后放在烟缸上冒烟。在烟雾缭绕中，局长令大宝十分不安地思索起来。大宝觉得局长思索起来，那双小眼睛一点儿都不漂亮。

局长拿起了电话，他对派出所孙光峻说：许强的材料我看了，你们怎么搞的，现在解宝辉就在我的办公室，他请求不要拘留许强。……我建议你派人把材料拿回去，再调查一下，研究研究。

放下电话，局长对大宝说：“我这样处理你满意吗？”

大宝没回答局长，专注地问：“还拘留那个人吗？”

局长说这个问题我现在不能回答。局长见大宝还发愣，补充一句：“……不过，你找我的目的已经达到了。”

那天晚上大宝没休息，准时找大老徐接车，大老徐说这么准时？我看还是得接受教育啊。大宝笑着给了大老徐一拳，他说你可别惹我，反正我的眼睛已经肿了，不怕加点彩儿。大老徐说我可惹不起你。同时，还伸出大拇指，磕磕巴巴地说：“英、英雄啊。”

大宝驾着车在街上行驶着，打开车窗，风涌了进来，在他的脸上肆意戏谑，很温和也很适度，大宝觉得奇怪，自己那种莫名的烦恼没有了，眼皮也不跳了。人他妈的真贱，挨了一顿揍，心里反而痛快了。

大宝的出租车在霓虹灯闪烁的城市里幽灵般穿梭着，他突然有了刚开车时的感觉，也就在那一瞬间，大宝突然意识到什么，也许是社会节奏太快了，自己的心太劳累了，所以才莫名其妙地烦恼，才没事找事。当然，这念头在大宝的脑海里流星一般的闪烁，并很快划了过去，他不会继续深入地进行思考的。

大宝的车路过新世纪大酒店，大宝在酒店的门口转了两圈，然后停了下来。大宝想起要给小春风挂个电话，拿出手机，大宝才意识到，这一天自己的手机没机会充电……

大宝的出租车停在新世纪大酒店门口时，罗明军和老马正在一家街边小饭店里喝酒。下午，两人之间面临的一场冲突在傍晚就冰释了。很多事情就是这样，说复杂真的很复杂，说简单也十分简单，老马把事情的经过一讲，相互交换一下意见，两人的误会也就解开了。误会解开了，反而使他们两人的关系进了一步。罗明军主动提出要请老马吃饭，他说想起去年你拨给我拘留指标的事，我还欠你的人情。老马说要是这样我就不去，除非我请你。两人争来争去，最后罗明军说，要不这样，这次我请你，下次你请我，总可以吧。老马想了想，大概觉得这样还算公平，就同意了。

在街边小店里，罗明军和老马要了四个小菜，四瓶啤酒，一边喝一边聊，过去，他们几乎没单独在一起喝过酒，不想，两人喝酒还十分对撇子，都属于豪爽型的。反正他们都不值班，又没穿警服，喝酒时很放得开。

喝酒过程中，老马解释说，他所以要拘留解宝辉，是因为解宝辉的责任更大一些，也就是说，是解宝辉引起的，如果解宝辉不惹许强，也就没有后来的事情了。比如说，解宝辉那天晚上没去饭店吃饭，是不是就不能碰到许强？即使解宝辉去了饭店吃饭，不喝酒是不是也没事儿了。好，就算喝了酒，如果他不主动到许强的桌子坐下来，就没有后来的事了吧。坐下来也不要紧，好好喝酒呗，不好好喝酒，没事让人打他，你说这事儿是不是怨解宝辉？罗明军说你这样说也不是没道理，可是，如果许强不打他，也就没事了。法律看的是结果，比如说，我打了你一拳，用了同样的方式和力量，会出现很多种可能，一种可能是被打的一方什么事也没有，就不够处罚；一种可能是碰巧把人家的肋骨打折了，就得按伤害罪论处；进一步假设，不巧打到了人的要害处，出了人命，就成了过失杀人。请注意，我们的前提是用了同一种力量和同一种打击方式，结果可能就完全不同。老马想了想，你这是假设。罗明军说，你不是也在推测吗？如果解宝辉没去喝酒，没去干吗，没让许强打他，可事实发生了，就不会有假设了。老马想了想，没怎么想明白，不过，他不想和罗明军争论下去，同时，也模糊地觉得，罗明军的话不是一点道理没有。

不管怎么说，罗明军和老马喝得还是挺愉快的，不然，他们就不会喝了十三瓶啤酒，这是事先他们无法假设，也是后来无法推测的。

罗明军和老马离开饭店已经是夜里十点多了。他们在夜晚梧桐叶子遮挡路灯的人行道上摇摇晃晃。他们都喝多了。

罗明军口齿不清地对老马说：老马，我们做这样一个假设，比、比如说，在街上你看到一个小伙子尾随在一个女人后面，我们都知道他要对女人抢劫，这个时候你怎么办？老马说你在考试吗？罗明军说我不过随、随便问问。老马说我会死盯着他，等他动手抢劫了，就冲上去，抓个现行。罗明军说要是我，我就不会这样，我会在他抢劫之前，出现在他身边，甚至暗示他我是警察，防止这起犯罪的发生。老马说小罗你太理想化了，他不在这儿犯罪还会在别的地方犯罪，对待罪犯不能心软，只有严厉打击教育他，才可以挽救他。罗明军说问题是，在抢劫之前，他还不是罪犯……老马说我不和你争、争论了，总之，你太理想了。罗明军说，理想没什么不好，其实我相信所有的警察都有理想主义的色彩，只是，有些东西我们并不知道怎么做更合理。比如我刚才提到的假设，我的做法可以避免一次犯罪，但我得不到荣誉，而你的做法可以得到好处，甚至可以立功受奖。老马说我没得到好处。罗明军说是，你没得到好处，我不过是打个比方。

“打比方也要实事求是。”老马说。

罗明军和老马走到立交桥下，他们离派出所还有四百米左右的距离，罗明军开始呕吐起来，他蹲在地上吐，老马给他捶后背，捶一捶，老马也开始吐了。吐的间歇，罗明军问老马，一会儿还回派出所吗？老马说应该回去看看，办公桌的抽屉还没上锁。罗明军说老马，你说咱们当警察的，也真够不容易的，别人并不了解我们，不要说别人，有的时候，我自己都不理解我自己。小的时候觉得当警察威、威风，当了警察之后才知道当警察多不容易……别的不说，咱们什么时候有过星期天和节假日？一年三百六十天……“是三百六十五天。”老马补充一句。罗明军接着说：加班加点是经常事，可加班费才几个？按国家的规定，加班费应该是百分之一百五，节假日应该是百分之三百。不合、合法呀。老马说可、可不是吗。

“……老马。”罗明军叫道。

“嗯？”

“有时候心里挺憋屈的。”

“可不是吗。有时候心情不好，又说不出为什么不好。”

罗明军笑了起来，他附在老马耳边小声说：老马，求你揍我一顿吧！

老马也笑了，他说别以为我老了，我估计打你没问题。

“别吹了。”

老马上去就给了罗明军一拳，醉了酒的老马无法控制出拳的轻重，一下子打在罗明军的下巴上，把罗明军给打痛了，罗明军有些恼火，他说你他妈的还真打呀，一拳打在老马的眼眶子上。老马也火了，于是，两人摇摇晃晃地打了起来。

路边的行人看见罗明军和老马打架，连忙给110报了警，说：长白街上有人扰乱公共秩序，在打架斗殴……

昨日之雨

一

总体上来说，朱聆教授还是喜欢认真求学的学生。比如学生甲不会来事儿，不主动帮他做什么，也不给他点好处，可这个学生治学严谨，论文写得也精彩；而学生乙则灵巧周到，会说教授喜欢听的话，手脚勤快跑前跑后，节日发个祝福短信、平时发个半荤半素逗乐的段子什么的，假期回家还带一些家乡的土特产品“小意思一下”，可这个学生用功不足，毕业论文有明显的“蒙混过关”迹象。两个学生放在一起，朱聆会毫不犹豫地把甲放在前面，为防止这种判断在他不小心或打瞌睡的时候生变，他做了一个巩固性的补充来约束自己：教授要有教授的职业操守。

李青洲属于学生乙。

问题是，如果学生甲和乙都邀请他吃饭，并且是单独邀请，情况就不一样了。与甲吃饭一定会很无趣，在一起谈什么呢？谈学术问题，对方可能不顾你的师道尊严，跟你一脸正经儿地争辩。乙则不同，乙会以崇敬的眼神（且不管是不是修饰出来的）望着你，对你过嘴瘾夸夸其谈时还点头表示赞叹，至少可以满足他“导”兼“师”的虚荣心。更重要的是，李青洲是漂亮女子，漂亮跟技术层面的东西无关，比如考试，同一张试卷，绝对不会因为你漂亮就暧昧起来，在单独吃饭这个问题上，漂亮女子的优势就轰然而立，蛮横地阻挡了很多东西。当然，漂亮女子还可能诱发吃饭以外的其他想象甚至走向，不确定性本身就是吸引。

所以，李青洲第三次用短信向朱聆发出邀请时，朱聆只好给李青洲回了电话。朱聆说的第一句话是：我最近很忙。李青洲在电话的另一端沉默了。李青洲如果说那就算了，朱聆一定很失望，他希望李青洲继续说服他。

沉默了一下，李青洲说，其实，我知道你忙，不过饭总是要吃的。朱聆连忙说，那是，饭还是要吃的。李青洲的声音愉快了一些，她说：“那，就是说，你答应我了。”朱聆迟疑一下，问：有什么主题吗？李青洲说吃饭一定要有主题吗？朱聆说，可是……

李青洲咯咯地笑了起来，她说到时候你就知道了，现在保密。

不论承认与否，朱聆还是做出了相应的反应，如同准备蒸馒头的发面，慢慢发生着变化，李青洲的邀请成了酵母。朱聆看新闻联播时，注意力却集中在和李青洲聚餐主题的疑问上。会不会是李青洲的生日？（当然，也不是自己的生日，所以不用担心闯入预设的、善意的恶作剧氛围里。）应该不会是她的生日，她应该是冬天的生日，朱聆看过的履历表残留着朦胧的记忆，不过，现在的年轻人有心情生日，一年过几回生日也没什么大惊小怪的。但从实际情况看，年轻人的生日一般都搞得比较隆重，不会单单邀请他一个人，李青洲想表达尊重和好感完全可以用其他的方式而不是生日聚会。想到好感，还真让朱聆紧张了一下。朱聆承认，现在的女学生的确让导师紧张，往前些年推，女研究生好带，几个爱情失意的“圣（剩）女”（男学生的表达方式），发愤图强考了研究生，跟她们在一起十分安全，别人不会想什么，自己也不会想什么。后来不同了，研究生扩招扩得几乎成了“普及”教育，美女开始渐渐如云。跟着，时代也变化着，“一日为师终身为父”变成了“一日为师终生为友”。女学生越来越现代，由照相时挎你的胳膊，发展到搂你的肩膀，插科打诨，半真半假，不紧张就怪了。李青洲曾对自己有过暗示，但并没有“明确”表示，这样说来，也许自己多虑了。还有什么？发表论文？发表论文的事他已经知道了。要么就是确定了毕业接收单位，李青洲曾告诉他，她已与接收单位签订了试用意向，据说不出意外就没问题。联系单位他没帮什么忙，如果为此请他，朱聆觉得理由不够充分，了不起也就是“分享”

而已。

李青洲的“酵母”持续发挥作用，一直到了早晨，朱聆起床后想的第一件事就是和李青洲见面，即使在心里想一想，他也不愿用“约会”这个词。那么，在极力否认和逃避的同时，是不是也隐含着别的什么，好奇？抑或某种不可言状的期待？不得而知，朱聆自己都不知道。

朱聆走到楼下，随着楼道防盗铁门“咣当”一声关闭，他才下意识地看了一下表，他把时间搞错了。原计划九点从家里出发，此刻是八点零五分，几乎提前了一个小时。朱聆有些不自然地四下看了看，没有人，“没有人”对朱聆很重要，他的心情平稳了一些。

朱聆回头向自己家的窗口望了望，他不想回去了，而这个时候叫出租车去见李青洲又太早，想了想，朱聆决定坐一坐公共汽车。走到公交车站，朱聆才意识到，自己已经几年没乘公共汽车了。

公交车站不远，就在朱聆所在小区的拐角处，那里已经有人在排队。看到年龄不同、性别不同、高矮胖瘦不同、服饰各异的待乘“队伍”，不免让朱聆的联想丰富起来。不过，总体来说，朱聆还是觉得人们的文明程度高起来了，而且是突然高起来的。对于几年没坐公共汽车的朱聆来说，最初的记忆和眼前景象之间的变化，当然是“突然的”。朱聆东张西望，觉得新鲜的东西不少。

公共汽车没来，等待中的朱聆除了四处张望外，又回到李青洲的问题上。

“对了，应该是论文。”朱聆想。

李青洲写的毕业论文是《基于博弈论原理分析无牌照汽车管理问题》。这个题目还是朱聆提出的。起初，李青洲提交《开题报告》时拟定的论文题目是《现代公共交通管理的研究与思考》。朱聆觉得很宽泛、很空洞。他对李青洲说，别总是研究与思考，什么都用研究与思考，写论文不研究不思考行吗？导师吗，当然可以尖锐一些，这是一种特权，这个特权无论怎么过火都不过火，因为后面有一个东西托底，那就是“还不是为你好”。

李青洲对导师自然唯命是从，态度谦恭。朱聆说就是吗，以你的阅历和经验，驾驭现代公共交通这样的大题目是小马拉大车。李青洲低着头，不让朱聆看到她的眼神，导师说一句，她点一下头。

朱聆印象深刻的是“黑车”的事。暑假返校时，李青洲讲了她回家坐黑车的经历。李青洲家所在的县城离省城六十公里，坐出租车打表走字儿，花费不菲。

如果坐黑车，费用则大大降低。前往县城的黑车一般集中在花鸟市西侧，黑车一般都不错，只是没有“承运手续”，不用交一些管理费，价格当然便宜，而且，跑外县的黑车一般都实施“捆绑”战略，把同一目的地不相识的人拼到一起，费用大家分摊。李青洲被拼到一辆“捷达”上，四个“同志”，每人十元。从省城到县城起码每人二十元，并不是司机给他们折扣，这辆车只能跑到大岭镇。大岭镇是省城和县城的交界处，到了那里，乘客就得换车，换到等在那里接班的县城的黑车上，尽管是黑车，他们也有自己的游戏规则，自然而然地形成了秩序，相互配合而不是彼此侵犯。“你说这有意思吧？”李青洲笑眯眯地说。朱聆说，透过现象看本质，这个游戏规则是在制度框架内衍生的，你能说跟交通管理部门的一些人没关系吗？为什么他们有聚集的地点，为什么省城的黑车不敢去县城的管辖区域，这里，一方面有权利出租的问题，另一方面有违规的成本问题，可以好好研究研究。

李青洲的论文唤醒了朱聆关于黑车事件的沉睡记忆。朱聆说你可以运用博弈论的原理——著名的囚徒困境你知道吧？李青洲有些迟疑地点了点头。朱聆的内心里有一丝不悦，李青洲的敷衍显然对朱聆说的“著名”不配合。无奈，朱聆在便签上画了一个四方格，分别标注甲沉默和甲坦白，又标注乙沉默和乙坦白，并分别向李青洲说明了可能发生的四种情况，最后的结论是，甲和乙都必须选择均衡点。朱聆说，黑车管理属于现实中的博弈问题，你可以从这一现象入手，以小见大，从而提出解决黑车问题的管理模式或政策建议，既有理论和规范研究，又有实证研究。

李青洲很聪明，她在论文研究和写作期间，还加工出几篇副产品，发表在地方报纸“理论版”和校报上。比如《囚徒困境与纳什均衡》、《纳什现象——为什么波兰的一个普通中学出了三位诺贝尔奖大师》等等。李青洲给朱聆发短信，她说导师给我的题目，对于我来说也是“囚徒困境”，不过，我十分感谢导师让我发现了新的认识视角。

李青洲论文写作过程中，朱聆帮着修改了三遍，有的时候，他觉得那个研究是自己的孩子，不自觉进入了“我写的论文”的状态。总体来说，朱聆对这篇论文是满意的。如果李青洲是为论文的事找他，谈什么？也许是匿名评审的事，让他提前疏通疏通关系？过几天，研究生院组织专家匿名评审，实行一票否决。当然，学生也好，导师也好，都不希望自己的论文被否了，按学术委员会的条例规定，一旦被否，下次提交至少要半年以后。

朱聆想，存在这种可能性。问题是，朱聆不可能做这样的事，他不知道谁评审这篇论文，即使知道是谁，他也不可能去找那个“谁”，他觉得自己是有原则的。

公共汽车没来，朱聆看了看表，觉得时间还很宽裕，他又四下张望起来。

朱聆似乎觉察到了情况的变化，他隐约地记得站在自己前面的是位年轻女人，而不是现在这位老太太。朱聆往旁边看了看，报摊旁边果然有一位女人在打电话，她衣服的颜色很生机，豆绿色的花叶在她的身体上起起伏伏。朱聆想，她一定急于打一个不希望别人听到的电话，并绅士地想，等一会儿车来，我会让她继续排在前面，不算她加塞。

公共汽车没来，一辆警车闪烁间就到了。警车下来的警察和穿“绿花叶”的女人交流着什么，还不时向朱聆排队的方向看着。不一会，两名警察走了过来。朱聆向左右看了看，想搞明白到底发生了什么。这时，朱聆觉得自己的肩膀被人戳了一下。

“你，跟我们来一趟！”一个警察对朱聆说。

“去……哪？”

“到地方你就知道了。”

二

到了派出所，就没人管朱聆了，他被丢在挂满了锦旗的会议室里。朱聆很自信，他知道这一定是一场误会，所以，他根本没想跟进派出所有关的事，而是继续猜测李青洲将要谈的内容。从这个角度看，学生也是可以给导师出题目的。

坦率地说，朱聆不会为论文匿名评审跟评委“打招呼”的。不过，这也提醒了朱聆，他想起论文被他忽略的“注释”部分，按新调整的规定，论文注释采取章内注释，注释的格式统一，如，作者不超过三人，超过就成为“等”了，参考论文的题目以及引用的书和杂志不加书名号，而是[J]或者[M]，并且要注明出版时间和页码。也许匿名评审不会因为注释的“不够规范”而提否定意见，就如同自己，看重的是主体结构，而不是旁枝末节。不过，过去的确出现过因此被否决的情况，尽管那个否决充满了争议，很多教授都觉得那样“行使学术权利”会影响自己的形象，但不等于说，那个小概率事件不再发生。

恍惚间，朱聆闻到一股咸鱼的味道，他四处寻找着，发现桌子底下堆放着脏兮兮的运动服，他用脚踢了踢，踢出运动鞋来。朱聆明白了，那里是散发气味的根源。不知为什么，朱聆有一种强烈的愿望，就是把那双气味难闻的鞋拿到敞开的窗台上。

朱聆哈下腰来，手指已经触摸到运动鞋了，这时，会议室的门响了。

一个年轻帅气的小伙子走进来，他对朱聆说，你跟我来。无奈，朱聆离开了会议室。临出门朱聆还向存放运动鞋的桌脚瞅了瞅。

朱聆懵懂地跟在小警察的身后，进到一间烟尘滚滚的房间里。

很显然，那个房间是刚腾出来的，朱聆坐的椅子上还有隐约的温热。除了朱聆对面那个小警察，房间的另一角，一个年龄大一些的警察正和留着小胡子的人说着什么。

朱聆刚想问小警察为什么把他带到派出所，不想，小警察的面孔立即严肃起来，口气冰冷地说：把你口袋里的东西掏出来！

朱聆愣住了，他没想到会受到这样的待遇。

"听到没有？"

朱聆一激灵，下意识地从口袋里往外掏东西。朱聆右手从裤兜和上衣口袋里分别掏出手机、名片盒、银行记账卡和信用卡，左手掏出五百元钱。五百元钱是早晨临时装进去的，尽管请客是李青洲，朱聆还是带了点现金，以备急需。

小警察对朱聆掏出的物品检查一番，问：身份证呢？朱聆说身份证从不带在身上，放在单位了，"我只是出差的时候用。"对方抬头扫了朱聆一眼，然后，将朱聆掏出的东西分成了两部分，一边是五百元钱，一边是其他物品，跟朱聆左手右手掏出的东西差不多。

"姓名？"小警察有些职业地问。

"朱聆！"朱聆说。

"单位？"

朱聆迟疑一下，说"海大。"

"说全称！"

这个城市里的人几乎都知道"海大"。朱聆想了想，还是忍住了，他清晰地说：海洋大学经济管理学院。

“职业？”

“教书。”

小警察低头摆弄朱聆的名片夹，他应该早就作出了判断。名片盒里有十几张名片，其中有五六张是相同的，那是朱聆的名片。

“还是个教授啊。”小警察说。

这回该轮到朱聆发问了，他说我不明白，你怎么像对待犯人、犯罪嫌疑人那样对待我，我违章了还是违法啦？

小警察抬起头来：“你问我？这话正是我要问你的。”

朱聆说我当然不知道。

小警察没接朱聆的话题，继续他的询问。“年龄？”

朱聆说你还没告诉我为什么？

“现在是我在问你，不是你问我。”小警察不高兴了。

朱聆自言自语地说，那总要知道为什么审问我吧。

“都会搞清楚的，”小警察说：“我们不会冤枉一个好人，也不会放过一个坏人。”

朱聆无话可说。

“年龄？”

“四十三，周岁。”

“说说事情的经过吧。”

“什么经过？”

“进派出所之前，你在哪儿？都做了什么？”

朱聆明白了，他说我在23路站点等公共汽车，公共汽车还没到，莫名其妙就被警察带到了派出所……就这些。

“等车的时候，你干什么啦？”

“什么也没干啊。”

“什么也没干？”

“我只是想……跟学生论文有关的事。”

“有关的什么事。”

“注释。”

“注视？你注视什么？”

“我没注释什么，是我带的研究生的注释。”

“还有一个人？”

“……没有，我是说，论文的注释。”

“那你为什么等车，你要去哪儿？”

“去……”朱聆突然意识到，他们的谈话是有圈套的，他不能说去鼎湖温泉中心。朱聆没去过鼎湖温泉，他只知道大致的方位。当初，李青洲用短信通知他的时候，他内心里就产生了暧昧的感觉。一个老师一个学生，一男一女去洗温泉，据说那里可以男女同浴（穿着衣服），不过从另一个角度想，海滨浴场不也男女同浴吗？区别无非是，一个在光天化日之下，一个环境幽暗一些罢了。那个地方当然不能说，自己都对那个地方产生联想，如果对警察说，他会怎么想？接下来一定会问去干什么，这个问题比较麻烦，目前连朱聆自己都不知道。于是，警察就会打电话跟李青洲核实，那样，自己岂不是在学生面前丢了面子，而且，会越来越说不清楚。

“去图书馆查资料。”朱聆撒了一个谎。

小警察很不高兴，他说我提醒你认真配合，既然你是个知识分子，就要懂得和珍惜别人给你的机会。

朱聆沉默了。

小警察说，我只做笔录，事实要你自己负责。

朱聆突然意识到自己的角色很麻烦，“配合？”他没犯什么事儿，凭什么让他配合？朱聆火了，他说奇怪了，我为什么要回答你的问题？一个人无缘无故就被带到了派出所，还有法制吗？还有天理吗？本来，我还是比较礼貌的，不想跟你们理论，我善良地认为这是一场误会，可你的态度就是把我当犯人，好吧，我奉陪！我不相信没有公理，你们必须对侮辱我人格的行为给个说法……

朱聆发火，小警察却十分平静。

朱聆一口气把话说完，拿起桌子上的水杯，刚想喝一口，发现里面的水都起了豆绿色的璞。

“说完了？”小警察问。

朱聆气呼呼地说：“没那么容易完，告诉你吧，进来容易出去难，不搞个水落石出，我还不走了呢。”

小警察对朱聆的慷慨激昂表现出本能的麻木，他的眼神似乎告诉朱聆，你不要认为自己是教授，就觉得知识多，那要看是什么知识，在对付犯罪嫌疑人方面，可别小瞧我。还有，别认为我年龄小好糊弄，我见过的人多了，什么样身份的人没有？什么样的表演没有？小警察在自己的身上摸了摸，想找什么东西。这时，屋角那个小胡子扔过一盒烟来。小警察棒球运动员那样，一个前扑动作接过了烟。

小胡子笑着说："冯哥，低焦油，正适合你。"

冯应该是小警察的姓。冯警察接过烟，随手又抛了回去。"谢谢，改口味了。"

扔回去的烟，被小胡子身边的人接住了。

冯警察从口袋里摸出烟，点燃，深深地吸了一口，他对朱聆说，其实我知道你在撒谎，可我很好奇，你为什么撒谎？

"我撒谎？"朱聆不屑地说，"我有什么谎好撒的!"

也许在冯警察看来，不敲打一下这个自以为聪明的教授是不行了，他厉声道："你不是去图书馆吗？去图书馆应该坐26路车，为什么坐23路？你不知道23路走反方向？你总不会告诉我，你就想绕城市一圈，最后抵达图书馆吧？"

朱聆被噎住了。

三

接下来的询问成了制造棒棒糖的熬糖锅，稠密而粘连。

无论冯警察说什么，朱聆都不表态。如同一场球赛，一方抛出的球再有智慧和力量，另一方不接球，那个智慧和力量就无法显示出来。后来，冯警察也显得疲惫了，他说，你不要以为沉默对你有利，很多人不讲话，最后吃亏的是他们自己。这样跟你说吧，能把你带到这里，我们肯定是掌握了确凿的证据，有证据没有口供一样可以定罪量刑。我所以在你身上花精力，主要是看你是一个知识分子，我想知道其中的原因，甚至想找一些对你有利的原因，这样，有利于减轻处罚……话都说到家了，你还不明白？

朱聆仍沉默着。

"你不相信我们掌握了证据？"冯警察死死盯着朱聆，朱聆抬头瞅了冯警察一眼，目光中流露出一丝的不安。这一微弱的信息还是让冯警察捕捉到了，他说我给你五分钟时间考虑，过五分钟，我就不再给你机会。

朱聆叹了一口气。

冯警察趁热打铁，递给朱聆一颗烟。朱聆不抽烟，可不知为什么，他还是把烟接了过来。冯警察给朱聆点燃，朱聆吸了一口，呛得直咳嗽。

五分钟到了，朱聆又一次醒悟过来，他知道自己是无辜的，可奇怪的是，在派出所这特定的场合和氛围里，他被诱导着一次又一次扮演着犯罪嫌疑人的角色，不知不觉就进入了状态，自己都不知道是怎么回事。

“说吧，时间到了。”冯警察说。朱聆的脸涨热起来，他问冯警察说什么？

“说你的事儿……你犯的事儿。”

朱聆说我不知道。

冯警察呼地站了来，一拍桌子：“我要警告你，抵赖是要重罚的!”

朱聆也站了起来，一拍桌子，嗓门不比冯警察的低：“我也要警告你，诬陷是要负法律责任的！”

冯警察和朱聆的冲突引起角落里另外两人的注意。年龄大一些的警察温和地提醒了一声：“小冯！”

两人僵持不下的当口，门开了，一个女警伸进头来，“冯凯，马队找你！”

冯凯厉声对朱聆说：“坐下！”

朱聆没动。

冯凯转身要走，走之前还用食指点着说：“把你关起来，你想找我说都没机会了，到时候，你哭都来不及。”说完，匆忙离开。

朱聆站在那里，继续站着有些尴尬，坐下来也有些尴尬。想了想，朱聆还是坐了下来。

桌子边只有朱聆一个人了，他开始胡思乱想，这一想不要紧，脑子里开始生长着杂草，那些杂草生长得很汹涌，而且没有条理。冯凯为什么肯定地说掌握了证据，真的有什么所谓的证据？看来，那个证据还不是一般的证据，足以把他关起来，“关”是指监狱吗？起码应该是看守所吧。

可自己究竟犯了什么事儿（按冯凯的说法）？现在，朱聆不得不内省一番了，也就是说，他必须回到事件的开头寻找。

朱聆是在23路公共汽车站遇到警察的，从警车下来的警察几乎什么也没说，就把他带到了派出所。——等等，警察出现的时候，并没有直接走向他，而是跟穿“绿花叶”的女人交流了一番。对了，问题也许就出在这里。朱聆觉得心内里紧张起来。没错，肯定跟“绿花叶”有关，警察来之前，“绿花叶”还站在报亭一侧打电话，那个电话大概就是报警电话。

问题是，那个女人为什么这样做呢？

通缉犯？朱聆突然想起公共汽车站站牌的宣传栏，有几张复印纸成像的黑白照片曾跳跃过他的视线。有寻人启事，也有通缉令。“绿花叶”女人是不是看到了“通缉令”，觉得朱聆像被通缉的那个人。于是，处于“觉悟”或者“奖金的吸引”而报了警。这样，朱聆就被“请”进了派出所。

如果是这样，那就没什么了，事情总会搞清楚的。当然，如果他配合一些，可能更有利于尽快把事情搞清楚。唯一的损失是，他大概要错过李青洲和他约定的时间。

在特殊的环境里，朱聆觉得自己这个推论是合理的，不过很快，他自己也产生了怀疑，——还有没有其他的可能呢？比如那个女人的原因？一想到这儿，朱聆的心里，立刻冷风抽打树枝一般，抖动起来。

那个女人会诬告他有不良举动？朱聆仔细想了想，他觉得自己并没有跟那个女人有身体上的接触，他只是东张西望，东张西望并不局限看她。退一步讲，即使看她，也不至于被认定为“流氓罪”吧，现在已经不是专政年代了。

在肯定的同时，朱聆产生了怀疑，主要是他并不能完全否定两种情况：一个是朱聆的确专注地看过女人的衣服，他觉得“绿花叶”很清新，有一种生机的感觉。算命的说他八字木旺，对绿色偏好。他专注于女人衣服，并没有专注于女人的身体，曲线或半露的乳沟（有吗？），如果女人因此而不满意，一定误解了他欣赏的目光。

还有一个不确定是，23路车虽然没来，但在等待的时间里，临站的6路和9路车来过，等候23路车的乘客也异动过，异动的过程中，朱聆是不是“碰”或“触”过女人，女人就在他前面，碰到触到也在情理之中，况且，朱聆是无意的，他敢对天发誓，他绝对没有意去侵犯排在他前面的那个女人，他甚至想不起女人的模样，他只记得“绿花叶”。

问题是，生活中很多事靠想是不能解决的，你这样想，并不代表女人也这样想，如果她是个特例，她就把朱聆看衣服的目光理解成“淫邪”的目光，把朱聆被推搡中无意的身体接触理解为“吃豆腐”，那朱聆也没办法。

脚正不怕鞋歪！朱聆想。

“臭！臭到姥姥家了！”

朱聆被房间一角的声音吸引过去。小胡子和中年警察正在讨论足球。

小胡子说，我觉得以现有的人员看，应该打352，这样博罗斯和弗林纳尔就可以打双后腰，巴拉打前腰，而且，巴拉和博罗斯的位置可以灵活互换，提高灵动性和攻击速度。左前，我觉得应该安排拉姆德尔，他的能力没话说，这你承认吧？

中年警察说，唔，拉姆德尔这小子不错。

小胡子说，右前可以让小布什来，他本身就是左撇子。三后位很关键，错就出在让老默特、大梅和小胡特三个同时上，他们仨的通病都是转身慢。如果换上弗雷德里希就不同了，他的速度快，还有位置感。

中年警察说，352不现实。尽管他们的后防有很大的改善，但是与中场前锋线配合还是塌腰，队中最强的是中场，如果在中场投入更多的兵力的话，尽管克洛泽等人会获得较大支持和机会，但后卫线的危机又会导致对方单刀的出现，我觉得奥西克尔打后卫是非常理想的，相当百米田径的速度，如果加一点技巧，足以拦截对方任何一个前锋。还有一个问题是门将，那是个补不了的破裤裆。

朱聆是足球盲，两人的讨论令他云里雾里，不知道谈论的是意甲、德甲、法甲还是西甲。

小胡子注意到朱聆听他们的谈话，挥动一下夹烟的手指，问：“来一根儿？”

朱聆连忙摆了摆手。

四

朱聆当前要解决的还是自己的危机。

很显然，自己不是通缉犯，也不是侵犯“绿花叶”的流氓。可自己为什么被带到了派出所，小警察冯凯说他已经掌握了“确凿证据”。确凿证据是指什么呢？

难道那个证据跟“通缉犯”“耍流氓”没关系，而是跟以前的某件事有关系？这样一想，朱聆反而有些紧张了。以前，是一个有跨度的概念，复杂，有纵深感，究竟是哪件事呢？朱聆并不能保证“以前”所有的事都是经得起推敲的。

首先从沉淀的记忆岩浆中咕嘟咕嘟冒泡的是“税”这个符号。这些年来，他的收入很大比例是外出讲课，他的出场费不菲，一个上午或者一个下午一般是一千五百元。一般情况下，没有人提税的事，开始，朱聆还问一下，“我的讲课费是税外的吧。”对方会说，这个你不用操心，我们会处理好。口头说不行，没有合同，一较真儿，就立不住了。

一次一千五百元不够纳税标准，可一个月、一个季度、一年累计下来就多了，看用哪个标准去计算了，即使一个月累计的“合理避税”（且不用“逃”）也很大。还有其他的收入，比如帮上市公司会诊管理问题的“红包”，挂名“副主编”“名义主编”的稿费，“荣誉顾问”“客座教授”的补贴等等。加在一起就是一个较大的数目，如果深究他“逃”税的问题，绝对不会是个小问题。尽管朱聆不承认，在他看来，那些收入都是“税后”的收入。

除了税的问题，是不是还有“占”的问题。这几年，作为学院管理学科的学术带头人，他每年都承担着重要的课题研究，在课题研究经费使用上他是“一支笔”，申请立项时，本来有些子项——如资料查询费、实地考察调查费、其他费等等都有很大弹性。总体来说，朱聆还是比较自律的，但有的时候也不免占一点，比如朱聆自己吃饭偶尔也报销了，比如买资料的时候，给自己带一些。朱聆知道，这些问题在两可之间，说不是问题就不是问题，说是问题就是问题。

问题是，“税”也好，“占”也好，跟“绿花叶”女人有什么关系呢？

对了，朱聆突然想了起来，会不会跟改成绩表的事有关呢？去年，不，应该是前年，一位读本科时的同学宋找到朱聆，说自己一个亲属的孩子参加事业单位录用考试，笔试成绩不错，已经成为五个面试候选人之一。招收工作人员的单位是一个具有行政职能的重要事业单位，他们有严格的考录要求，其中一项是：考生在校期间的主干科不能补考。那个考生是海大的毕业生，刚好有一科主干科“挂”了，成绩是补考。宋拜托朱聆给想办法。碍于老同学的面子，朱聆只好应承下来。由于那个考生不属于朱聆所在的学院，所以必须得找关系求人，一向牛哄哄的朱教授硬着头皮打了七八个电话，跟人说起了小话。三天后，事情办妥了。一个星期后，宋的亲属的孩子如愿以偿。

事情过去半个多月，朱聆接到一个女人的电话，那个女人自称是某某的姐姐，她说她弟弟参加录用考试，笔试成绩第一，而笔试成绩第四的人被录取了。朱聆说，我也不是考官，这跟我有什么关系。女人说，录取跟你没关系，可你为什么帮别人改成绩表呢。朱聆傻了，他不知道秘密操作这个暗箱怎么会泄进了光，而且达到如此精准的程度。朱聆当然不能对一个陌生的电话承认什么，他说这事儿你不应该跟我讲，如果你觉得有问题，可以去有关部门举报。

女人说那是我的事，我只想跟你说，作为一名大学老师，你的行为是有悖操守的。

事后，朱聆找宋，宋也搞不清哪里出了问题，不过他告诉朱聆，你放心吧，没事的，况且，你也没把不及格的成绩改成及格，只不过是换了一个时间，不是原则问题。

果然，后来就没了声息。

难道“绿花叶”是打电话那个女人?

朱聆倒吸了一口冷气，他想，真地反思起来，人是经不起“理顺”的。多年来，自己一直认为自己在并不纯净的社会里是纯净的，不同流也不合污，有着高度的精神洁癖。现在看来，事情没那么简单。

朱聆的心情沉重起来，仿佛心脏被绑上了枷锁，往下坠，还粗粝地磨。这不算，他的脑子里还幻化出两种不同的声音。一个似乎是罪犯的朱聆，他在极力逃避罪责，说自己是好人，另一个是法官的朱聆，他郑重地宣布朱聆有罪。

“你有罪！”——“不，我没罪。”

“你是个坏人。”——“我不是坏人，我是好人。”

“你是个假装的好人，其实你是坏人。”——“我没假装好人，我就是好人。”

朱聆在进行内心审判的时候，冯凯的开门声阻止了朱聆继续错乱下去的神经，使他恢复了理智。

冯凯只是看了朱聆一眼，对中年警察说：“老车，我那个也交给你了，有紧急任务，去南方。”

老车说，真够烦人的。

冯凯说是啊，前天刚从哈尔滨回来，现在一坐火车，我的头皮都发麻。

老车说，我说的不是你，我手里这块苍蝇屁屁还没抖落干净呢！

小胡子笑嘻嘻地说，哎，哎，我提醒你注意语言文明啊。

老车说，文明就别犯事儿，你以为我不图清净啊。

冯凯本想说什么，他瞅了瞅老车，然后示意老车跟他出去。两人在门口交流着什么，听不到声音，但可以看到他们在门玻璃上的影子，那个影子不规则地动着，证明他们是活着的物体。

小胡子紧盯盯地瞅着朱聆，问朱聆，你因啥事进来的？

朱聆没说话。

小胡子无声地扇动着口型，朱聆没读懂，不过肯定不是好话。

老车一个人进来了。他走到小胡子身边，对小胡子说，没办法，公事公办。

小胡子说车哥，别这么无情无义啊。

老车说，有情义你就不给我找麻烦了。委屈点吧，十五天之内你别想看球赛了。

老车从腰间拿出钥匙，咔嚓一声，打开手铐子。朱聆刚刚看到，原来小胡子的另一只胳膊一直被手铐子扣在暖气管子上。更令冯凯吃惊的是，他根本想不到小胡子是个坏人！！

五

房间里就剩下朱聆和中年警察老车了。

毋庸置疑，老车是另一种风格，比较随和，没有跟你过不去的意思。不过，朱聆亲眼看到小胡子的结果，他更加小心和警惕。

老车说你的情况我刚才了解了，没什么大不了的，如果咱们好好合作，很快就完事了。

朱聆比谁都希望快点完事儿，且不说他与李青洲约定的时间眼看着就临近了，这样的地方也不是正常人呆的，这是个可以把好人也逼出问题的地方。

“那就是说，你同意我的意见，我们立即进行？”老车说。

朱聆瞅着老车，一副无辜的样子。

老车没说什么，继续冯凯做的笔录。姓名、年龄、职业……问到为什么去公共汽车站，朱聆又沉默了。

老车抬起头来，他说我们不是说好吗？怎么又叫停了？老车说叫停，而没说卡住了，不知道他心里想着什么。

朱聆不回答，和面对冯凯时的不回答不同，头一个沉默是抗拒，这个沉默是警惕。

无奈，老车小声提醒朱聆：五百元，也不是什么大不了的事儿，态度好的话，把钱还给那女的，训诫一番也就算了。态度不好，也可以拘留七天，关键看我们之间的合作了。

朱聆明白了，原来自己进来跟五百元有关，也就是说，“绿花叶”一定认为他偷了她五百元钱，才报警，他才进了派出所，才受到这么多折磨。

朱聆开始说话了，他滔滔不绝地讲自己本来是要去见一个学生（没说是女学生，也没说鼎湖温泉中心），在公共汽车站就稀里糊涂地被抓了。“我怎么可能去偷？况且我也不会偷啊，别说区区五百元，就是五万元我也不可能偷啊。你想一想，我是大学教授，我怎么可能做……那样的事呢？”

老车说，一般情况下你不应该做那样的事，问题是，有一般就有特殊，摩洛哥王子什么不缺，可他贼不走空，就喜欢偷东西，一天不偷东西手就发痒。还有刚才那个人，面孔像艺术家吧，惯偷！

朱聆说，你这样的比喻我不能接受，我觉得侮辱了我的人格。

老车说，那你拿出证据，证明你没偷。

朱聆哑言，拿出没偷的证据，怎么拿？他的确拿不出来。朱聆想了想，说，我拿不出来……可你也得拿出我偷的证据啊？

老车说证据就在眼前，说的时候，老车用眼睛瞅了瞅桌子上的五百元钱。

朱聆说那是我的。

“你怎么证明是你的？”

朱聆说，可也不能证明是那个女人的。

老车说，那边的笔录已经做完了，她证明丢钱的时候，只有你在她身后，这你总承认吧。

朱聆说，我是在她身后。

“好，”老车说好，如果恰巧你没有五百元，事情就不好说了，问题是，她丢了五百，你又有五百，符合物质不灭定律吧。

朱聆说也不完全是五百元，这不，五百多吗，差不多六百了。

老车说多就对了，如果你的钱少于五百元，事情还真难办了，问题是，你的钱超过了五百元。

朱聆说，这钱是我的。

老车说，这样说没用，你还是没证明这钱是你的。

朱聆急得直咬嘴唇。

老车说我刚才说了，事儿说大不大，说小不小，关键看咱们怎么合作，如果你配合，咱们弄完材料，把钱还给当事人，就算处理完了。跟你说实话，我这个季度的指标已经完成了，不想再送人进去了。可话说回来，如果你不配合，我只好把材料报上去，到时候，委屈你在这里待半天，等分局把行政拘留的材料批下来，估计你得在拘留所干七天活儿。

朱聆说，我不相信光天化日之下，会发生冤案。

老车笑了，他已经看透了故作姿态的朱聆。他说我看你是个知识分子，不想难为你，况且，你这事儿也不算大，你不是忌讳偷这个字眼儿吗？

朱聆的眼睛睁得圆鼓鼓的。

老车说，既然你没偷，可钱在你手里，不好解释呀，总不会是人家给你的吧。不认不识的，人家凭什么给你，对不对？很多事情之间就差那么一点点儿，就一点点儿，比如，钱在口袋里被拿是偷，可钱刚好离开口袋，就是不偷了。你好好回忆回忆……

朱聆随口说，不会是捡的吧。

老车说，你说捡？这个倒也说得过去，可你是怎么捡的呢？

朱聆觉得自己又进入了圈套，他说等等，我说捡，只是符合你的解释清楚，但不是事实，我没捡，这钱是我的。

老车把签字笔扔到桌子上，他说你要不合作，我真没办法了。

朱聆说，可我不能说假话呀。

这时，朱聆的手机蜂鸣起来，他知道，一定是李青洲发来了催促的短信。

老车说，那好吧，我一会就去调查。这个结果可是你自己领受的。说着，老车站了起来，去饮水机上接水。

"调查，去哪儿调查？"朱聆问。

"能去哪儿，你的单位海大，你的家红岩社区，还有你要见的人……"

朱聆说，这些都跟这事儿没关系。

老车咕咚咕咚喝完水，冷着脸说，你总不至于指挥我到哪去调查吧？

朱聆觉得头晕目眩，有恐高症的他仿佛站在三十层楼顶向下张望。想想单位、居民区的反应，想想在鼎湖温泉中心的李青洲，而最关键的是，真的调查起来，朱聆没把握其他的事都是无懈可击的。

“老车！”

老车猛地回头瞅着朱聆，笑着说，你怎么知道我是老车？

朱聆的眼睛里已经涌出委屈的泪水，他紧咬嘴唇，躲开了老车的目光。

老车用一次性纸杯给朱聆打了一杯水，放到他的面前。

朱聆平静了一下情绪，声音清晰地说，我想起来了，我的确是捡的。

老车坐下来，让朱聆讲事情的经过，并开始记笔录。

朱聆一边说一边编故事，大意是他等车的时候，看到排在自己前面的“绿花叶”掏口袋时，把钱带了出来。于是，他就把钱捡了起来，他准备还给那个女人时，女人就来电话了，到一边打电话，回来，警车就出现了……

老车说你后面说的，我不能这样写，如果写了就不合理了。

朱聆说，那你看着写吧。

老车说，实际情况是，你虽然没违法，可错误还是有的，不是吗？你没想把钱交出来，刚刚才认识到错误。

朱聆说，算是吧。

六

朱聆赶到鼎湖温泉中心已经下午一点，超出李青洲约定的时间一个半小时。见到李青洲，朱聆像什么也没发生的样子，问李青洲，我给你的短信看到了吗？

李青洲说看到了，可是，有一点我没看懂，导师！

“什么？”

你说路上下雨，可外面很晴朗啊。

朱聆说是下雨了，你看我的衣服，还有肩膀，这不还湿着呢。

李青洲伸手摸了摸，说，这就怪了。

朱聆看了看窗外，窗外晴空万里。他有些疑惑地自言自语：“的确是下雨来着。”

李青洲又摸了摸朱聆的肩膀：“不会是汗吧，导师跑了吗？”

朱聆说，我说过了，是下雨来着。

李青洲不再讨论雨的问题，她从日式榻榻米上起来，掀开青底挂白菊的布帘子，对服务员说，麻烦你上菜吧。

朱聆坐了下来，他笑着问李青洲：“今天请导师，到底是什么名目啊？”

李青洲调皮地说，没名目就不可以请导师吗？

朱聆说，你在电话里说，到时候告诉我，现在到时候了。

李青洲笑了起来，她说没有名目就是最大的名目。

朱聆也笑了，他说怎么，快毕业了，不在乎导师了？

李青洲说不是，不过跟你开个玩笑，不在乎导师还请你干吗。是这样的，我发财了。

“发财了？”

李青洲欢天喜地的样子，她说是啊，上个礼拜天，我到便利店给电话充值，剩了两块钱，就随手买了张足球彩票，你猜怎么着，我中奖了。五百块，这五百块对我来说不算小数目。我想啊，外财不可留，准备把它消费了，想来想去，还是觉得导师是最应该感谢的人。

“就这样？”朱聆显然有些失望。

客观地说，朱聆对李青洲并没有非分之想，准确点说，不是没有，而是不敢，有点“想吃怕烫” 的意思，但又不完全是，这个不敢，包括身份的约束也包括心理的约束。朱聆只是好奇，他想看看李青洲究竟搞什么把戏。等于说，李青洲给朱聆设了一个迷局，朱聆被迷局牵引着，走进迷宫，最后谜底揭晓，谜底过于简单。

其实朱聆应该知道，哪个谜底揭晓之后不是索然无味的？问题是，朱聆的特殊遭遇，使这个谜更加颠三倒四，节外生枝。

朱聆坐在琳琅满目的菜肴中间，如同坐在花圃中，只是，泄了气的他，不管怎样强打精神，也没有生气，仿佛花圃里的一尊石雕。

李青洲殷勤地给导师敬酒，聪明的李青洲还是在朱聆笑容里看出了疲倦和懈怠。

吃完饭，李青洲邀请朱聆去温泉泡澡，朱聆委婉地拒绝了。

走出鼎湖温泉中心，李青洲的眼圈有些发红，她说以前听朱聆说过，他对日式温泉很好奇，所以做了精心的安排。朱聆仔细回忆着，他想不起自己说过这样的话。也许在某个特定的场合说过，但特定的场合是有情境的，不是日常的语言，并不能代表内心最真实的想法。“不管怎么说，我还是要谢谢你。”朱聆说。

那天晚上，朱聆九点就开始洗脚洗袜子，他想早点睡觉。

门铃叮咚叮咚响了起来。朱聆光着湿淋淋的脚走到房门前，透过猫眼一看，他的头触电一般离开，接着，又附在门上向外看去，他觉得心里隐隐压来的阴云遮挡成一片黑暗。

门外站着的是“绿花叶”。

“有事吗？”朱聆口气有些生硬地问。

“我来还钱的。……是这样的大哥，真对不起，我的钱没丢，是我脑袋臭，我明明记得自己是拿钱了，可回家一看，发现钱在门口的大理石台上。我已经跟派出所说了，警长老车也说要向你道歉。真对不起……我脑袋太臭了，不过，也不是经常犯毛病……”显然，她是一个絮叨的女人。

朱聆明白了，可让他紧张的因素并没有消除。朱聆胆怯地问：“你、你是怎么找到我的？”

“咱们是邻居啊……”

“邻居？”

“是啊，我就在楼下三楼，你家的斜对面。晚上我看见你上楼的，不太敢确认，还找了楼下送奶的大娘核实。你说闹不闹心？过去在老房子，街坊邻居之间啥事都知道，现在倒好，一个楼门洞住二三年了竟然不认识，如果知道是邻居，怎么会搞出这么大的误会……常言道，远亲不如近邻，近邻不如对门，你说，这扯不扯！我们之间……”

朱聆切断绿花叶滔滔不绝放送声音的电路，用结束谈话的口吻说：“我知道了。”

“这事儿，我是有错，可你为什么承认捡钱呢，如果你不承认捡钱就不会出现这样的问题了。我很奇怪，派出所……”

女人的话如同利剑和尖刀直刺在朱聆的软肋上。这不是钱的问题，涉及到了人格上的敏感的问题。朱聆沉默一下，刻板而清晰地说：“我那钱是捡的”。

“你真捡钱啦？”

“你还有别的事吗？”

“那不可能啊，谁会在那儿丢钱呢，就算有人丢钱了，可为什么没人找啊。再说，就是有人丢钱也不会是五百呀，哪那么巧呢？大哥，你是不是还记恨我，不原谅我，如果你不要这钱，我该咋办？毕竟这钱不是天上掉下来的，没有人丢钱，你捡到了钱，我没丢钱，钱却在我手里，你说……”

朱聆说别说了，如果你没别的事就到这儿吧，我正在忙。

女人说那怎么行，还没还钱呢，我知道你不好意思……这样吧，请把门打开，开一个缝儿也行……我这样想，这事目前只是你知我知……

后面的话朱聆没听到，他悄悄返回卧室，拽过被子把头蒙上。

七

朱聆搬到离学校不远的黑石礁，那里离海近，看海景很方便，不好的方面是空气过于潮湿。朱聆在湿漉漉的日子里偶尔想起那个雨天，感觉雨天就发生在昨天。

关于那个雨天其实是有疑问的，起码李青洲就不承认下过雨，朱聆想，能证明那件事的最佳人选是“绿花叶”，不过，他不可能去找她。

事实上，他们之间都有需要对方确认的疑问。

大 戏

一

遗憾的是，我们总是不能知道后来的结局。我们猜测的结果是跟过去的经验有关的，而有的时候，过去的经验无法解决未来的问题。

丁红军走在初冬的大街上，他鬓角斑白，头发凌乱，没人会注意他。阳光依旧照耀着，城市还是那个城市，楼房多数还是老样子。街上的人面孔陌生，他们都行进着自己的生活。在人生的季节里，丁红军觉得自己已经被霜打过了，皮肤渐渐失去了水分，生命在悄无声息地枯萎下去，可他毕竟没有死。

丁红军无论如何都不会想到，他已经死了四年多了。

“死”那段时间，自己在干什么呢?

仔细回忆一下，丁红军觉得应该“死”在接手轮胎修补门市那段时间里。那年春天，经常在一起打麻将的老曹找到他，一个星期不见，老曹整个人瘦了一圈。老曹问丁红军想不想接手轮胎修补门市，他自己不想干了。丁红军后来知道，老曹在医院查出了不好的病，所以，想把门市转手。当然，老曹了解丁红军的情况，他已经不在运输队干了，正东游西逛。丁红军坦白自己没那么多本钱。

老曹当然知道，他对丁红军说，你有多少拿多少，剩下的一年内付清。咱们十几年的交情，我才找你。丁红军简单地想了想，就应承下来。

老曹的轮胎修补门市在世纪街和奋斗路的交叉口，前面有一个加油站。严格说，是在加油站的后面，那里有一排简易房，灰头土脸的，与加油站大红的招牌以及花花绿绿的道旗形成强烈的反差。仿佛一边是发达国家，一边是刚刚起步的发展中国家。

门面虽然不显眼，生意却不断流，不大不小，蒙蒙细雨一般。这应该是老曹多年积累的人脉，顾客口口相传，形成了一定的小气候。还有一个原因大概是经营方式，补胎点的主要服务对象是出租车司机，外人补胎十元，出租车司机补胎五元，而且是昼夜二十四小时营业。久而久之，站稳了脚跟。

丁红军对补胎这个行当不陌生，他有多年的驾龄，大客车、小面包、进口轿子都开过，后期开运货的大卡车，所以，“补胎”的活儿在丁红军眼里简直就是小儿科。接手轮胎修补门市那段时间，丁红军吃苦耐劳，小门市不仅没因为换人影响了业务，而感觉上，似乎比以前还红火。中午，丁红军靠在门市外摞起的废轮胎上喝凉啤酒，炎热的太阳覆在茶色啤酒瓶的水珠上，丁红军的额头也挂满了细密的汗珠儿，不过，肺腑却凉爽透彻。

老曹是十八个月后撒手人寰的，走出殡仪馆大厅，丁红军才朦胧地意识到，老曹真是聪明人，老曹把补胎门市转让给他绝对是深思熟虑的。那时候，老曹最需要钱，急于出手，说是处于情意，其实交易公平的转让也不是那么容易实现的，有钱人看不上眼儿，没钱的买不起。丁红军有点积蓄，刚好可以过度，关键是丁红军不是外行，他能把那个买卖撑起来，能源源不断地赚钱，十五个月后，丁红军连本带利把钱彻底还清了。那些钱老曹都用于治病，丁红军虽然辛苦了点儿，到底还剩下一块儿“固定资产”，他们之间实现了“双赢”。

也许有一点是老曹估计不足的，老曹走后，丁红军的心情发生了变化，他不再像以前那么勤奋、那么努力了，把门市点扔给“徒弟”大壮，经常泡在麻将馆，打得天昏地暗，后背酸痛，以致闻到大油味儿都恶心。

在“死”了的那段时间里，丁红军认识了杨林芳，杨林芳在街对面的干洗店打工，每天从那里路过，都看到杨林芳头发蓬松地在熨衣服，蒸汽缭绕，半云半雾之中的样子。一天酒后，丁红军主动去挑逗杨林芳，让杨林芳陪他去打麻将，杨林芳对一嘴酒气的丁红军一点都不反感，关店之后，描了眼眉，涂了口红，就跟丁红军走了。

就是那天晚上，杨林芳住在丁红军母亲留下的老房子里，他们除了在一起那个，几乎没怎么讲话。第二天，丁红军一睁眼睛，发现杨林芳早就离开了。

丁红军在床上抽了好几支烟，然后，匆忙赶到干洗店，从窗外偷偷向里一看，杨林芳正在熨衣服，跟往常一样。丁红军放心了，他给杨林芳买了豆浆和油条，在窗外晃了晃。杨林芳很紧张的样子，急切地向他摆手。丁红军没懂杨林芳的意思，推门走了进去。杨林芳很不高兴，她说以后你别来这里，有什么事就给我挂电话。

丁红军和杨林芳的交往就这样给定位了，他们不常在一起，一个星期左右在一起睡一觉，丁红军定期给杨林芳交房租和电话费，换季或者撞上了节日，丁红军还给杨林芳买点小礼物，买一件贴牌的衣服或一盒满是洋字码的化妆品。

一年后，丁红军才了解了杨林芳的基本情况，杨林芳老家在北方一个偏远的小镇，前夫还在监狱里，那个脾气暴戾、头脑简单的家伙失手打死了人，起码要蹲满二十年。离婚后，杨林芳把女儿送到婆婆家里，只身一人到城里打工。一个三十岁的农村女人，没有专业技能，也没有明显的姿色，所以生存一定不容易。丁红军陪杨林芳去了一趟老家。杨林芳给丁红军分配的公开角色是单位的“经理”。丁红军和杨林芳老爸喝酒，他俩一论，杨林芳的爸爸跟丁红军同岁，生日比丁红军还小三个月。两人喝高兴了，开始称兄道弟。“老弟。”丁红军这样称呼杨林芳的老爸。

回来的路上，丁红军说：“岳父老弟。这个称呼很好。”杨林芳打了丁红军一拳，说：“美的你。”

白天，两人常识性地礼貌，见了面点点头，客气客气，跟普通相识没什么不同。关在屋子里，杨林芳还真像个家庭主妇，她给丁红军做饭，给他捶背，掏耳朵，身体热烈地交流之后，她还亲手给丁红军清洗已经垂头丧气的家什，末了敲打一下，说，只许给我用，不许到别的地方偷腥啊！丁红军说，干脆，咱们把事办了吧，我找朋友热闹热闹，你搬过来，也不用租房子住了。杨林芳想了想，说，这样不挺好吗。

丁红军知道，杨林芳还有梦想，也许她在等待和寻找更年轻更合适的人，她还没到死心的年龄，等她的年龄再大一大，就会嫁给丁红军了。

这样说来，丁红军是活着的啊，他食人间烟火，掐自己疼，吃东西香，做爱的时候出汗，可自己怎么死了呢？

说起来很奇怪，这些年有很多事都办了，比如轮胎门市从老曹的名下过户到丁红军的名下，比如工商部门每年的年检，比如银行账户的使用等等，如果不是身份证到期，他还不知道自己已经死了。

下冬雨那天，丁红军去派出所换发新的居民身份证。面孔柔和的内勤女民警在电脑上查了一会儿，立即严肃地问丁红军：这是你本人的吗？

“是啊。”

“你是丁红军？”

“没错”。

“可是，丁红军已经死了”。

“死了？谁死了？我？”

“丁红军四年前就销户了。”

丁红军觉得浑身发凉，他勉强笑了笑，说：“开什么玩笑。”

女民警让丁红军等一等，她又去资料库核实，核实的结果是，丁红军于四年前的四月四日死亡。

二

丁红军一早就去了派出所，像“上班”一样。并且，他很快就和内勤周倩熟悉了。

周倩说你不必在这儿等，我们会认真查这个情况的。

丁红军说，反正我没什么事儿，我就在这儿等吧。说着，丁红军斜过脸，指着门口一个磨出了底纹的仿皮沙发问周倩：“我坐这儿不碍事吧？”

周倩说，你愿意坐就坐吧。

丁红军坐在沙发上，抽烟，看报纸，每隔一会儿还去饮水机上打水，一次性纸杯软塌了，他再换一个新的。

丁红军也不总是坐在沙发上的，派出所是个热闹的地方，人员进进出出，有办理户口迁移的，有办身份证的，有咨询政策的，也有捂着流血的头、骂骂咧咧进来的，还有被民警押着、戴着手铐子进来的。显然，丁红军没把心思放在读报上，派出所的门一响，他就像隐匿在草丛中的褐鸟一样，伸长了脖子。

丁红军闲在那儿，自然对很多事都好奇，只要有人吵闹着进来，他就放下手里的报纸，上前凑热闹。周倩不可能看不到丁红军，不过她懒得跟他说话。一个热闹过后，丁红军又回到了沙发上，新的热闹来了，他又凑了上去。

那个上午，丁红军一定是周倩厌倦的人，因为他的面孔总在周倩的眼前晃悠着。这不说，来办事的人多了，丁红军占着大半个沙发的位置上，跷着二郎腿，那个腿毛稀疏的小腿棒儿摇来摇去。

中午，周倩从食堂打饭回来，见丁红军坐在沙发上挠小腿，咔哧咔哧，落下一些皮屑。

周倩皱了皱眉头，她说老丁同志，你也看到了，我一上午忙得上厕所都得小跑。

丁红军点了点头，说我看到了，你们真是太忙了。心里却想，要说忙什么时候都忙，正因为这样我才在这儿给你施加压力呢，不然，还不知道把我的事拖到猴年马月呢。

周倩说，我们的工作是有程序的，要向所长汇报。

丁红军点了点头，说我知道。

周倩说，复查不是一件简单的事情，有很多环节，我只是其中一个环节，我还要申请去分局甚至市局核查档案。我这样说您明白了吧？

丁红军点了点头，说我明白。

“所以，”周倩说，“所以我建议您把电话留给我，有了结果，我或者负责您辖区的小赵会立即跟您联系。这样行不行？”

丁红军无话可说，同时他也觉得肚子饿了，就把自己的手机号码留给周倩，同时记下内勤室的电话，离开派出所，走到寒风瑟瑟、冬日微温的大街上。

那天下午丁红军没去派出所，老邱约他打麻将。老邱原来在铁路上当检修工，还曾当过铁路系统的“全国劳模”，铁路大提速后，减员增效，老邱就提前内退。自然也成了丁红军的麻友。

坦率地说，丁红军不喜欢和老邱打麻将，他认为老邱的“麻德”不好，大家不经意的时候，他会有一些小动作，心眼儿还小，一输钱就来了脾气，啪啪地摔章儿，欠钱赖账等等。不光丁红军这样认为，另两位牌友——老乔、老邵也持有相同的看法。一遇到这种情况，丁红军暗自警告自己要长记性，以后绝不跟他玩了。奇怪的是，下次有人张罗，丁红军又把自己的告诫给忘了。当然，还有一个重要的原因是，麻友毕竟有限，现在大家都为生计忙碌，能打发大块时间的人有限，总不能三缺一。况且，他们也不是聚众赌博，不过是赌点小钱刺激刺激，所以，几个麻友之间相互妥协，彼此迁就。

老曹去世后，大家都怀念他，觉得他的“麻德”是无可挑剔的。事实上，老曹绝不是无可挑剔的，只是比较出来的而已。

丁红军和麻友打麻将固定地点有三个，都是店招很古典的茶馆，茶馆成了麻将馆也是这个城市的特色。今天他们去的是“高山流水茶楼”，那个地方是老邱的“主场”，在那个茶楼里，十有七八是老邱赢，手气壮得不得了，他成了“高山”，别人都开始向他“流水”。

麻友们对地点的选择还是比较宽容的，根据他们彼此都能适应的规则，谁张罗谁付买茶水钱，地点当然由张罗的人选择，说是“主场”，可谁说主场就一定能赢啊？再说了，如果觉得不公平，下次你也可以选择“主场”啊。

也许是心理作用，老邱一上场就来个“自摸”，给另外几个人来个下马威。丁红军很不服气，他觉得憋气上火的事儿不能都让一个人摊上，所以每抓一张牌，他都使出了手劲儿，没多久，大拇指、食指和中指就开始发酸。

那天下午的麻将效率很高，打了两圈儿，丁红军手里的扑克牌（他们自行约定的抵金券）就没了。

丁红军对和牌的老邵说，欠一把。老邵没说什么。老乔露着烟渍的门牙，笑着说，准是碰女人了！这话的含义他们都懂，情场得意赌场失意嘛。老邱一般在这个时候是不说话的，说话容易让人理解成“得便宜卖乖”。

经老乔提醒，丁红军想起杨林芳，上个星期他没见到杨林芳，杨林芳也没给他挂电话。

丁红军借上厕所的机会给杨林芳挂了一个电话。他问杨林芳怎么不给他打电话，杨林芳说自己不舒服，就在家休息了。丁红军追问下去，杨林芳不高兴地说，你对我一点都不上心，我啥时候来事儿你不知道啊，我来事那几天心情不好你不知道啊！丁红军碰了钉子，心情更加沉郁，回到包间，他说轮到我坐庄，调庄调庄！换换运气。

那天，丁红军回到家已经凌晨两点，他翻了翻口袋，发现紧张地战斗了十多个小时，既没赢钱也没输钱，白磨手指头了。“这种时候并不多见。”他想，这个念头一过，丁红军觉得自己的心又“忽悠”一下，失重地下坠。他意识到，自己现在还在“死亡”记录的状态之中，穷乐和啥呀！

三

早晨，丁红军准时出现在派出所门口。周倩看到丁红军，苦笑一下，说，您怎么又来了。再一再二，没有再三再四，第三天早晨，周倩看到丁红军已经不奇怪了。

杨林芳给丁红军挂来电话，杨林芳问，这几天你怎么失踪了？

杨林芳所在的干洗店和丁红军的轮胎修理门市一街之隔，丁红军没出现，杨林芳当然知道。

丁红军以为杨林芳已经知道了情况，叹一口气，说，我也犯糊涂呢。

杨林芳在电话的另一端愣了愣，接着问，你现在在哪儿？

丁红军说在派出所。

杨林芳立即放大了音量：“在派出所？你怎么啦？”

丁红军说没怎么，只是到派出所换身份证时才知道，我的户籍四年前就被注销了。

“注销了……是什么意思？”

“销户了，户籍没了呗。”

“没啦？因为啥呀？”

“死亡。”

“死亡，谁死了？”

“丁红军，不是我这个丁红军。”

“不是你，那凭什么销你的户口？”

“搞错了呗。行了，见面再说吧。”说完，丁红军就把手机的通话键取消。

在丁红军看来，他跟杨林芳说得够清楚了，可杨林芳那头仍旧糊涂着，她立即编了一个理由向老板请假，出了干洗店的门，又给丁红军挂了一个电话。

杨林芳问丁红军在哪个派出所。

“干什么？”丁红军有些警觉。

杨林芳说我已经上了出租车，一会儿就到。

丁红军当然不希望杨林芳也来派出所，说着丁红军站了起来，他一边跟周倩点头，一边讲电话，匆匆忙忙走出派出所。

出了派出所大门，丁红军大声说，你别过来了，我已经离开派出所了。杨林芳来了拗劲儿，坚持要过来，一方面是担心，另一方面她觉得疑惑，她想搞清楚，丁红军为什么“失踪”，而且，编出自己死了这样的鬼话。杨林芳说，我明明听你说话，难道我跟鬼说话不成，反正我现在就要见你，是人是鬼都要见。丁红军说不明白也解释不清楚，无奈，他跟杨林芳约定二十分钟后在“高山流水茶馆”见面。

去茶馆的路上，丁红军又为自己的仓促决定后悔，他怕在茶馆碰到麻友，比如老乔，他一定龇着烟渍牙开玩笑。丁红军当然不在乎，可杨林芳就不同了，她一定会不高兴的。丁红军决定换一个约会的地点，刚想给杨林芳挂手机，手机的彩铃就兴高采烈地响了起来，来电显示是轮胎修补门市的座机号码。

徒弟大壮粗声大嗓地告诉丁红军，城管队的人要给轮胎修补门市贴封条，让他立即赶过去。丁红军有些急躁，他说咋啦？违法还是犯罪啦？凭什么贴封条。大壮说了半天丁红军才听明白，原来，市里要迎接省“文明城市”复查验收，城管队的人认为轮胎修补门市有碍观瞻，像打在城市里的补丁，所以，必须整改，不整改就关门。“整改？怎么整改？”丁红军问。

大壮说，要求按统一的标准装修，贴墙面，上LED牌匾。“爱搂一地？什么意思？”丁红军问。大壮也不知道什么意思，他只说是高科技。丁红军说你给我顶住，我现在就去想办法。

丁红军有社会经验，他不能跟城管人员正面接触，以他的个性，正面接触就硬碰硬了，他得给自己一个余地，回旋的余地。放下大壮的电话，丁红军就给战友老庞挂了电话，要立即见老庞，老庞说不行啊，中午我约了重要的领导。每次找老庞，老庞都这样说，丁红军说，不管你约了谁，都得推掉，你不说兄弟的事是第一位的吗？老庞支吾起来。丁红军说就这么定了，中午请你喝酒，地方你选！

老庞属于麻将牌里的“混儿”，想打和牌不能少了“混儿”，尽管这个“混儿”鬼头鬼脑，能忽悠善泡儿，可终归还有些门路和办法。

老庞见到丁红军，丁红军就迫不及待地把所求之事对老庞讲了，老庞胸有成竹地笑着，说没问题，有问题拿我的脑袋。丁红军习惯老庞的表达方式，同时也觉得心里被安慰了。

一杯酒下肚，老庞就开始用话敲打丁红军，他说你好几个月没动静，有事知道找我了。丁红军反应还算快，他说兄弟吗，什么是兄弟？兄弟就是有事的时候找的。老庞说，你少来这一套，如果你心里装着兄弟，不能一个电话都不打。丁红军说你也太计较了，别忘了，当初在连队，不是我送给指导员五斤全国粮票，你永远得在下边喂猪。老庞说，还说我计较，你呢，五斤粮票说了一百遍了。丁红军纠正老庞，说："别搞错了，五斤全国的好不好！"

喝酒过程中，老庞打了一连串电话，还是找关系把丁红军的"危机"摆平了，其实，省里复查组几乎没有可能检查到丁红军的轮胎修补门市，但为预防万一，城管部门还是要求在检查那两天把门市部遮挡一下，老庞让丁红军给办事人员买两条好烟，聊表谢意。老庞说："放心吧，兄弟我出马，没解决不了的问题！"

问题解决了，丁红军的心情好了起来，带老庞去洗浴中心按足底，他们俩光着身子在淋浴头下冲了冲，就直奔休息大厅。按摩小姐给丁红军按足底时，丁红军有些不好意思，也许是太匆忙了，进休息大厅之前，他应该搓一搓脚，现在，小姐不是给他按足底，几乎是给他搓灰了，脚上的灰卷儿梨花带雨，纷纷飘落。

丁红军瞅了瞅老庞，老庞和小姐聊得正欢，顾不上关注他，丁红军小声对按摩小姐解释：陪朋友来，没搓澡就上来了。按摩小姐笑了笑，说没事的，我们什么客人都能碰到。听了这样的安慰话，丁红军也不好再说什么了。

丁红军在洗浴中心陪老庞按足底，看到按摩小姐裸露的肩膀，这才一敲脑门，想起了赶赴"高山流水茶馆"的杨林芳，时间已经过去好几个小时，杨林芳不会高兴的。奇怪的是，这期间，杨林芳竟然没来电话指责他。丁红军小心翼翼地拨通了杨林芳的手机，声音显示，对方的电话已经关机。丁红军知道杨林芳一定十分恼怒了才关机的，不过，他还是松了一口气，他想，只要解释清楚，杨林芳会理解的。

丁红军回到轮胎修理门市部已经下午四点了，他先是在干洗店门口转了一圈，没见到杨林芳的影子，他觉得杨林芳不在干洗店也正常，她已经请假了，即使见不到丁红军，她也不需要返回干洗店。丁红军又给杨林芳挂一个电话，电话还是无法接通。

轮胎修理门市就在干洗店街对面，如果走人行道，得走出一百多米，丁红军不肯绕路，就径直穿过去。街上满是车辆，那些车都没有避让他的意思，相反，还鸣笛对他的违章行为抗议。丁红军被夹在了街道的中央，像一只孤独的不知所措的野猫。

大壮在门口迎着丁红军，丁红军说，没事儿了，该干啥干啥吧。大壮小声说，有个女的找你，好像是对面干洗店的。

“在哪儿？”

“在里屋坐着呢。”大壮说。

杨林芳的行为有些反常，以前，他们的交往比较“地下”，突然间，她来了一百八十度的大转弯，而且还大张旗鼓地“登堂入室”。门市房的里间是丁红军的办公室，也是大壮的卧室，又黑又暗。杨林芳就坐在大壮脏兮兮的床上，见到丁红军，杨林芳一句话也没说，立即扭过头去。丁红军赶紧解释自己失约的原因，他语无伦次，甚至有点喋喋不休。“大壮可以证明！”丁红军反复说。杨林芳似乎没听进去，她双手捂脸，一边哭一边抱怨：“姓丁的，你要想甩我也用不着这样啊……啊？一会儿死了，一会儿户口没了，你把我当成什么人了？你还是男人吗！”杨林芳仿佛受了天大的委屈，哭得肩头一抖一抖的。丁红军知道，这个时候，无论他怎么解释，恐怕都无济于事。

四

周倩挂来电话，告诉丁红军派出所领导要跟他谈一谈。丁红军一脸疲惫地赶到了派出所。

会见是在派出所的一个接待室里，烟雾缭绕，还混合着大蒜和咸菜的气味儿。副所长是个和蔼的人，他先是对丁红军表示歉意，继而向丁红军做了解释，他解释的原因是：由于销户这件事相隔时间太长了，中间经历过人口普查、户籍统计电子系统更新等工作，原始档案已经找不到了，因此，没办法为丁红军“活”这个问题证明。丁红军有些沉不住气，他说你的意思我真“死”了。副所长说，目前的证据是这样的。丁红军还是火了，他说证据应该你们提供，错误又不是我造成的。副所长的态度仍很好，他说你冷静冷静，话可以慢慢讲。丁红军说你没被销户，你当然冷静了，换了我是你，我也会这样说。副所长笑了起来，递给丁红军一颗烟，丁红军接了过来，叼上，摸打火机的时候，副所长已经把火送了过来。

“不瞒你说，”副所长用这样的口气告诉丁红军，这些天，他们已经派人到分局查过档案，能找的地方全找了。人口普查的时候在街道抽调了大量临时人员，现在查都没办法查，而更新电子信息系统时，一些档案和记录也销毁了。说的时候，副所长按了一下对讲机，问周倩“小赵过来了吗”，丁红军知道小赵是他们辖区的民警。“他来了，让他立即到我办公室来！”

“那，按你的说法，我这问题就不能解决了？”丁红军问。副所长说解决还是要解决的，关键得证明你没死。“我一个大活人站在你面前，不是证明吗？”副所长说是，你是活人，可我们要的是文书证明，你知道吗，法律需要文书证明。这时辖区民警小赵进来了。丁红军瞅了小赵一眼，没理他，对副所长说：“法律是为人服务的还是人为法律服务的？”副所长沉了一下脸，他说老丁同志，你这样说，我可要说你几句了。我们有我们的工作规范，我们得依法行政。的确，你人是活的，可你不能总在派出所证明你自己活着吧，需要书面的证明材料，对不对？再说了，你是活着的，可你怎么证明你就是“活着的那个”丁红军？

丁红军哑口无言。

副所长缓和了口气，他说你的心情我明白，我也认为这个问题出现了偏差。丁红军松了一口气，他说既然偏差了，纠正不就行了。

副所长说理论上没问题，但实际操作恐怕还没那么简单。丁红军愣住了。副所长笑了，他说你不用紧张，问题是要解决的，但手续必须健全。

“那，怎么健全？”丁红军狐疑地问。

“你得给我们开一些证明，比如，你的档案复印件，单位的证明信，常驻地社区的证明……”

丁红军说，我倒是开了一个轮胎修补门市，有一个章，盖那个章行吗？民警小赵说不行，门市是你自己的，我们要的单位证明是组织人事部门的证明。丁红军说那可操蛋了，我原来的企业早就黄了，十多年前我就买断工龄，档案现在在哪儿我都不知道。

副所长说档案应该可以找到，这样吧，你先去社区开证明，如果通过社区找到下岗人员的档案，问题不就解决了吗？丁红军想了想，觉得也是解决问题的一个办法。

说来也怪，在这个问题上丁红军成了一个急性子的人，离开派出所他就径直来到社区。社区是原来的居民委，搬到了“荷花小区”一个公建房里，很敞亮也很气派。

丁红军跟社区的小姜说明了来意，小姜却犯难了。她说我们开的证明都是依据派出所的户口，现在让我给户口做证明，我怎么能证明啊？

丁红军说你别管，让你开你就开，不信你给派出所打电话，问所长问小赵，是他们让我来你这里开的。小姜只好给派出所挂电话，通话内容丁红军听不到，小姜放下电话的同时也放下了手里的签字笔。小姜说，派出所说的跟你说的不一样。丁红军大声问：“不一样？怎么不一样？”小姜说，派出所让我们调查清楚，开证明是要负责的。你说，他们都调查不清楚，我们怎么能调查清楚。丁红军问小姜谁说的，小姜不告诉他，丁红军不满地嘟囔，他们怎么可以出尔反尔呢。小姜说人家没出尔反尔，是你理解错了。他们让你到社区开证明，并不等于让社区给你开证明。丁红军想了想，还是没明白小姜的话。

“你就直说吧，给开，还是不给开？”丁红军问。

小姜说开还是不开，不是我决定的。

“谁决定？”

“得街道同意。”

“街道？……找谁？”

“魏主任，魏主任负责这个。”

魏主任是街道办事处的副主任，主要负责信访和综合治理什么的。丁红军立即去了街道办事处。接待人员告诉丁红军魏主任在开会，他就只好在接待室里等。

窗外是凄清的冬雨，雨不大，玻璃上的点子有凝固或冰冻的意思。

魏主任在会议室里正和街道书记、主任研究“达标”工作，眼看就要到年底了，按着年度“非正常死亡三人以内”的达标要求，今年的“平安街道”评比恐怕应了他童年时就熟悉的一句老话，煮熟的鸭子飞了。

10月份以前，形势对魏主任十分有利，辖区内没有一个非正常死亡人员，而11月份一个月，就发生了煤气中毒一起，坠楼事件一起。

魏主任负责综合治理工作四年，年年评不上“平安街道”，每次都搭边儿，就是关键时候掉链子。以往评不上先进就评不上吧，今年很不同，今年街道的老路退休，他一退休就倒出一个“调研员”的指标，这个指标好几个人指望着，他也把宝压在那里。魏主任心里明白，论年龄论学历，他当正职的可能性微乎其微，解决调研员问题是他退休前的最大收获了。所以，今年无论如何要争个先进，面子好看，领导也好说话。

不想，12月刚一冒头，又发生了一起非正常死亡，而这一起事件是颇具争议的，正因为有争议，魏主任的心才一直悬着。

魏主任认为这起非正常死亡不应该算到他们街道，他的理由是，事件发生地不在他们辖区，而死亡人员也不属于他们辖区。——死者是一个外地青年，在火车站附近的烧烤店喝酒与他人发生纠纷，争斗中被刺三刀，他夺路而逃，逃到新华街道辖区时倒下。“你说咱冤不冤？”魏主任和比他小二十岁的书记抱怨。书记说，和市政法委沟通沟通，看有没有商量的余地。

丁红军向魏主任讲了自己的要求，魏主任愣了半天。魏主任发愣，丁红军更发愣，两人沉默了一会儿，魏主任说，你把你的诉求再重复一遍。

丁红军想了想，觉得“诉求”这个词有些不适合自己，他说我不是诉求，我是来开证明。

“开证明，开什么证明？”

“证明我活着！……”

“等等……”魏主任半握拳头，用力砸了砸自己的头，然后，认真地观察着丁红军，甚至做好了自我防卫的准备。

丁红军笑了，他知道魏主任一定产生了误会，他把事情的前前后后，来龙去脉复述了一遍。魏主任听明白了，他说这事儿你办颠倒了，你还是得去派出所，我们能证明什么？只能证明你在我们辖区居住，至于你是不是丁红军，我们得根据户口，你没了户口，我们什么也证明不了。丁红军说我知道，你们可以去调查啊。魏主任说那可不行，调查是需要授权的，我们街道办事处没权力调查，调查是辖区民警的事儿。

丁红军觉得魏主任说得挺有道理，又返回了派出所，副所长和小赵都不在。丁红军向周倩要了小赵的手机号码，给小赵挂了一个电话。丁红军还没讲完话，小赵就打断他，小赵说老丁同志，今天说得不是很清楚吗？丁红军说问题是，社区和街道都不能开证明，他们没有调查权，只有你才有调查权，你应该给我开证明。小赵说如果你是我们辖区的居民，需要向外证明，我必须给你证明，可这不是对外，你明白吗，不是对外。

丁红军还是有点不太理解。

小赵进一步解释说，我是辖区的户籍民警，我本来是管户籍的，我需要你开证明给我，你想一想，我这样的身份，适合给你证明吗？

丁红军想了想，觉得小赵的话也有道理。

五

折腾了一天，丁红军拖着疲惫的身子回家，还没开房门，炖鸡的香味就从屋里传了出来。

丁红军连忙打开房门，一眼就看到门口摆放的红皮鞋，那双皮鞋是丁红军给杨林芳的生日礼物。丁红军刚想说什么，杨林芳就迎了过来，她系着围裙，打扮得跟家庭主妇一般。“快洗把脸，饭好了！”杨林芳笑盈盈地说。丁红军有些发懵，前几天杨林芳还跟他翻脸，现在，“旧貌”换了“新颜”。丁红军试探着问，你今天没上班吗？杨林芳神秘地一笑，伸手帮丁红军脱外衣：“看看你，这么冷的天还出一身汗，跑步啦？”丁红军叹了口气，他说跑步就好了，跑步不累心啊。

那天晚上，丁红军在杨林芳那里还是得到了温暖，他们一起很亲热地吃饭，关系融洽地看电视，到了上床，杨林芳目光流盼，娇声细语，很快就燃烧起丁红军的激情，在那一过程中，丁红军把所有的苦恼都抛到了九霄云外。

躺在床上，丁红军把白天徒劳奔波的事儿讲给杨林芳听，还劝慰杨林芳不要生气，等把这件事处理完了，生活就恢复原来的状态。杨林芳说，想一想，我也有不对的地方，那天我不该跟你发脾气。丁红军高兴起来，要搂杨林芳，杨林芳推开他，说有正经事跟他谈。丁红军坚持去拉杨林芳，杨林芳坐了起来。

杨林芳说，我离开干洗店了。

丁红军愣住了。

“离开是什么意思？”

“就是不干了呗。”

“为啥？他们欺负你啦？”

“没有，不想干了。以前，你不是不让我干，说你养我吗？”

丁红军茫然地点了点头。

杨林芳继续说，你不是想让我嫁给你吗，现在我想通了，准备跟你一起过，怎么样？过两天咱们就把手续办了？

事情来得太突然了，以至丁红军毫无准备。丁红军迟疑的时候，杨林芳的目光也呆滞了。

“怎么，变卦啦？”杨林芳问。

“没，”丁红军说，“可是，现在办不了手续。”

“怎么啦？”杨林芳严肃起来。

丁红军说，我现在没户口，按派出所的说法，我现在还是死人。

杨林芳全裸着身子跳到地上，她说操，我就知道你变心了，姓丁的，你还是人啊？……你祖上缺八辈子德了！

人倒霉的时候，真是喝凉水都塞牙，无论丁红军怎么解释，杨林芳都不信，她把自己的东西收拾一下，临走还冲丁红军吐了口唾沫。

丁红军一夜没睡，他想，问题的根源还在“销户”上，如果他没被销户，他就不会丢了魂似的忙乱，杨林芳就不会产生误解。他认为，不能要求女人想问题想得全面周到，当然，杨林芳误解也不见得是坏事儿，反而加固了他们之间的关系，杨林芳主动提出要跟他结婚，要不是因为“销户”，他就能办理结婚登记手续了。这样说，丁红军认为自己找到了问题的症结，找到根儿了。

早晨起来，丁红军就去找老庞，老庞从睡梦中起来，脸色灰白，没一点油性。他惺忪着眼睛，对丁红军的贸然造访很不满。丁红军急不可耐地把自己“死亡”的现状对老庞讲了，他本以为老庞会说“没问题”，“没问题”是老庞的口头语，没想到，老庞却沉默了。早晨醒来的老庞大脑里没了燃烧的酒精，显得很理智的样子。丁红军急了，他说你不是没有办不成的事吗？

老庞端起水杯，咕咚咕咚，喉结随着声音蠕动，把昨天晚上的剩茶水喝了。

丁红军大声喊：“说话呀！”

老庞抹一下脸，慢慢地说，这事儿，不太好办。

“怎么不好办？”丁红军问。

老庞说，我这些年办的事都是“大事化小，小事化了”，可没办过你这样的事。丁红军糊涂了，他说没听明白。

老庞说，就是拿人钱财替人消灾。

丁红军说，小鼻子心眼，我也没让你白办啊。

老庞说你还是没明白我的意思，我以前办的事，都是因为做的“不对”，违法了，犯规了什么的，我找关系，打通关节，帮着化解，户口这件事跟昨天那件事不一样，你没做错什么，没违法也没犯规，我不知道怎么办了。

丁红军说，你不是办法多吗。老庞说我的办法不是对付这样的问题的，你既然没错，还需要疏通关系吗，让他们纠正错误不就完了。如果用我的办法，得不偿失，我的办法是需要成本的，你何必花费成本呢。

“可是，派出所让我到街道开证明，街道说他们开证明都以派出所的证明为根据，无法向派出所开证明……”老庞打断丁红军的话，他说，那你就让街道开出不给开证明的证明，送给派出所。丁红军想了想，觉得老庞的确是高人，打了老庞一拳，说，你鬼点子真多，我怎么没想出来呢！

离开老庞，丁红军又去了社区，小姜听明丁红军的来意，她的脑袋摇晃起来，她说那是不可能的。“为什么？”丁红军一脸严肃地问。

小姜说，从没听说开一个不能开证明的证明。那“证明”还叫“证明”吗？

老丁说你的意思，我这个问题就不能解决啦？小姜可不想把这个责任按在自己头上，她说能解决和不能解决都不是我这个小角色说了算的……上次我不是让你找街道的魏主任吗，他怎么答复你的？

丁红军说，魏主任没答复我什么，他让我找派出所。

“那你就去找派出所呗。”

“找了，”丁红军说，“可派出所还是让我找你们。”

小姜又开始摇头，她说那我也不知道怎么办了。

丁红军终于火了，他开始大嗓门地指责起来，说派出所官僚主义作风严重，明明自己犯了错还不纠正，指责街道名义上是为市民服务的，实际上教条主义风行，对老百姓漠不关心等等。说是指责，实际上是骂，骂完派出所骂街道，骂完街道又骂派出所。小姜不温不火，丁红军骂的时候她还给丁红军倒了一杯水。丁红军骂毕，积蓄多日的能量也就释放完了。

小姜说你的心情我可以理解，可是，你也得理解我。

丁红军说，我不是对你，我知道你不过是个办事的，责任不在你。

小姜给丁红军出主意，让他再去找魏主任，魏主任要是同意，她就可以开证明。最后，小声告诉丁红军，魏主任这个人吃软不吃硬，心眼还蛮不错的。

丁红军赶到街道办事处正好下午一点。

魏主任从办公室走下来，准备去市政法委协调“非正常死亡指标”，他觉得无论如何也要把第三个“死者”抹掉，那个充满争议的指标算到他们街道头上，实在是有些冤枉。

“魏主任！”

魏主任回过头来，看到站在门口台阶上的丁红军。

“有事吗？”

“还是开证明的事。”丁红军说。

“证明？什么证明？”魏主任有些忘了。

丁红军的脖子涨红了，他大声说：“证明我没死！”

一提死字，魏主任的神经“唰”了一下。“想起来了，”魏主任说，“我不是让你找派出所吗？”

丁红军说派出所让我找你们，你们让我找派出所，推诿扯皮，你们对老百姓还有点责任心吗？

魏主任说你别发火，有理不在声高……这样行不行，我马上要去政法委开会，你明天再来。

丁红军说明天？凭什么明天。你的时间宝贵，我的时间就不宝贵吗？

魏主任的脸吊起来，说，我去政法委是事先约定的，你没约，这不算失理吧！说完，上车就走了。

丁红军傻愣在街道门口，他想，小姜提供的信息并不完全准确，这个魏主任可不是好对付的。

六

寒流是一阵子一阵子的，寒流过去之后，天气立即回暖。老邱在“高山流水茶楼”设下“主场”，邀请丁红军打麻将。丁红军实在没有心情，直截了当地回绝了。

这些日子里，一直没有杨林芳的消息，丁红军不知不觉来到干洗店的门口，这才明白，他的潜意识里对杨林芳还是十分惦记的。

丁红军推开干洗店的玻璃门，一个陌生的胖女人接待了他。

“杨林芳在吗？”丁红军问。

胖女人说杨林芳已经不干了。

丁红军有些吃惊，问什么时候。胖女人说了大致的时间，那个时间正是杨林芳见丁红军的最后时间。丁红军原以为杨林芳说说而已，看来，一切都是真的。

“你知道她去哪儿了吗？”丁红军问。

胖女人摇了摇头。

“怎样联系她？”

胖女人不仅摇头，还一脸的疑惑。

离开干洗店，丁红军搭车直奔杨林芳的租所，敲了半天门没有反应。丁红军拿出杨林芳给他配的钥匙，插了几下没插进去，他弓下身子仔细观察，发现门锁已经换了。是杨林芳换的，还是杨林芳已经搬走，来了新的房客？丁红军不免有些心惊，如果换了新的房客，他的行为就有问题了。

丁红军下了楼，在门洞外花坛的水泥台阶上坐了下来，冬天的台阶贮存了冰冷，没几分钟，风寒就传递到丁红军的腹部。丁红军想了很多，比如他和杨林芳的缘分真的就此了断了吗，有没有可能是个误会？有没有可能是，经历过阴霾和暴雨，最终雨过天晴，阳光灿烂。还有，杨林芳现在在哪儿，回了老家还是有了新的工作，她安全吗，幸福吗？

天渐渐黑了，丁红军没有见到杨林芳的踪影，而整整一个下午，他给杨林芳挂了无数的电话，一直把自己的手机电池打没电。杨林芳的手机只有一个反应：这个手机已经关机。关机有两种可能，一种是关机或电池没电了，另一种是号码取消了——丁红军不希望是第二种。

接下来的几天里，丁红军找了魏主任几次，都没找到他，不知道魏主任真的不在还是故意躲避。就在丁红军几乎失望时，他见到脸色灰暗的魏主任。

丁红军把事先准备好的两条香烟递过去，“现在，我的生活一塌糊涂。”丁红军说。魏主任很警惕的样子，把丁红军的烟推了回去。

“求求你了。”

魏主任说，你求我没用，你的问题只能派出所解决。

“可是，派出所要你们的证明。”

魏主任诡秘地笑了笑，他说你要派出所给我出手续，如果派出所让我开，我就给你开。丁红军觉得魏主任的眼神儿不对，好像很怀疑他。“你不相信我说的话？”丁红军问。魏主任反问丁红军：“你说呢？”

丁红军不知道如何回答。

魏主任说，你把烟拿回去吧，我不会收的。

回家之后，丁红军觉得问题出在“烟”上，魏主任一定以为他有问题，如果他没问题，干吗不理直气壮，干吗给他送礼呢。丁红军觉得很委屈，他有什么办法，如果顺利，他自然不会送烟。

不送礼不行，送礼也不行，那怎么办？自己不能总处于“死亡”状态啊，一个大活人拼了命证明自己是“活着的”，再荒唐不过了，可除此之外，还有什么好的办法……突然，一个可怕的念头在丁红军脑子里倏地闪过，干吗自己去证明，干吗不让派出所去证明呢？既然自己已经不存在了，做一件违法的事，看他们怎么办？

“是个好办法！”丁红军兴奋地在地上走来走去，对，就违法犯罪一次，把球踢给他们，让他们去证明我丁红军是活着的，不然，他们没办法处理，他们总不至于去处理一个死人，一个不“存在”的人吧！

丁红军决定违法，这个违法行为将有周详的计划，比如违法行为实施前，他要做一个说明，记录为什么去违法，尽管是主观故意的行为，但也是有原因的，按他自己的说法是“被逼无奈”。而违法的行为也设计了很多种，他不想犯严重的罪，比如杀人、放火、抢劫、投毒、欺辱妇女什么的，他不干，他不想做坏人，况且，别人也没得罪他，他凭什么伤害他人。……那，派出所的副所长、内勤周倩、外勤小赵呢？还有街道的魏主任、社区的小姜，他们也不一定是故意刁难自己的，远无恨近无仇，为什么跟他丁红军过不去？他也没必要伤害他们。那，做一件什么样的违法案件呢？不能重也不能太轻，重了成本太高，轻了引不起相应的法律后果，没有法律后果，就不能涉及身份问题……这件违法的案件还必须是治安案件，如果是别的案件不归派出所管……犯法，尤其是犯一个恰当的、高级的法也是一件伤脑筋的事啊，丁红军想。

丁红军在家设计了几天，先后推翻了十几个方案，最后选定的方案是：拿一个大棒子，尽可能多地砸派出所的玻璃，在民警前来制止前，最好砸十几块，最好民警来制止前就投案自首，最好不和民警发生正面冲突，如果发生了正面冲突就有新的罪名了，他想做的“恰到好处”。

七

“平安街道”评比结果出来了，魏主任的心反而放下了。书记和主任都找魏主任谈话，觉得他背个“黑锅”不容易，并表示，提拔跟评比结果没有关系。其实，魏主任协调“非正常死亡”指标无望时，他已经预知评比的结果了，线在那儿划着，找谁也没用了。从政法委办公楼出来，魏主任想到了丁红军，那个目光无助的中老年男人，他跟自己的年龄应该差不多。魏主任想，自己应该关心活着的人，而不是“死人指标”。

也许那个丁红军真的被户口问题困惑着，而且他说的完全可能都是真的。魏主任决定去找丁红军谈一谈，如果能帮他解决，就应该想办法解决。当初，魏主任没留丁红军的电话，一时还与丁红军联系不上，魏主任就给社区的小姜挂了电话，小姜也没有丁红军的电话。魏主任对小姜说，你帮我找一找丁红军，让他跟我联系。

老庞也在找丁红军，他通过地下渠道给丁红军办了假证，他想给丁红军洗洗脑，让他别太认真了，给真人办个假证就不假了，办什么事不耽误就行了呗。一个大活人何必让尿憋死。

老庞想好了，最后他会对丁红军说：大戏，人为啥活着？为身份活着还说得过去，但为“身份证”活着，怎么也说不过去了——丁红军本来叫丁大戏，当兵的时候才改名叫丁红军。

老庞给丁大戏挂电话，可惜，电话怎么也挂不通。不过老庞这样想，无论怎样生活都是充满希望的。

附：

抖落时间的羽毛

——作家津子围专访

■ 师子弦

津子围在中国作家中始终是个坚韧的精神"秉烛者"，八十年代初中国文学热的时候，他初登文坛，写了很多小说和散文。有些小说现在看也是很精彩的，如收入他早期小说集《一袋黄烟》中的《乌墓》《猎雪》《黑玫瑰》《蝴蝶》等，有很地道的乡土气息和中国传统小说的味道。八十年代后期，他的作品更多地体现出了文本探索和主题的先锋性。《眼镜》中的荒诞、《三个故事和一把枪》的解构、《马凯的钥匙》的象征、《在河面上行走》的诡奇。评论家陈晓明评价他是八九十年代先锋作家"落下的人"，这里说的"落下"是指被评论家忽略了。进入2000年以后，他的注意力转到了"传统的文化背景"和"现实的中国"上面，不吝惜笔墨地叙述"知识分子"和城市"普通市民"这两个群体，创作出一批优秀的作品，并在字里行间体现出悲悯、感动和隐含的理想主义色彩。

说来很有意思，津子围总是和文学潮流"擦肩而过"，他不占潮头，当一阵风过去之后，他的作品才"酿"出酒来，越品越有味道。当代文学硕士生导师学新博士评价道：津子围不是中国当红的作家，但绝对是不可忽视的重量级作家，事实已经并不断验证这一点。

叙事：中国元素

津子围的小说世界里有一群"小人物"：小公务员、小警察、医生、教师、学生、夜班司机、看门人等等普通劳动者，他们既生活在现实社会里也"活"在津子围精神虚构的世界里。很显然，津子围对他那个世界的"小人物"是充满感情的，《天堂的桥》《上班》《一顿温柔》《共同遭遇》《月光走过》《求你揍我一顿吧》等等，读起来让人觉得温暖。那里有悲悯、同情和感动。《小说选刊》给他获奖的中篇小说的授奖词是：“津子围一向以他的善意和温情看待这个世界，并以他成熟的叙事技艺和艺术感染力展示生活的质地和纹理，本奖同时表彰他对都市生活诗意化表现所做的艺术探索。”读这些小说，我发现文字和结构之外，还潜伏了一个重要的因素，那就是叙事中体现出的传统文化的中国元素：宁静、和平、自由和开放。问及这个问题，津子围的话多了起来，他说八十年代后期，他的确沉浸在西方哲学和文学里，阅读量十分大。可近些年，他觉得传统文化在他的思想里回归了，东方和西方思维一个“通几”，一个“质测”，西方讲物竞天择，东方讲天人合一。他认为传统西方哲学是线性的未来，东西方冷战时的军备竞赛就是“一元钱的边际效应”，而中国传统文化中优秀的部分如人与自然的观念、人自身内修与外修的统一等等都是面向未来的。而这些在小说创作自然会不露臧否地体现出来。同时津子围还盛赞汉字的魅力，他说，我在写作时有这样的体会，一段表达同样内容的文字，每换一个字，视觉效果就不同，文字上有场景、色彩、气味和理想色彩。……作为一位汉语写作者我觉得是一件很幸运的事情。

原始动力：重拾想象

虚构文字与社会现实究竟有多大的距离呢？这是一个被多次重复的话题，除却与实际生活之间的距离，作品中的预言性算不算另一种方式的“距离”呢。想象力的魅力也许正在于此。早在1994年，津子围在《津子围的朋友老胡》中讲了这样一个故事，一场车祸使一个男人丧失了记忆，他发现身边衣服上写着：胡春林，中医。就认定自己是中医，在一个熙熙攘攘的城市里行医。渐渐地他火了起来，成了祖传名医，被神话了。奥秘在于“大家都知道中医是慢工夫”，他就用草叶沫调上西药，如此“中西结合”收到了效果。后来，他在与女人约会中再次出车祸，恢复了意识，原来，他是监狱的狱警，本来是押着执行犯胡春林去农场给人看病的……十几年后，我们看到津子围的寓言比比皆是：社会上有多少问题是“中西结合”组装的假药方呢！再比如2004年的《小温的雨天》，一个中规中矩的男人和女同事在办公楼的走廊里拥抱了一下，被监控设备录像，于是，在单位和家里掀起波澜，而更大的波澜在他们内心里激荡，男主角患了阳痿症，女主角得了抑郁症，总想向人解释她是清白的。随着“艳照门”事件的出现，对于隐私问题被“曝光”的道德和法律的讨论越来越多了。文学的原始动力是想象力，想象力具有寓言的效果，而寓言需要见证。

时间：逆行者

我们是生活在时间里，还是被抛弃在时间之外？这是一个重要的话题。津子围说从奥古斯丁对时间的怀疑开始到现在社会上流行的时间管理，好像我们的生命被时间管束了。他的小说中有一段男女主人公的对话，男的（为开脱不为对方花钱）对女的说，我们在一起八个小时，是彼此生命的给予，因为生命是时间组成的，生命用金钱是买不来的。看我能背下这段话，他笑了，他说这是一个伪命题。在他看来，时间并不是线性的，只能向前，如同基督教里说的被逐出古老天堂，就会沿着直线、朝着受难和死亡前行。在线性的时间的同时还应该有一个循环时间，“年”在英文中是“环”或者“圆”。有的时候，走的是我们而不是时间。

采访他时，正逢他的英文版小说《Childhood Book》出版，小说写的是童年的一个片段，那不是纪实小说，但小说的感觉是绝对真实的。最初，小说名字叫《往事书》，后来他看到与婆罗门教的年史《往事书》(the Puranas）重名，就改成了《童年书》。小说以最大的真诚定格了一个特定的时间和一群孩子们，他们将永远停留在那里，不再长大，与未来的访问者（读者）对话。津子围说，写作就是在抖落时间的羽毛，岁月周而复始，故事不断产生新的魅力。在那里时间总是以某种方式回到起点，从某种意义上说：开始就是未来。

这也跟他的个人生活有着某种契合，他不会打麻将，也不经常出来喝酒，忙碌的工作之余，他就躲进书斋读书，在社会节奏不断加快、生活片段被不断遗忘的今天，静下来想象是需要修行和定力的。津子围说，在时间的河流里，印着文字的书刊是有待点燃的薪柴，读者和作家共同燃烧了火光，那些光芒就是我们内心的温暖所在！

原载法国《欧洲时报》2009年6月29日